LA MAISON DU CAP

DU MÊME AUTEUR
CHEZ POCKET

LA FORGE AU LOUP
LA COUR AUX PAONS
LE BOIS DE LUNE
LE MAÎTRE ARDOISIER
LES TISSERANDS DE LA LICORNE
LE VENT DE L'AUBE
LES CHEMINS DE GARANCE
LA FIGUIÈRE EN HÉRITAGE
LA NUIT DE L'AMANDIER
LA COMBE AUX OLIVIERS
LES BATELIERS DU RHÔNE
LA MAISON DU CAP

FRANÇOISE BOURDON

LA MAISON DU CAP

ROMAN

Pocket, une marque d'Univers Poche,
est un éditeur qui s'engage pour la préservation
de son environnement et qui utilise du papier fabriqué
à partir de bois provenant de forêts gérées
de manière responsable.

Le Code de la propriété intellectuelle n'autorisant, aux termes de l'article L. 122-5 (2° et 3° a), d'une part, que les « copies ou reproductions strictement réservées à l'usage privé du copiste et non destinées à une utilisation collective » et, d'autre part, que les analyses et les courtes citations dans un but d'exemple et d'illustration, « toute représentation ou reproduction intégrale ou partielle faite sans le consentement de l'auteur ou de ses ayants droit ou ayants cause est illicite » (art. L. 122-4).
Cette représentation ou reproduction, par quelque procédé que ce soit, constituerait donc une contrefaçon sanctionnée par les articles L. 335-2 et suivants du Code de la propriété intellectuelle.

place
des
éditeurs

© Presses de la Cité 2016, un département
ISBN 978-2-266-27409-8

Les personnages

Famille Marquant
— Félix, pêcheur et Marguerite, son épouse
Leurs deux enfants :
— Daniel, en fuite
— Pierre, pêcheur, époux de Léonie Darzac
Les trois enfants de Léonie et Pierre :
— Marie, épouse d'André Huguonet
— Germain, pêcheur
— Margot, mère de Charlotte

Famille Darzac
— Albert, résinier et Rose, son épouse
Leurs trois enfants :
— Auguste
— Léonie
— Eugénie

Famille Desormeaux
— Anthelme, négociant, époux de Claire-Marie
Leurs deux enfants :
— James, architecte
— Mathilde, épouse de Raoul de Brotonne

Famille Lesage
— Lucien, pianiste, époux de Margot Marquant
— Marthe, leur fille, épouse de Raymond Laber

Famille Galley
— François, médecin hygiéniste, époux de Charlotte Marquant
Leurs deux enfants :
— Matthieu, époux de Marie-Eve Vitry
— Dorothée, épouse de Philip Galway, mère de Violette

LÉONIE

*C'est dans le feu que le fer se trempe
et devient acier. C'est dans la douleur
que l'homme trouve la révélation de sa force.*

Henri CONSCIENCE

1

1849

Chaque matin, l'odeur de l'aube la réveillait. C'était quelque chose d'indéfinissable, comme un frémissement dans la cabane, un air un peu piquant, celui de la naissance du jour.

Léonie se levait alors de sa paillasse en prenant garde de ne pas faire de bruit, jetait une cape sur sa chemise et sa jupe, et, pieds nus, se glissait dehors.

Lentement, l'aube blanchissait au-dessus de la cime des pins et, à ce moment-là, Léonie pensait encore plus fort à Pierre, son homme, à bord de la *Marie-Jeanne*.

Même s'il lui manquait, chaque jour un peu plus, elle savait que la mer tiendrait toujours la première place dans la vie de son mari pêcheur.

Pierre pratiquait la trahine, la pêche à la senne, sur les bancs de sable des passes et le long des plages océanes, à la différence des palicayres, qui ne quittaient pas le Bassin. Elle était fière de lui, tout en vivant dans l'angoisse. En 1836, l'année du « grand malheur », soixante-dix-huit pêcheurs avaient péri en mer. A leur retour, les six chaloupes – le *Jeune*

Saint-Paul, l'*Argus,* la *Clarisse,* l'*Augustine,* la *Jeune-Aimée* et le *Saint-François* – n'étaient pas parvenues à franchir les passes et avaient fait naufrage.

Léonie avait quatorze ans, cette année-là, et s'était promis de ne jamais fréquenter un pêcheur, tant le drame l'avait impressionnée.

Las ! C'était compter sans les yeux bleu foncé de Pierre, sa haute taille, et son sourire. Le jour de leur rencontre, aux noces d'une cousine, Léonie avait compris qu'elle ne voudrait jamais d'un autre homme. Tant pis pour sa promesse !

Elle esquissa un sourire ému. En dansant avec Pierre, elle s'était sentie belle pour la première fois de sa vie. Belle et désirable, malgré ses cheveux noirs indisciplinés et son teint mat.

« Ta fille est un pruneau déjà ridé », disait sa mère à son père, et Léonie se raidissait.

Pruneau, Gitane, crassat… Rose Darzac n'était jamais à court de qualificatifs pour stigmatiser sa fille.

Instinctivement, Léonie se crispa, comme chaque fois qu'elle évoquait sa mère. Femme dure, ne laissant pas affleurer ses émotions, Rose inspirait de la crainte à ses enfants. Enfin… rectifia Léonie, surtout à elle et à sa jeune sœur, Eugénie.

Rose était plus indulgente avec Auguste, son aîné, son unique fils. Elle s'arrangeait, elle qui courait toujours, pour lui confectionner les crêpes dont il était gourmand, et les donner à lui seul, sous les regards envieux des filles. Avec le temps, Léonie avait appris à rester indifférente face à ce parti pris de favoritisme mais Eugénie, trop petite, pleurnichait, ce qui lui valait des taloches.

Rose et Léonie s'affrontaient alors du regard. « Tu vois, semblait dire la mère, c'est moi la plus forte. Je serai toujours plus forte que toi. »

Longtemps, l'enfant avait cherché à comprendre. Pourquoi sa mère lui vouait-elle autant de haine ? Qu'avait-elle fait de mal ?

Elle avait cessé de s'interroger le jour où Rose avait failli la tuer. Il faisait si sombre et si humide dans les cabanes de résinier que le feu brûlait toute la journée et toute la nuit. Comme le disait son père, le bois de résineux ne coûtait pas cher !

Ce jour-là, elle s'en souvenait encore, Auguste avait renversé le petit baril contenant la boisson fermentée des fruits de l'arbousier. Le couvercle mal refermé avait glissé, le liquide s'était répandu sur le sol en terre battue.

En rage, Rose, refusant d'admettre la responsabilité de son fils, s'était ruée sur Léonie et l'avait copieusement battue à coups de balai avant de la pousser violemment dans la cheminée.

Léonie se rappelait l'atroce douleur mais, plus encore, la suffocation qui l'avait tétanisée. Comment, avait-elle pensé, sa mère pouvait-elle agir ainsi ? Les hurlements d'Eugénie avaient attiré le père. Surgissant dans la cabane, il avait foncé vers la cheminée, saisi au vol sur la paillasse une mauvaise couverture, en avait enveloppé une Léonie blême, muette. Des flammèches s'échappaient de ses cheveux, son bras droit, qui avait heurté les chenets, était grièvement brûlé. Elle n'avait pas oublié les gestes empreints d'une tendresse retenue de son père ni ses yeux pleins de larmes. Elle, Léonie, n'avait pas exhalé une plainte tandis qu'il rafraîchissait ses plaies avec l'eau du puits, et écrasait les flammèches de ses grosses mains calleuses.

« Mon petit, mon tout petit », murmurait-il, bouleversé.

Léonie s'était mise à trembler au début de la soirée. Blottie sur sa paillasse, souffrant mille morts, elle avait revu la scène, et les larmes, si longtemps contenues, avaient ruisselé sur ses joues. Le lendemain, elle brûlait de fièvre.

Son père l'avait fait monter sur leur mulet et l'avait conduite chez la Mélie, une « barreuse de feu ». Léonie tremblait toujours, de douleur et de froid.

Mélie, une vieille femme au regard flou, à la silhouette noueuse, les avait accueillis en souriant.

« Il était grand temps », avait-elle dit au père.

Léonie n'avait pas eu peur lorsque Mélie avait croisé ses deux mains au-dessus de son bras brûlé. Elle avait ensuite reculé ses mains, se les était frottées avec force avant de renouveler deux fois l'opération.

Stupéfaite, Léonie avait constaté qu'elle souffrait beaucoup moins. Exactement comme si les mains de Mélie avaient absorbé sa douleur. La vieille femme avait procédé de même pour ses jambes, brûlées elles aussi, et lui avait ensuite donné un pot d'onguent.

« N'oublie pas de l'appliquer matin et soir », lui avait-elle recommandé.

Elle n'avait rien voulu accepter en remerciement.

« Nous lui rapporterons une belle poule et du lard », avait décidé le père.

Sur le chemin du retour, Léonie s'était sentie étrangement apaisée. Elle était en sécurité aux côtés d'Albert, le résinier noir de cheveux et brun de peau comme elle.

La mère les avait accueillis en grommelant que l'ouvrage ne se faisait pas tout seul.

« Te voilà encore plus noiraude ! » avait-elle lancé à Léonie qui lui avait jeté un regard chargé de défi. A dix ans, la petite fille avait le sentiment diffus d'avoir vécu le pire, la haine nue de sa mère. Désormais, elle n'aurait plus peur d'elle.

Pourquoi s'en souvenait-elle précisément aujourd'hui ? se demanda-t-elle.

Contrairement à Rose, elle avait veillé à ne pas faire de différence entre ses deux enfants. Elle les aimait du même amour farouche, tout comme elle aimait son Pierre.

Ayant été rejetée durant toute son enfance, Léonie avait beaucoup d'amour à rattraper.

Elle secoua la tête, soucieuse de chasser ces souvenirs. Elle était en retard.

Elle jeta un coup d'œil à l'airial, comme pour se convaincre que les années avaient bel et bien passé, qu'elle n'était plus cette petite fille terrorisée par Rose.

Désormais, elle était maîtresse chez elle. Même s'ils tiraient le diable par la queue, Pierre et elle étaient heureux. Elle caressa Pipo, le chien au poil rêche qui se trémoussait, et se mit en route, en tenant la bride de leur âne gris. L'ouvrage n'attendait pas. Elle aimait à travailler chaque matin dans sa forêt. Pierre était un homme de la mer, elle une fille de la forêt. Elle avait besoin des effluves balsamiques, des jeux d'ombre et de lumière entre les silhouettes des pins, du sol meuble sous ses pieds nus. Elle savait où elle allait, dans la pâle lumière de l'aube.

Arrivée à pied d'œuvre, elle laissa la bride sur le cou du mulet, le déchargea de sa lourde hache, de sa cognée et de sa scie, abattit un arbre repéré quelques jours auparavant, le débita en bûches.

Elle travailla jusqu'à ce que le soleil apparaisse au-dessus du grand pin qu'elle connaissait depuis l'enfance. Il était temps pour elle de rentrer. Elle chargea le mulet du bois coupé et de ses outils, et regagna l'airial.

Marie, son aînée, bientôt sept ans, avait réveillé Germain et s'affairait dans la salle. Les enfants se jetèrent au cou de Léonie. Même si les Marquant n'étaient pas riches, loin s'en fallait, une chaleureuse atmosphère régnait dans leur cabane.

Léonie, après avoir rangé le bois et les outils dans le cabanot, alla tirer de l'eau au puits et se rafraîchit le visage et les mains. Elle but un bol de soupe debout, tandis que les petits discutaient. La porte grande ouverte sur l'airial laissait entrer un peu de lumière dans le bâtiment sombre. Pierre et elle l'avaient édifié en l'espace de quelques jours. Les premiers temps, il n'y avait dans la clairière que cette cabane et le puits. Au fil des années, ils avaient ajouté des cabanes servant de dépendances, un four à pain, une treille, des ruches.

L'intérieur était rudimentaire. La porte et une fenêtre constituaient les deux seules sources de lumière. La grande cheminée représentait le pôle d'attraction de la pièce. Le toupin[1] était accroché à la crémaillère. Un regen, un morceau de vieille marmite, servait de poêle. Des étagères de pin rassemblaient les ustensiles, bols et cuillers en bois, ainsi que des boîtes à provisions. En guise de sièges, un banc et deux troupès,

1. Marmite de fonte.

des tabourets fabriqués, toujours en bois de pin, par le maître de maison. Le lit des enfants était dressé dans le coin le plus sombre de la cabane. Là encore, c'était Pierre qui l'avait confectionné.

Des lattes clouées sur des traverses, une paillasse bourrée de fougères sèches, un drap en métis et une couverture… Léonie rêvait parfois d'armoires pleines de beau linge, pour se raviser l'instant d'après. Ce n'était pas pour des gens simples comme eux ! Elle était déjà heureuse d'avoir cette cabane, un toit sur la tête. Pierre ne pouvait pas la comprendre, ses parents étant habitués à plus d'aisance. Cependant, quand Daniel, son frère aîné, s'était enfui aux Amériques pour ne pas régler ses dettes, Pierre avait réalisé combien il était facile de basculer dans la pauvreté. Son père ne s'en était pas remis et était mort quelques semaines plus tard des suites d'une attaque. Sa mère, quant à elle, ne faisait que survivre depuis le départ de Daniel.

La planche à pain était suspendue aux solives de la cabane par deux ficelles traversant deux bouteilles placées à chaque extrémité et recouvertes de petit houx. Cet arrangement était destiné à éloigner les rats. En effet, constatant que soit ils glissaient sur la bouteille, soit ils se piquaient aux feuilles de houx, ils renonçaient généralement à grignoter le pain. Il fallait aussi multiplier les précautions pour protéger les poules du renard. Dans ce but, le poulailler, triangulaire, tout en planches, était perché dans un arbre proche de la cabane. On retirait l'échelle pour la nuit. Léonie s'occupait aussi de son potager et des arbres fruitiers qui amélioraient l'ordinaire toute l'année.

Elle ramassait des pignes qu'elle allait ensuite

vendre au marché de La Teste. Levée avant le soleil, elle travaillait tout au long du jour sans jamais exhaler une plainte. Comment l'aurait-elle pu ? Depuis qu'elle avait échappé à Rose, elle se sentait libre, presque heureuse.

Presque… car il ne fallait pas susciter la jalousie des dieux.

2

1850

Ils n'auraient jamais dû inviter Rose au baptême de Margot, se dit Léonie, le cœur serré.

Il lui suffisait de voir sa mère assise bien droite sur sa chaise pour avoir envie de fuir. Pourtant, c'était jour de fête, on célébrait sa petite dernière, née un mois auparavant. Léonie avait vécu une grossesse sereine. Cet enfant, elle l'avait désiré, parce que leur vie devenait un peu plus facile, Pierre ayant réalisé deux belles campagnes de pêche.

« Tu verras, lui promettait-il, nos trois petits auront une vie meilleure que la nôtre. »

Pierre avait foi dans le progrès. Il lisait le journal, comme l'almanach, et affirmait qu'Arcachon deviendrait une grande ville. Léonie disait oui pour ne pas le contrarier, tout en se demandant en quoi leur existence changerait. Depuis des siècles, le monde se divisait entre riches et pauvres, et ils appartenaient à la seconde catégorie.

Ils s'étaient rendus à l'église de La Teste en carriole. Ils n'étaient pas nombreux : Léonie et les siens,

Marguerite, sa belle-mère, ses parents, Eugénie, toujours fille, Auguste et sa femme, la douce Lalie.

Elle se serait volontiers dispensée de la présence d'Auguste et de celle de Rose.

Rien ne changeait, se disait-elle en observant sa mère à la dérobée. Grande, sèche, Rose en imposait encore dans sa robe noire, celle qu'elle réservait aux grandes occasions. Assise à la place d'honneur, en face de Marguerite Marquant, elle faisait peser un regard sombre sur la tablée. Léonie ne put réprimer un frisson. Pourquoi, se répéta-t-elle, avoir cédé à Pierre et convié sa mère au baptême de Margot ? Elle savait bien, au fond d'elle-même, qu'elle s'y était résignée à cause de son père. Albert avait beaucoup vieilli et avait fait une mauvaise chute depuis son pitey, une sorte d'échelle permettant au résinier d'entailler le pin.

Il avait désormais de grandes difficultés à se déplacer et végétait au coin de l'âtre. Rose en avait profité pour prendre le pouvoir et ne lui épargnait pas les piques comme les perfidies. Léonie gardait de trop mauvais souvenirs de son enfance pour se rendre souvent chez ses parents. Sa mère le lui reprochait : « Tu es devenue bien fière depuis que tu as marié un pêcheur ! », et Léonie ne répondait pas.

Surtout, pensait-elle, ne pas laisser voir à quel point elle brûlait de haine. Cela lui faisait peur, parfois. Comme si cet abîme de détestation pouvait se retourner contre elle-même. Le pire était de deviner que Rose s'en réjouissait.

La mère avait la peau très blanche, ivoirine, et peu de rides. Léonie se livra à un rapide calcul.

Elle avait... voyons, oui, cinquante-deux ans.

Narines pincées, lèvres serrées, mains croisées, elle fixait sur Pierre et sa mère un regard hostile. Les premiers temps, Rose avait tenté de décourager l'homme désirant épouser la fille qu'elle haïssait. Voyant qu'elle n'y parvenait pas, elle avait englobé Pierre et Léonie dans la même détestation. Pierre en souriait, disait : « Ta mère sue la méchanceté. Il ne sert à rien de discuter avec elle, elle cherchera toujours à t'écraser comme une punaise. » C'était vrai, hélas.

Léonie se leva, proposa une nouvelle tournée de tranches de pastis, la brioche traditionnelle parfumée à la fleur d'oranger, avant d'aller chercher Margot dans son panier en osier et de la garder serrée contre elle. Son père fit claquer sa langue.

— Une belle petite, déclara-t-il, les enveloppant toutes deux d'un regard empreint de tendresse.

— Tss, tss, fit Rose d'un air dédaigneux. Cette enfant a un bien mauvais caractère.

Tout cela parce que Margot s'était débattue dans les bras de sa marraine, Lalie, en refusant l'eau du baptême. Pierre vola au secours de sa fille.

— Le père Lebas a la mauvaise habitude d'utiliser de l'eau trop froide.

— Parce que vous voulez l'élever dans du coton, cette petite ? persifla Rose. Ça ne sert à rien de chercher à vous pousser du col ! Nous sommes tous des pauvres gens par ici.

Comme s'il y avait de quoi se vanter ! pensa Léonie, furieuse.

Elle fit signe à son époux de ne pas insister. Rose, qui avait déjà bu trois verres de vin, devait chercher la bagarre. Ils ne lui accorderaient pas ce plaisir !

— Il faut du caractère dans la vie, glissa Eugénie d'une voix flûtée.

Rose se retourna vers elle et s'esclaffa méchamment.

— Du caractère ! Ah ! Dame, la belle farce ! Ecoutez-moi cette mollassonne, toujours à traîner, et à dire amen à tout ! Ma pauvre fille, tu déparles !

— Si vous nous chantiez une chanson, père ? suggéra Léonie, histoire de clouer le bec à Rose.

Sans se faire prier, Albert entonna *La Chanson du résinier* de sa voix de basse.

Le silence se fit autour de la table. Les enfants eux-mêmes, qui couraient sous les pins, s'immobilisèrent pour écouter leur grand-père.

Rose s'arrangea pour dissiper l'émotion quand son époux s'arrêta pour reprendre son souffle.

— Une belle chanson n'a jamais permis de faire vivre une famille, laissa-t-elle tomber, méprisante.

Un jour, je l'assommerai, se promit Léonie.

Elle se détourna, chercha le regard de Pierre. Tous deux ne voulaient pas laisser Rose gâcher la fête, la naissance de Margot les avait comblés. Un garçon, deux filles… ils étaient heureux.

Pourtant, elle ne put s'empêcher de frissonner deux heures plus tard, quand les yeux sombres de Rose la fixèrent, au moment des adieux.

— Ne fais pas trop ta fière, la Noiraude, lui asséna sa mère. Tu n'es pas faite pour le bonheur, tout comme ta dernière fille.

Suffoquée, Léonie la regarda tourner les talons et s'éloigner sans trouver la moindre réplique. Elle se mit à trembler. Cette femme ne la laisserait donc jamais tranquille ?

Marguerite la serra contre elle.

— Ne te laisse pas atteindre par les méchancetés de Rose, ma fille. Il faut qu'elle fasse le mal, nous le savons tous.

La mère de Pierre était bonne, et chaleureuse. Léonie se laissa aller contre elle durant quelques instants.

— Merci, mère, souffla-t-elle.

Elle se redressa, s'essuya les yeux. Il ne fallait pas pleurer. Déjà, étant enfant, ses larmes incitaient sa mère à la frapper encore plus fort.

Eugénie suivit leurs parents après avoir adressé un baiser à sa sœur du bout des doigts, l'air gêné. Pourquoi demeurait-elle avec eux ? se demanda Léonie. N'en avait-elle pas assez de se faire rabrouer et rudoyer ?

Lalie, Marie et Léonie débarrassèrent la table, rapportèrent les assiettes et les couverts à l'aubergiste. Le repas en petit comité ayant bien écorné les économies du couple, il avait été convenu que Léonie s'acquitterait de la vaisselle.

Lalie insista pour aider sa belle-sœur tandis qu'Auguste et Pierre fumaient leur pipe un peu à l'écart.

La fin d'après-midi était douce, empreinte de langueur. Un peu lasse, Léonie s'essuya le front.

— La fête est finie, murmura-t-elle.

Elle savait que la dernière phrase de Rose la poursuivrait longtemps. « Tu n'es pas faite pour le bonheur »... Elle la lui avait lancée au visage, comme une condamnation. Ou, pire encore, une malédiction.

Etait-ce pour cette raison qu'elle avait poursuivi la petite Léonie de sa vindicte ? A près de trente ans, la jeune femme avait gardé la crainte de mal faire, et ce malgré l'amour de Pierre. Cette peur était soigneusement enfouie en elle, et resurgissait dès qu'elle se trouvait en présence de sa mère.

Une nouvelle fois, elle se jura de ne pas la laisser approcher de leurs trois enfants. Rose gâtait tout. Comme si elle-même n'avait jamais été heureuse… songea brusquement Léonie. Etait-ce la raison de sa haine ? Mais, dans ce cas, pourquoi épargnait-elle Auguste ? Lui seul trouvait grâce à ses yeux.

— Hé ! Tu rêves ! fit Lalie.

Confuse, Léonie se remit à l'ouvrage.

Décidément, la fête était bel et bien passée, la vie quotidienne retrouvait ses droits.

Dans son panier, Margot se mit à hurler.

Tu seras belle, et heureuse, pensa sa mère.

Malgré ses bonnes résolutions, elle savait déjà qu'elle aurait toujours une secrète préférence pour cette petite.

3

1850

Fille, épouse et mère de pêcheur, Marguerite Marquant avait toujours vécu avec la mer. D'ailleurs, sa petite maison située sur la corniche dominant les passes avait vue sur l'Océan. Elle l'observait toujours avec une certaine défiance, sans pour autant laisser voir ses craintes.

On se respecte, lui et moi, pensait-elle.

A près de soixante ans, Marguerite savait qu'elle avait effectué le plus gros du chemin.

D'autant plus que depuis la fuite de Daniel, son fils aîné, et la mort de Félix, son mari, elle avait plutôt l'impression de survivre.

Heureusement, il lui restait Pierre, et les petits. Sa bru n'était pas une méchante femme, même si elle avait son caractère, une constante chez les femmes de la famille. Travailleuse, avec ça, et tenant bien les enfants comme son logis. Marguerite savait qu'il n'était pas chose aisée d'assumer tous les rôles à la fois. Félix se chargeait de rapporter l'argent du ménage et lui faisait confiance pour le reste. A elle les longues nuits de veille, à réparer les filets en passant et repassant entre les mailles la navette de buis, et coudre les vêtements de leurs fils, pour elle l'inquiétude, et la peur d'entendre sonner la cloche annonçant un naufrage.

Félix riait de ses craintes. « C'est notre sort à tous, il ne sert à rien de trembler, ma femme. » Mais c'était plus fort qu'elle, Marguerite s'inquiétait sans répit. Finalement, son mari était mort dans leur lit, et non sur sa pinasse.

Les créanciers du fils aîné avaient exigé d'être payés. Il avait fallu vendre les quelques terres que les Marquant possédaient. Daniel s'était enfui, et il ne restait pratiquement rien à sa mère comme à son frère. Du moins avaient-ils sauvegardé leur honneur.

Marguerite, haussant les épaules, se pencha à nouveau sur son ouvrage. Elle raccommodait les filets qu'on voulait bien lui apporter, ce qui lui procurait un maigre revenu, et gardait deux petits. Une vie de misère, qu'elle supportait sans se plaindre.

Elle tourna la tête vers l'étagère sur laquelle une statuette de la Vierge était posée. Il lui restait la prière. Catholique fervente, Marguerite se rendait au moins une fois par semaine allée de la Chapelle où elle se recueillait dans un petit édifice à l'ombre de grands chênes. Elle ne manquait pas, chaque année, la fête de l'Annonciation, où se retrouvaient la plupart des habitants bordant le Bassin. Elle y rejoignait nombre de connaissances et y emmenait Germain et Marie, que la procession émerveillait. Ce jour-là, le chapelain bénissait les pèlerins réunis sur la plage mais aussi tous les bateaux et tous les équipages rassemblés.

Chaque année, Pierre et ses compagnons étaient bénis mais, cette année, ils étaient en mer le 25 mars.

Marguerite en avait éprouvé comme de l'effroi,

même si elle avait tenté de se raisonner. Comme pour beaucoup d'épouses et de mères de marins, sa foi, réelle et profonde, s'accommodait de superstition. Il convenait de mettre toutes les chances de son côté quand on exerçait un métier aussi dangereux.

Elle se signa devant la statuette qui lui venait de sa grand-mère et se promit de faire une neuvaine. Elle savait que la peur ne la quitterait pas, jusqu'à l'heure de sa mort.

La main en auvent devant les yeux, Marguerite scruta le rivage et se retourna vers Marie.

— Surtout, tu ne t'éloignes pas de moi ! recommanda-t-elle à sa petite-fille.

A marée basse, alors que le sable paraissait s'étendre à perte de vue, les ramasseurs de coquillages – pour la plupart des femmes et des enfants – se retrouvaient non loin des ports.

Marguerite se rappelait que son Félix, fier d'être un pêcheur, prenait de haut ceux qu'il appelait les « matche-magne », les « remue-vase ».

Tant pis, se dit-elle, cette activité lui permettait d'acheter un peu de lard et de sauvegarder son indépendance. Pendant que Marie, jupe retroussée, ramassait les crevettes à l'esquirey[1], sa grand-mère fouaillait le sable humide pour sa récolte de moules, clovisses et pétoncles.

D'autres femmes prenaient les soles et les anguilles à la foëne[2]. Marguerite avait horreur des anguilles. Dégoût que Marie partageait.

---

1. Filet à crevettes.
2. Harpon à long manche, terminé par plusieurs branches pointues.

Toutes les deux travaillaient en silence, attentives à ramasser le plus possible de coquillages.

Quand le Bassin se remplirait à nouveau, elles iraient sur le port faire cuire leurs crevettes avec du sel et du laurier et les vendraient aux promeneurs, emballées dans du papier journal. Marie avait la manière. Son jeune âge attendrissait ceux qu'on nommait les « estrangeys », de plus en plus nombreux. Son oncle prétendait qu'ils fourniraient du travail aux Testerins. D'ailleurs, une fois la semaine, sa mère se rendait à la gare de La Teste, d'où elle chargeait des voyageurs sur son dos pour les emmener en pinasse jusqu'au débarcadère d'Eyrac. En effet, il convenait que ces personnes de qualité n'aient pas les pieds mouillés ! Léonie disait en riant que cela lui rapportait autant qu'une semaine de travail dans la forêt. A son retour, elle racontait drôlement que les étrangères étaient bien différentes. Vêtues de soie et de dentelle, elles poussaient de petits cris effarouchés et certaines s'agitaient sur le dos des porteuses.

« Un bon soufflet leur remettrait les idées en place, poursuivait Léonie, mais ce sont de petites choses fragiles. Des bourgeoises. »

Cette conclusion résumait tout. Un monde infranchissable séparait les Testerines, dures à la tâche, assumant le travail du père et de la mère, des étrangères oisives venues soigner leurs maux à Arcachon.

« Comme si nous avions la possibilité de nous écouter... » grommelait Marguerite, pour qui ces femmes étaient des « faiseuses d'histoires ».

Marie aimait à travailler avec sa grand-mère, qui prenait le temps d'expliquer, de raconter la vie d'autrefois. Elle aimait aussi l'entendre parler de son grand-père Félix, qu'elle n'avait pas connu. Léonie, si elle était une mère attentive, n'avait jamais le temps de s'arrêter, de prendre quelques minutes de repos. Sauf pour le bébé mais cela, Marie le comprenait. Margot était petite, et sa mère la nourrissait. Pour sa grand-mère, Marie était unique. Le centre de son attention.

Elle lui sourit. L'une et l'autre se ressemblaient, n'avaient pas besoin de parler pour se comprendre. Lorsque Marguerite se redressa, elle réprima un gémissement de douleur. Son dos et ses reins la faisaient souffrir.

— Allez vous asseoir, grand-mère, suggéra Marie, lui désignant d'un coup de menton la coque retournée d'une pinassotte. Je vais terminer seule.

Pour une fois, Marguerite ne protesta pas. Elle avait l'impression que tout son corps était douloureux. De nombreuses années de labeur acharné avaient fait d'elle une vieille femme, bien qu'elle n'ait pas encore soixante ans. Vieille... se répéta-t-elle, accablée par ce constat. Si Félix avait été là, rien n'aurait été pareil.

Elle posa son seau bien rempli sur le sable mouillé, s'assit sur la pinassotte. Elle ne se lasserait jamais de la vision du Bassin, que le soleil irisait d'argent. Au loin, derrière le banc d'Arguin, elle apercevait la langue de terre de la presqu'île du Ferret, là où seuls les pêcheurs abordaient et encore... quand le temps le permettait ! Marguerite posa ses mains sur ses genoux, les croisa puis les décroisa. C'était plus fort qu'elle, elle ne savait pas rester inactive. Seul problème, désormais, son corps lui faisait faux bond, elle ne pouvait plus lui accorder confiance.

Maudite vieillesse ! pensa-t-elle. Marie lui adressa un petit signe de la main auquel elle répondit. La petite était mignonne, sa présence faisait du bien à Marguerite.

Une prière lui monta aux lèvres.

— Sainte Vierge, faites que notre famille ne connaisse pas d'autre malheur.

Même si elle refusait de se l'avouer, elle ne cesserait pas d'avoir peur tant que son Pierre ne serait pas rentré.

C'était la rude loi du métier de pêcheur. La mère, l'épouse, la fille vivaient avec cette crainte fichée dans le cœur.

Il n'y avait pas moyen d'y échapper.

4

1850

Plus que quelques jours à patienter, se dit Léonie, tout en lavant son linge, et la campagne de pêche serait finie. Pierre n'allait plus tarder, à présent.

Un élan gonfla sa poitrine. Quand Pierre était à ses côtés, elle se sentait plus forte. Invulnérable.

Germain et Marie comptaient les jours eux aussi. Léonie leur avait appris à les barrer sur l'almanach de Pierre. Ils avaient aidé leur mère à briquer la cabane. Une joyeuse impatience les animait.

N'ayant pas suffisamment de linge de rechange pour attendre la grande lessive, à laquelle elle procédait deux fois l'an, Léonie savonnait souvent dans un baquet les vêtements que ses enfants et elle portaient. Le linge était ensuite mis à sécher sur une simple corde tendue entre deux murs de la cabane.

Un geai cacarda. Pipo gronda, ce qui lui valut une réprimande sèche de la part de Germain. Son aîné grandissait et se voulait autoritaire. Léonie en souriait. Pierre saurait le remettre à sa place.

Margot gazouillait dans son panier, protégée des mouches par un linge de toile bise. Une impression de sérénité émanait de la clairière. Léonie jeta un regard satisfait autour d'elle.

Le potager était bien entretenu, les arbres fruitiers en fleurs, pas une poule ne manquait dans le poulailler, et les enfants avaient même commencé à apprivoiser un écureuil.

Pierre serait content, se dit-elle.

Elle administra un dernier coup de battoir aux chemises qu'elle lavait, et chercha la silhouette du grand pin afin d'estimer l'heure.

Même si elle ne voulait pas le reconnaître, elle n'était plus qu'attente.

Plus jamais… Les mains de Marguerite s'élevèrent, comme pour repousser le malheur qu'elle refusait de toute son âme.

— Non ! gémit-elle.

Face à elle, le vieux Barnabé, qui avait appris à Félix le métier de pêcheur, secoua la tête.

— Ma pauvre Marguerite, j'étais bien obligé de venir te le dire. Tu sais combien nos passes sont dangereuses… Apparemment, il a suffi d'une bâtarde[1] pour déséquilibrer la pinasse de ton Pierre. On a retrouvé quelques débris du bateau, mais pas un seul corps.

— Il y a peut-être encore un espoir ? osa la vieille Marguerite.

De nouveau, Barnabé fit non de la tête.

— Tout à coup, l'horizon s'est déformé. C'est comme si la bâtarde avait englouti ces pauvres gars. Dieu ait leur âme !

1. Enorme vague venue de nulle part.

L'attente, insoutenable, parce qu'elle permettait encore d'espérer, n'avait pas été trop longue. Trois jours après le naufrage, les cadavres des trois pêcheurs de la *Marie-Jeanne,* dont celui de Pierre, avaient été découverts sur la côte océane.

Aussitôt prévenues, Léonie et Marguerite s'étaient rendues avec le mulet en direction de Biscarrosse.

Le chemin du retour avait constitué une terrible épreuve pour les deux femmes. Marguerite sanglotait dans son mouchoir tandis que Léonie, le visage fermé, les mâchoires serrées, tenait la bride du mulet. Surtout, se répétait-elle, ne pas pleurer, ne pas se retourner, ne pas regarder du côté de mon Pierre.

Elle avait éprouvé un choc en le reconnaissant à grand-peine. C'était impossible, il ne pouvait s'agir de son époux, de l'homme qu'elle aimait… Le corps gonflé, le visage déformé, un étranger…

Léonie avançait, un pas après l'autre, dans un état second. Elle avait tant espéré, et prié, même après que la nouvelle du naufrage de la *Marie-Jeanne* lui avait été communiquée, qu'elle ne parvenait pas encore à réaliser ce qui était arrivé.

Elle était partie comme une folle, son châle sur la tête, après avoir appelé Eugénie au secours pour garder les enfants.

Sa belle-mère se racla la gorge.

— Si tu veux bien, ma fille, nous pourrions veiller notre Pierre dans ma cabane. Ce sera plus simple, pour ses camarades pêcheurs…

Les deux femmes échangèrent un regard. Même si elles ne l'exprimeraient pas, toutes deux pensaient la même chose : chez Marguerite, Léonie serait mieux protégée que dans la forêt. Elle inclina la tête.

— Oui, mère, de chez vous, au moins, il pourra entendre la mer.

Un sanglot noua sa gorge. Elle savait que Pierre n'aurait pas désiré d'autre mort mais, Seigneur, pas si tôt, pas si jeune ! Il n'avait que trente ans…

Marguerite s'appuya quelques instants contre l'épaule de Léonie puis se redressa. Elle lui parut soudain si fragile que le cœur de Léonie se serra. Elle aurait voulu lui dire qu'il s'agissait d'un mauvais rêve, mais elle ne s'en sentait pas le courage.

Il fallait tenir, pourtant ! Pour leurs enfants.

Parvenues sur le seuil de la maison de pêcheurs, elles purent compter sur l'aide de Paterne, le fils de Barnabé, qui les aida à porter Pierre sur le lit de ses parents.

La belle-mère et la bru préparèrent la salle. Elles fermèrent les volets, voilèrent l'unique miroir, placèrent le cierge bénit que Marguerite conservait dans son armoire, à la tête du lit. Léonie manqua s'évanouir au moment de la toilette. Marguerite la poussa fermement vers une chaise paillée.

— Je vais appeler Colette, décida-t-elle. Ce sera mieux ainsi.

Son amie Colette aidait souvent aux toilettes mortuaires, tout comme elle se chargeait d'annoncer les décès. Lorsqu'on croisait son chemin, on s'empressait de se signer, pour se protéger.

Colette s'attela immédiatement à la tâche. Pendant ce temps, Léonie alla chercher les vêtements de son mari dans la cabane de la forêt. Elle revint avec les enfants. Marie pleurait. Germain, les mains dans les poches, gardait un silence boudeur. Margot téta goulûment sa mère avant de s'endormir d'un coup, apaisée.

— Il était temps, murmura Eugénie, je ne savais plus comment la calmer.

Elle était sous le choc, elle aussi. Elle resta chez Marguerite pour soutenir sa sœur et ses neveux. Elle avait toujours admiré Léonie, qui avait réussi à se libérer de l'emprise de Rose et qui formait un couple heureux avec Pierre.

L'ampleur du drame la laissait sans voix, bouleversée.

Très vite, la maison de Marguerite ne suffit pas à contenir tous les voisins et amis de son fils, venus lui rendre hommage.

La mère saluait, remerciait, offrait un verre de vin d'arbousier.

Léonie avait l'impression que cette affluence aidait Marguerite à surmonter – tout au moins provisoirement – la disparition de Pierre. Parler de lui était pour elle une façon de lui rendre la vie.

Elle, Léonie, n'y parvenait pas. Elle n'était que désespoir et rage. Il lui semblait avancer sur un fil, comme un danseur de corde. Un seul mot suffirait à la faire basculer.

Elle restait bien droite près du corps de Pierre, en se disant que ce n'était pas vraiment lui dans ces habits du dimanche.

Son Pierre, presque toujours pieds nus, portait un pantalon retroussé sous le genou, un tricot épais sur une chemise. Elle le revoyait tel qu'elle l'avait admiré le jour de leur rencontre, avec ce sourire moqueur qui l'avait séduite.

— Pierre… gémit-elle tout bas.

Elle aurait dû aller voir ses enfants, leur parler, mais elle s'en sentait incapable. A cet instant, elle se préoccupait uniquement de l'homme qu'elle aimait.

Les visiteurs évoquaient des souvenirs communs de campagnes de pêche, une tempête au large du cap Ferret, et cette baleine aperçue dans le golfe de Gascogne qui leur avait inspiré une belle frayeur. Elle, Léonie, se souvenait des mains de Pierre sur son corps, de l'amour qui les unissait, de leur bonheur, dans leur cabane. Elle ne voulait pas partager ses souvenirs.

La porte s'ouvrit d'un coup. La flamme du cierge vacilla. Léonie, frissonnante, redressa la tête. Rose marchait vers le lit. Elle en imposait avec sa haute taille et son regard hautain.

Elle bénit le corps de son gendre, avec solennité, avant de se retourner vers sa fille.

Elle toisa Léonie, un peu moins grande qu'elle.

— Je te l'avais bien dit, laissa-t-elle tomber avec dédain. Ma pauvre fille, tu n'es décidément pas faite pour le bonheur !

Et elle s'en alla, sans se soucier de Marguerite ni de ses petits-enfants.

Colette se signa dès qu'elle eut claqué la porte.

— Méchante femme ! souffla-t-elle.

Léonie ne dit rien. Elle pensa simplement que Rose était venue prendre sa revanche, et qu'elle ignorait toujours pourquoi.

5

1862

Les yeux écarquillés, Margot tentait de mieux distinguer la jeune fille installée sur un fauteuil, à l'ombre d'un grand pin, dans le parc d'un chalet de la Ville d'Hiver, là où elle rêvait d'habiter un jour. Quand elle revenait chez eux, un dimanche par quinzaine, Marie en avait plein la bouche.

« Mademoiselle Aurélie par-ci, Mademoiselle Aurélie par-là »... A croire qu'il s'agissait d'une princesse, pas moins !

A douze ans, Margot avait une idée encore assez vague de ce que pouvait être une princesse mais, selon elle, elle menait une existence plus agréable que la sienne. Elle détestait leur cabane de la Grande Montagne, tout comme leur pauvreté, dont elle aurait aimé se débarrasser d'un coup d'épaules. Elle vivait désormais seule avec sa mère, Germain ayant suivi les traces de leur père, et Marie travaillant en ville. La ville ! C'était pour Margot un endroit magique, même si mère répétait que la vraie vie n'était pas à Arcachon mais au cœur de la forêt. Pour sa part, Margot détestait l'odeur de la résine.

Marie et grand-mère Marguerite avaient insisté pour que Margot suive les cours dispensés par les religieuses afin d'avoir de l'instruction. Léonie, qui s'abrutissait de travail, avait fini par y consentir. Ne désirait-elle pas le meilleur pour ses enfants ?

Sa belle-mère et elle avaient travaillé un peu plus encore et Margot avait promis d'être une élève appliquée. Promesse qu'elle honorait car elle avait compris qu'une bonne éducation l'aiderait à sortir de sa condition, personne ne le leur laissait oublier. Surtout pas grand-mère Rose, qui les considérait avec dédain. Au point que Léonie avait décidé, à la mort de Pierre, de ne plus se rendre chez sa mère. Une solide inimitié – de la haine, estimait Marie – unissait les deux femmes.

Si Margot avait toujours su trouver refuge chez sa grand-mère paternelle, l'autre lui demeurait quasiment étrangère.

« Ne t'en approche pas, lui recommandait Léonie lorsqu'elle était petite, Rose aime à faire le mal. » Opinion que partageait grand-mère Marguerite.

Heureusement, il y avait tante Lalie et tante Eugénie. L'une et l'autre, demeurées sans enfants, choyaient la petite dernière de leurs faibles moyens. Rose méprisait sa bru stérile – ce ne pouvait être que de son fait ! – et sa fille timide.

A bien y réfléchir, Rose n'aimait personne, hormis Auguste, qui le lui rendait bien mal. Il avait exercé trente-six métiers et s'intéressait surtout à l'alcool. A quarante ans passés, il était vieilli avant l'âge, rabougri, maigre et renfermé. La pauvre Lalie était déjà venue se réfugier chez Léonie pour échapper à ses accès de violence.

Une fois dégrisé, Auguste lui demandait pardon, jurait de ne pas recommencer.

« Promesse d'ivrogne », soupirait alors Léonie, peu encline à accorder quelque crédit à ses serments. Elle aurait aimé secouer son frère d'importance, tout en sachant qu'il ne changerait rien à son comportement.

Il y avait chez Auguste une sourde désespérance qui le poussait à s'enivrer toujours plus.

Margot écarta un peu plus les hortensias du massif afin de mieux observer celle qu'elle admirait tant. Aurélie Farré la fascinait, parce qu'elle avait tout ce dont Margot rêvait. De belles toilettes, une maison immense, avec une galerie ornée de dentelle de bois, un parc fleuri… Aussi n'hésitait-elle pas à parcourir, dès qu'elle en avait la possibilité, les quelques kilomètres séparant leur cabane de la Ville d'Hiver.

Marie lui avait raconté que la jeune fille possédait une cassette de bijoux, des dessous en soie, des chaussures en chevreau si fin qu'on aurait dit de la peau souple.

Cela, Margot peinait à l'imaginer car elle marchait la plupart du temps pieds nus pour ne pas chausser ses horribles galoches.

Elle aperçut soudain la silhouette de Marie qui apportait un plateau à sa maîtresse. Robe noire, tablier et coiffe blancs, sa sœur était méconnaissable. Margot éprouva une bouffée de jalousie intense. Elle aurait tant voulu se trouver à la place de son aînée ! Un jour, se promit-elle.

Les mains sur les hanches, Léonie contemplait sa cabane. Celle-ci lui paraissait de plus en plus branlante.

Il aurait fallu la consolider, étayer les murs, refaire le toit...

Des tâches dont elle se savait incapable, malgré son courage.

Oh ! Pierre... Si tu savais comme tu me manques, pensa-t-elle.

Douze ans de veuvage n'avaient pas émoussé son chagrin. Elle se rendait fréquemment sur la tombe de son époux. Là seulement, elle s'autorisait à pleurer tout en lui racontant les menus faits de son existence. Elle avait besoin de cette pause pour ne pas sombrer.

Leurs deux aînés menaient leur vie à leur guise, c'était dans l'ordre des choses. Seule Margot restait avec elle, mais Margot lui filait entre les doigts, Léonie ne savait jamais où elle se trouvait exactement. Pour être tout à fait honnête, Léonie devait reconnaître qu'elle avait laissé sa cadette pousser comme une herbe folle. La mort de Pierre avait constitué pour elle un tel drame que, pour ne pas mourir elle-même, elle s'était renfermée sur son désespoir.

Travaillant sans relâche, elle avait trouvé refuge dans sa forêt, celle que son père lui avait fait connaître et aimer. Parmi les pins, les chênes verts et les chênes-lièges, Léonie était chez elle. Elle connaissait les chemins qui s'enfonçaient sous le couvert, serpentaient entre les arbousiers géants, créant une atmosphère onirique dans l'entrelacement des guirlandes de ronces et de lierre. Elle s'y sentait en sécurité. Loin de la mer.

Le ramassage des pommes de pin ne suffisant pas à les faire vivre, ses trois enfants et elle, Léonie avait résolu de prendre la suite de son père, le résinier. Après tout, ne l'avait-elle pas souvent accompagné quand elle était enfant ? De plus, elle savait grimper aux arbres !

Elle avait vite réappris à manier le pitey, une sorte d'échasse dans laquelle chaque résinier avait pour habitude de creuser des échelons dans la masse. Il fallait avoir le coup de main pour appuyer le pied droit sur un échelon du pitey et, dans le même temps, caler l'échelle de la jambe gauche contre le tronc de l'arbre.

Parvenu à bonne hauteur, le résinier donnait des coups de hapchot[1] et traçait la care, l'entaille du pin. Son père, fier de la voir reprendre le flambeau, lui avait recommandé de toujours chercher l'endroit où l'écorce présentait des crevasses plus profondes.

La campagne de gemmage s'étendant de février à novembre, Marguerite était souvent venue chez eux garder Margot, quand elle ne l'emmenait pas dans sa maisonnette de pêcheur. Pendant cette campagne, en effet, Léonie rentrait le soir pour se jeter sur sa paillasse, sans même prendre la peine de se dévêtir. On la respectait dans la forêt, en disant qu'elle effectuait le travail d'un homme. Léonie arpentait les chemins en solitaire, avec son mulet pour unique compagnie.

Après avoir enlevé l'écorce à l'endroit de la care, elle posait un crampon, une lame de zinc destinée à diriger la résine dans le pot, ainsi qu'une pointe, indispensable pour bloquer le pot en terre cuite vernissée sous le crampon.

Toutes les semaines, elle ravivait l'entaille en partant du dessus de la care, afin de permettre un meilleur écoulement de la résine. Elle éprouvait toujours un sentiment de légère griserie en humant la résine qui

---

1. Hache spéciale.

glissait le long du tronc, comme une larme de sève. C'était pour elle un acte d'amour envers sa forêt.

Chaque jour, tandis qu'elle sillonnait la pinède, pieds nus, son pitey sur l'épaule, elle gemmait deux cents pins, débroussaillait, ébranchait les arbres. Une forêt bien entretenue risquait moins de s'enflammer. Or, comme tout résinier, Léonie redoutait le feu.

Telle était sa vie, désormais. Elle avait tout juste quarante ans mais elle savait qu'elle ne pourrait pas travailler à ce rythme durant vingt ans. L'âge venant, elle serait incapable de grimper toujours plus haut, jusqu'à quatre mètres. A moins qu'elle ne soit victime d'une mauvaise chute, comme son père. Se retrouver infirme... Le ciel la préserve d'un tel destin ! Elle se voulait libre, indépendante, refusant d'être à la charge de ses enfants.

Allons, se dit-elle, l'ouvrage n'attend pas ! Même si, en cette fin de campagne, tout son corps lui faisait mal, Léonie n'avait pas le choix.

6

1867

Chaque fois qu'elle allait faire des emplettes en ville, Margot s'émerveillait de la rapidité avec laquelle Arcachon s'était transformée. Il lui paraissait tout bonnement incroyable que, vingt ans auparavant, les femmes de la Montagne, dont sa mère, aient eu l'habitude d'aller chercher les étrangers à la gare de La Teste et de les porter sur leur dos jusqu'aux pinasses.

Il y avait désormais une gare à Arcachon, paraissant tout droit sortie d'une maison de poupée, et deux mondes différents, la Ville d'Eté, en bordure du Bassin, et la Ville d'Hiver, où Margot travaillait. Sous l'impulsion des frères Pereire et d'un maire entreprenant, monsieur Lamarque de Plaisance, la petite cité balnéaire avait pris de l'importance et attirait aussi bien la bourgeoisie bordelaise que des personnes souffrant des bronches. La grande originalité, en effet, de la Ville d'Hiver, consistait à soigner les malades durant la mauvaise saison grâce aux senteurs balsamiques des pins et à l'air iodé. Madame Péramont, la propriétaire de la villa Beau Rivage, avait pris le temps d'expliquer la situation à Margot de son ton le plus docte avant de l'engager.

Margot, recommandée par son aînée Marie, était attachée à la villa en tant que servante.

Elle s'entendait plutôt bien avec Monette, la cuisinière, et Joseph, le cocher. Tous trois prenaient leurs repas à l'office après avoir servi les pensionnaires. Le jour où elle avait découvert sa chambre, en entresol, une chambre rien que pour elle, elle avait eu l'impression d'accéder à un statut privilégié. Marie elle-même, qui officiait comme femme de chambre deux rues plus haut, devait partager une chambrette avec sa camarade Lucille. Margot ne manquait pas de le lui faire remarquer quand elles se retrouvaient chez leur mère le dimanche. Marie, qui ignorait tout de la jalousie, souriait en lui disant qu'elle était heureuse pour elle.

Léonie, pour sa part, n'omettait jamais de mettre en garde sa cadette.

« Ne te crois pas arrivée pour autant ! lui faisait-elle remarquer. On a vite fait de retomber d'aussi haut qu'on est monté. »

Conseil qui faisait sourire Margot. Elle avait réussi à vivre hors de la forêt, loin de toute cette pauvreté qu'elle rejetait avec force. Elle parviendrait bien à gravir les échelons de la société arcachonnaise, ainsi qu'elle se l'était promis. Ne la complimentait-on pas régulièrement sur sa beauté ? Brune aux yeux bleu foncé, Margot n'avait pas hérité du teint mat de Léonie mais de celui, très clair, de grand-mère Rose. Elle était plutôt grande, élancée, et avait l'art d'arranger ses cheveux. Un ruban de couleur, quelques boutons de nacre lui permettaient de personnaliser sa tenue, jupe noire et corsage blanc.

« A quoi bon tant de coquetteries ? » grommelait Léonie, qui avait taillé des sortes de culottes dans les vêtements de Pierre afin d'être plus à l'aise pour grimper dans les pins.

« Tu me fais honte, mère », lui disait Margot en esquissant une moue réprobatrice. Léonie n'en avait cure. « A chacune sa tenue de travail, ma fille. Moi, je ne saurais que faire de soie ou de velours ! »

Ce constat était énoncé sans amertume. Il y avait beau temps que Léonie avait cessé de se révolter. Elle se souvenait des jours heureux mais ne regardait pas en arrière. De toute manière, elle n'avait pas eu le choix. Trois petits à élever, dont Margot encore au sein, qui ne pouvait pas se rappeler son père…

Aujourd'hui, Germain était marié, et s'était installé à Gujan. Sa femme, Lucette, vendait le poisson fraîchement pêché. Ils n'avaient pas encore d'enfant mais cela ne saurait tarder. Léonie s'efforçait de songer le moins souvent possible à la condition de pêcheur de son fils, même si c'était difficile. Les nuits où le Bassin s'agitait, la mère effrayée se blottissait sur sa paillasse, remontait sa couverture jusqu'au menton et priait. Elle avait recueilli un chat, un matou atrabilaire qui intimidait ses rares visiteurs mais était doux et câlin avec elle. Le soir, il s'enroulait autour de son cou, lui faisant comme une étole de fourrure. C'était pour elle une présence réconfortante.

Ce qu'on devient, tout de même ! pensait-elle parfois.

Elle grignota sans appétit un morceau de pain et du fromage, se coucha. Tout son dos lui faisait mal. Combien de temps encore pourrait-elle tenir ? se demanda-t-elle anxieusement. A quarante-cinq ans, elle se sentait usée. Inutile.

Si j'étais elle… pensa Margot, le cœur étreint d'une jalousie sourde.

Quand elle avait entrouvert la porte de la grande armoire en noyer, elle était restée muette, fascinée par le nombre et la diversité des toilettes de madame Chabert. Robes en velours et taffetas, corsages amples, jupons de soie, châles à profusion…

Monsieur Chabert avait amené son épouse Béatrice à Arcachon fin octobre, alors que le temps était encore particulièrement doux. Il l'avait installée à la villa Beau Rivage avant de repartir pour Bordeaux. Béatrice – Quel prénom ravissant ! avait pensé Margot – passait l'essentiel de son temps à demi allongée dans le jardin d'hiver. Elle lisait, des revues, comme *La Gazette des Beaux-Arts, La Vie parisienne* ou *Le Petit Journal,* et des livres, des piles de livres, que son mari lui envoyait par malles entières. Lorsqu'elle les époussetait, Margot s'amusait à lire les titres, et à imaginer le contenu.

Le Ciel et l'Enfer notamment, d'Allan Kardec, la fascinait.

Le reste du temps, madame Chabert se promenait dans la Ville d'Hiver, emmitouflée avec soin. Elle faisait aussi des « cures d'air balsamique », installée sur le balcon de la villa, protégée par plusieurs écharpes et par des couvertures.

« Une vie de fainéants », avait commenté Léonie le jour où Margot lui avait détaillé l'emploi du temps des « estrangeys ».

Quand on connaissait son existence de labeur, on ne pouvait lui donner tort, mais la jeune fille aurait voulu lui faire comprendre que les curistes apportaient beaucoup à Arcachon. La ville continuait de se développer grâce à eux, et attirait toujours plus de visiteurs.

Les coursiers effectuaient plusieurs fois par jour la navette entre la Ville d'Eté et la Ville d'Hiver. Ils livraient les commandes des riches clients tout comme les pièces de viande, les poissons, les pâtisseries, les fruits et légumes.

Le timbre aigrelet de la sonnette fit sursauter Margot.

— Dépêche-toi ! lui enjoignit Monette, affairée dans l'office. Le coursier de la pharmacie n'est pas passé, il a dû manger la commission. Tu dois aller chercher les remèdes de madame Chabert.

Cette mission enchantait Margot. Elle lissa discrètement ses cheveux, jeta une pèlerine sur ses épaules et s'en fut.

Si elle appréciait le calme de la Ville d'Hiver, « un véritable havre de paix », selon madame Péramont, elle préférait l'animation du boulevard de la Plage.

Son grand regret était de ne pas bénéficier d'une vue sur le Bassin. En effet, la plupart des villas tournaient le dos à la mer.

Margot descendait d'un pas guilleret vers les commerces de la ville. Elle croisa des promeneurs, des enfants, une nurse, cape au vent, poussant un landau à hautes roues.

Seigneur ! pensa Margot. Léonie éclaterait de rire si elle le voyait, elle qui avait toujours porté ses enfants sur son dos. Mais Margot ne voulait pas de la vie de Léonie.

Elle était persuadée qu'elle méritait tout autre chose.

Le meilleur.

7

1868

Madame Chabert avait décidé de se rendre à la messe non plus en l'église Notre-Dame d'Arcachon, mais à la toute récente Notre-Dame-des-Passes, bâtie quatre ans auparavant. Ce fut une véritable expédition car Le Moulleau, où la petite église avait été édifiée, n'était pas facile d'accès. Il était nécessaire, pour s'y rendre, de traverser une partie du parc Pereire et la forêt domaniale des Abatilles. Prévenu la veille, Joseph prépara la voiture, attela le cheval bai et se tint prêt dès potron-minet. En l'absence de monsieur Chabert, retenu pour ses affaires, Margot fut réquisitionnée pour accompagner Madame à l'office, porter son deuxième châle, ses pilules pour la gorge et son ombrelle.

Voyant qu'elle hésitait – c'était son jour de congé –, Madame lui offrit de la déposer à La Teste sitôt la messe terminée.

— Je me débrouillerai, Madame, j'ai l'habitude de marcher, assura Margot, paniquée à l'idée que la délicate Béatrice découvre la clairière et la cabane familiale.

C'était tout simplement inconcevable !

Madame était aimable avec elle, même si la jeune fille avait souvent l'impression d'être transparente. Béatrice Chabert, âgée d'une trentaine d'années, était une jeune femme blonde à la beauté fragile, qui fondait souvent en larmes.

« Les nerfs, commentait Monette en étalant sa pâte à tarte. J'en ai déjà vu défiler, de ces jeunes dames de la haute, qui s'évanouissent pour un oui pour un non. On voit bien qu'elles n'ont pas besoin de gagner leur vie ! »

C'était inutile, puisque leurs époux s'en chargeaient.

Il était là, le secret, songea Margot en écoutant distraitement le sermon du prêtre à l'intérieur de l'église de style néobyzantin. Se faire épouser par un homme riche.

Elle était belle, on le lui répétait souvent, et les livreurs tout comme les chauffeurs lui faisaient la cour, mais elle n'avait pas de dot, et pas la moindre espérance.

Sa seule chance ? Tourner la tête d'un homme aisé, se faire aimer de lui.

Elle s'agenouilla comme les autres fidèles tout en laissant son esprit vagabonder. Elle devrait aller se promener le dimanche dans le parc Mauresque, ou encore sur la plage, là où se retrouvaient les « estrangeys ». Sa mère serait triste et déçue de ne pas la voir mais Margot avait une priorité. Changer de vie.

La plage elle-même avait changé d'aspect, pensa Margot en relevant légèrement le bas de sa jupe comme elle l'avait vu faire aux élégantes. Si les marins travaillaient toujours sur le rivage comme ils l'avaient fait de tout temps, ils côtoyaient désormais les promeneurs en tenue de ville. Deux mondes si différents que cela vous donnait le vertige !

Margot avait sollicité l'aide de Marie pour se confectionner une toilette du dimanche. Toutes deux avaient acheté au colporteur un coupon de velours bleu indigo. Le tissu était légèrement éraillé dans le bas mais les sœurs s'étaient arrangées pour que cela ne se voie pas.

Sur cette jupe évasée, Margot portait un corsage blanc brodé au col et aux manchettes par ses soins. Elle avait acheté des bottines noires à un revendeur à la toilette.

Elles la serraient sur les côtés mais elle aurait accepté de souffrir encore plus pour le plaisir d'arborer des souliers de dame. Il ne lui manquait plus qu'une ombrelle. Elle s'efforçait de protéger son teint clair et « empruntait » la crème de Madame, quand celle-ci se reposait dans le jardin d'hiver. Après tout… elle avait les moyens ! se disait Margot pour apaiser sa mauvaise conscience. Elle avait faite sienne une remarque de Célestine, femme de chambre dans la villa voisine : « Nous devons faire avec ce que le bon Dieu nous a donné à la naissance. Les riches, eux, peuvent payer ! »

Forte de cette certitude, Margot « empruntait » également châles et bas à sa maîtresse. J'y ai bien droit, moi aussi, pensait-elle.

Si elle l'avait appris, sa mère aurait suffoqué d'indignation. Pour elle, il convenait de rester honnête, même si, pour ce faire, on devait mourir de faim. Un raisonnement que Margot ne pourrait jamais partager.

La main placée en visière devant les yeux, elle observa la presqu'île du Ferret, qui s'étirait en face de la plage. Ceux qui y étaient déjà allés évoquaient un endroit sauvage, éloigné de toute civilisation.

Margot, qui savait manœuvrer la pinasse de son frère, s'y était déjà risquée à trois reprises. Cependant, elle ne trouverait pas un riche rentier sur la côte Noroît ! Elle esquissa un sourire teinté d'autodérision.

Il émanait du Bassin, irisé sous le soleil, une impression de sérénité qui apaisait la jeune fille.

Oh ! pensa-t-elle, ne plus être esclave des horaires, pouvoir vivre à sa guise, sans se soucier des ordres et des obligations. Elle en rêvait.

Perdue dans ses pensées, elle trébucha sur un grappin à cinq branches, une ancre de pinasse, et, ne pouvant se rattraper, chuta sur le sable.

— Mademoiselle !

Une voix masculine, un bras puissant pour l'aider à se relever, un parfum épicé… Margot se redressa et adressa un sourire à celui qui venait de la tirer d'un mauvais pas.

Sourire qui s'effaça en reconnaissant le bon Samaritain. Il s'agissait en effet de monsieur Chabert ! Lui, fronça les sourcils.

— Margot ? Que diable faites-vous ici ?

Piquée au vif, elle releva la tête.

— C'est mon jour de congé, Monsieur.

Il hocha la tête. Il paraissait étonné.

— Oui, naturellement, je ne voulais pas dire que… Permettez-moi de vous accompagner jusqu'au chalet Pereire.

— Vous craignez que je ne tombe à nouveau ? ironisa-t-elle.

Que faisait-il là sans Madame ? s'interrogea-t-elle.

53

— Mon épouse était un peu lasse, reprit-il comme pour répondre à sa question muette.

A son tour, Margot inclina la tête. Elle croyait comprendre ce qu'il éprouvait. L'atmosphère régnant à la villa Beau Rivage était pesante. Il ne fallait pas de courants d'air, ni de poussière, encore moins d'odeurs de cuisine. Béatrice passait la plus grande partie de ses journées à lire. En présence de son époux, elle ne modifiait pas son emploi du temps.

Lui allait se promener, descendant systématiquement vers le Bassin. A croire, disait Célestine, moqueuse, que ces messieurs ne supportaient pas la Ville d'Hiver !

Ils s'éloignèrent tous deux en direction des Abatilles. Cette fois, Margot prit garde aux grappins et au coaltar maculant le sable. On utilisait beaucoup ce goudron pour recouvrir le fond des pinasses, et les imprudents risquaient d'y gâcher leurs souliers comme le bas de leur robe. Seuls les habitués du Bassin se défiaient du coaltar.

Elle pensa demander à monsieur Chabert s'il ne craignait pas d'être vu en compagnie d'une simple domestique puis haussa les épaules. Après tout, cela ne la concernait pas !

Chemin faisant, il la questionna au sujet de la pêche et de la résine. Elle se mit à rire.

— Cela ne m'intéresse pas ! Je veux...

Elle s'interrompit, confuse. Il était hors de question de lui confier : « Je veux vivre à mon seul désir, ne rendre de comptes à personne ! » C'était impossible. Aussi se contenta-t-elle d'esquisser un geste vague de la main.

— Je veux être heureuse.

Son regard chercha le sien. Il avait les yeux gris, remarqua-t-elle.

— Le bonheur… soupira-t-il, l'air blasé.

L'instant d'après, il enchaîna, comme si de rien n'était :

— Il faudra me montrer vos refuges. Je suis persuadé que vous connaissez des endroits déserts, loin de la foule.

Margot ne pouvait se tromper quant au sens caché de son invite. Le cœur battant, elle baissa pudiquement les yeux, en promettant d'y réfléchir.

Le poisson est ferré, se dit-elle.

Seul problème, Maurice Chabert était un homme marié.

8

1869

Si elle appréciait leurs rendez-vous galants sous les pins, du côté du Moulleau, Margot aimait par-dessus tout que Maurice la rejoigne dans sa chambre de bonne à l'entresol.

Il descendait l'escalier sur la pointe des pieds, se glissait dans la pièce, avant de soupirer : « Faut-il que j'aie envie de toi, pour venir jusqu'ici ! »

Ici, c'était sa chambre, près des pièces dites « humides », comme l'office et la buanderie. Lit en fer à quinze francs, commode en pitchpin, broc ébréché et toilette aux couleurs fanées... Un décor de pauvre pour l'élégant Bordelais.

La première fois, elle s'en souvenait fort bien, c'était près de la chapelle, sous les grands chênes. Il avait bu son petit cri sur ses lèvres et esquissé un sourire triomphant.

« Etre le premier, mon petit, c'est toujours un peu émouvant. »

Il l'avait prise à la hussarde, sans ménagement, et Margot en avait été blessée. Elle aurait désiré plus d'égards !

Célestine, à qui elle s'était confiée sans lui révéler le nom de son amant, lui avait donné quelques conseils.

« Tâche de ne pas te faire engrosser », lui avait-elle recommandé.

Comme si c'était simple ! Bien sûr, les domestiques se communiquaient sous le manteau des recettes, mais celles-ci n'avaient pas forcément fait leurs preuves. Chaque mois, elle connaissait l'angoisse de l'attente des règles. Madame n'avait pas d'enfant. Sa santé fragile le lui interdisait. Aussi, forcément, la jeune fille se surprenait parfois à rêver. Et si elle donnait, elle, un fils à Maurice ? Si Madame mourait ? L'instant d'après, elle se reprochait ce genre de pensées. « C'est mal », lui aurait dit sa mère. Mais Margot évitait Léonie. Elle avait l'impression que celle-ci devinerait la vérité au premier coup d'œil. Pourtant, Margot n'était pas une femme entretenue ! Maurice lui avait seulement offert une ombrelle, un petit chapeau à porter incliné sur le devant, et un corsage Garibaldi, à manches très amples. Le jour où elle avait osé lui réclamer un corset à la mode, il avait éclaté de rire, et répondu qu'il la préférait nue. Margot avait esquissé un sourire pour ne pas laisser voir à quel point elle était blessée. Pour qui la prenait-il ? Pour une « fille » ? Certaines nuits, alors que le sommeil la fuyait, elle s'interrogeait au sujet de leur relation.

Avait-elle vraiment des perspectives d'avenir avec Maurice ? Elle ne pouvait pas dire qu'elle l'aimait. Ses attentions la flattaient, comme son empressement auprès d'elle. Dans ses bras, elle se sentait toute-puissante mais cela ne lui suffisait pas. Elle voulait assurer ses arrières, ne plus connaître la pauvreté. A la villa, Monette et Joseph la considéraient d'un air soupçonneux. Se doutaient-ils de quelque chose ? A moins que Margot ne se soit trahie par son attitude conquérante ? Il lui semblait parfois que le monde lui appartenait. L'instant d'après, Monette lui réclamait du poisson frais et Margot descendait sur le port, souriant de ses rêves de grandeur. Elle n'avait pas encore dix-neuf ans, et, cependant, plus beaucoup de temps à perdre.

Léonie aurait dû s'abstenir, naturellement, de rendre visite à sa mère mais Eugénie l'avait suppliée de venir. A l'entendre, Rose était quasiment mourante. Quand Léonie s'était présentée chez sa mère, elle l'avait trouvée assise dans la salle en train de discuter avec le père Thomas.

Certes, Rose était encore plus pâle que d'habitude et des cernes profonds soulignaient ses yeux, mais elle avait toute sa tête. Elle l'avait prouvé en accueillant sa fille aînée.

« Il faut donc que je sois à l'agonie pour que tu te décides à venir me voir ? »

Le prêtre, gêné, avait toussoté, provoquant un éclat de sa paroissienne : « Je parle à ma fille comme je l'entends, mon père ! »

Léonie aurait volontiers tourné les talons mais sa marche l'avait fatiguée et elle avait fort soif. Elle s'était désaltérée avec de l'eau tirée du puits, s'était laissée tomber sur le banc. Comme chaque fois, elle avait cherché du regard la silhouette voûtée de son père. Son cœur s'était serré. Pauvre père, toujours bon pour elle…

Rose discourait, se plaignant de l'ingratitude de ses enfants, des temps qui changeaient. A l'en croire, elle-même avait été un parangon de vertu. Le père Thomas s'agitait sur son banc.

« Ma chère Rose, j'ai d'autres fidèles à visiter. Je vous abandonne en compagnie de vos filles.

— Des ingrates, des filles de rien, avait grommelé la vieille femme.

— Qui sont cependant à vos côtés », avait glissé le père Thomas d'une voix empreinte de componction.

Dès qu'il avait franchi le seuil de sa cabane, Rose était entrée dans une colère folle. Elle n'avait de leçons à recevoir de personne, encore moins de ce prêtre venu de la ville qui ne connaissait rien au pays de Buch. Quant à ses filles... que le diable les emporte ! Auguste seul avait de l'importance pour elle.

Léonie avait posé les mains bien à plat sur la table. Dire qu'elle s'était imposé ce long trajet pour se faire insulter ! Cela ne pouvait plus durer.

Elle s'était levée.

« Je ne reviendrai ici que le jour de votre enterrement, mère », avait-elle laissé tomber.

Promesse qui avait exacerbé la colère de Rose.

« Je vous maudis, toi et tes enfants ! Fille dénaturée !

— Vous n'avez plus le pouvoir de me faire du mal, mère », avait répondu Léonie d'un ton déterminé.

Elle avait franchi le seuil de la cabane sans se retourner. Tant pis pour Eugénie qui sanglotait doucement. Elle-même ne voulait plus subir la méchanceté de leur mère.

Elle avait repris le chemin de sa propre cabane,

marchant à grands pas en remâchant sa colère. La peste soit de Rose ! N'avait-elle pas compris, depuis le temps, à quel point celle-ci la détestait ?

Perdue dans ses pensées, Léonie n'avait pas remarqué la fondrière au milieu du chemin. Elle glissa sur le sol spongieux, voulut se rattraper à une branche de chêne, tomba lourdement sur son bras droit, celui qui avait été gravement brûlé lorsqu'elle était enfant. On la disait dure au mal mais elle ne put réprimer un hurlement de douleur. Elle tenta de ramper pour se relever, en vain. Au-dessus de sa tête, elle apercevait un pan de ciel bleu traversé de légers nuages blancs.

Je vais y arriver, se dit-elle, les dents serrées sur son mal.

La souffrance, fulgurante, lui vrilla le bras, provoqua une nausée irrépressible. Sous le choc, elle s'évanouit.

— A-t-on idée ? s'amusa Léonie. Me pâmer, comme une demoiselle !

— Pour sûr, ça ne te ressemble pas ! fit la rebouteuse, appelée en hâte par Eugénie.

Un heureux concours de circonstances avait voulu que la cadette, éplorée, se lance sur les traces de son aînée. Elle l'avait découverte évanouie dans la fondrière, couverte de boue. Elle l'avait ranimée à coups de taloches, et aidée à regagner sa cabane.

« Laisse, disait Léonie, ce ne sera rien. »

Mais le bras tombant le long du corps, le sang s'écoulant de la blessure avaient inquiété Eugénie. Laissant sa sœur nettoyer la plaie, elle était allée quérir Roberte, la rebouteuse.

Celle-ci, une robuste femme d'une cinquantaine

d'années, était réputée pour son savoir. Cette fois, cependant, elle fit la grimace.

— Ma belle, dit-elle à Léonie, il va falloir faire des emplâtres de consoude[1] car tu as une fracture ouverte.

— La belle affaire ! plastronna Léonie.

Elle ne voulait pas laisser voir à quel point elle souffrait et se sentait misérable. Comment pourrait-elle continuer à travailler sans l'usage de son bras droit ? Il lui serait impossible de grimper sur le pitey désormais. Elle frissonna. Le visage de Roberte se ferma.

— Si ta plaie s'infecte, tu feras moins la fière, crois-moi.

La rebouteuse se redressa.

— Je reviendrai te voir demain. En attendant, repos. Eugénie, tu peux t'occuper des bêtes ?

— Je ne suis pas infirme ! protesta Léonie.

— Pas encore, mais tu risques fort de le devenir si tu n'écoutes pas mes conseils.

Elle prépara une décoction de plantes afin de faire dormir sa patiente et s'en fut, sa besace sur l'épaule. Eugénie se tourna vers sa sœur.

— Nous voilà belles ! Si j'appelais Auguste ?

— Il ne nous sera d'aucune utilité, tu le sais aussi bien que moi.

— Tes enfants ?

— Ils ont leur vie, leur travail, je me débrouillerai bien.

Même si elle ne l'avouerait jamais, elle se serait sentie plus rassurée en compagnie d'Eugénie. Mais

---

1. Son nom provient de la capacité de cette plante à accélérer la consolidation des fractures grâce à sa teneur en allantoïne.

elle savait bien que celle-ci ne pouvait s'éloigner longtemps de Rose. C'était à croire que les insultes, les camouflets de leur mère donnaient un sens à sa triste existence !

Eugénie lui servit la décoction dans un bol en terre cuite avant d'aller nourrir les poules et le mulet. Léonie n'avait plus de chien depuis la mort de Pipo. Seul le chat venait de temps à autre quêter des caresses.

— Ça ira ? s'enquit-elle, mal à l'aise comme toujours lorsqu'il s'agissait d'exprimer ses sentiments.

— Bien sûr ! lui assura Léonie.

Lorsque sa sœur se fut éloignée, Léonie se laissa aller à verser quelques larmes. Qu'elle écrasa rageusement de sa main gauche.

Elle n'avait pas pour habitude de s'apitoyer sur son sort.

9

1870

Lorsqu'il venait rendre visite à son épouse, Maurice Chabert montait chaque matin au manège du casino Mauresque.

Une merveille, cet établissement, inauguré cinq ans auparavant, et entouré d'un parc de huit hectares qui dominait la ville et la baie. Inspiré de l'Alhambra de Grenade, il était décoré de mosaïques, d'émaux et de faïences, et offrait des salles de jeux, de musique ainsi qu'une époustouflante salle de bal éclairée par quatre-vingts lustres de cristal.

Maurice y retrouvait d'autres « estrangeys » et s'adonnait à sa passion pour l'équitation. Il reprenait le train à destination de Bordeaux le lundi matin, parce qu'il aimait s'offrir une dernière nuit avec Margot.

Cette belle fille brune aux yeux bleus avait du chien et lui échauffait les sens. Lorsqu'il la croisait dans les couloirs de la villa Beau Rivage, il n'avait qu'une idée, la trousser séance tenante. Et elle, la mâtine, qui s'en rendait bien compte, s'en amusait sans fausse honte, tout en faisant mine de l'ignorer.

Assurément, elle constituait la parfaite antithèse

de Béatrice ! Mais son épouse, fille de banquier, lui avait apporté une dot conséquente qui lui avait permis de développer l'entreprise familiale de transports fluviaux. De toute manière, la société du Second Empire respectait des règles immuables. On se mariait pour des raisons financières, entre soi, avant de pouvoir mener sa vie à sa guise. A Bordeaux, Maurice fréquentait une maison accueillante mais les amours tarifées avaient un petit côté déplaisant pour son amour-propre. Avec Margot, il avait le sentiment d'être aimé pour lui-même, et non pour son argent.

Il jeta un coup d'œil distrait du côté du Bassin. On le distinguait mal à cause d'une légère brume. Sans Margot, il se serait mortellement ennuyé à Arcachon ! Cependant, sa dépendance vis-à-vis de la jeune femme lui faisait un peu peur. La nuit précédente, Margot avait tenté de le retenir à ses côtés en jouant de son charme. Câline, elle lui avait demandé s'il l'aimait et lui, dérouté, avait balbutié une réponse inaudible. Que diable ! il n'avait jamais fait ce genre de déclaration à sa propre épouse, et elle s'en accommodait fort bien. S'il n'y prenait garde, il se retrouverait avec un fil à la patte dont il aurait beaucoup de peine à se dépêtrer.

Décidément, il était temps de mettre fin au séjour de Béatrice à la villa Beau Rivage. De toute manière, la neurasthénie dont souffrait sa femme n'avait pas vraiment été guérie et cette cure, avec ses à-côtés, lui coûtait les yeux de la tête.

Résolu soudain, il se sentit rasséréné. Maurice Chabert détestait perdre le contrôle de la situation.

Désorientée, Béatrice Chabert lissa du plat de la main le velours de sa jupe.

Maurice venait de lui annoncer sa décision et elle ne savait qu'en penser. Elle aurait tant aimé lutter contre ce spleen, ce vague à l'âme qui lui empoisonnait la vie ! Jadis, elle avait été une enfant heureuse, mais son mariage lui avait assombri le caractère. Béatrice aimait son cousin Léon, et cet amour était réciproque. Leurs parents, naturellement, s'étaient opposés à leur union, et Léon avait été envoyé par sa famille exploiter une ferme dans la Mitidja, en Algérie. Il était mort des fièvres moins d'un an plus tard, et Béatrice avait dû épouser Chabert.

Depuis, elle n'avait plus la force de lutter contre le désespoir. Elle éprouvait souvent la sensation d'être aspirée par le néant. Seule la lecture lui permettait de s'évader, de ne plus être obsédée par la disparition de Léon.

Ici, à la villa Beau Rivage, elle était au moins dispensée des obligations mondaines inhérentes à son statut. A Bordeaux, il lui faudrait avoir son jour, recevoir des épouses de négociants menant une vie aussi ennuyeuse que la sienne, parler de tout et de rien… Cette perspective l'inquiétait déjà !

Elle se leva, se demandant par quoi elle devait commencer.

Car, naturellement, Maurice n'avait pas daigné écouter ses arguments.

« Je ne puis plus me permettre de faire les allers et retours entre Bordeaux et Arcachon », lui avait-il dit. Les impératifs de son travail le lui interdisaient.

Elle aurait pu lui suggérer de ne plus venir aussi souvent. Après tout, elle se sentait mieux en son absence ! Mais Béatrice avait reçu une éducation stricte et ne se serait jamais permis ce genre de remarque. L'époux était le chef de famille et avait tous les droits.

Elle agita la sonnette.

— Venez m'aider, Margot, lança-t-elle à la jeune domestique. Vous commencerez par emballer mes livres.

Margot tressaillit.

— Madame veut les offrir à une bonne œuvre ? s'enquit-elle.

Béatrice secoua la tête.

— Quelle idée ! Non, plus simplement, nous rentrons à Bordeaux.

Son ton ne laissait pas le moindre doute quant à son état d'esprit. Elle quittait Arcachon à regret. Béatrice n'était donc pas celle qui avait pris la décision de partir. Alors… s'agissait-il de Maurice ? Margot ne parvenait pas à imaginer pareille trahison de sa part.

La veille encore, il n'avait pas opposé un refus catégorique à sa suggestion. Ils pourraient se voir plus souvent s'il venait s'installer à Arcachon.

Margot se mordit les lèvres. La colère bouillonnait en elle. Pensait-il vraiment qu'elle ne réagirait pas ? Décidément, il la connaissait bien mal !

Elle s'acquitta de ses tâches sans se départir d'un sourire figé. Elle agissait au ralenti, et se fit rappeler à l'ordre à deux reprises. Lorsqu'elle eut terminé son ouvrage, elle s'éclipsa. Il fallait qu'elle voie Maurice.

Elle parvint à l'intercepter alors qu'il était sorti dans le parc fumer son cigare. La soirée était douce, les ombres des arbres s'étiraient, l'air était parfumé au pin. Margot pensa brusquement qu'elle aurait été presque heureuse si Maurice n'avait pas décidé de partir.

Elle posa la main sur la manche de sa veste. Elle aurait aimé toucher sa peau, afin d'avoir plus d'emprise sur lui.

— Vous partez donc ? souffla-t-elle.

Il se tourna lentement vers elle. Son visage était dans l'ombre, ses traits indéchiffrables.

— Tout a une fin, répondit-il platement. Tu ne l'avais pas encore compris ?

Cette simple phrase rejetait Margot loin, dans un autre univers. Elle aurait préféré recevoir une gifle. Raidie, elle se rapprocha de lui.

— Et moi... qu'est-ce que je deviens ?

Il laissa échapper un ricanement.

— Toi ? Tu restes à ta place. Une bonniche qui aime écarter les cuisses, voilà ce que tu es !

Soufflée, elle pâlit sous l'outrage. A cet instant, elle comprit que les riches – ou, tout au moins, les riches comme Chabert – n'avaient qu'un vernis de bonnes manières. Il suffisait de gratter – si peu – pour que jaillisse l'outrecuidance du mâle. Une nausée la submergea.

— Vous faites bon marché de moi, reprit-elle, s'efforçant de maîtriser le tremblement de sa voix. Et si je suis grosse ?

Il se rapprocha d'elle. A la lueur de l'extrémité incandescente du cigare, elle discerna ses traits contractés.

— Ne t'avise pas de faire des histoires ! siffla-t-il. Si tu es grosse, tu t'arranges pour faire passer le gosse, et basta ! Ce n'est pas mon affaire.

Elle lui jeta un regard chargé de mépris et de colère. Comment pouvait-il réagir ainsi ? N'avait-elle donc aucune importance pour lui ? Il ne pouvait mieux lui signifier son indifférence. Qu'avait-elle été pour lui ? Rien d'autre qu'une bonne fortune, une distraction lorsqu'il venait rendre visite à son épouse malade.

Elle ne l'aimait pas, songea-t-elle avec une sourde délectation. Elle ne l'avait jamais aimé.

Il n'empêchait… le coup était rude pour son amour-propre !

Il écrasa son cigare sous son pied. L'odeur parut tout à coup insupportable à Margot. Et si c'était vrai ? s'affola-t-elle. Si elle attendait un enfant ?

Paniquée, elle risqua une dernière tentative.

— Madame n'apprécierait pas si je lui racontais…

Il ne la laissa pas achever sa phrase. Les mains tendues en avant, il les plaça de chaque côté de son cou, et serra.

Margot, les yeux écarquillés, tenta en vain de se dégager. Elle battit des bras, lut sa mort dans le regard glacé de Chabert.

— Un seul mot à mon épouse, et je te tue, grinça-t-il. Il me suffira de serrer un peu plus pour briser ton joli cou.

Il ne plaisantait pas, tous deux le savaient. Il n'hésiterait pas à mettre sa menace à exécution.

— Compris ?

Il desserra son étreinte, lentement, comme s'il savourait l'effroi et la douleur de la jeune femme. Margot, massant son cou endolori, ne répondit pas. Elle lui décocha un regard haineux qui le fit rire.

— Adieu, la belle, jeta-t-il, désinvolte.

Margot le planta là et s'enfuit au fond du jardin.

Réfugiée sous un chêne imposant, elle pleura longuement, plus de dépit et de colère que de peine réelle. Comment avait-il osé la traiter ainsi ?

Lorsqu'elle reprit le chemin de la villa Beau Rivage, sa décision était arrêtée.

Elle imposerait sa loi à son prochain amant. Elle seule.

10

1870

Nous avons été heureux, ici… pensa Léonie, en reculant vers la porte de la cabane.

Les quelques meubles qui lui appartenaient étaient chargés sur une charrette. Le mulet la conduirait à Gujan où Marie et son époux André étaient installés. Incapable de continuer à vivre seule dans sa forêt, Léonie, la mort dans l'âme, avait dû consentir à cette solution.

Elle emportait son lit, sa vaisselle, l'almanach de Pierre, et les trois poules qui lui restaient. Le renard en avait volé deux.

La faute à cette maudite fracture, qui avait fait d'elle une infirme, pensa Léonie. Malgré les soins prodigués par Roberte, la gangrène avait gagné son bras. La rebouteuse avait déclaré forfait et envoyé Léonie chez le docteur Ricard. Celui-ci avait levé les yeux au ciel en constatant son état. La sanction était tombée. L'amputation constituait la seule chance de sauver la résinière. Elle savait ce que cela signifiait : plus question de grimper sur son pitey ni de scier des branches d'arbre.

Léonie en avait pleuré, de rage, de chagrin et de

frustration. Elle gardait un souvenir confus des jours suivants. L'anesthésie à l'éther, la douleur, horrible, à son réveil, et cette manche vide, qui la narguait. Comment, se demandait-elle, survivre à ça ? Elle s'était obstinée, cependant, plus encore à compter du jour où Rose était venue lui rendre visite. Léonie aurait voulu l'en empêcher mais elle savait bien que Rose agissait selon son bon plaisir. Elle avait toisé sa fille allongée dans la salle commune, fait claquer sa langue. « Te voilà bien arrangée ! A force de mener la vie d'un homme... »

Pas un mot de compassion, rien, que ce constat glacial. « A présent, ta vie est fichue. Qui voudrait d'une infirme ? »

Elle désirait la voir disparaître, avait pensé Léonie, horrifiée. D'une certaine manière, cette certitude l'avait aidée à surmonter son infirmité. Rose ne gagnerait pas !

Et maintenant... se dit-elle. Assise sur le siège de la carriole, elle jeta un dernier regard en arrière. La vie dans la forêt était terminée pour elle. Désormais, elle serait à la charge de Marie. Or, cette idée lui était insupportable.

Certes, elle s'entendait plutôt bien avec son gendre, mais c'était avant. Quand elle n'était pas une vieille femme inutile. Elle n'avait pas encore cinquante ans, pourtant.

Cette idée la terrorisait. Elle n'avait pas l'intention de rester éternellement dépendante de ses enfants. Elle devait trouver un moyen de gagner sa vie.

— Maman, tu es chez toi, lui répéta Marie, avant de rejoindre André qui piaffait sur le pas de la porte.

Elle était la seule à l'appeler « maman », se dit

Léonie, et était certainement la plus tendre de ses trois enfants. Germain, passionné par la mer comme son père, prenait de ses nouvelles de loin en loin. Elle avait bien compris que sa manche vide l'effrayait. Margot, elle, vivait à sa guise à Arcachon, où elle travaillait dans la Ville d'Hiver. Elle s'habillait comme une demoiselle, parlait de façon un peu précieuse, à la bordelaise, ce qui faisait sourire son frère et sa sœur. Déjà, quand elle était petite, Léonie lui recommandait : « Ne te raconte pas d'histoires, Margot. La vie est bien assez compliquée ! »

Sa petite dernière, élevée sans son père, avait toujours caressé des rêves de grandeur. Mener une autre vie… Comment ne pas la comprendre ? Même si Léonie s'était contentée, après la mort de Pierre, de chercher à survivre.

Elle jeta un coup d'œil au décor de la maison de Marie. Il s'agissait d'une cabane en planches, couverte de tuiles, mieux meublée que sa cabane de résinier. L'intérieur était tout lambrissé de planches, ce qui protégeait de l'humidité. Une table, un fourneau de fonte carré, deux bancs, un buffet constituaient l'essentiel du mobilier. Le fusil de chasse d'André trônait en bonne place, accroché au-dessus du buffet. Au-dehors, il y avait un incroyable fouillis composé de tables de détroquage, de filets, de tuiles et de cages d'ambulances[1].

André était habile de ses mains et fabriquait des meubles à la morte-saison. Sa fille et son gendre

---

1. On nommait ainsi les casiers de deux mètres sur un mètre, recouverts de grillage, destinés à abriter les jeunes huîtres des prédateurs.

avaient installé Léonie dans une petite pièce attenante à la salle et ouvrant sur le Bassin. Sa paillasse ne tenait pas beaucoup de place et elle avait seulement gardé ses plus chers trésors, comme le précieux almanach de Pierre.

Assise sur son lit, elle l'ouvrit au hasard, suivit une ligne du bout de l'index.

Elle n'était pas savante comme Pierre. Il lui arrivait de lire deux ou trois pages, le soir, à la chandelle, et elle songeait que Rose l'avait privée de tout un monde enchanté en l'empêchant de se rendre à l'école. Un grief supplémentaire…

Elle n'avait pas revu sa mère depuis plusieurs semaines et s'en accommodait fort bien.

Allons ! se dit-elle, s'exhortant à bouger, à ne pas rester dans la maisonnette. Elle devait nourrir les poules, balayer, préparer la soupe pour le soir. Marie et André travaillaient dur, ils seraient certainement heureux de se mettre les pieds sous la table à leur retour. Tout en s'efforçant d'utiliser son bras et sa main gauche, Léonie réfléchissait. Il fallait qu'elle gagne sa vie.

Si sa belle-mère avait été encore de ce monde, elle lui aurait demandé l'hospitalité, malgré ses réticences à se rendre sur la Corniche. Mais Marguerite était morte un an auparavant et, suivant ses instructions, son logis était revenu à Germain.

C'était bien ainsi, songeait Léonie, le fils de Pierre, pêcheur lui aussi, s'inscrivait dans la tradition familiale. Margot avait protesté haut et fort. L'héritage de grand-mère Marguerite n'aurait-il pas dû être partagé entre ses trois petits-enfants ? Germain y avait songé et versait une rente chaque trimestre à ses deux sœurs.

Marie en avait profité pour aménager leur maisonnette. De son côté, Margot l'avait dépensée en toilettes et fanfreluches, tout en continuant de clamer qu'elle avait été lésée.

Léonie soupira. Margot pouvait être parfois si... fatigante !

Elle sortit sur le seuil, s'étonnant une nouvelle fois de se trouver si près du Bassin, elle, la fille de la Grande Lande. Ses pins lui manquaient, ainsi que le chant de ses geais.

La main en visière devant les yeux, elle observa le ballet des mouettes, le miroitement du soleil dans l'eau. Elle huma l'air, légèrement iodé, établissant déjà d'autres comparaisons. Pierre aurait-il été heureux ici, à Gujan, lui qui était si fier de se dire enfant des passes ?

La douleur familière lui pinça le cœur. Toutes ces années... et, toujours, l'impression d'avoir été amputée ce jour-là déjà.

Elle se redressa, lentement, s'avança à pas comptés vers le rivage. A son âge, elle ne devait plus avoir peur de quoi que ce soit ! Il lui fallait apprivoiser le Bassin, en tirer quelque argent. Mais comment ? Elle s'imaginait mal pêchant à la foëne.

De toute manière, elle serait considérée comme trop vieille. Quel travail pouvait-elle effectuer ? Porteuse d'eau ? On ne lui ferait pas confiance, avec son bras unique ! Cuisinière ? Elle avait bien de la peine à ne pas rater sa soupe, et fustigeait sa maladresse en se traitant de tous les noms. Personne ne voudrait d'elle comme domestique.

Elle poursuivit sa réflexion tout en marchant le long

du rivage. Elle avait l'impression qu'à Gujan, tout tournait autour de l'huître.

Il fallait qu'elle s'adapte. De toute manière, elle n'avait pas le choix. Si elle ne pouvait pas rester chez Marie, elle n'aurait plus qu'à se réfugier chez sa mère. Autant se jeter tout de suite dans le Bassin !

Deux femmes de pêcheur bavardaient, à côté d'une pyramide de tuiles fraîchement chaulées.

Léonie se rapprocha d'elles, les salua.

Elles lui répondirent distraitement, occupées à commenter la manœuvre d'une pinassotte.

— C'est une bas rouge, fit remarquer la plus âgée.

L'autre ajouta quelque chose qui les fit rire.

Intriguée, Léonie observa la femme qui maniait la pinassotte avec dextérité. Elle avait su, elle aussi, même si elle s'était toujours défiée de l'eau.

La femme, âgée d'une quarantaine d'années, se leva de son embarcation avant de l'échouer sur le sable. Sous la coiffe, la benaize, son visage était las, ses traits tirés. Lorsqu'elle sauta à terre, Léonie aperçut ses jambes marquées de marbrures et de piqûres d'un rouge violacé. Les bas rouges… bien sûr ! Elle avait déjà entendu parler de ces femmes qui allaient effectuer un travail spécial dans les marais d'Audenge.

Elle sut alors ce qu'elle devait faire. Même avec un seul bras.

MARGOT

*La misère donne une audace
qu'inspire la nécessité.*

THUCYDIDE

11

1871

La pluie, drue et violente, cinglait Arcachon, peu accoutumée à ce déluge.

Au loin, le Bassin, couleur gris acier, lançait ses coups de boutoir contre digues et perrés[1].

— Un vrai temps de chien, grommela Margot, qui avançait tête baissée, resserrant sa pèlerine autour d'elle.

Elle avait l'impression de piétiner dans sa vie depuis le départ de Chabert. Certes, elle avait tenté de se convaincre qu'elle n'avait pas besoin de lui, qu'elle réussirait très bien sans son aide, mais ce n'était pas tout à fait vrai.

Elle avait dû affronter les railleries des autres domestiques de la villa Beau Rivage. Joseph lui-même, qui la courtisait depuis son arrivée, lui avait battu froid. Exaspérée, vexée, Margot avait fini par chercher une autre place. Embauchée dans une pension de famille, les Flots Bleus, elle avait découvert un

1. Murets ou murs de protection des habitations situées en bordure du rivage.

autre aspect de la Ville d'Hiver. Des clients moins fortunés, parfois plus attachants parce que plus proches des réalités quotidiennes.

Et puis, il y avait eu la guerre, qui avait éclaté durant le bel été 1870, et cette impression que plus rien ne serait comme avant.

La guerre, et aussi la fracture de sa mère. Même si elle le lui montrait mal, Margot aimait Léonie, et elle avait souffert pour elle. Mais, à force de se répéter qu'elle devait penser avant tout à elle, la jeune fille avait la désagréable sensation de s'être perdue en chemin.

Léonie était si difficile à comprendre, elle aussi ! Farouchement attachée à son indépendance, elle n'était pas restée longtemps chez Marie et André, et avait trouvé refuge dans une cabane à Audenge. Une cabane ! Margot fronça les sourcils. A croire que sa mère n'avait pas d'autre ambition ! Elle, elle voulait tout. La puissance, l'argent, les toilettes, les bijoux. Et peut-être aussi l'amour, si c'était possible.

Perdue dans ses pensées, elle heurta le promeneur, abrité sous un vaste parapluie noir, qui remontait la rue.

Margot bredouilla une excuse, tandis que l'inconnu s'inclinait légèrement, portant la main à son chapeau haut de forme.

Elle remarqua tout de suite son élégance, la distinction de ses manières, et se sentit rougir sous le regard aigu dont il l'enveloppa.

Ses cheveux bouclaient aux tempes et sur le front à cause de la pluie.

— Je suis désolé, mademoiselle, déclara-t-il d'une belle voix grave, sans le moindre accent.

L'instant d'après, il ajouta :

— Je suis peintre. Accepteriez-vous de poser pour moi ?

Trop ébahie pour réclamer des précisions, elle s'entendit accepter sans réfléchir plus avant.

De nouveau, il s'inclina.

— Edouard Manet. Je vous attendrai demain dès dix heures devant la villa Stella.

C'était ainsi que ses séances de pose commencèrent.

Le lendemain, elle dut raconter à mademoiselle Viviane, la propriétaire de la pension les Flots Bleus, que sa mère avait besoin d'elle pour parvenir à s'échapper. Mademoiselle Viviane, la cinquantaine corpulente, n'était pas une mauvaise personne mais Margot avait peu d'affinités avec elle. Celle-ci se souciait plus des repas et de la boisson que de la qualité du linge. Exigeante, Margot recherchait la perfection. Elle rêvait d'un établissement impeccable dans lequel les pensionnaires se sentiraient presque comme chez eux. Et, surtout, elle rêvait d'en être la propriétaire.

L'homme debout en face d'elle imaginait-il ce qu'elle avait en tête ? Même dans cette pièce qu'il appelait son atelier, un peu en désordre, il lui paraissait très élégant avec son habit noir, sa chemise blanche et son gilet. Il avait ôté ses gants de chevreau gris perle, posés sur un guéridon avec sa canne à pommeau d'ivoire. Ses cheveux noirs, abondants et légèrement ondulés, sa barbe sombre lui conféraient beaucoup de séduction.

Un homme habitué aux conquêtes, en déduisit Margot.

Elle n'avait pas peur, cependant. De toute évidence,

Edouard Manet se passionnait pour son art et respectait son modèle. Il lui avait demandé de poser dans un jupon rouge et une ample chemise immaculée dont il avait relevé le col.

— Très bien. Une vraie Gitane, commenta-t-il.

Il lui raconta s'être rendu en Espagne, en 1865.

Margot écarquilla les yeux.

— Quels autres pays connaissez-vous ?

Il lui parla du Brésil où il s'était rendu en 1848 sur un bateau-école, *Le Havre-et-Guadeloupe,* comme pilotin, de l'Italie, de l'Allemagne et de l'Europe centrale.

Debout dans ses vêtements d'emprunt, la jeune femme imaginait ces contrées lointaines, sans pour autant avoir envie de s'y rendre. Elle, c'était à Arcachon qu'elle désirait régner. Nulle part ailleurs.

Elle l'écoutait, tandis qu'il parlait des derniers mois passés à Paris. Les mots de « Commune », « République », « Garde nationale » lui paraissaient obscurs. Elle savait, naturellement, que la France avait été battue à Sedan, et que le siège de Paris avait été particulièrement rigoureux. Mais c'était si loin du Bassin ! Une vie, un monde différents. Que savaient-ils, ces Parisiens, de la côte Noroît, des passes, et de la forêt ? Rien du tout ! Il fallait entendre les cris effarouchés des dames dès qu'elles marchaient sur le sable humide.

Elle ne fit pas part de ses sentiments, cependant, à l'artiste. Il l'impressionnait. De plus, même si elle était certaine de ne rien avoir à redouter de sa part, elle restait sur la défensive. Pas question pour elle de se laisser trousser comme la première servante venue ! Elle savait ce qu'elle voulait, désormais.

— Ne souriez pas, surtout ! lui recommanda Manet. Je vous veux rebelle, presque menaçante.

Etait-ce ainsi qu'il la voyait ? se demanda Margot. Elle se savait belle, mais elle avait aussi besoin de preuves d'amour.

Comme celles que Chabert n'avait pas voulu lui donner.

Serrant les dents, Léonie s'avança un peu plus dans les marais, en relevant bien haut sa jupe.

Les premiers instants provoquaient toujours chez elle un sentiment d'appréhension, qui pouvait se transformer en peur panique à la fin de la journée. Elle détestait ces horribles vers suceurs de sang accrochés à ses jambes mais elle n'avait pas le choix. Grâce à ces sales bêtes, elle parvenait à sauvegarder son indépendance.

Ses enfants avaient été profondément choqués lorsqu'elle leur avait appris sa nouvelle occupation.

Margot s'était montré la plus virulente.

« Qu'aurait dit père ? » lui avait-elle objecté. Et Léonie avait secoué la tête.

« Votre père m'a toujours laissée libre de mes choix. »

Collecter des sangsues… une tâche ingrate, fatigante, et cependant compatible avec son infirmité. Léonie n'avait pas besoin de ses deux bras pour marcher dans les marais, taper l'eau avec un bâton pour exciter les vers et attendre qu'ils s'agglutinent sur ses jambes nues.

Ensuite, elle appliquait du sel sur les sangsues pour leur faire lâcher prise.

Les apothicaires avaient toujours besoin de sangsues, qu'ils conservaient dans des bocaux, dans leur vase naturelle. Cependant, afin d'éviter toute putréfaction, on préférait de plus en plus les conserver dans des pots en faïence avec un couvercle vissé et des trous d'aération ou encore dans des boules à riz en étain, à fermeture hermétique et orifices d'aération.

On n'avait pas encore trouvé de meilleur remède contre les attaques, les congestions viscérales, l'angine de poitrine ou l'hémiplégie.

Chaque fin de journée, Léonie allait se baigner dans le Bassin et frottait longuement ses jambes blessées. Elle était devenue une bas rouge, comme tant d'autres femmes dans le besoin, et n'en avait pas honte. Les sangsues, pour répugnantes qu'elles étaient, lui permettaient de garder la tête haute. Pour combien de temps encore ? Elle préférait ne pas penser au moment où elle ne supporterait plus l'humidité, ni le contact des vers gorgés de sang. Elle côtoyait de temps à autre de vieux chevaux de réforme condamnés à piétiner dans les marais pour collecter eux aussi le plus grand nombre de sangsues.

Elle rêvait parfois qu'elle était comme eux, destinée à tourner éternellement en rond, les sangsues si fortement agrippées à ses jambes qu'elle ne parvenait plus à les retirer. Elle se réveillait alors, le cœur battant la chamade, et elle réprimait mal ses larmes.

Vingt et un ans après sa mort, Pierre lui manquait toujours autant.

12

1871

Cette fois, Eugénie ne s'était pas inquiétée sans raison : Rose était en train de passer. Ses trois enfants réunis autour d'elle l'observaient sans mot dire. Eugénie pleurait en silence, Auguste était éméché et Léonie ne parvenait pas à démêler ses sentiments.

Marie avait voulu l'accompagner, elle l'en avait dissuadée. Pas question d'impliquer ses enfants dans cette ultime confrontation avec Rose.

La mourante respirait avec difficulté. Les yeux grands ouverts, elle fixait son fils avec intensité mais Auguste, entre deux vins, ne paraissait pas s'en apercevoir. C'était si révélateur de leur histoire familiale, se dit Léonie. Son bras amputé lui faisait mal, elle n'avait jamais compris pourquoi. Habituée à la douleur, elle s'en accommodait d'ordinaire mais, ce soir-là, c'était différent. Rose s'en allait et Léonie ne parvenait pas à éprouver du chagrin. Plutôt de la surprise mêlée de soulagement.

— Léonie...

La vieille femme se souleva légèrement. Dans son

visage émacié, seuls les yeux très noirs gardaient un peu d'éclat.

Avec une force étonnante vu son état, elle tendit le bras, crocheta la main gauche de sa fille.

— Je t'ai tellement détestée, la Noiraude, souffla-t-elle. Tellement... Tu étais... – la respiration lui manqua, elle marqua un temps d'arrêt... – tu étais la fille de ton père. Lui qu'on m'avait obligée à épouser alors que j'en aimais un autre.

Elle tourna la tête vers Auguste avant de retomber en arrière sur sa paillasse.

Léonie, stupéfaite, laissa les mots faire lentement leur chemin en elle. Que fallait-il croire ? Que leur père, à Eugénie et à elle, n'était pas celui d'Auguste ? Elle se pencha vers Rose. Les lèvres desséchées de sa mère esquissèrent un sourire moqueur.

Elle lut dans son regard : « Je t'ai bien eue, la Noiraude ! J'emporte mon secret avec moi. »

Léonie éprouva une nausée. Un horrible goût de bile envahit sa bouche.

— Le diable vous emporte, mère, souffla-t-elle à l'instant précis où Rose expirait.

Léonie se détourna de la couche.

— Occupe-t'en, Eugénie, pria-t-elle. Je ne veux plus la voir.

Elle ne le voulait et ne le pouvait plus. Jusqu'à la dernière minute, Rose lui avait manifesté de la haine. Même si elle lui avait laissé un indice expliquant son comportement, Léonie savait qu'elle ne lui pardonnerait jamais.

Auguste se leva pesamment.

— C'est fini ? s'enquit-il, la voix pâteuse.

Quelle tristesse ! pensa Léonie. Le seul de ses

enfants que notre mère a aimé est un sac à vin incapable de la pleurer.

Tout son corps lui faisait mal, comme si on l'avait rouée de coups. Exactement comme au temps de son enfance, quand sa mère la battait sans raison, « pour te punir d'être née », hurlait-elle. Léonie frissonna. Malgré les années écoulées, elle n'avait jamais oublié la violence, les insultes, la haine, et cette façon qu'avait sa mère de la toiser et de la traiter de « fille de rien ».

A cet instant, dans le but de se protéger, elle évoqua le souvenir de son père. Albert était tout le contraire de Rose, bon, rassurant. Mais il n'avait jamais cherché à empêcher sa femme de nuire. Lui inspirait-elle de la crainte, à lui aussi ? A moins qu'il ne l'ait trop aimée pour s'opposer à elle ?

Léonie poussa la porte de la cabane, exhala un profond soupir. Ses pins, sa forêt... ici, elle se sentait chez elle. A Audenge, elle se contentait de survivre.

Elle n'avait pas le choix, cependant.

Elle fit quelques pas en direction des ruches de sa mère.

Il fallait les orner d'un crêpe noir, afin qu'elles prennent le deuil elles aussi. Eugénie s'en chargerait. Léonie lui laissait volontiers l'organisation des obsèques. Après tout, sa cadette avait été assez sotte pour refuser deux demandes en mariage et choisir de rester l'esclave de leur mère acariâtre. Comme si, elle aussi, avait désiré expier quelque péché honteux... Celui d'être la fille d'Albert ?

Ou pourquoi pas le péché de Rose ? Alors seulement, Léonie, considérée comme la femme forte de la famille, qui se cachait pour pleurer et ne s'était jamais laissée aller à se plaindre, Léonie laissa couler ses larmes.

J'ai vingt et un ans aujourd'hui, et ma vie piétine, pensa Margot, encline à flâner bien que sa course soit urgente.

Une douceur printanière ensoleillait la ville. L'air sentait bon le lilas et le muguet et ces parfums mêlés aux arômes des pins composaient un bouquet des plus séduisants.

Pourtant, la jeune fille n'était pas d'humeur à se réjouir. Elle avait le sentiment de commencer à vieillir, de gâcher sa vie. Elle n'avait pourtant pas l'intention de rester domestique éternellement ! Sa sœur Marie s'en était sortie et s'était mariée mais elle ne lui enviait pas son travail de parqueuse[1]. Patauger en permanence dans la vase, merci bien !

Il lui arrivait, les soirs d'été, de s'échapper de la pension les Flots Bleus et de filer jusqu'au casino Mauresque, dont le luxe oriental et l'originalité l'attiraient.

Là, tapie derrière le tronc d'un chêne, elle se laissait griser par la musique. Elle apercevait le pianiste, tout de noir vêtu, et les couples enlacés tourbillonnant sur les parquets étincelants.

Les joueurs de piano la fascinaient parce qu'ils avaient le pouvoir de la transporter loin, vers un ailleurs dont elle rêvait souvent.

Lors de ses séances de pose, Edouard Manet lui avait parlé de son ami Baudelaire, et lui avait récité

---

1. Nom qui se transformera plus tard en « ostréicultrice ».

un poème, qui l'avait bouleversée. Elle en avait retenu quelques vers.

Là, tout n'est qu'ordre et beauté,
Luxe, calme et volupté[1]

Un univers bien différent de son quotidien aux Flots Bleus !

Elle avait gardé un bon souvenir de sa rencontre avec le peintre parisien, même si elle n'avait pas toujours compris ce qu'il lui racontait. Il évoquait en effet la situation à Paris, son engagement contre les Prussiens, ses démêlés avec le Salon officiel.

Il parlait aussi de son épouse, Suzanne, une merveilleuse pianiste, et de son filleul Léon.

« Un garçon attachant », lui avait-il dit.

Margot s'en moquait éperdument. Durant les séances de pose, elle avait des fourmis dans les jambes et aspirait à regagner la pension de mademoiselle Viviane à grandes enjambées. Manet était venu en personne saluer sa patronne et lui demander d'accorder à Margot le droit de poser pour lui. Il avait dédommagé la vieille demoiselle qui avait été assez pingre pour accepter.

Vieille grippe-sou ! avait pensé Margot.

Manet ne l'avait pas payée, elle ! Il lui avait offert son tableau, dans lequel, de prime abord, elle ne s'était pas vraiment reconnue. Etait-ce bien elle, cette fille à la pose empreinte d'arrogance, au visage tendu, au regard chargé de défi ?

La chemise soulignait ses seins, le jupon rouge, haut troussé sur la hanche gauche, révélait ses longues jambes. Margot, étonnée, s'était trouvée belle.

---

1. Extrait de *L'Invitation au voyage.*

« Une vraie rebelle », avait commenté Manet.

Elle n'avait pas osé deviser avec le peintre, il l'impressionnait par sa prestance, son élégance. Elle se contentait de l'écouter. Il lui avait parlé aussi de Victorine Meurent, son modèle préféré à Paris, et elle avait envié cette jeune femme qui menait une vie libre. Paris, cependant, ne l'attirait guère. Encore moins maintenant, alors que l'on se battait entre Communards et Versaillais. La politique restait pour elle une abstraction. Les pensionnaires des Flots Bleus se chargeaient de faire son éducation, quand ils commentaient à voix haute les articles de *L'Avenir d'Arcachon* dans le jardin d'hiver de la pension.

La cloche sonna cinq coups. Margot tressaillit. Elle avait tardé, il lui fallait désormais courir pour arriver le plus vite possible chez Foulon, la pâtisserie arcachonnaise à la mode. L'heure du thé était déjà passée et les pensionnaires anglais ne le lui pardonneraient pas.

Elle s'élança dans la rue.

13

1871

Le nez en l'air, le visage offert au soleil, James Desormeaux observait avec intérêt l'architecture du chalet Pereire, situé aux limites d'Arcachon. Construite dans le genre des chalets de Bade, la demeure impressionnait par ses balcons découpés et ses dentelures. Malgré ses proportions imposantes, elle restait harmonieuse.

Emile Pereire était l'une des figures phares de la vie arcachonnaise et ses qualités d'entrepreneur fascinaient le jeune homme.

A vingt-huit ans, il brûlait de faire la preuve de son talent. Bordelais, James Desormeaux avait suivi les cours de l'Ecole des Beaux-Arts à Paris, section architecture, avant de revenir dans sa ville natale. Des problèmes respiratoires, un asthme handicapant, l'avaient dispensé de ses obligations militaires et le médecin de famille lui avait fortement recommandé d'aller séjourner à Arcachon. Il s'était installé dix jours auparavant au Grand Hôtel et constatait déjà une amélioration de sa santé.

La ville née du rêve des frères Pereire avait su

le séduire. Sensible à la beauté des lieux, James effectuait de longues promenades, aussi bien en bordure du Bassin que dans la forêt, et s'adonnait à sa passion pour le dessin. Il utilisait le fusain ou la sanguine, croquant au hasard de ses promenades pêcheur, parqueuse, résinier ou berger sur ses échasses.

Il découvrait un monde totalement différent de celui de son enfance, à une douzaine de lieues de Bordeaux.

De nouveau, James se laissa griser par la sensation de mieux respirer. L'hiver avait été difficile, le contraignant à passer de longues semaines dans sa chambre, à suivre des traitements à base de fumigations de datura.

Sa mère le vivait mal. Persuadée que la prochaine crise serait fatale à son fils, elle priait et multipliait les invocations à Notre-Dame de Guérison.

Leur appartement, situé rue Duffour-Dubergier, donnait l'impression d'être transformé en serre, pestait son père. D'une certaine manière, James le comprenait. Lui aussi était exaspéré par l'attitude maternelle ultra-protectrice. A Arcachon, il se sentait libéré, comme il l'avait été à Paris durant ses années d'études. Pourtant, il savait qu'il s'agissait seulement d'un répit. Son père lui avait déjà rappelé à deux reprises qu'il comptait sur lui pour le seconder dans l'entreprise familiale.

« Je t'ai laissé t'amuser aux Beaux-Arts, lui avait-il déclaré d'une voix empreinte de dédain, mais j'espère que tu ne souhaites pas t'installer comme architecte. Le négoce familial a besoin de toi. »

« S'amuser » ! Le mot l'avait poursuivi durant plusieurs jours, et il ne l'avait toujours pas accepté. Quelle idée son père se faisait-il donc de son art ?

En tant qu'unique fils, James s'imaginait mal échappant à ses obligations. Sa jeune sœur, Mathilde, était fiancée à un officier de cavalerie. Leur avenir était tout tracé : ils déménageraient de ville de garnison en ville de garnison jusqu'à ce que Raoul de Brotonne obtienne les galons de général. Mathilde disait l'aimer. James, quant à lui, demeurait sceptique, estimant que les vingt années séparant les fiancés constituaient un obstacle de taille. Il paraissait être le seul, cependant, à entretenir ces doutes. Pour son père, le titre de noblesse de Raoul symbolisait l'ascension sociale.

Son grand-père, Zéphyrin, colporteur, avait sillonné les routes et les chemins d'Aquitaine une bonne partie de sa vie. Au début du siècle, il avait acquis un commerce dans le vieux Bordeaux. Son père, Emile, avait agrandi le magasin, vendant aussi bien des pièces de tissu que de la quincaillerie, des services de table ou des parapluies. Lui, Anthelme, avait acheté des terres du côté de Canéjan. La dot de son épouse lui avait permis de développer son activité de négoce en se spécialisant dans ce qu'on nommait les « petits vins ». Cependant, ses chais n'étaient pas implantés dans le prestigieux quartier des Chartrons mais du côté de Sainte-Croix, ce qui suscitait chez lui un complexe d'infériorité.

Pour sa part, James se sentait fort éloigné de ce genre de préoccupations. Il observa le manège des pinasses regagnant le port. Il avait projeté de traverser le Bassin pour se rendre sur la côte Noroît, la côte sauvage. Ce simple nom l'attirait, certainement parce qu'il avait dévoré les livres de Daniel Defoe et de Jules Verne, avec une préférence pour *Vingt Mille Lieues sous les mers,* paru l'an passé.

Songeur, il reprit le chemin de l'hôtel, des rêves

plein la tête. Il lui semblait que la toute jeune République permettrait des innovations en matière artistique. Il avait été choqué par l'ostracisme frappant des peintres comme Manet ou Courbet.

Souffrant, il avait suivi de loin les événements du printemps. Les excès et les violences de part et d'autre l'avaient profondément déçu. Pour lui, il importait désormais de reconstruire l'unité de la France.

Il réprima un soupir. Il avait renoncé à parler politique dans sa famille car son père vilipendait les Communards sans vouloir admettre que certaines de leurs actions étaient dignes d'intérêt.

Autoritaire, Anthelme Desormeaux ne supportait pas la contradiction et imposait sa loi. Pour sa part, James avait de plus en plus de peine à tolérer les préjugés paternels.

Patience, se dit-il. Pour le moment, il savourait sa solitude arcachonnaise.

Margot avait un faible pour mademoiselle Esther, une pensionnaire pas comme les autres. Agée d'une bonne soixantaine d'années, la demoiselle était une ancienne comédienne que des problèmes respiratoires avaient contrainte d'abandonner le théâtre. Vêtue de couleurs chatoyantes, la perruque légèrement de travers, le visage un peu trop fardé, mademoiselle Esther était le personnage le plus pittoresque des Flots Bleus.

Se plaisant dans la Ville d'Hiver, elle avait chargé son notaire parisien de vendre son appartement et s'était établie à demeure chez mademoiselle Viviane. Margot s'entendait bien avec elle, certainement parce qu'elles partageaient le même anticonformisme. Mademoiselle Esther lui demandait de venir lui faire la lecture. A demi allongée sur une chaise longue en rotin, un châle rouge incarnat posé sur ses épaules, mademoiselle Esther, les yeux mi-clos, écoutait Margot lui conter les aventures de *La Fiancée de Lammermoor* ou *Les Habits noirs*. Grâce à la vieille demoiselle, qui n'hésitait pas à corriger ses intonations, Margot avait l'impression de devenir une autre personne, plus assurée, plus instruite. Le goût de la lecture lui était venu. Comme ses gages ne lui permettaient pas d'acheter des livres, elle empruntait ceux de mademoiselle Esther ou bien puisait dans la bibliothèque des Flots Bleus. La nuit, quand le sommeil la fuyait, elle s'usait les yeux mais s'évadait, loin, dans un monde romanesque. Car sa protectrice avait un goût prononcé pour les romans de cape et d'épée et les romans-feuilletons.

Ce jour-là, exceptionnellement, le vent soufflait et parvenait à troubler la quiétude de la Ville d'Hiver. Fragiles, les pensionnaires avaient renoncé à s'installer dans le jardin ou sur leur balcon et s'étaient réfugiés dans leur chambre. Mademoiselle Esther, emmitouflée dans un peignoir en flanelle, s'énervait face à ses réussites.

Elle se tourna vers Margot.

— Mon petit, voudriez-vous aller me chercher en ville les derniers romans parus ?

Margot acquiesça, sous réserve de l'autorisation de sa patronne. Elle savait que mademoiselle Viviane ne la lui refuserait pas car elle-même attendait impatiemment la parution du prochain ouvrage de Paul Féval, *Le Dernier Vivant*.

Si nombre de commerçants arcachonnais livraient les commandes de par la ville, la librairie s'y refusait, préférant que ses clients viennent choisir sur place.

Margot chaussa ses plus beaux souliers, s'enveloppa de sa pèlerine et descendit vers la Ville Basse. Elle aimait le vent, et plus encore cette sensation de liberté qu'il lui procurait.

Comme à chacune de ses sorties, elle jeta un coup d'œil admiratif à la villa Coecilia. Elle ne connaissait pas ses habitants mais savait que les balcons courant tout le long du premier étage permettaient une cure orientable en fonction du soleil.

De nouveau, elle pensa que l'argent devait vous aider à prendre la vie du bon côté !

Margot détestait devoir se priver, rogner sur tout, et ne même pas pouvoir s'offrir le chapeau de ses rêves. Quand elle allait voir son aînée ou leur mère, elle frissonnait à l'idée de devoir vivre un jour dans cette situation précaire. Jamais, se promettait-elle. Plutôt rester célibataire !

Marie était enceinte. Elle avançait d'une démarche pataude, sa jupe sombre tendue sur son ventre bombé. Comment pouvait-on se montrer ainsi ? se demandait Margot, soucieuse de son apparence.

Quant à Léonie… Margot vivait toujours aussi mal sa collecte des sangsues. Elle refusait d'admettre le fait que sa mère n'accepterait jamais de dépendre de ses enfants. C'était ainsi, et Margot évitait le plus possible de se rendre à Audenge, pour ne pas éprouver cette honte brûlante. Elle aimait Léonie sans parvenir à la comprendre.

Margot poursuivit sa route, tout en secouant la tête. Mademoiselle Viviane lui reprochait assez souvent sa distraction, ce qui était justifié. Elle tentait de se convaincre qu'elle mènerait bientôt une autre existence. Comme si c'était raisonnable !

Tête baissée pour offrir moins de prise au vent, elle accéléra le pas.

La librairie où mademoiselle Esther avait ouvert un compte était située près du boulevard de la Plage.

Le carillon de la porte tinta gaiement. Margot salua le libraire, lui expliqua la raison de sa venue. Celui-ci sourit.

— Je crois pouvoir trouver ce qui plaira à mademoiselle Esther, déclara-t-il.

Elle jeta un coup d'œil gourmand aux ouvrages exposés. Elle aurait aimé tout lire ! Une silhouette se déplaça dans le fond du magasin. A côté des livres, des coffrets de papier à lettres, de la cire à cacheter, des plumes et encres de couleurs diverses ne retinrent pas son attention. Margot détestait écrire parce qu'elle savait son écriture en pattes de mouche quasiment illisible.

— Monsieur Desormeaux, héla le libraire, auriez-vous par hasard entre les mains le dernier livre de Paul Féval ?

Un inconnu se rapprocha. Il tenait un volume neuf.

— *Le Quai de la Ferraille,* c'est bien ce que vous cherchez ? Je sais ma sœur fervente lectrice de cet auteur mais, comme il est paru il y a deux ans, j'ai peur qu'elle ne le possède déjà.

— Mademoiselle Esther ne l'a pas, elle ! lança Margot.

Sa vivacité provoqua le sourire des deux hommes. L'inconnu fit deux pas en avant.

— Loin de moi l'idée de priver la demoiselle Esther en question de sa lecture, glissa-t-il.

Il tendit le roman à la jeune fille.

Margot remercia d'un sourire. Les doigts des jeunes

gens se frôlèrent. L'un et l'autre n'étaient pas gantés. Il s'inclina légèrement.

— James Desormeaux, pour vous servir.

Margot le gratifia d'une brève inclinaison de tête sans lui donner son nom.

Elle prit deux autres ouvrages conseillés par le libraire, lui demanda de tout noter sur la fiche de mademoiselle Esther et s'en alla.

James Desormeaux ne s'était pas manifesté à nouveau, et elle en éprouva un sentiment indéfinissable d'abandon.

Un quart d'heure plus tard, de retour auprès de mademoiselle Esther, elle n'y songeait déjà plus.

14

1871

C'était à Gujan qu'avait été ouvert le premier établissement de bains du Bassin, en 1844. Les bains de mer avaient connu un grand succès mais, désormais, les huîtres faisaient aussi la réputation de Gujan.

Comme c'est laid ! pensa Margot, découvrant le paysage hérissé de pignots, des piquets en pin destinés à délimiter les parcs à huîtres et à éloigner les poissons prédateurs.

Le temps, en cette mi-juin, était superbe. Le soleil illuminait le port ostréicole, lui conférant beaucoup de charme, ce qui laissait Margot indifférente.

Elle était venue voir Marie afin de lui proposer son aide. Sa sœur aînée en était à la fin de son septième mois, et Margot la devinait fatiguée. Elle désirait aussi embrasser Léonie. Or, le dimanche était le seul jour où celle-ci ne se rendait pas dans les marais d'Audenge.

André avait bâti leur cabane dans une petite rue perpendiculaire au Bassin.

Margot s'étonna de trouver l'habitation accueillante. C'était à cause du soleil, se dit-elle avec un soupçon de mauvaise foi.

Des fleurs ornaient une jardinière en fer forgé. Marie avait toujours aimé les fleurs rustiques, alors que sa cadette leur préférait les bouquets rares. A Arcachon, elle croisait souvent le chemin des petits coursiers du fleuriste le plus couru, qui livraient en ville des arrangements somptueux composés de fleurs exotiques, catleyas, orchidées, gardénias.

Arrivant au moment de la morte-eau, la petite marée, elle constata avec une pointe d'agacement que la cabane des Huguonet était vide. Comment les trouver ?

Pourquoi ne menaient-ils pas une existence plus paisible ? s'interrogea Margot. Avant d'épouser Marie, André lui avait confié son rêve de devenir parqueur. L'empereur Napoléon III avait favorisé la culture des huîtres, André comptait bien mettre à profit la conjoncture favorable.

Il n'y avait plus d'empereur, désormais, mais l'engouement pour les huîtres ne faiblissait pas.

Elle découvrit sa sœur, debout devant une table spéciale, la taouleyre, occupée à trier les huîtres. Un large tablier bleu ne parvenait pas à dissimuler son ventre proéminent. Elle travaillait à mains nues, la tête protégée par un grand chapeau noué sous le menton.

Margot s'approcha d'elle avec précaution afin d'éviter de tacher sa toilette du dimanche.

— Tu sais quel jour on est ? grommela-t-elle. Tu pourrais t'abstenir de travailler ! Dans ton état !

Marie secoua la tête. Une mèche de cheveux dorés s'enroula sur sa joue. Elle est plus que belle, s'étonna Margot. Radieuse.

— Je suis enceinte, rectifia-t-elle, pas malade. Je

ne crois pas que notre mère ait cessé de travailler tandis qu'elle nous portait.

Margot leva les yeux au ciel.

— Oh ! Mère… L'imagines-tu s'arrêtant de travailler ? Pas moi ! Et ces vers immondes… Comment peut-elle… ?

Marie sourit à sa sœur.

— C'est une femme courageuse. Et toi, comment vas-tu ? As-tu des nouvelles de Germain ?

— Il est heureux sur son bateau. Un marin de plus dans la famille… Je me demande si je supporterais un époux parti en campagne de pêche les trois quarts de l'année.

— Tu exagères, comme toujours. Et puis, c'est important de faire le métier qu'on aime.

— Parce que toi, tu rêvais de devenir parqueuse ? ironisa Margot. Quelle occupation passionnante, à piétiner dans la vase !

Le regard de Marie, souligné de mauve, s'éteignit et une vague de culpabilité submergea Margot. Spontanément, elle noua les bras autour du cou de son aînée, sans se soucier, cette fois, de se salir.

— Je ne voulais pas te faire de peine, ma petite Marie ! Tu me connais… il faut toujours que je parle sans réfléchir. Grand-mère Rose me le répétait assez.

— Oh ! personne chez nous ne trouvait grâce aux yeux de grand-mère Rose ! précisa Marie.

Son visage s'était détendu. Marie ne boudait jamais longtemps.

— Je peux t'aider ? s'enhardit Margot.

Sur l'acquiescement de sa sœur, elle passa à son tour de l'autre côté de la taouleyre et entreprit de trier elle aussi les huîtres.

Seigneur ! Marie savait-elle à quel point elle l'aimait, pour sacrifier à ce genre de besogne ?

Autour d'elles, quelques estrangeys se regroupaient, commentaient leurs gestes sûrs.

Nous sommes des objets de curiosité, pensa Margot. Elle releva la tête, bien décidée à foudroyer du regard les importuns. Et... s'immobilisa net en reconnaissant l'homme debout au premier rang. Il griffonnait sur un carnet mais c'était bien lui, l'homme de la librairie. Elle reconnaissait ses cheveux drus, épais et bouclés, sa haute taille et ses yeux gris. Leurs regards se croisèrent. Il s'inclina.

— Décidément, le monde est petit ! s'écria-t-il. J'étais en train d'esquisser votre portrait, à l'une et à l'autre, quand il m'a bien semblé vous reconnaître. *Le Quai de la Ferraille* a-t-il séduit mademoiselle Esther ?

— Moins que les romans précédents de Paul Féval. Et vous ? En avez-vous trouvé un autre exemplaire pour votre sœur ?

— Elle n'a plus le temps de lire ! Elle prépare son mariage.

C'était dit d'un ton si lugubre que Margot éclata de rire.

— Est-ce donc si catastrophique ?

— Pire encore ! A un point que vous ne pouvez imaginer... J'aimerais connaître votre prénom, ajouta-t-il.

Margot effectua deux pas de côté.

— Margot Marquant, monsieur Desormeaux. Et voici ma sœur, madame Marie Huguonet.

Elle s'exprimait plutôt bien pour une petite domestique, pensa James, amusé. Jolie avec ça. Mieux que jolie, d'ailleurs. Elle avait de l'allure, de la répartie. Du chien, aurait dit son ami parisien Cyrille. Il l'avait cherchée une bonne partie de la semaine, sans imaginer qu'elle pourrait se trouver à Gujan.

Marie toussota.

— Avez-vous soif, monsieur ? Ou faim ?

James secoua la tête.

— Non merci, madame. En revanche, j'aimerais vous demander une faveur. Puis-je emmener mademoiselle votre sœur vers le rivage ?

— Ma foi... je n'y vois pas d'inconvénient, répondit Marie. De toute façon, Margot est une grande fille, elle a fêté ses vingt et un ans à la Saint-Pacôme.

Rouge de confusion, la jeune fille tira la langue à son aînée.

— Marie ! S'il te plaît, tais-toi !

James souriait. Il lui offrit son bras en arrondi.

— Vous allez m'indiquer la côte Noroît. Savez-vous que je rêve de m'y rendre ? Connaissez-vous un marin qui m'y emmènerait ?

— Bien sûr. Moi !

— Vous ? répéta-t-il, ébahi. Mais... vous n'êtes pas marin !

— Seulement petite-fille, fille et sœur de pêcheur. Vous pouvez me faire confiance, je sais manier aussi bien la pinasse que la pinassotte. Et, si cela vous tente et que le temps le permet, je vous emmène dimanche jusqu'à la presqu'île.

— Vrai ?

— Tope là ! fit-elle, joignant le geste à la parole.

L'instant d'après, rougissante, elle prenait conscience de son impair. C'était bien la peine de gommer son accent, de surveiller son vocabulaire, pour se laisser aller à ce genre de familiarité. Quelle idiote !

Mais James Desormeaux donnait l'impression de beaucoup s'amuser.

— Sur le port à neuf heures ? Je me charge du pique-nique.

— Entendu.

— Il est très aimable, commenta Marie alors que James s'éloignait en direction des parcs à huîtres après les avoir saluées.

De nouveau, Margot rougit sous le regard pénétrant de sa sœur.

— Oui, et je ne l'ai vu qu'une fois en ville. Ne va pas te raconter d'histoires, Marie ! Cet homme-là n'est pas fait pour les filles comme nous.

— Qu'en sais-tu ? Tu es belle, Margot, et tu es instruite. Tous les espoirs te sont permis.

Elle fit non de la tête.

— Tu sais, au cours de mon travail, j'en apprends des choses. Les jeunes gens comme monsieur Desormeaux doivent faire un beau mariage, c'est-à-dire épouser une fille qui a une dot, ou des espérances. Un mot utilisé pour dire qu'on attend qu'elle hérite d'un vieil oncle.

Marie fit la moue.

— Et ça fait des mariages heureux ?

— Je l'ignore. De toute façon, dans ce monde-là, on se marie dans le but d'avoir des enfants et d'accroître sa fortune.

Son ton désabusé révélait qu'elle ne se faisait plus guère d'illusions. Marie la serra contre elle.

— Tu es différente des autres, ma Margot ! Je suis sûre que tu deviendras quelqu'un.

Sans même en avoir conscience, la jeune fille laissa filer son regard vers le nord-est, là où James Desormeaux s'était éloigné.

Elle avait hâte de le revoir dimanche.

15

1871

— Nous y sommes ! s'écria Margot, tirant la pinasse sur le sable.

D'un geste large, elle offrit à son compagnon le rivage, quasiment sauvage, la vue sur le Bassin argenté sous le soleil, la Grande Dune, et les passes, au loin, si redoutées des pêcheurs.

— C'est beau, n'est-ce pas ? reprit-elle avec fierté.

James esquissa un sourire en remettant sa veste. Pour ne pas être en reste, il avait ramé lui aussi, et se sentait endolori. Margot, pour sa part, n'avait pas manifesté le moindre signe de fatigue. Elle était belle, avec ses cheveux emmêlés et ses joues rosies.

Une belle plante, pensa James, qui sait croquer la vie.

Chez les Desormeaux, on vivait avec retenue, sans passion, excepté peut-être celle que son père vouait à l'argent.

Margot se pencha, ôta ses souliers et ses bas.

— Ouf !

Pieds nus, elle savourait le plaisir de fouler le sable

tiède. Bientôt, il serait si brûlant qu'elle chercherait l'ombre.

— Bienvenue chez les sauvages ! lança-t-elle.

Elle éprouvait le besoin de parler, de faire du bruit, pour empêcher le silence de s'installer entre eux. C'était plus facile dans la pinasse parce que tous deux étaient alors en plein effort. Une connivence joyeuse s'était instaurée entre eux. Il lui avait raconté en riant qu'il avait dû insister auprès de la cuisinière de l'hôtel pour avoir un déjeuner simple.

« Sans tralala », avait-il précisé, usant d'une expression inconnue pour Margot. « C'est tout juste si la brave femme a compris pourquoi je me refusais à emporter l'argenterie ! »

« La brave femme »… Ces mots avaient fait réfléchir Margot. Comment aurait-il qualifié sa mère, s'il l'avait rencontrée, avec ses bas rouges, son allure lasse et sa manche vide ?

Etait-elle une « brave femme », elle aussi ? De nouveau, elle mesura le fossé qui les séparait.

— Mon père a péri en mer, déclara-t-elle brusquement. Je n'avais pas six mois mais, curieusement, je n'ai pas peur du Bassin. Je l'aime, comme s'il faisait partie de moi.

Il hocha la tête.

— Qui habite sur la côte Noroît ?

— Quelques pêcheurs, deux douaniers, et des originaux venus de Bordeaux ou de plus loin encore pour acheter des terres. Il n'y a rien, ici, vous savez. Elle insista sur le mot « rien ». Pas d'épicerie, pas de librairie, pas de café… Le ciel, le sable et l'eau. La vie sauvage, quoi !

— Cela me plairait, fit James, plissant les yeux.

Il s'imaginait déjà construisant une demeure face au Bassin. En bois, afin de garder l'harmonie avec le paysage, avec un belvédère permettant au regard de filer jusqu'aux passes.

— Je suis architecte, confia-t-il tout à trac.

Margot parut ébahie et s'enthousiasma aussitôt.

— Vous pourriez bâtir des chalets aussi beaux que ceux de la Ville d'Hiver ? Avec des balcons, de la dentelle de bois, et des galeries couvertes ?

— Cela doit être possible, admit-il en riant.

A condition que son père ne s'y oppose pas. James enrageait de dépendre de la fortune paternelle. Il avait beau savoir que c'était le lot commun à nombre de jeunes gens de son âge, il le vivait de plus en plus mal. Une ombre voila son regard.

Sensible à ce changement d'humeur, Margot lui sourit.

— Si nous déjeunions ?

James avait apporté une couverture, des serviettes damassées, et la cuisinière n'avait pas lésiné sur la vaisselle et les couverts.

Ils s'installèrent à l'ombre d'un pin parasol, face à la Grande Dune. Il sortit du panier des tranches de pâté en croûte, du blanc de poulet en chaud-froid, de la salade croquante, du fromage de Brie et deux parts de gâteau au chocolat.

Margot fit honneur à chaque plat et but un verre de vin.

Elle se sentait bien en compagnie du jeune architecte qui demeurait sous le charme du site.

— Les doigts me démangent, lui confia-t-il. Cette maison... je la vois !

— En rêve ?

Un peu dépitée de le voir distrait, elle s'éventa avec une serviette pliée, dégrafa le haut de son corsage.

— Il fait si chaud !

Comme pris en faute, il l'enveloppa d'un regard admiratif. Tout lui plaisait chez elle, depuis ses cheveux d'un noir brillant jusqu'à ses pieds nus et cambrés. Il tenta d'imaginer sa sœur sans bas ni chaussures, esquissa une grimace. Leur mère en ferait une attaque !

Il se hasarda à tendre le bras vers son poignet, le caressa, lentement.

Il manquait de repères pour se comporter avec une jeune femme comme Margot. Habillée avec soin, bien élevée, elle n'appartenait pas pour autant à la catégorie des jeunes filles de bonne famille. Aux Beaux-Arts, il avait séduit quelques modèles, des filles libres qui vous accompagnaient dans un café et ne causaient pas d'embarras. Elles couchaient joyeusement avec les étudiants sans donner l'impression de se soucier des éventuelles conséquences de leurs actes.

James ne s'était attaché à aucune d'entre elles, parce que ce genre de filles n'attendaient rien de tel. Il avait jeté sa gourme, comme la plupart de ses camarades. Depuis qu'il avait regagné Bordeaux, il avait mené une existence plus sage, d'abord à cause de son état de santé et aussi parce que les maisons closes ne l'attiraient guère. Il aspirait à autre chose.

Cependant, Margot l'intimidait. Etait-elle une fille facile ? S'offusquerait-elle s'il se montrait pressant ? Autant de questions qui le laissaient perplexe.

Il s'allongea sur la couverture après l'avoir aidée à ranger les reliefs du repas dans le grand panier.

Le ciel était presque blanc sous le soleil au zénith, le calme palpable.

De nouveau, il éprouva la sensation de mieux respirer. Assise en tailleur non loin de lui, Margot observait le Bassin.

— J'ai cru longtemps qu'il n'y avait rien au-delà de la forêt, déclara-t-elle d'une voix lointaine. Et puis, mon frère m'a emmenée en pinasse jusqu'ici, et m'a appris la manœuvre. Cette côte m'intrigue et me fascine, mais je ne sais pas si j'aimerais y vivre. La ville me manquerait.

— Pour moi, cela me paraît fort ressembler au cadre idéal, confia James. Je m'imagine très bien dessinant sur une table inclinée, face au Bassin.

— Vous risqueriez vite de mourir de faim ! Les quelques personnes vivant sur la côte Noroît doivent tout apporter, vivres, eau douce, livres, outils…

— Une existence comme jadis… Ce ne serait pas pour me déplaire.

Margot secoua la tête.

— Mais nous avons tous besoin du progrès ! protesta-t-elle. A quoi bon être riche si l'on ne peut rien s'offrir ?

— Je ne suis pas riche, glissa James. C'est mon père qui possède la fortune familiale, pas moi.

— Tant mieux !

La jeune fille rejeta ses cheveux emmêlés en arrière sous le regard stupéfait de James.

— Nous sommes ainsi au même niveau, vous et moi, précisa-t-elle.

Il n'eut pas le cœur de la décevoir. Il pressentait en effet que, même s'il n'était pas vraiment riche, il était beaucoup plus à l'aise que Margot. Et surtout ils n'appartenaient pas à la même classe sociale.

Une douce torpeur envahissait James. Il ferma les yeux. Juste quelques minutes, se dit-il.

— Debout, paresseux !

Impitoyable, Margot lui administrait de petites tapes sur le visage. James grogna, finit par se redresser.

— Vous êtes plus rouge qu'un homard ! lui lança-t-elle, narquoise.

Debout, les pieds bien ancrés dans le sable, tête nue, elle le dominait et semblait s'en amuser. Non, décidément, elle n'était pas une fille comme les autres.

— Regardez !

Debout à la pointe du Cap, Margot, la main en visière devant les yeux, semblait se griser de la vue sur l'Océan. James, la rejoignant, découvrit un paysage grandiose. La mer, courant se jeter vers l'horizon, les rouleaux impressionnants se brisant sur le sable, la silhouette lointaine de la Grande Dune, montant la garde à l'entrée des passes...

Margot, les cheveux dans le vent, se retourna vers le Bordelais.

Il émanait de toute sa personne une impression de vitalité telle que James se sentait gagné par sa force. A ses côtés, il serait capable de s'opposer à son père.

Cette idée le raséréna, même s'il savait qu'Anthelme Desormeaux toiserait Margot avec un dédain non dissimulé. Cette certitude lui parut brusquement insupportable.

Margot posa la main sur son bras.

111

— Certains rêvent de parcourir les mers, déclarat-elle. Je ne crois pas que cette perspective m'attire. Je préférerais avoir une vraie maison. Pas une soupente mansardée ni une cabane. Un toit, rien qu'à moi.

Sous le ton léger perçait la blessure de l'enfant pauvre.

— Je vous la bâtirai, affirma James.

Promesse qu'il scella d'un baiser.

16

1872

Claire-Marie Desormeaux contempla le contenu de la grande armoire de la lingerie renfermant l'essentiel du trousseau de Mathilde et esquissa un sourire satisfait.

Elle allait pointer chaque pièce de linge avec sa femme de chambre, Renée, mais elle savait qu'il ne manquerait rien. Les draps en métis avaient été marqués du chiffre de Mathilde par les religieuses de sa ville natale, tout comme les serviettes de table, les nappes et les torchons.

Le trousseau serait exposé durant plusieurs jours dans le salon de réception, tout comme la corbeille et les parures.

Claire-Marie n'appréciait guère ce genre de tradition mais puisque son époux y tenait, elle respectait sa décision.

Trente ans auparavant, sortant à peine du couvent où elle avait appris les beaux textes et l'art de se tenir en société, la jeune fille âgée de dix-sept ans avait épousé Anthelme Desormeaux, de quinze ans son aîné. Mariage d'intérêt, pas même d'inclination.

Claire-Marie avait dû subir les assauts de son mari, apprendre avec effroi qu'il avait une maîtresse, faire comme si de rien n'était... Un apprentissage qui n'avait rien à voir avec les leçons des religieuses ! Elle avait retenu ses larmes, serré les dents et prié, beaucoup prié.

A la naissance de James, elle avait acquis un nouveau statut. Devenue mère, elle avait plus d'importance, mais Anthelme ne lui manifestait pas plus de tendresse. Il avait changé de maîtresse, tout se savait à Bordeaux, sous le manteau, sans rien en laisser paraître.

Claire-Marie s'était résignée. Après tout, comme elle l'avait fait remarquer à son confesseur scandalisé, de cette façon, son mari l'importunait moins. A croire qu'il avait quelques remords ! Sa foi soutenait Claire-Marie. Quand Mathilde était née, elle avait pensé que sa petite fille serait proche d'elle. Au fil des années, elle avait compris qu'il n'en serait rien. Mathilde craignait son père et s'efforçait de se plier à ses souhaits.

Claire-Marie, se sentant isolée dans sa propre famille, s'était refermée sur elle-même. La fragilité de James l'obsédait. Elle vivait dans la crainte d'une crise d'asthme plus forte que les autres. Anthelme se moquait d'elle. « Vous n'allez pas élever mon fils dans du coton ! » tempêtait-il.

« Mon fils »... Il se souciait peu de Mathilde, malgré l'admiration que leur fille lui témoignait. Seul James comptait à ses yeux. Il ne le détruirait pas, s'était promis Claire-Marie.

Elle-même avait le sentiment d'avoir gâché sa vie. Fière, elle n'en laissait rien paraître, se consacrait à ses œuvres, recevait chaque jeudi, ne manquait pas l'office dominical.

Une existence conforme aux traditions, qui ne la satisfaisait pas mais dont il avait bien fallu s'accommoder.

Oh ! Mathilde ! pensa-t-elle. Puisses-tu être heureuse.

Elle en doutait fort.

Léonie sourit tendrement à sa fille cadette, tendit la main pour lui caresser les cheveux.

— Ma belle Margot, murmura-t-elle. Tu as toujours eu de si beaux cheveux. Je suis heureuse de te voir, tu sais.

Margot hocha la tête.

— Moi aussi, mère.

L'intérieur de la cabane criait misère. Margot ne put réprimer un frisson. Nombre de ses cauchemars la renvoyaient à des souvenirs d'enfance durant lesquels leur situation précaire se refermait sur elle comme un étau. Elle avait souvent éprouvé la peur de manquer.

Elle soutint le regard inquiet de sa mère. A cinquante ans, Léonie se tenait toujours très droite et la même flamme résolue faisait briller ses yeux sombres. Ses cheveux grisonnaient à peine aux tempes. Margot ne supportait pas la vision de la manche vide, qui semblait flotter dans l'espace réduit de la salle. Elle aurait voulu apporter un peu d'aisance à sa mère, tout en sachant que celle-ci refuserait. Léonie avait toujours été si fière !

Pourrait-elle lui présenter James un jour prochain ? se demanda-t-elle avec une pointe d'inquiétude.

De nouveau, elle observa sa mère et frémit. Quelle serait la réaction de James ?

Elle seule avait décidé du jour où elle se donnerait à lui. C'était arrivé un soir d'été, à l'abri d'une pinasse, sur la plage désertée du Moulleau. Elle avait su qu'ils étaient faits l'un pour l'autre, même si elle s'était bien gardée de le lui confier.

Leur étreinte avait été puissante, magique. S'il s'était montré un amant tendre et attentionné, James lui avait aussi témoigné son désir à plusieurs reprises. Le premier, il lui avait dit qu'il l'aimait, et Margot avait répondu par un sourire. Ce soir-là, Chabert était encore entre eux, elle ne voulait pas se faire piéger en se montrant éprise.

« L'amour, ce n'est pas ça, lui avait dit Marie quand Margot s'était confiée à elle. Que fais-tu de la sincérité et de la confiance ? »

Margot avait secoué la tête.

« Je laisse ces beaux sentiments aux dames de la haute ! Je ne me ferai pas piétiner une deuxième fois. »

Heureuse en ménage, Marie était dépourvue de toute ambition. Les deux sœurs, si différentes, ne pouvaient se comprendre sur ce point.

Très vite, James avait échafaudé des projets. Profondément épris, il voulait Margot pour lui seul. Il avait quitté le Grand Hôtel, loué une petite villa, un chalet en fait, niché à côté de l'allée des Palmiers, et insisté pour que Margot cesse de travailler. L'avenir faisait peur à la jeune femme, elle avait toujours en elle cette crainte viscérale de manquer. Pour gagner un peu d'argent, elle s'était lancée dans de menus travaux de couture. Aux Flots Bleus, elle avait acquis une certaine habileté à l'aiguille. Réparer un ourlet déchiré, recoudre une doublure, des poches trouées ne lui posaient pas de problème. Célestine lui apportait les vêtements au chalet et les remportait le lendemain ou le surlendemain. Ainsi, James n'avait pas l'impression que Margot « servait » chez les autres, ce qu'il ne supportait pas.

« Je ferai de vous l'une des grandes dames d'Arcachon », lui disait-il, et elle riait. Elle savait qu'il disposait seulement d'une rente, héritée de son grand-père, et que son père réglait l'essentiel de ses dépenses.

Ce père lointain lui inspirait crainte et défiance. Quand il l'évoquait, James se raidissait.

Il parlait d'ailleurs peu d'Anthelme, plus facilement de sa mère et de sa sœur. La veille, il avait pris le train pour Bordeaux afin de se rendre au mariage de Mathilde. Margot n'avait pas demandé à l'accompagner, et il ne le lui avait pas proposé. Tous deux avaient conscience du fossé qui les séparait. Pour cette raison, elle redoutait l'avenir.

— Es-tu heureuse, ma fille ? s'enquit Léonie.

A l'âge de Margot, elle était déjà mariée et mère de famille. Chaque jour passé loin de Pierre lui était souffrance, mais quelle fête à chaque retour !

Elle percevait chez sa cadette un désenchantement, une âpreté, même, qui l'alarmaient. La jalousie, l'envie étaient mauvaises conseillères. Margot n'était pas douée pour le bonheur, et Léonie pensait souvent à sa mère, qui avait fait cette réflexion le jour de son baptême. Le reste du temps, elle s'efforçait de ne pas songer à Rose. Celle-ci lui avait fait trop de mal. Sans son père, elle serait peut-être même parvenue à la détruire. Peut-être...

Léonie se redressa de façon perceptible. Malgré la

pauvreté, malgré la solitude, elle était libre. Et cela, personne ne pourrait le lui enlever.

Margot soupira.

— Heureuse ? Franchement, mère, je ne sais pas. J'ai en moi des désirs de réussite, de vie pleine, et je me heurte aux classes sociales. Il me semble que ce serait plus facile si nous appartenions à une famille fortunée.

— Le crois-tu vraiment ? Regarde… Marie, André, et leur petite Céleste. Ils ne seraient pas plus comblés s'ils habitaient un château !

Margot fit la moue.

— Oh ! Marie s'est toujours satisfaite de peu ! Moi, j'attends plus de la vie. Notre famille a besoin d'une revanche.

Léonie se signa. Elle allait prier chaque dimanche à l'église d'Audenge.

— Crois-moi, mon petit, suis ton chemin sans chercher à décrocher la lune.

Que pouvait savoir Léonie de ses aspirations ? pensa Margot, irritée. Marie ressemblait à leur mère, résignée, dénuée d'ambition.

Elle repoussa le banc pour se lever, eut la brutale impression que la table en bois brut arrivait sur elle.

— Oh ! gémit-elle.

Une nausée incoercible la plia en deux. Elle courut dehors, se soulagea dans l'herbe.

Lorsqu'elle se retourna, Léonie la fixait depuis le seuil de sa cabane.

— Qui est le père ? s'enquit-elle d'une voix glaciale.

17

1872

Je suis là en spectateur, pensa James, se tenant un peu à l'écart de sa famille.

Depuis plusieurs jours, la maison bourdonnait. Prudemment, Anthelme Desormeaux, mal à l'aise parmi la débauche de dentelles et de fleurs, s'était éloigné, déjeunant et dînant en ville.

C'était un défilé permanent de livreurs et de coursiers. Mathilde recevait chaque jour des bouquets élaborés, noués de rubans blanc et rose. Un gardénia, des orchidées lui avaient arraché des cris admiratifs.

« Profite bien de ce moment, lui avait conseillé leur mère. Le temps des fiançailles est toujours trop court. » Le ton dont elle usait recélait tristesse et amertume.

Claire-Marie avait rougi sous le regard intrigué de ses enfants. « Ne faites pas attention à ce que je raconte », avait-elle ajouté. Mais James savait qu'elle avait dit la vérité. Son union n'était pas heureuse.

C'était certainement pour cette raison qu'elle avait trouvé refuge dans la religion.

Le marié portait beau dans son uniforme. Etait-il

à Sedan il y a deux ans ? se demanda James. Il se sentait étonnamment détaché, et avait hâte de retrouver Margot à Arcachon. Il l'aimait. Grâce à elle, il avait découvert une autre vie, plus en contact avec la nature. Libéré de ses crises épuisantes, il savourait sa nouvelle existence.

Mathilde, radieuse dans sa robe en satin immaculé, ornée au col et aux poignets d'entre-deux en dentelle d'Alençon, lui donna un petit coup d'éventail sur la main.

— Mon frère, tu me parais bien lointain !

Il s'inclina légèrement.

— Je te souhaite tout le bonheur du monde, ma chère petite sœur.

— Merci, James. As-tu pu échanger quelques mots avec Raoul ?

Il balbutia un vague assentiment, sans oser lui dire que le militaire ne lui paraissait pas vraiment sympathique. Après tout, comment pouvait-il juger ?

Le défilé des félicitations s'éternisant, il se rapprocha de sa tante Euphémie. La vieille dame, sœur aînée de son père, avait toujours fait preuve de gentillesse à son égard. Sans bien savoir pourquoi, il se mit à lui parler d'Arcachon, des maisons baroques de la Ville d'Hiver. Euphémie esquissa un sourire bienveillant.

— Il faut construire la maison de tes rêves, mon grand. Tu en es capable, n'est-ce pas, avec ton diplôme d'architecte ? Je te promets de t'aider.

C'étaient des paroles en l'air, se dit-il. Comment la vieille dame de soixante-dix ans aurait-elle pu imaginer le développement fulgurant d'Arcachon ? Elle vivait seule dans une demeure de la rue Sainte-Catherine, et sortait peu. L'existence traditionnelle d'une veuve fréquentant presque exclusivement la cathédrale Saint-André...

— James !

Son père agitait le bras dans sa direction. Réprimant un soupir, il le rejoignit.

— Je voulais te présenter monsieur Guimard, reprit Anthelme Desormeaux. Tu as déjà certainement entendu parler de la Banque Guimard...

Il s'en moquait éperdument mais se montra courtois. Son père discourait à propos de la politique de Thiers et des conséquences de la crise du phylloxéra.

Honoré Guimard, la cinquantaine, avait le teint fleuri des bons vivants et un certain embonpoint.

Il dévisagea James avant de lui tendre la main.

— C'est vous qui êtes tombé sous le charme du pays de Buch ?

D'emblée, il déplut à James. Son ton suffisant, sa façon de le jauger l'agacèrent. Soucieux de ne pas perdre la face vis-à-vis de lui, il s'entendit répondre qu'en effet, le pays était riche de possibilités de développement. Guimard lui administra une tape dans le dos.

— Il faut que vous m'en parliez. Demain, à la banque, à onze heures trente ? Je compte sur vous.

Anthelme se frottait les mains.

— Tu lui as plu, j'en étais sûr ! se réjouit-il dès que Guimard se fut éloigné. Avec ta connaissance du pays et les capitaux de la banque, nous allons réaliser de grandes affaires.

— « Nous » ? répéta James, interloqué par la tournure de la conversation.

Son père lui décocha un coup d'œil agacé.

— Tu vas épouser la fille Guimard, naturellement ! Deux cent mille francs de dot, fille unique… Guimard te mangera dans la main !

Mais je ne veux pas de cet… arrangement ! pensa James avec force.

Lui désirait aimer Margot, être heureux à ses côtés. Il n'était pas question pour lui d'épouser une jeune fille issue de la haute bourgeoisie bordelaise auprès de qui il se sentirait ligoté !

Il fit face à Anthelme.

— Vous ignorez tout de mes projets, père. Il n'y a pas de place pour la fille Guimard, si bien dotée soit-elle.

Brusquement, Desormeaux saisit son fils au col, le serra.

— Tu feras ce que je te dis, lança-t-il, la voix vibrante de colère contenue. J'ai casé ta sœur, avec un baron de surcroît. A présent, c'est ton tour de te marier. Avec la fille que je t'ai choisie.

Sans répondre, James se dégagea de l'emprise de son père. Il se sentait au bord de la nausée, une douleur lancinante lui martelait la tempe. Les deux hommes échangèrent un regard lourd de non-dits. James mesura brutalement le fossé le séparant de son père. Anthelme s'était toujours comporté en homme tyrannique mais, jusqu'alors, il ne s'était jamais vraiment opposé à son fils.

— Nous en reparlerons, fit le père en se détournant.

L'instant d'après, affable, il accueillait un sénateur avec force démonstrations d'amitié.

Ecœuré, James s'éloigna en direction du jardin. Vite, pensa-t-il, prendre l'air, quitter cette atmosphère délétère…

122

Raoul de Brotonne fumait l'une des cigarettes orientales qu'il affectionnait, accoudé à la balustrade. Il se retourna vers James alors que celui-ci tentait de s'éclipser.

— Oh ! C'est vous, beau-frère ? Vous aussi cherchez à échapper à tout ce raout mondain ? Quelle plaie, ces bourgeois bordelais !

— Vous venez d'épouser l'une de ces bourgeoises, laissa tomber froidement James.

Le militaire l'exaspérait alors même qu'il le connaissait à peine. Il s'est marié pour la dot de Mathilde, songea-t-il avec mépris.

Raoul de Brotonne eut un rire bref.

— Vous et moi savons que le mariage est un rituel obligatoire dans notre société.

A cet instant, James détesta cet homme visiblement fort satisfait de lui.

— Il n'empêche que je tiens au bonheur de ma sœur, répondit-il froidement.

Brotonne sourit.

— Le bonheur… comme vous y allez ! De toute manière, une femme, quelle qu'elle soit, sera heureuse du moment où elle aura fait un beau mariage et s'occupera de deux ou trois enfants. Pour le reste… ces personnes du beau sexe sont si difficiles à contenter !

James, exaspéré, rompit les chiens.

— Il suffit de beaucoup les aimer, conclut-il.

Il salua son beau-frère d'un signe de tête et s'en alla à grands pas. Il ne supportait plus cette atmosphère de fête factice, ni le discours de Brotonne.

Il marcha, longtemps, sur les quais. La nuit était douce. La lune argentait la surface de la Garonne.

Lentement, il se détendit. Il lui semblait qu'il se défaisait peu à peu de la colère éprouvée, que celle-ci se détachait de lui. Certes, Brotonne était un rustre mais il saurait peut-être se faire aimer de Mathilde. Après tout, personne n'avait forcé la main de sa sœur. En revanche, lui se refusait catégoriquement à épouser la fille de Guimard.

L'attitude de son père l'avait révolté.

Je vais chercher du travail, se promit-il. A Arcachon.

Sans plus se soucier de l'habit qu'il portait ni du rendez-vous qui lui avait été fixé pour le lendemain, il prit la direction de la gare.

18

1872

De longues écharpes d'un blanc neigeux s'étiraient dans le ciel très bleu.

Une belle journée, se réjouit Margot en poussant les volets.

Le retour précipité de James l'avait agréablement surprise, même si elle se sentait encore barbouillée après les malaises des derniers jours.

Pas question de lui dire quoi que ce soit pour le moment, avait-elle pensé. Rien ne devait gâcher leurs retrouvailles. Elle l'avait senti las, contrarié, et s'était ingéniée à le distraire. Il s'était laissé entraîner vers leur chambre, dévêtir. Après l'amour, il l'avait serrée contre lui, fort. « Je t'aime Margot, lui avait-il dit. Tu le sais, n'est-ce pas ? »

Elle avait fait oui de la tête. Que s'était-il donc passé à Bordeaux ?

Il avait dormi d'un sommeil agité, se tournant et se retournant. Il l'avait appelée plusieurs fois dans son sommeil, et le cœur de Margot s'était serré.

Elle avait redouté ce séjour à Bordeaux, se demandant si James reviendrait. Son état la rendait encore plus vulnérable.

Elle avait mal vécu l'interrogatoire auquel Léonie l'avait soumise. Même si elle comprenait la déception et les inquiétudes maternelles, elle ne lui reconnaissait pas le droit de la juger. A vingt-deux ans, Margot s'estimait libre de ses actes. C'était d'ailleurs particulièrement choquant, cet opprobre jeté sur la fille-mère. Elle seule était considérée comme coupable !

« Tu penses qu'il va te marier, ce monsieur de la haute ? » lui avait demandé Léonie, et Margot avait secoué la tête. « Je n'en sais rien, mère. Vraiment. »

C'était la vérité. L'amour entre les deux jeunes gens allait de soi, ils n'avaient pas fait de projets d'avenir.

« Grosse sans mari, le malheur assuré ! » avait marmonné Léonie.

Cependant, parce qu'elle aimait ses enfants et peut-être la petite dernière plus que les autres, elle lui avait affirmé que sa porte serait toujours ouverte. Elle n'avait pas vu, ou pas voulu voir, la moue de dégoût de Margot. La cabane, la misère, la collecte des sangsues… jamais ! Plutôt mourir !

En même temps, elle se rendait bien compte que sa position était critique. Tributaire de James, elle pouvait se retrouver à la rue du jour au lendemain.

Elle rabattit doucement le drap sur son amant, passa le kimono en soie qu'il lui avait offert et descendit préparer le petit déjeuner. Au chalet, une cuisinière et une petite servante étaient à leur service. Pas de valet ni de femme de chambre, Margot ne l'aurait pas supporté. Fanchon, la cuisinière, arrivait le matin vers huit heures et repartait en milieu d'après-midi.

Femme imposante, la taille ceinte d'un grand tablier bleu, elle aurait impressionné Margot si celle-ci n'avait pas travaillé à la villa Beau Rivage et aux Flots Bleus. Elle aussi connaissait les bons fournisseurs, et se tenait informée des prix. Avec elle, pas question de faire danser l'anse du panier ! Margot savait qu'on bavardait dans son dos, tout en s'efforçant de se convaincre qu'elle n'en avait cure. James l'aimait. Cela ne valait-il pas toutes les alliances du monde ?

Elle se demanda brusquement quel effet cela lui ferait le jour où on l'appellerait « madame Desormeaux ».

Au fond, elle en rêvait.

Il avait été relativement facile d'arracher l'adresse à Marie. Celle-ci espérait toujours que sa mère et sa sœur vivraient un jour en bonne entente. Léonie s'était mise en route après avoir passé ses habits du dimanche et posé un bonnet empesé sur ses cheveux grisonnants. En chemin, elle avait eu la chance d'être dépassée par le père Balthazar, qui allait vendre ses fruits et ses légumes sur le marché d'Arcachon. Il était le conscrit de Pierre, ils avaient bavardé durant le trajet. Souvenirs, échanges à propos du temps qui avait passé si vite… Léonie avait apprécié ce moment de détente, d'autant plus que la route était longue.

Balthazar l'avait déposée devant l'hôtel de ville en lui indiquant qu'il suffisait de gravir la côte en direction du casino Mauresque pour atteindre la Ville d'Hiver.

Léonie était vaillante, un quart de lieue ne lui faisait pas peur. Elle était en sueur, cependant, quand elle atteignit le chalet Primerose. L'architecture délirante de la Ville d'Hiver lui paraissait un peu folle et surtout peu pratique. A quoi servaient, se dit-elle, ces balcons en saillie, ces décorations de bois sculpté comme de la dentelle ?

Léonie venait d'un monde où chacun avait un rôle bien défini. L'habitat ne permettait aucune fantaisie, il fallait juste que chaque objet ait son utilité.

Ebahie, elle contempla la façade très ornée du chalet avant de se décider à franchir le portail et s'engager dans l'allée ombragée de pins. Elle huma les senteurs familières, éprouvant une nostalgie soudaine. Elle gravit les marches d'un perron, tira sur la cloche. Elle sut tout de suite qu'il s'agissait de lui en le voyant apparaître sur le seuil du chalet. Il était de haute taille, beaucoup plus grand que Pierre ne l'était, avait des yeux gris et portait la barbe, comme s'il avait cherché à se vieillir.

— Oui ? fit-il d'un air agacé.

Il reprit aussitôt, avisant le panier de Léonie :

— Ma brave femme, il vous faut passer par l'entrée de service. Je suppose que vous venez livrer la cuisinière.

Léonie se redressa.

— Je viens voir ma fille, Margot Marquant.

En d'autres circonstances, la confusion du jeune homme l'aurait réjouie. Ce jour-là, cependant, elle avait le cœur trop lourd. Il la pria de lui pardonner cette méprise, Léonie fit mine d'y consentir mais, entre eux deux, la fracture était consommée. Ils appartenaient chacun à un monde différent, et ne l'oublieraient jamais.

— Veuillez entrer, madame, s'empressa James. Margot est allée porter ses travaux de couture chez

128

l'une de ses pratiques, elle ne va pas tarder. Désirez-vous une tasse de thé ?

Léonie écarquilla les yeux. Elle comprenait mal son accent et ne se sentait pas à l'aise face à celui qu'elle avait déjà surnommé en son for intérieur « le gandin ».

— Un peu d'eau fraîche me suffira, dit-elle.

Il l'entraîna vers le salon. Elle marqua un mouvement de recul devant le mobilier Second Empire, fauteuils recouverts de velours cramoisi, piano, tables volantes, plantes vertes. Elle n'avait jamais imaginé un intérieur semblable et se sentit perdue. Que faisait donc Margot aux côtés de cet homme ? Avait-elle perdu l'esprit ?

— Asseyez-vous, madame, la pressa James.

Mais Léonie resta obstinément figée sur le seuil.

— Je vais salir toutes ces belles choses, balbutia-t-elle.

James se mit à rire.

— Quelle idée ! Margot sera fâchée si elle vous trouve debout à son retour.

Brusquement, Léonie se ressaisit. Après tout, elle n'avait rien à se reprocher ! Elle était chez elle dans sa cabane d'Audenge, et ne devait rien à personne.

Elle se laissa donc entraîner vers un fauteuil où elle prit place, le dos bien droit, pour ne pas paraître en situation d'infériorité. Cependant, elle ôta d'un coup de talon ses galoches afin de ne pas salir le tapis aux grandes fleurs roses et rouges.

— Seigneur ! s'écria James. Vos pieds, madame...

Léonie baissa les yeux et aperçut ce qu'elle ne regardait plus depuis des années : ses pieds et ses

129

chevilles nus, d'un rouge violacé, marqués par d'innombrables boursouflures et ulcères.

Confuse, elle rabattit sur eux sa jupe noire du dimanche.

— Ce n'est rien, dit-elle avec une assurance feinte. Je suis une bas rouge, je vais chaque jour aux sangsues. Alors, forcément, elles laissent des traces.

L'étonnement se peignit sur les traits de James.

Margot n'a pas jugé bon de lui parler de moi, pensa Léonie avec un soupçon d'amertume. Encore heureux si elle ne m'a pas fait trépasser !

Elle savait sa cadette désireuse de s'élever socialement. Devait-elle pour autant s'affranchir des règles et des traditions ? Léonie ne le pensait pas ! Même si elle n'avait pas voulu élever ses enfants dans la terreur, comme Rose l'avait fait avec Eugénie et plus encore avec elle, la femme de Pierre n'avait jamais transigé avec la morale.

— Je ne savais pas, murmura James.

Un jeune homme élevé dans du coton, jugea Léonie.

Il avait de longues mains blanches mais ne paraissait pas très costaud. Serait-il seulement capable de manier le pitey et le hapchot ? s'amusa l'ancienne résinière. Un artiste, plus rêveur qu'efficace. Pour elle, il n'arrivait pas à la cheville d'André, son gendre parqueur. Lui, au moins, était un travailleur !

Parce que tout, dans ce chalet, l'exaspérait, elle attaqua bille en tête :

— Margot vous a parlé de sa situation… intéressante ?

James rougit sous le regard acéré de la collectrice de sangsues. L'annonce de son métier l'avait estomaqué. Comment était-ce possible ? Il était horrifié à l'idée des bestioles courant le long des jambes de cette femme, se gorgeant de son sang. Margot ne lui parlait pratiquement jamais de sa famille. « Nous n'aimons pas les mêmes choses », lui avait-elle dit un jour.

Il le concevait aisément en voyant sa mère. Margot et elle ne se ressemblaient pas vraiment, exception faite du caractère déterminé. Comparée à sa propre mère, Léonie Marquant était un roc.

Lentement, la dernière phrase qu'elle avait prononcée fit son chemin dans la tête de James.

— Une situation intéressante ? répéta-t-il, perplexe.

Brusquement, il comprit. Il s'alarma.

— Vous ne voulez pas dire… ?

Léonie hocha froidement la tête.

— Désirés ou pas, les enfants ne sont pas responsables de la situation, insista-t-elle.

Toujours sous le choc, James paraissait avoir de la peine à s'en remettre.

— J'assumerai mes responsabilités, déclara-t-il, sonné.

Cependant, en observant son trouble, Léonie éprouvait de sombres doutes. Ce jeune homme de bonne famille aurait-il la force de s'opposer à son père ? Car, naturellement, celui-ci ne verrait pas cette union d'un bon œil. Et Margot, sa Margot ? Que deviendrait-elle alors ?

— Vous devez en parler avec ma fille, reprit-elle. Elle a besoin d'être rassurée, même si elle ne l'admettra jamais.

— Je comprends, bien sûr, s'empressa James.

Mais c'était faux. Il se demandait pourquoi ils ne

s'étaient pas montrés plus prudents. Il avait cru, naïvement, que Margot prenait des précautions, comme les filles des maisons closes. Comment aurait-il pu imaginer le contraire ? L'énormité de la comparaison ne le choqua même pas. Pour lui, c'était aux femmes qu'il appartenait de se soucier de ce genre de détail. Après tout, c'étaient elles qui devenaient mères !

— Je veux épouser Margot, conclut-il.

19

1872

Marie aimait l'odeur de vase, de marée et d'iode qui se dégageait des parcs à huîtres. Elle qui n'avait pas aimé servir chez les autres avait l'impression de se réaliser pleinement aux côtés d'André. Depuis leur mariage, tous deux travaillaient en couple, jour après jour. Ils formaient d'ailleurs une bonne équipe, se comprenant à demi-mot, d'un échange de regards.

Aussi avait-elle éprouvé un sentiment proche de la panique quand Léonie lui avait fait part de son idée. Qui aiderait André si Marie allait passer plusieurs semaines à Arcachon ? Léonie avait tout prévu. « L'estrangey vous paiera une ouvrière venue de Vendée », lui avait-elle répondu.

Quand elle était obligée d'évoquer James, elle ne l'appelait pas autrement que « l'estrangey ». Comme si elle refusait qu'il fasse un jour partie de leur famille.

Tout de même, une Vendéenne… réfléchissait Marie. Et s'il lui prenait la fantaisie de faire les yeux doux à André ?

« Nous la choisirons tous les deux, si cela peut te rassurer, lui avait promis son mari. Et puis, tiens, je demanderai une ouvrière bossue et borgne ! Ça te va ? »

Elle avait ri, parce qu'elle était incapable de résister à la bonne humeur d'André. De plus, elle savait que la somme offerte par James leur serait bien utile. Elle n'avait plus de raison de refuser. Même si André et son travail de parqueuse lui manqueraient.

Dieu merci, elle emmènerait sa petite Céleste au chalet, Margot était d'accord.

Marie aurait dû se sentir satisfaite. Mais elle gardait le cœur gros.

Dehors, André profitait de la petite marée pour chauler ses tuiles et passer caisses et ambulances au coaltar.

Demain, se dit Marie, elle quitterait leur refuge de Gujan, irait s'installer au chalet. Et après ? Margot affirmait que c'était une question de semaines, au plus cinq ou six, James parviendrait à convaincre son père de consentir à leur mariage.

Léonie, cependant, restait sceptique. « S'il a un peu de bon sens, le père n'acceptera jamais ! avait-elle confié à son aînée. Il a trop à y perdre. » Elle se défiait de la famille Desormeaux, à commencer par James, estimant que Margot et lui n'avaient rien en commun. Certes, sa fille ne ressemblait pas à une sauvageonne mais, malgré ses efforts, elle n'était pas non plus une dame.

Marie, la main en visière devant les yeux, observa le décor familier. Le cycle de l'ostréiculture était assez simple. Les larves d'huîtres étaient collectées sur des tuiles romaines enduites de chaux sur lesquelles elles se fixaient pour devenir le naissain, de petites huîtres. Au bout de huit mois, le détroquage s'effectuait en détachant le naissain des tuiles. Les jeunes huîtres étaient introduites dans des poches grillagées, déposées dans les parcs où elles faisaient l'objet de soins incessants. Certaines, plus fragiles, étaient placées dans les ambulances avant d'être déposées dans les parcs quelque temps après. Un an plus tard, les huîtres étaient transportées dans d'autres parcs, situés à proximité des chenaux sillonnant le Bassin, afin d'être nourries en plancton et de bénéficier des courants marins. Lorsqu'elles avaient au moins trois ans, leur croissance achevée, elles étaient lavées, triées, calibrées et emballées dans des bourriches pour être expédiées.

André débordait de projets. Il souhaitait aller s'installer sur la côte Noroît, là où, disait-on, de belles perspectives d'avenir s'offraient aux ostréiculteurs puisqu'on réclamait toujours plus d'huîtres.

Marie esquissa un sourire, se demandant si les beaux messieurs de Paris avaient une idée du travail nécessaire pour produire une seule bourriche d'huîtres.

Chaque jour, en fonction des marées, on s'activait sur le parc, ou à terre. Travailler dans l'eau ne gênait pas Marie, à partir du moment où elle partageait tout avec André. Leur voisine, Germaine, gardait leur petite Céleste pendant que Marie s'affairait dans les parcs. L'enfant poussait dru. Marie était heureuse. Pourquoi, se demanda-t-elle, avait-il fallu que Margot cherche à sortir de sa condition ?

Marie était persuadée que cette histoire finirait mal.

De dos, « cela » ne se remarquait pas, estima Margot. Elle serrait son corset, jusqu'à manquer s'évanouir. Tout, plutôt que de laisser voir son état !

Au fond d'elle-même, elle se demandait pourquoi cela lui était arrivé. Elle ne désirait pas d'enfant, tout au moins pas avant d'avoir la bague au doigt.

« Ma petite, si tu crois que la femme choisit... » avait soupiré Léonie, fataliste.

James n'avait pas sauté de joie non plus. Lorsque Margot était rentrée au chalet le jour de la visite de sa mère, elle avait trouvé son amant profondément abattu. Sa première réaction avait été de pester. Pourquoi diable sa mère avait-elle révélé son secret à James ? C'était à elle, Margot, de le faire, au moment choisi par elle. Tout était gâché. De plus, elle ne supportait pas l'idée que James ait appris le métier de Léonie. Collectrice de sangsues... La honte pour la jeune fille !

Ils avaient déjeuné dans un silence lourd de non-dits ou, plutôt, Margot avait fait semblant de picorer dans son assiette. La gorge nouée, elle ne pouvait rien avaler. A l'issue de ce repas, elle avait proposé à James : « Nous pouvons nous séparer. Cela vaudra peut-être mieux pour ton avenir. » Pour la première fois, il avait haussé le ton. Pour qui le prenait-elle ? Pour un homme sans honneur ? Elle attendait leur enfant, ils l'attendraient ensemble.

Mais il n'avait pas protesté quand Léonie avait suggéré de faire passer le bébé pour celui de Marie.

Au fond, Margot le comprenait. Ce serait déjà assez difficile pour lui de faire accepter leur union à son père. Si, de plus, elle était fille-mère...

On s'était organisés au chalet. Fanchon, trop encline à bavarder sur le marché, avait été remplacée par une cuisinière landaise ne connaissant personne à Arcachon. La petite servante ne venant que le matin, Margot avait estimé que cela pourrait aller. D'ailleurs, Séraphine, puisque tel était son prénom, était lente d'esprit. « Idiote », estimait Margot, dénuée de compassion à son égard depuis qu'elle avait brûlé l'un de ses corsages.

Margot serra ses mains l'une contre l'autre. Au fond d'elle-même, elle aurait désiré que tout se passe autrement. Le mariage d'abord, l'enfant ensuite. Elle avait peur, une peur sourde qui ne voulait pas dire son nom. De crainte de voir son secret éventé, elle avait refusé de consulter la sage-femme la plus proche. Elle s'était rendue à La Teste.

L'examen auquel elle avait dû se soumettre l'avait humiliée. A croire qu'elle n'avait pas encore intégré l'idée de donner naissance à un enfant. Elle redoutait de voir sa beauté se faner, de lasser James, et s'efforçait de ne rien laisser voir des modifications que la grossesse entraînait chez elle. Au chalet, elle se montrait gaie et rieuse, comme avant, même si la peur lui mordait le ventre. Il lui semblait que, depuis la venue de Léonie à Arcachon, la situation entre eux avait changé. Etait-ce l'annonce de l'enfant à naître ? Ou le fait d'avoir rencontré sa mère, d'avoir ainsi mieux mesuré le fossé qui les séparait ?

Margot ne le savait pas, et elle pressentait qu'elle ne le saurait jamais.

James avait marché, vite, jusqu'au Moulleau, puis jusqu'à la Corniche, d'où le regard filait, au-delà des passes, vers l'Océan. Là, il avait eu l'impression de se trouver à la croisée des chemins.

Il aimait Margot. C'était son unique certitude. Auprès d'elle, il se sentait différent, prêt à abattre

137

les obstacles. Mais il ne se faisait guère d'illusions : son père n'accepterait jamais ce qu'il considérerait comme une mésalliance. Margot n'avait pas de dot, rien d'autre que son insolente beauté. Or, James dépendait de la pension mensuelle que lui versait son père.

Il savait qu'il devait retourner à Bordeaux afin de tenter de fléchir Anthelme, mais il retardait cette confrontation.

Espèce de lâche ! se dit-il, furieux.

Ce n'était même pas de la lâcheté. Ou, du moins, il tentait de s'en persuader. Non, il agissait plutôt comme s'il retardait le moment de sauter l'obstacle. Durant son enfance et son adolescence, James avait obéi sans regimber. Image du père tout-puissant, Anthelme Desormeaux ne tolérait pas la contradiction, quelle qu'elle soit, sous son toit.

Ses études aux Beaux-Arts avaient permis à James de prendre du champ, d'aspirer à une autre existence. Mais il se sentait impuissant à changer le cours des choses.

D'autre part, le temps pressait. Margot en était à son septième mois de grossesse. Il désespérait de pouvoir l'épouser avant l'accouchement. Elle aussi avait peur, même si elle tentait de le dissimuler. Il la sentait tendue, sur la défensive. Leur relation s'en ressentait. Comment, dans ces conditions, parvenir à envisager sereinement l'avenir ?

Face aux passes, James prit une longue inspiration. Il lui semblait que l'air marin s'infiltrait en lui, prenait possession de tout son être. Le climat du Bassin lui était bénéfique, c'était indéniable, il ne faisait presque plus de crises, mais comment faire admettre cette réalité à son père ? Il redoutait l'affrontement inévitable, tout en étant fermement décidé à se battre, pour Margot et pour lui. Il ne songeait pas encore à l'enfant, qui restait pour l'instant une entité abstraite.

Il fit demi-tour et, lentement, regagna le chalet Primerose.

A vingt-huit ans, il se sentait vieux, tout à coup.

20

1872

Installée sur le balcon de sa chambre, une couverture sur les genoux afin de dissimuler sa taille qui s'arrondissait, Margot tentait de venir à bout d'une brassière. C'était plus fort qu'elle, elle était incapable de terminer un rang de tricot ! Soit elle perdait une maille, soit elle rêvassait et laissait tomber son ouvrage. Marie, qui tricotait fort bien, levait les yeux au ciel. « Ne sais-tu donc rien faire de tes mains ? »

Si elles s'entendaient bien, les sœurs avaient le caractère vif et le ton entre elles montait vite. Margot ne supportait plus cette attente et l'oisiveté en découlant. Pas question en effet de se livrer à une quelconque activité, James la traitait comme une porcelaine susceptible de se briser. Cette attitude faisait sourire Léonie et Marie, peu accoutumées à ce genre d'égards.

— Plus que deux semaines, souffla Marie d'un ton qui se voulait apaisant.

Margot soupira.

— Encore deux semaines ! corrigea-t-elle. On voit bien que ce n'est pas toi qui es difforme !

Il était inutile de lui rappeler qu'elle avait travaillé dans les parcs à huîtres jusqu'aux derniers jours de sa grossesse. Sa cadette ne pouvait pas comprendre puisqu'elle avait choisi de mener une autre vie. La parqueuse ne l'enviait pas. Parce qu'elle était certaine de l'amour d'André.

— Mon ventre pointe en avant lorsque je le libère du corset, on raconte que cela signifie un garçon. Tu crois que c'est vrai ?

— Je ne sais pas, reconnut Marie. Pour Céleste, j'ai l'impression d'avoir grossi de partout. Tu te rappelles ? J'étais une véritable tour !

Margot sourit.

— Oui, je m'en souviens. Tu as toujours été plus courageuse que moi. C'est bien simple : j'ai l'impression de perdre mon temps.

— Patience, ma jolie. Tu oublieras tout quand tu serreras ton enfant dans tes bras.

Margot fit la moue.

— Tu crois ? Cet enfant, je le vois plutôt comme un empêcheur de tourner en rond !

Elle était sincère, se désola Marie. C'était bien là le problème.

Emporte-moi, wagon ! Enlève-moi, frégate !
Loin ! Loin ! Ici la boue est faite de nos pleurs !
Est-il vrai que parfois le triste cœur d'Agathe
Dise : Loin des remords, des crimes, des douleurs,
Emporte-moi, wagon, enlève-moi, frégate ?[1]

---

1. Extrait de *Moesta et errabunda* de Baudelaire.

Lire les poèmes de Baudelaire était interdit, naturellement, mais Alice Guimard n'en avait cure. Depuis l'enfance, la lecture constituait pour elle une évasion.

Elle étouffait dans la maison des Guimard, où la respectabilité le disputait à la laideur. Elle détestait le mobilier Empire, trop solennel à son goût.

De toute manière, elle avait toujours eu l'impression d'être le vilain petit canard de la famille ! Sa mère, morte subitement deux ans plus tôt, était une mondaine, attachée à son « jour », et la considérait comme une jeune savante beaucoup trop timide en société. Son père ne se souciait pas vraiment d'elle. Alice avait compris depuis longtemps qu'elle ne représentait pour lui qu'un élément décoratif.

Son mariage permettrait à Honoré Guimard de placer ses pions en vue de « faire de l'argent », comme il disait. Elle n'avait pas la moindre illusion à ce sujet. D'ailleurs, elle n'éprouvait même plus de révolte. Au contraire, elle se disait qu'il convenait de tirer le meilleur parti de la situation.

Le mariage n'était-il pas censé lui conférer un peu plus de liberté ?

Son père lui avait vanté les mérites de James Desormeaux, fils de négociant. Un jeune homme promis à la réussite, affirmait-il. Alice avait cherché à se renseigner à son sujet par l'entremise de Louisette, sa femme de chambre délurée, mais celle-ci n'avait pu glaner beaucoup d'informations. C'était un artiste, disait-on à Bordeaux, qui avait fait les Beaux-Arts.

Il passait le plus clair de son temps à Arcachon. Curieux, avait pensé Alice, il ne ressemblait guère au prétendant idéal pour son père. A moins qu'Honoré

Guimard n'ait envie de jouer au mécène ? Il était impossible à cerner, son épouse y avait renoncé, se contentant de dépenser la fortune familiale. Parce qu'elle était belle, Honoré lui avait beaucoup pardonné.

Mais il n'avait pas la même indulgence pour Alice. Elle réprima un soupir.

Celui-ci ou un autre, se dit-elle.

Une fois mariée, elle vivrait à sa guise.

Anthelme Desormeaux jeta à peine un coup d'œil au ciel qui se chargeait de nuages presque noirs. L'entretien qu'il venait d'avoir avec son notaire avait confirmé son sentiment. Il y avait encore des affaires à réaliser autour du Bassin.

Lui se voyait assez bien à la tête d'un domaine sur lequel il cultiverait des vignes.

Il avait réalisé de mauvaises affaires l'an passé et aspirait à prendre du champ vis-à-vis du monde du négoce. Quelques familles tenaient le haut du pavé, Anthelme ne pourrait jamais se hisser à leur niveau. Il en éprouvait un sentiment d'amertume, doublé du désir de tenter sa chance ailleurs. Or, il avait besoin de James. Son fils représentait la pièce maîtresse de son projet. Il aurait aussi besoin des capitaux de sa sœur, se dit-il. Euphémie pouvait fort bien vivre sans trop dépenser, elle était veuve, sans enfants, et avait de bonnes rentes. Dans l'esprit d'Anthelme, tout l'argent de sa sœur devait lui revenir. Adulé par leur mère, il était égocentrique et indifférent aux autres. Sa maîtresse, Rosalie, ayant eu un jour le mauvais goût de le lui reprocher, il l'avait copieusement battue avant de la quitter. Anthelme Desormeaux

143

avait toujours cherché son intérêt personnel. Pourquoi aurait-il changé ?

Il se servit du cognac, leva le verre ballon pour mieux admirer la couleur ambrée de la liqueur.

— A moi ! s'écria-t-il avec un large sourire satisfait.

Le télégramme signé « Desormeaux » était comminatoire.

« Ai besoin de toi de toute urgence. T'attends au plus vite. »

James monta dans leur chambre. Margot se trouvait sur le balcon, comme à son habitude. Elle suivait d'un air las la course des nuages dans le ciel.

— Je m'ennuie mortellement, déclara-t-elle.

Navré, il songea que l'attente des derniers jours l'enlaidissait. Elle avait le visage bouffi, les yeux cernés, les chevilles gonflées. Il aurait aimé appeler un médecin au chalet mais Margot s'y refusait. « J'ai besoin de discrétion », affirmait-elle.

Il lui prit la main, la baisa.

— Ma mie, je suis désolé, mon père m'appelle à Bordeaux. Promets-moi d'être raisonnable, je reviens dès demain.

— J'espère bien !

Maussade, elle fit la moue. Jamais plus, s'était-elle promis. La grossesse était une abomination, elle n'avait pas l'intention de se laisser piéger une seconde fois.

— Promets-moi… commença-t-il.

Agacée, Margot haussa les épaules.

— Je dois faire attention à tout, ne pas boire d'eau glacée, ne pas trébucher dans l'escalier, ne pas manger

144

d'huîtres… A ton avis… est-ce que j'ai le droit de respirer ?

Il lui caressa les cheveux d'un geste tendre.

— Petite sotte.

— File ! lui intima-t-elle. Cours vite répondre à l'appel de ton père.

Elle était injuste, et le savait. Ils avaient tous les deux besoin de la rente que Desormeaux versait à James. Doté d'un joli coup de crayon, celui-ci avait formé le projet de se proposer comme portraitiste aux estrangeys, ce qui avait fait hurler Margot. Désirait-il tuer dans l'œuf sa future carrière d'architecte ? On le surnommerait « le barbouilleur de la plage », et c'en serait fait de sa réputation. Il avait fini par se rendre à ses arguments.

Elle se défiait. De l'avenir, du père de James, des coups bas du destin.

En cela, elle était restée proche de Léonie, la fille de la Grande Lande.

21

1872

Dans le train le ramenant à Arcachon, James tournait et retournait dans sa tête les mises en demeure paternelles. Dire qu'il avait espéré échapper à sa tyrannie ! C'était bien mal le connaître ! Anthelme Desormeaux entendait que les choses se fassent comme il l'avait décidé. Or, il tenait au mariage de James avec Alice Guimard.

« Tu ne trouveras pas meilleur parti, avait-il assuré à son fils. Qui plus est, son père est intéressé par des investissements du côté d'Arcachon. C'est pain bénit pour toi ! »

Un fil à la patte… pensait James, pas le moins du monde décidé à épouser la fille du banquier. Il avait glissé le prénom de Margot dans la conversation, ajoutant qu'il l'aimait, et Anthelme avait vu rouge. « Une servante que tu as troussée, et qui cherche le beau mariage ? Tu es bien naïf, mon fils ! En tout cas, il n'en est pas question ! Rien ne t'empêche de continuer à la voir, une fois que tu seras marié à Alice. Que crois-tu que j'aie fait ? L'important est de rester discret. »

Furieux, écœuré, James avait claqué la porte. Entendre son père le faire implicitement complice de ses débordements lui donnait la nausée. Il ne le supportait plus. Navrée, sa mère l'attendait dans le hall. « Essaie de ne pas contrarier ton père », lui avait-elle recommandé après lui avoir glissé plusieurs billets dans les mains. Il l'avait remerciée d'un sourire, sans s'engager quant à la suite à donner aux ordres paternels. Il aurait aimé lui parler de Margot ; il n'avait pas osé le faire. Claire-Marie aimait ses enfants, sans pour autant se laisser aller à de grandes manifestations de tendresse. De plus, James avait craint de la choquer. Sa mère était pieuse, elle n'aurait pas compris sa relation hors mariage avec Margot. James avait choisi de se taire.

A présent, cependant, il avait conscience d'être pris au piège. Son père ne céderait rien et il serait contraint de s'exécuter. Il essaierait de gagner quelques mois en arguant du fait qu'Alice Guimard avait droit à un grand mariage. Sinon, en cas d'union précipitée, les bonnes langues de Bordeaux s'empresseraient de déchirer la réputation de la jeune fille. C'était la règle, dans leur monde. Mais… que deviendrait Margot ?

Elle ne l'attendait pas à la gare. Il ne s'en formalisa pas car elle ne sortait plus qu'à la tombée du jour. En revanche, il s'inquiéta en découvrant une animation inhabituelle devant le chalet. Il reconnut la voiture à cheval du docteur Romain, qui était venu lui prodiguer ses soins un jour au Grand Hôtel et éprouva un sentiment proche de la panique. Margot n'avait-elle pas affirmé qu'elle refusait d'avoir affaire à un médecin, quel qu'il soit ?

La petite bonne lui ouvrit la porte. Elle paraissait à la fois tourneboulée et excitée.

— Le docteur Romain se trouve dans la chambre de Madame, lui annonça-t-elle d'un ton important.

James se rua dans l'escalier, poussa la porte. Il aperçut une vision de cauchemar. Margot, écartelée sur leur lit, était agitée de convulsions.

— Sortez ! lui intima le médecin sans se retourner.

Marie se trouvait de l'autre côté du lit. Sans se laisser impressionner, James pénétra dans la grande pièce qui ouvrait sur les pins.

— Laissez-moi vous aider. Je suis le père.

— Lavez-vous les mains ! ordonna le praticien.

Rouge, ébouriffé, il ne ressemblait plus à l'homme policé qu'il était d'ordinaire. La peur de James s'en accentua. Il se lava soigneusement les mains dans le cabinet attenant, après avoir ôté sa veste.

— Essayez de maintenir cette jeune femme, reprit le médecin. De mon côté, je lui administre des sels d'Epsom.

James écarquilla les yeux. Ce remède ne lui était pas inconnu, son père ironisant de temps à autre au sujet du maintien rigide de son épouse, et l'incitant à prendre les fameux sels.

Romain secoua la tête.

— Les sels d'Epsom, ou sulfate de magnésium, ne traitent pas seulement la constipation, lui indiqua-t-il. Ils jouent aussi un rôle positif contre les migraines rebelles et l'éclampsie.

— L'éclampsie ? répéta James, affolé.

Il avait déjà entendu parler d'une jeune femme souffrant de ce mal, qui était morte dans de terribles circonstances.

— Heureusement que la jeune dame ici présente m'a fait chercher, reprit-il. L'état de sa sœur, de plus en plus bouffie, inquiétait Marie depuis quelque temps, ainsi que ses mouvements spasmodiques. Le temps que j'arrive... nous avons assisté à des convulsions impressionnantes, typiques de la pré-éclampsie.

— Faites vite, je vous en conjure, coupa James.

Sur le lit, Margot roulait des yeux fous. De la bave apparut aux commissures de ses lèvres. James prit sur lui pour ne pas détourner la tête.

— Ne dirait-on pas plutôt... une crise de haut mal ? s'enquit-il, redoutant de prononcer le mot « épilepsie », qui faisait si peur.

Le médecin, occupé à administrer la piqûre, ne releva pas la tête.

— Pas du tout, mon cher ! Ces convulsions en fin de grossesse sont causées par l'éclampsie, littéralement « foudre », en grec, et constituent une urgence vitale. Cette piqûre va la calmer mais la naissance doit survenir le plus vite possible.

— Dans cet état ? s'affola James.

— A tout autre moment, j'esquisserais un sourire, remarqua le médecin. L'enfant doit sortir du ventre maternel, quel que soit l'état de santé de la mère.

James n'entendait rien à ces choses et aurait préféré continuer à ne rien savoir. Marie, le visage tendu, humecta le front de sa cadette. Un peu calmée, Margot s'apaisa lentement. Pétrifié, James songea qu'il n'oublierait jamais cette scène. Tout au long de la soirée, il assista le docteur Romain, tenant la lampe à pétrole, soufflant des mots d'encouragement à Margot, demeurant présent au moment de la naissance. Lorsque le médecin, se redressant, annonça : « C'est une fille, qui me paraît être en bonne santé », il exhala un soupir de soulagement. Epuisée, Margot sombra dans une somnolence entrecoupée de tressautements.

— Le plus dur est passé, déclara le praticien. Il faut la veiller à présent et m'appeler au moindre problème. Je vais vous envoyer une garde.

Il leva la main, prévenant une protestation de James.

— Je vais me reposer, et vous aussi. Imaginez que vous somnoliez et ne vous aperceviez pas d'un malaise subit… Croyez-moi, mieux vaut une garde aguerrie. Demain, vous devrez aussi vous occuper de la petite fille.

— Ma femme peut-elle l'allaiter ?

— Je préférerais vous envoyer une nourrice. N'ayez crainte, je me charge de tout.

Marie tenait le bébé dans ses bras. James aperçut un minois chiffonné, des cheveux sombres. Sa fille… L'estomac noué, il songea que Margot et la petite auraient pu succomber durant la nuit.

— Je ne sais comment vous remercier, docteur…

Le praticien lui adressa un coup d'œil narquois tout en rangeant ses instruments dans sa trousse.

— N'ayez crainte, je vous apporterai la facture de mes honoraires en main propre.

Le médecin, la garde, la nourrice… James, la bouche sèche, se livra à une rapide estimation. Accoutumé à dépenser sans compter, il mesurait désormais qu'il lui faudrait vivre différemment. « Jusqu'à mon mariage. »

Cette idée le bouleversa. Comment pouvait-il raisonner ainsi alors qu'il n'avait pas la moindre envie d'épouser Alice ? Cependant, il n'avait pas le choix.

22

1875

Qu'est-ce qu'il espérait ? Me garder prisonnière ? M'attacher ici comme une moule sur son rocher ? pesta Margot en cassant ses aiguilles à broder.

Elle n'était pas une bourgeoise élevée dans le velours et la soie. Même si elle redoutait plus que tout la misère, elle n'avait pas sa place parmi les vacancières bordelaises et parisiennes. Etait-ce pour cette raison que James lui avait offert la Maison du Cap, qu'il avait conçue et fait bâtir ? James ! Margot ne pouvait évoquer son nom sans sentir la colère l'envahir.

Certes, la Maison du Cap avait beaucoup de charme avec sa galerie couverte, sa véranda ornée de dentelle de bois, son patio et son belvédère, d'où la vue embrassait le Bassin, la dune du Pilat, et l'entrée des passes, mais que diable pouvait-on y faire alors que la presqu'île était peuplée de douaniers, du gardien de phare et de parqueurs ? Sans les visites régulières de Marie, Margot aurait péri d'ennui.

Sa sœur aînée, son époux et leur fille s'étaient installés comme nombre d'ostréiculteurs « de l'autre côté de l'eau », sur un terrain relevant du domaine public maritime.

Ils habitaient un vieux ponton échoué sur le rivage. André, habile de ses mains, avait redistribué l'intérieur. Une pièce commune, une chambre, un poulailler.

Marie affirmait que le travail était moins pénible sur la côte Noroît. Margot ne mettait pas son assertion en doute.

Mais elle… à part cultiver son jardin, et essayer de nouvelles toilettes, que pouvait-elle faire ?

Bien sûr, il y avait Charlotte. Sa fille allait sur ses trois ans. James en était fou. Margot l'aimait… sans trop le laisser voir. De toute manière, avait-elle décrété, jusqu'à cinq ans, les enfants s'élevaient pratiquement tout seuls. Inconsciemment, elle tenait rigueur à sa fille de cet accouchement terrible. Trois mois avaient été nécessaires à Margot pour se remettre. Trois mois durant lesquels Charlotte avait fait la conquête de James et de Marie.

Lorsqu'elle avait repris confiance en elle et, presque étonnée, avait retrouvé sa beauté, elle avait mesuré l'étendue des changements opérés autour d'elle. D'abord, Charlotte. Le bébé avait trouvé le moyen de grandir sans elle. Elle poussait dru, comme si elle avait voulu rattraper les conditions dramatiques de sa naissance. C'était une belle petite, bien proportionnée, avec de grands yeux qui suivaient chacun de vos mouvements. Face à elle, Margot avait l'impression d'être une étrangère. Charlotte souriait à Marie, lui tendait les bras, tout en restant distante avec Margot. Léonie, consultée, avait esquissé un sourire.

152

« Tout viendra en temps et heure, ma fille. Tu apprivoiseras Charlotte, sois sans crainte. »

Léonie assumait son statut de grand-mère avec une certaine sérénité.

« Les années passent et les Marquant s'éloignent de la forêt », avait-elle remarqué quand Margot s'était installée à la Maison du Cap.

Personne, pas même Germain, n'avait fait allusion à la situation de Charlotte. Enfant naturelle, elle portait le nom de sa mère. Margot, elle, l'avait mal vécu.

Elle avait longtemps espéré que James l'épouserait ou, à tout le moins, reconnaîtrait Charlotte, mais il n'avait pu se résoudre à passer outre aux ukases de son père. Margot ne le lui avait pas pardonné. Dans ces conditions, leur relation avait marqué le pas. Si James était toujours épris, tendre et passionné, Margot, de son côté, avait observé une certaine distance.

« Vous êtes si... différents », lui avait souvent répété Léonie.

Elle comprenait mieux, à présent, ce que sa mère avait voulu dire. Margot avait cherché à s'élever dans la hiérarchie sociale et avait pris conscience de ses limites. On n'oublierait jamais ses origines. Fille d'un pêcheur et d'une collectrice de sangsues, elle n'était pas digne d'entrer dans la famille Desormeaux, qui avait pignon sur rue à Bordeaux.

Ne devait-elle pas déjà s'estimer heureuse d'occuper une maison conçue par son amant, si originale qu'on l'admirait depuis le pont des bateaux passant au large de la presqu'île ?

James avait pu faire bâtir la Maison du Cap grâce à l'héritage de sa tante Euphémie et en était le propriétaire. Il avait désiré une demeure sobre, beaucoup moins ornée que celles de la Ville d'Hiver, et parfaitement intégrée dans le paysage.

« Au moins, ma fille, tu ne lui dois rien ! » avait commenté Léonie.

Rien… Voire ! James continuait de les entretenir, Charlotte et elle, même s'il était marié.

Margot avait éprouvé un horrible sentiment de trahison le jour où elle l'avait appris.

Naturellement, il s'était bien gardé de lui en faire part avant. Il était parti à Bordeaux en prétextant une affaire familiale et, en y réfléchissant bien, c'était tout à fait ça. Il s'agissait de la famille qu'il allait former avec une riche héritière.

C'était à la fin de l'année 1873. Margot s'en souvenait fort bien car, de ce jour, elle avait compris que son histoire avec James était condamnée. Elle avait longtemps espéré qu'il saurait s'imposer, défendre leur amour, mais elle avait sous-estimé le poids des conventions.

Chez les Desormeaux, on n'épousait pas sa maîtresse !

Charlotte et elle habitaient encore alors le chalet Primerose. Margot, au désespoir après avoir lu dans *L'Avenir d'Arcachon* un entrefilet annonçant le mariage de monsieur James Desormeaux, résidant habituellement dans la Ville d'Hiver, avec mademoiselle Alice Guimard, fille du banquier bordelais, avait cherché un moyen de se venger. Elle savait bien, pourtant, qu'elle n'en avait guère, hormis la rupture. Or, sans travail ni ressources propres, avec la petite à charge, Margot ne pouvait se passer de la pension que James lui versait. C'était assez humiliant, d'ailleurs elle en venait presque à envier la condition de

154

Marie. Presque... car elle n'aurait pas le courage de mener la vie rude des parqueurs.

Elle avait donc commencé à chercher une solution. Que pouvait-elle faire ? Que savait-elle faire ? Leur installation à la Maison du Cap lui avait permis de se distraire, elle avait réclamé à James des meubles choisis à Arcachon, qui avaient été acheminés par bateau. « Le prix de la trahison », avait-elle pensé, amère.

James lui avait juré qu'il n'avait pu se dérober, son père ayant menacé de lui couper les vivres, que les Desormeaux avaient besoin des capitaux de la banque Guimard, qu'il n'aimait pas, n'aimerait jamais Alice. Il l'avait cependant accompagnée en voyage de noces en Italie. De quoi faire rugir Margot, qui n'était même jamais allée à Bordeaux.

Elle savait qu'on jasait dans son dos. L'entrefilet avait fait du bruit dans Arcachon. Pour cette raison, Margot avait été soulagée de s'installer à la Maison du Cap. Mais, à présent, elle s'y ennuyait horriblement. Elle n'était pas faite pour vivre sur la presqu'île. Elle avait besoin de l'animation d'Arcachon, des magasins, des célébrités dont on se répétait le nom en chuchotant, de sa complicité avec Célestine.

A la Maison du Cap, elle s'étiolait.

James ne la comprenait pas, ou ne voulait pas la comprendre. Lui était tombé sous le charme du Cap dès leur première excursion. Depuis le belvédère, il pouvait restait des heures à dessiner la Grande Dune, les parcs à huîtres, la côte d'en face, « l'autre bout de l'eau », dominé par la flèche de Notre-Dame. Il rêvait, aussi, d'acquérir d'autres terrains et de concevoir des résidences originales.

Mais James était marié, et il se devait de rejoindre Alice à Bordeaux au moins une fois par semaine. C'était à se demander, d'ailleurs, pourquoi sa femme acceptait la situation.

Parbleu, se disait Margot, une fille de la haute ! Elle ne devait pas avoir les mêmes exigences qu'elle.

En tout cas, elle, Margot, ne supporterait plus longtemps d'être reléguée sur la côte Noroît !

23

1876
Trois ans, déjà.

Trois ans qu'Alice était l'épouse de James Desormeaux, sans que sa vie ait réellement changé. Contrairement à ce qu'elle avait pensé, elle n'était pas vraiment plus libre, dans la mesure où, venue vivre dans l'hôtel particulier des Desormeaux, elle n'était pas maîtresse chez elle. Certes, Claire-Marie n'avait rien d'une marâtre et laissait volontiers sa bru décider des menus, mais cette latitude ne suffisait pas à Alice. Elle rêvait de tout autre chose, d'autant plus qu'elle n'était pas heureuse en couple.

Que croyais-tu donc ? s'était-elle morigénée au lendemain de ses noces, alors que James lui avait déclaré froidement : « Je ne vous aime pas, je ne vous aimerai jamais. »

Elle avait serré les mâchoires pour ne pas éclater en sanglots. Ne t'effondre pas, reste digne, s'était-elle exhortée. Dans certains cas, l'éducation des religieuses de Bordeaux avait du bon. Alice était une femme forte au caractère décidé.

« L'amour n'est pas indispensable pour réussir son union », avait-elle répondu.

Le voyage de noces offert par Anthelme Desormeaux était devenu, dans ces conditions, une sorte d'excursion qu'auraient effectuée deux bons amis. James et elle avaient visité Rome, Florence, s'étaient attardés au bord du lac Majeur avant de revenir par la Riviera suisse.

Un programme séduisant qu'ils avaient l'un et l'autre apprécié puisque James comme Alice se passionnaient pour les arts.

Cependant, elle avait dû attendre plusieurs semaines avant que son époux ne se décide à la rejoindre dans le lit conjugal. Une formalité brève, qui avait laissé à la jeune femme une sensation d'inachevé. Elle avait d'ailleurs regretté l'époque où ils étaient « seulement » amis ! C'était alors plus simple pour elle, elle ignorait la jalousie.

Tout se savait à Bordeaux. Il suffisait de trouver la bonne personne, celle qui avait le bon réseau de relations et pourrait se renseigner. Au début de l'année 1874, Alice avait appris que son mari avait une jeune maîtresse à Arcachon. Son père en avait touché deux mots à un camarade de cercle, qui l'avait rapporté à un ami commun. On se demandait s'il s'agissait d'une petite paysanne, d'une parqueuse d'huîtres ou d'une lorette. Les supputations allaient bon train. En tout cas, James Desormeaux ne pouvait se passer d'elle.

Bouleversée, furieuse, Alice avait usé de son influence pour convaincre son mari de l'emmener à Arcachon. En vain. « Vous êtes trop habituée à Bordeaux », lui avait-il rétorqué.

Elle l'avait senti se crisper. Il lui aurait fait presque peur, le visage blême, la respiration haletante. Sa mère l'avait informée des problèmes de santé de James. Seul le climat du Bassin lui avait permis de mener une vie normale.

« Vous devriez vous installer du côté d'Arcachon », avait suggéré Claire-Marie avec candeur.

Mais James ne s'était pas laissé fléchir. Alice avait alors fait appel à son propre père. Après tout, n'était-ce pas lui qui avait insisté pour la marier à James ? Elle avait vite compris pourquoi ! Six mois après les noces de sa fille, le banquier Guimard convolait avec une jeune veuve d'une beauté incandescente. Alice le gênait… il avait trouvé le moyen de se débarrasser d'elle. Elle l'avait alors harcelé pour qu'il soutienne financièrement les projets de James. Celui-ci avait déjà évoqué à plusieurs reprises son désir de bâtir des résidences sur le Bassin. Alice, elle, avait entendu parler de somptueuses chasses à courre du côté de Lanton. Bonne cavalière, elle s'imaginait déjà participant à ce qu'elle nommait un sport d'élite. Elle aurait le sentiment de vivre, enfin !

Elle avait donc fait le siège de son père, vantant les qualités du climat. Ne racontait-on pas que nombre de personnes avaient recouvré santé et joie de vivre entre Arcachon et Arès ?

De plus, il y avait certainement encore de bonnes affaires à réaliser ! Les frères Pereire avaient fait fortune en l'espace de quelques années.

Après tout, James avait sa chance.

« James est un artiste, pas un homme d'affaires, avait laissé tomber le banquier. Et Emile Pereire a perdu sa mise. »

Sans se décourager, Alice était revenue plusieurs fois à la charge. Son père se faisait prier. De guerre lasse, il avait fini par convoquer le jeune couple dans les locaux de la banque. Quels étaient exactement leurs projets ? James avait évoqué son rêve de construire des demeures intégrées au cadre de la presqu'île, Alice mentionné son désir de mener une certaine vie mondaine, et le banquier avait souri.

« Des objectifs incompatibles. Mon cher, il faut vous incliner. On chasse, m'a-t-on dit, du côté de Taussat et de Lanton. Il faudrait vous installer à cet endroit. »

James ne s'y était pas trompé, la suggestion de Guimard était en fait un ordre. Il avait acquiescé du bout des lèvres.

Rentré au domicile Desormeaux, il aurait pu laisser éclater sa colère, reprocher à Alice de l'avoir piégé, mais ce n'était pas dans son caractère. N'était-il pas le premier fautif, lui qui avait dû se résigner à épouser une femme qu'il n'aimait pas ? Il s'était enfermé dans sa chambre, avait fumé à la fenêtre, sans se soucier des quintes de toux qui le faisaient tressaillir. Lentement, l'idée de son beau-père faisait son chemin en lui.

Une maison au fond du Bassin... pourquoi pas ? Il se rapprocherait ainsi de Margot et de Charlotte. Alice lui laisserait une certaine liberté, elle n'était pas une épouse exigeante si l'on faisait abstraction de son désir de maternité. Mais Margot lui battait froid. Elle avait ses raisons, estimait James, conscient de l'avoir déçue et blessée. Il n'avait pas eu le courage de s'en expliquer avec elle, et se le reprochait amèrement. Au fond de lui, il savait qu'il n'avait pas d'excuse.

Il écrasa sa cigarette, laissa la fenêtre grande ouverte.

Les senteurs balsamiques du Bassin lui manquaient. Il avait hâte d'y retourner en sachant que, cette fois, Alice l'accompagnerait. N'était-ce pas le prix à payer ?

— Mère… vous êtes sûre de ne pas avoir faim ?

Assise sur une chaise de l'office – il était impossible de la convaincre de s'installer au salon ! –, Léonie secoua la tête.

— Merci, ma fille, je n'ai envie de rien.

Elle laissa échapper un petit rire moqueur.

— Je devrais avoir honte, n'est-ce pas ? J'ai parfois eu si faim, quand j'étais petite ! Notre frère mangeait le premier, et vidait souvent nos assiettes, à Eugénie et à moi. La mère lui passait tout…

Elle allait continuer à égrener ses souvenirs durant un bon moment, pensa Margot. Elle s'efforça de ne pas laisser voir son agacement. Si elle n'était guère patiente, elle éprouvait de l'affection pour sa mère. Elle l'avait accueillie à la Maison du Cap dès que Léonie avait été souffrante. Une voisine l'avait trouvée inanimée sur le sol de sa cabane et avait prévenu ses enfants. Le médecin avait parlé d'anémie, de grande fatigue, et interdit formellement de poursuivre la collecte des sangsues. Malgré les protestations de Léonie, André était venu la chercher avec sa pinasse à voile et l'avait amenée à la Maison du Cap. Léonie n'avait pas voulu croire que sa fille et sa petite-fille vivaient dans ce qu'elle nommait « un palais ». La découverte de la baignoire, en particulier, lui avait arraché des cris admiratifs.

« Si ta grand-mère Marguerite avait pu voir ça... »
avait-elle murmuré, rêveuse.

Bien qu'elle ne soit pas si âgée – après tout, elle
n'avait que cinquante-quatre ans –, Léonie donnait
l'impression de se réfugier désormais dans ses souvenirs. Certainement parce qu'elle supportait mal son
inactivité, estimait Marie.

Elle apportait souvent des huîtres à Léonie.
L'ancienne résinière s'en régalait. Elle réclamait aussi
de temps à autre une crème caramel à Margot. Bien
qu'elle n'eût guère de goût pour la cuisine, celle-ci
s'exécutait pour accorder ce petit plaisir à sa mère.

Elle avait compris que Léonie souffrait de ne pas
avoir revu Eugénie, morte d'un froid dans la poitrine
en l'espace de quelques jours. Des voisins l'avaient
découverte sans vie dans la cabane de ses parents,
qu'elle n'avait jamais quittée. Le jour de l'enterrement
de sa petite sœur, Léonie avait eu l'impression qu'elle
aurait dû mourir à sa place. N'était-elle pas l'aînée
des filles ? Lalie était partie, elle aussi, d'un cancer
féminin, comme on disait avec pudeur. Livré à lui-
même, Auguste avait sombré dans la déchéance. Un
destin bien triste pour le préféré de Rose...

Elle jeta un coup d'œil aux aiguilles de la pendule,
qui n'avançaient pas assez vite à son goût.

— Je vais me préparer, mère. James vient me chercher pour m'emmener du côté de la Pointe aux
Chevaux.

— Va, ma fille. Je reste avec Charlotte.

La petite adorait sa grand-mère, qui lui racontait
des histoires du temps de la Grande Lande, lui parlait
de son grand-père Pierre et de leur famille.

Lorsqu'elle grimpait jusqu'au belvédère, elle cherchait du regard les passes, là où tant de marins du Bassin avaient perdu la vie. Son père, très attaché lui aussi aux traditions, lui avait appris que les pêcheurs signalaient leur retour par un coup de corne. Ils en donnaient un deuxième en arrivant à proximité de Notre-Dame d'Arcachon et se signaient quand leur bateau passait à hauteur de la Croix des Marins érigée dans l'axe de la porte de l'église.

Charlotte adorait son père. Mais elle ne le voyait pas suffisamment. Lorsqu'il arrivait, il la prenait dans ses bras et la faisait tournoyer. Elle criait de bonheur.

Léonie se leva avec peine. Ce que c'est que la vieillerie ! songea-t-elle. A son âge, Rose était moins usée. Ne disait-on pas que la méchanceté vous conservait ?

Elle marcha jusqu'à la terrasse, sur laquelle jouait Charlotte. James lui avait offert à sa dernière visite une poupée blonde en porcelaine qu'elle avait appelée Sylvie.

Léonie ignorait que de pareils jouets existaient ! Elle s'était revue, tentant d'apprivoiser un écureuil, et jouant avec des pignes de pin. Elle s'efforçait alors de ne pas se faire surprendre par Rose, qui ne supportait pas l'oisiveté.

Un sourire mélancolique éclaira son visage. Les temps avaient changé, et c'était mieux ainsi.

Charlotte se tourna vers elle.

— Grand-mère, viens prendre le thé avec Sylvie, ma fille.

Prendre le thé ! Léonie se retint pour ne pas éclater de rire.

Tu ne sais pas à qui tu t'adresses, petite, pensa-t-elle.

Cependant, même si Charlotte était une bâtarde,

Léonie était heureuse pour elle de la voir prendre un bon départ dans la vie. Cette enfant-là ne manquerait de rien.

C'était pour Léonie une belle revanche sur le destin.

24

1877

De gros nuages sombres se pourchassaient dans le ciel couleur d'orage. Mélancolique, Margot laissa tomber le rideau et jeta un coup d'œil agacé à la pendule en régule et marbre représentant une joueuse de mandoline, un présent de James. Quelle idée ! avait-elle pensé lorsqu'il la lui avait offerte. Elle aurait de loin préféré recevoir une étole ou un bijou ! Mais, depuis quelque temps, James tombait toujours à côté. A croire qu'il ne la connaissait plus aussi bien qu'avant.

Avant… c'était un mot qu'elle s'interdisait de prononcer la plupart du temps, parce qu'il soulignait les changements intervenus dans leurs vies. Même s'il lui avait promis qu'il viendrait aussi souvent, James était moins libre depuis qu'ils s'étaient installés, son épouse et lui, du côté de Taussat.

Margot esquissa une moue. Elle-même aurait eu l'impression de s'enterrer vivante là-bas, mais, bien sûr, elle ne s'appelait pas Alice Desormeaux !

On chassait à courre sur le domaine de Malakoff

appartenant à Léon Lesca, on traquait le renard, le lièvre ou le chevreuil.

Margot n'était pas faite non plus pour cette vie-là. Elle n'appartenait pas au monde d'Alice.

James ne devait pas l'apprécier beaucoup lui non plus mais il gardait un silence prudent.

Oui, c'était tout à fait ça : James était devenu prudent, et Margot n'aimait pas établir ce constat. Il avait quelques excuses : son père était mort en 1875, de façon très embarrassante puisqu'on l'avait retrouvé inanimé chez sa maîtresse, rue des Bahutiers. Bouleversée, sa mère s'était retirée dans le Bazadais, où il lui restait une cousine et la maison de famille de sa grand-mère.

Anthelme Desormeaux avait dilapidé ce qu'il restait de la fortune familiale. Jeu, dépenses somptuaires, mauvais investissements… Sidéré, James avait brutalement réalisé qu'il devenait dépendant d'Alice. Heureusement, il lui restait quelques titres offerts par sa mère, ainsi que les bijoux de sa tante Euphémie. Il aurait dû en bonne logique les offrir à Alice, mais n'avait pu s'y résoudre.

Peut-être parce qu'il gardait toujours en lui l'espoir de les voir portés par Margot.

De plus, sa sœur Mathilde avait perdu ses deux premiers bébés, et la Faculté redoutait quelque stérilité. Claire-Marie multipliait neuvaines et offrandes de cierges, en vain.

Lui voyait bien que sa sœur commençait à se résigner, ce qui le révoltait.

« Bats-toi ! » lui avait-il dit lors de sa dernière visite.

Mathilde, le visage émacié, avait soupiré sans répondre.

166

James n'imaginait que trop bien sa situation auprès d'un époux coureur invétéré. Cependant, c'était sur elle que pesaient les soupçons de responsabilité.

« La pauvre n'a pas de santé », chuchotait-on.

Margot secoua la tête. Pourquoi compatir au sort d'une inconnue qui ignorait tout de sa propre existence ? Parce qu'elle voyait bien que James souffrait pour sa sœur ? Et elle, Margot ? Qu'allait-elle devenir ?

Alice finirait par lui donner un fils, elle en était persuadée. Une épouse ne manquait pas d'arguments. Et James leur tournerait le dos.

Cette perspective suscitait en elle un sentiment de panique qu'elle s'efforçait de dissimuler.

Elle s'ennuyait à la Maison du Cap. Depuis l'enfance, les lumières de la ville l'avaient attirée. Elle rêvait de posséder sa propre pension de famille dans la Ville d'Hiver, où elle recevrait une clientèle choisie, gérerait une cuisinière et une servante. Elle s'étiolait sur la presqu'île !

Le nez contre le carreau, elle observa le ciel d'étain, le Bassin en colère, les vagues montant à l'assaut du débarcadère. De nouveau, elle songea qu'il lui fallait une autre vie.

De l'autre côté de l'eau.

Ne sachant pas naviguer, James faisait appel aux services d'Etienne, pêcheur en retraite. Le bonhomme, visage buriné, pipe au bec, jouait volontiers les passeurs depuis la Ville d'Eté, où sa pinasse à voile était amarrée.

Taiseux comme James, il respectait son silence tandis que l'amoureux du Bassin, carton à dessin sur les genoux, croquait le phare du cap Ferret ou l'île aux Oiseaux. Chaque traversée constituait pour James un moment de répit, durant lequel il s'efforçait d'oublier ses soucis. Il avait dû vendre la demeure bordelaise. Sa mère lui avait donné carte blanche, réclamant seulement le prie-Dieu de son oratoire et ses livres. Mathilde avait entériné sa décision.

« Ce que tu feras sera bien », lui avait-elle écrit.

Installée à Lunéville avec son époux, elle répondait à ses lettres sans trop donner de détails quant à leur vie. Raoul s'était-il assagi ? James en doutait fort. D'ailleurs, lui-même était mal placé pour critiquer son beau-frère !

Tromper sa femme constituait-il une fatalité inhérente à leur société ? s'interrogeait-il parfois. A moins que ce ne soit la conséquence des unions arrangées.

Il savait qu'il avait profondément blessé Margot en lui dissimulant son mariage avec Alice. Depuis, leur amour était différent, plus âpre, plus tendu. Margot donnait l'impression de chercher à le prendre en faute, et lui s'en irritait, parce qu'il se savait coupable.

Margot était capable de se défendre, mais le sort de Charlotte le préoccupait. Un enfant naturel était forcément stigmatisé, marqué du sceau de l'infamie. Il aurait voulu la reconnaître, lui donner son nom, mais ne l'avait pas fait, par peur du scandale. Chaque fois qu'il observait l'enfant, il songeait qu'il avait gâché une partie de ses chances, et se le reprochait amèrement.

Etienne se tourna vers lui alors qu'ils avaient dépassé l'île aux Oiseaux.

— Vous avez su, pour le père Cotte ? Un si bon marin… Perdu dans les passes, comme tant d'autres.

James inclina la tête.

— J'ai appris, oui. Un brave gars…

Drôle d'épitaphe, se dit-il. Les gens de mer étaient peu bavards, ils ne se livraient pas à de longs discours. Il suffisait pour eux de parler du père Cotte, qui laissait trois enfants. Avec le temps, il rejoindrait la longue liste des marins du Bassin péris en mer, en franchissant les passes qui avaient si mauvaise réputation.

Le buste tendu vers la côte Noroît, il chercha à apercevoir le belvédère, visible depuis la pinasse. Il était fier de cette maison qu'il avait édifiée pour la femme qu'il aimait, tout en se demandant si elle avait eu conscience de la valeur de son présent. Pour elle, il avait sacrifié leur demeure de Bordeaux, fait venir des meubles et de la vaisselle par bateau ainsi que des plantes exotiques.

Margot acceptait ces offrandes avec un sourire un peu las.

« Que veux-tu exactement ? » avait envie de hurler James, tout en la secouant d'importance. « Que je me débarrasse d'Alice ? Comme ce serait élégant ! »

Il désirait se partager entre les deux femmes pour ne pas avoir à blesser l'une ou l'autre. Tant qu'Alice ignorerait l'existence de Margot et celle de Charlotte, ce serait possible.

Il voulait y croire.

CHARLOTTE

Le temps se construit des racines.
Antoine de SAINT-EXUPÉRY

25

1879

— J'aime pas !

Du haut de ses six ans, Charlotte venait de s'affirmer. Pas question, en effet, de cautionner l'achat de ce chalet affreux, déformé par une profusion de vérandas et de bow-windows.

— Pourtant… risqua Marie, émerveillée par la taille de la bâtisse et celle du jardin ombragé de pins et de chênes.

— J'aime pas, répéta Charlotte, butée.

— Laisse donc !

Margot saisit le bras de sa sœur et l'entraîna vers le perron de la villa Sonate. Ce nom s'était imposé à elle alors qu'elle venait d'écouter un pianiste donner un récital au casino Mauresque. Elle s'était revue, gamine, se cachant dans les buissons pour assister aux concerts. Elle n'imaginait pas, alors, posséder un jour une maison et un piano !

Sa maison… Elle esquissa un sourire satisfait. Elle avait dû batailler mais James avait fini par lui prêter l'argent dont elle avait besoin. Le chalet s'appelait Chanteclair, mais elle avait résolu de le débaptiser.

Cette demeure, elle le pressentait, allait lui permettre de changer de vie. Elle ne s'était jamais plu à la Maison du Cap. Revenir à Arcachon constituait pour elle une victoire.

James et elle s'étaient séparés durant l'été 77. C'était inéluctable, Margot le savait, il lui suffisait juste d'en persuader James. Si seulement il s'était décidé à reconnaître Charlotte ! Mais il ne l'avait pas fait.

Elle l'avait méprisé, avant de se le reprocher. Sans James, où serait-elle ? Toujours à astiquer les parquets et les meubles ? Margot savait ce qu'elle lui devait. Elle ne l'aimait plus, cependant. Il était trop prévisible, trop bien élevé. Elle aurait préféré le voir se révolter contre sa famille, contre la société… Comme s'il en avait été capable !

Elle se mordit la lèvre. Elle ne voulait pas penser à James car, lorsque cela lui arrivait, elle éprouvait une déprimante impression de gâchis. Il vivait à Taussat, avec son épouse attachée aux mondanités. Plutôt que de concevoir des maisons, il exploitait un domaine, vignes et pins.

Elle savait qu'il aurait préféré vivre sur la côte Noroît, mais Alice avait dû en décider autrement.

Elle prit une large inspiration avant de sortir la lourde clé de son réticule. Ses mains tremblaient.

— Ça va ? s'inquiéta Marie.

— Bien sûr !

Margot avait beau crâner, les deux sœurs savaient que le moment était important. Elle était propriétaire de Sonate ! Si seulement mère l'avait su…

Léonie était morte un an auparavant, à l'entrée de

l'hiver. Un matin, Margot l'avait cherchée partout avant de se rendre à l'évidence : sa mère avait disparu.

Elle avait fini par découvrir que Léonie avait traversé le Bassin dans la pinasse d'Etienne et s'était rendue dans la forêt de La Teste. Mortellement inquiète, Margot s'était lancée sur ses traces.

Elle avait appelé Marie à la rescousse. Toutes deux avaient arpenté la forêt en criant « Maman ! », sans succès. Elles ne se rappelaient plus l'endroit exact où se trouvait la cabane des Marquant ; la forêt avait beaucoup changé. Errant entre les pins, se tordant les pieds sur les souches, Margot avait pris conscience ce jour-là de l'importance de Léonie dans sa vie. Même si elle s'opposait souvent à elle, elle l'aimait.

C'était Marie qui avait retrouvé leur mère, au pied d'un grand pin.

Léonie étreignait son tronc et elles eurent de la peine à la convaincre de rentrer avec elles.

Elle était confuse, parlait de Pierre, de gemmage et de feu dans la cheminée.

Le soir, elle brûlait de fièvre. Compresses, enveloppements s'étaient avérés sans effet. Léonie était morte dans son sommeil, sans une plainte. Charlotte en avait été fort affectée et réclamait encore souvent sa grand-mère. Les enfants de Léonie l'avaient fait enterrer au côté de son Pierre, et avaient tenté de se persuader qu'il n'y avait rien eu à faire. La nuit, cependant, Margot rêvait de Léonie et se revoyait dans la cabane de la pinède.

Même si elle ne l'avouerait jamais, elle savait que la misère de l'enfance lui collerait toujours au cœur, faisant naître chez elle la peur éternelle de manquer.

175

James ne pouvait le comprendre. Lucien Lesage le pourrait-il ?

Bien qu'il portât un nom français, il venait de Russie. Normal, lui avait-il expliqué, il était le fils d'une gouvernante bourguignonne et d'un majordome normand. Les Russes parlaient, écrivaient en français et prisaient fort les domestiques de cette nationalité.

Lucien Lesage était revenu en France avec sa mère à la fin du Second Empire, son père préférant rester à Saint-Pétersbourg. Musicien dans l'âme, il avait suivi les cours du Conservatoire avant de chercher à gagner sa vie comme professeur de piano. Il avait vite compris qu'il serait plus rentable pour lui de travailler dans un café-concert ou un casino.

Le casino Mauresque l'avait embauché en 77.

Les femmes étaient sensibles au charme qui émanait de lui. Cheveux mi-longs, châtains, regard mélancolique, répertoire romantique… Lesage savait jouer de ses atouts, notamment avec les femmes mûres. Mais Margot y avait succombé elle aussi, sans même avoir le sentiment de trahir James. N'étaient-ils pas séparés, désormais ?

La villa Sonate avait hébergé ses rencontres avec Lucien, qui habitait un garni dans la Ville d'Eté. Charlotte, n'aimant décidément pas le chalet, restait souvent avec sa cousine Céleste chez Marie et André. Arrangement qui convenait à tout le monde…

Margot avait voulu faire de Sonate une pension de famille à la mode. Celle-ci, plantée au bout d'une allée ombragée de chênes verts, tournait le dos au Bassin, suivant l'orientation préconisée par la Faculté. En effet, les médecins estimaient que les malades ne devaient pas être trop exposés à l'air marin. Ce qu'elle avait toujours aimé dans la Ville d'Hiver, c'était son aspect irréel, à l'abri des vents.

Chaque allée, sinueuse afin d'éviter les courants d'air, réservait son lot de surprises. Là un manoir néogothique, ici un pavillon hindou, ailleurs un portique grec...

La Ville d'Hiver, oasis de calme dans la cité, avait ses propres codes. Margot savait que deux grands hôtels étaient en construction, notamment le Grand Hôtel de la Forêt et d'Angleterre, mais elle-même ne visait pas la clientèle de luxe. Elle lui préférait des familles bourgeoises, venues accompagner un proche en cure. Ces personnes réclamaient un bon confort sans pour autant avoir les mêmes exigences que les clients des palaces. Elle avait acheté du mobilier robuste mais sans prétention, facile à nettoyer, avait lu avec attention les consignes et autres recommandations des médecins spécialisés, et agi en conséquence.

Sonate, qui multipliait les ornements extérieurs, paraissait presque dépouillée à l'intérieur. Marie s'immobilisa devant un immense piano à queue, dont le dessus luisait doucement dans la pièce à demi plongée dans la pénombre.

— Tu sais en jouer ? s'étonna-t-elle.

— Pas moi ! répliqua vivement Margot. Mais si tu entendais Lucien...

D'où lui venait donc cette passion pour la musique ? s'interrogea l'aînée. Elle n'avait rencontré qu'une seule fois celui qu'elle appelait « le pianiste » et n'était pas certaine qu'il soit fait pour Margot. Il était trop différent d'eux, même s'il en allait de même pour James. Mais James était bordelais, pas tout à fait un

177

« estrangey ». Lucien, en revanche, venait de Paris. Cette simple raison justifiait la défiance qu'il inspirait à Marie.

Elle tapota l'épaule de sa cadette.

— Charlotte pourrait apprendre à jouer du piano.

Margot soupira.

— Charlotte ne s'intéresse pas à la musique, laissa-t-elle tomber.

— Laisse-la grandir.

Le regard de Margot chercha le Bassin, alors qu'elle savait pertinemment que celui-ci demeurait invisible.

— Charlotte est une Desormeaux, reprit-elle. Il est parfois difficile de savoir ce qu'elle pense.

Ce disant, elle songeait à James. Etait-il heureux dans sa nouvelle vie ? Cela ne la concernait plus !

Il n'empêchait… il avait compté pour elle, et il restait le père de Charlotte.

Pour toujours.

26

1879

Marie avait bien recommandé à Charlotte de garder les mains dans le dos et de ne pas poser de questions indiscrètes. Comme si cela lui ressemblait !

Charlotte, quelque peu boudeuse, marchait sans conviction vers le chalet Sonate. On ne lui avait laissé aucune échappatoire : il fallait l'emmener découvrir sa petite sœur, née quelques jours auparavant, au terme d'une grossesse beaucoup plus sereine que la première.

Pour l'occasion, la fillette de sept ans avait revêtu ses habits du dimanche : robe en coton rose et blanche ornée de broderie anglaise au col et bottines cirées.

Intimidée, elle pénétra sur la pointe des pieds dans le salon. Margot était en train de donner le sein au bébé. Ce spectacle empreint de douceur bouleversa Charlotte. Une bouffée de jalousie l'envahit. Qui était ce bébé pour lui voler l'attention et la tendresse de sa mère ?

Elle crispa les poings pour ne pas laisser voir son émoi.

— Approche donc ! s'impatienta Margot.

Elle rayonnait. Contrairement à son premier

accouchement, celui-ci s'était déroulé dans des conditions optimales. Sa fille était née au bout de seulement quatre heures… un rêve ! De plus, Margot s'appelait désormais madame Lesage et la petite Marthe était une enfant légitime.

— Elle n'est pas très grande, fit remarquer Charlotte.

— Elle n'a que huit jours ! Laisse-lui le temps de forcir.

Sur la pointe des pieds, la fillette contempla le bébé vagissant sur le sein maternel. Marthe – quel vilain prénom ! estima-t-elle – souriait aux anges.

— Elle pourra jouer avec moi bientôt ? reprit la fillette.

Margot et Marie éclatèrent de rire.

— Doucement ! Ne sois pas si pressée !

Dépitée, Charlotte s'éloigna de quelques pas. A quoi lui servirait cette petite sœur incapable de jouer ? Elle préférait de loin s'amuser avec Céleste !

De son côté, Margot fronça les sourcils. Son aînée l'agaçait, elle donnait toujours l'impression d'être insatisfaite. Pourtant, elle avait la belle vie, comparée à l'enfance de Marie et de Margot ! Elle se refusait à imaginer les bouleversements subis par la fillette de sept ans.

Un beau-père indifférent, une nouvelle maison, le bébé… Charlotte avait le sentiment que sa vie lui filait entre les doigts. La Maison du Cap constituait son seul point de repère.

— Si tu veux, je ramène la petite à L'Herbe, suggéra Marie, conciliante.

Margot acquiesça avec lassitude.

— C'est sans doute la meilleure solution. Mais…

Elle aurait voulu ajouter qu'elle aimait son aînée, qu'elle allait lui manquer, tout en sachant bien que ce n'était pas tout à fait la vérité.

Pour le moment, Marthe et Lucien suffisaient à la combler.

Assise sur un filet, jambes pendantes, Charlotte contemplait le Bassin d'un air rêveur.

— Viens là que je démêle tes cheveux. Tu as tout d'une sauvageonne, déclara Marie.

Elle aimait sa nièce aussi tendrement que sa fille. Leur vie rude satisfaisait Marie. Elle accompagnait André le plus souvent possible, les deux fillettes étaient raisonnables et puis, il y avait toujours une voisine en cas de besoin.

La solidarité entre les parqueurs n'était pas un vain mot.

Céleste et Charlotte se rendaient chaque matin à l'école de L'Herbe, créée par monsieur Lesca, propriétaire de la villa Algérienne, une demeure de style mauresque qui impressionnait fort les visiteurs de la presqu'île. Véritable bienfaiteur, Léon Lesca avait voulu que cette école ne soit pas seulement réservée aux filles et fils de ses domestiques mais aussi à tous les enfants vivant sur la côte Noroît. Ceux-ci, en effet, n'avaient pas d'autre possibilité de s'instruire.

Le dimanche, la famille se rendait à la Maison du Cap, beaucoup plus confortable que le ponton. Pendant que Marie astiquait les meubles, les filles partaient explorer le jardin ou bien se réfugiaient dans le belvédère, où elles inventaient des histoires de princesses et de princes charmants.

Céleste était plus attirée par les nourritures terrestres

que par les contes de sa cousine. A huit ans, elle savait déjà cuisiner.

Comme le disait Marie en riant, personne ne le lui avait appris. Et surtout pas elle, qui trouvait le moyen de rater la cuisson des œufs durs ! André ne dissimulait pas sa satisfaction : avec Céleste, il était certain de se régaler.

Tous quatre formaient une famille unie, et Charlotte appréhendait le moment où elle devrait rejoindre sa mère à Sonate. Elle n'aimait guère croiser les pensionnaires du chalet et détestait la bâtisse, beaucoup trop tarabiscotée à son goût. De toute manière, elle lui préférerait toujours la Maison du Cap, où elle se sentait chez elle. Le soir, depuis le belvédère, elle contemplait la masse sombre du Bassin, puis levait les yeux vers le ciel, et savourait son bonheur. Elle avait commencé à piocher dans la bibliothèque de son père, s'enthousiasmant pour les ouvrages de la comtesse de Ségur. Personne ne surveillait ses lectures, elle avait le sentiment de pouvoir tout découvrir, et lisait, lisait, avec une sorte de fièvre, comme si le temps lui avait été compté. Elle avait pleuré avec *Les Misérables*, lisant l'ouvrage de Victor Hugo un dictionnaire à portée de main. Par la suite, elle avait rêvé de Jean Valjean et de la pauvre Cosette devant aller tirer l'eau du puits. Comme elle, la petite fille n'avait pas de père.

Charlotte se souvenait vaguement du sien mais ne le voyait plus depuis la séparation de ses parents. L'affaire lui paraissant des plus compliquées, elle avait fini par se dire que son père ne voulait plus d'elle. Mais pourquoi sa mère lui avait-elle imposé un beau-père aussi peu intéressant que Lucien Lesage ?

Charlotte savait bien que, pour lui, seule Marthe comptait. Certes, elle en était peinée, tout en se disant que ce n'était pas si grave après tout. Elle aussi avait sa famille. Sur la presqu'île.

Chaque fois qu'elle observait Marie, Charlotte se disait qu'elle-même n'aurait pas la patience d'effectuer un travail aussi pénible. Quel que soit le temps, en effet, les parqueurs s'activaient, les pieds dans l'eau ou même dans la vase. C'était la marée qui déterminait leurs tâches. La maline, la grande marée, découvrant les parcs à huîtres, permettait aux parqueurs de travailler pendant plusieurs heures. La petite marée, en revanche, les contraignait à rester à terre. La liste des corvées à effectuer paraissait interminable à Charlotte. Il convenait tout d'abord de chauler les tuiles de Biganos avec un enduit friable fait de chaux hydraulique et de sable élaboré par un certain Michelet, maçon arcachonnais.

André, lui, fabriquait les caisses et les ambulances avant de les passer au coaltar, panacée des habitants du Bassin. Marie, parfois aidée de Céleste, détroquait, désatroquait, triait les huîtres sur la taouleyre. Mais il y avait bien d'autres tâches à accomplir, à commencer par un va-et-vient incessant entre les parcs, la cabane à terre et la pinasse. Porter, charger, décharger les caisses, les filets, les tuiles, les pelles et râteaux, les pignots et autres brandes... Protégés par des mastouns, des patins à vase, ou des bottes, les parqueurs travaillaient au soleil, sous la pluie ou le vent. Les femmes se protégeaient avec la benaize, une coiffe inspirée de la quichenotte charentaise. Les hommes portaient un vieux chapeau cabossé, des vêtements en toile plutôt amples, qui leur laissaient une grande liberté de mouvement.

Au fil du temps, ils avaient appris à protéger les parcs contre les crabes, les daurades, les bigorneaux et surtout les tères, de redoutables prédateurs qui parvenaient à briser les coquilles d'huîtres. Pour ce faire, on hérissait le parc de petits bâtonnets, les pointus. De plus, les pignots, de longs bois de jeunes pins coupés et plantés à la verticale, constituaient une délimitation des parcs tout en protégeant les casiers.

Le paysage si familier suscitait chez Charlotte le désir de le reproduire. Elle dessinait sur le sable, sans être satisfaite du résultat. A la demande de sa sœur, Margot lui avait envoyé d'Arcachon papier à dessin et crayons. Depuis, elle crayonnait sans relâche. Elle avait réalisé un croquis saisissant de Marie en parqueuse qu'André avait accroché dans le ponton. Cheveux tirés sous la benaize, rides au coin des yeux et de la bouche, culottes relevées jusqu'aux genoux, mastouns autour du cou, Marie avait fière allure.

« Tu es belle, ma femme », lui avait dit André, lui plantant un baiser sur les lèvres, et Charlotte s'était sentie heureuse.

A sa place.

27

1882

Le ciel et le Bassin avaient en partage la même couleur d'opale.

Charlotte, occupée à dessiner au bord du Bassin, ne remarqua pas la pinasse qui venait de remonter le chenal. Assise en tailleur, elle dessinait « l'autre côté de l'eau », la ville d'Arcachon qui se développait de plus en plus, la flèche du clocher de Notre-Dame.

L'homme vêtu de clair, à la silhouette élancée, l'observa discrètement avant d'aller frapper à la porte du ponton. Marie lui ouvrit, et lui serra la main.

— Bonjour, James. Cela fait longtemps que je ne vous ai vu. D'habitude, vous me faites passer votre enveloppe par Etienne.

Margot ayant refusé de le revoir depuis son propre mariage, et lui interdisant de chercher à entrer en contact avec Charlotte, Marie était apparue comme l'interlocutrice idéale.

C'était Etienne, devenu le passeur attitré de James, qui se chargeait d'apporter chaque mois à la parqueuse la pension de Charlotte.

James esquissa un petit sourire d'excuse.

— Vous voulez bien partager ce secret avec moi, Marie ? J'avais envie d'apercevoir la petite.

Gênée, elle inclina la tête. Elle n'aimait pas mentir à Margot, tout en reconnaissant que sa cadette se montrait intraitable avec James. Tout cela à cause de son mariage… Comme s'il avait pu échapper à son destin ! Margot était parfois candide.

— Charlotte dessine ? s'enquit James.

Marie lui montra fièrement le portrait que la fillette avait fait d'elle, deux ans auparavant.

James émit un petit sifflement.

— Elle a un bon coup de crayon. Ce serait dommage de ne pas l'aider à développer ce talent. J'écrirai à Margot.

Le cœur soudain serré, Marie joignit les mains.

— Vous ne voulez pas nous enlever Charlotte, James, n'est-ce pas ?

Aussitôt après, elle se reprit et lança :

— Vous n'avez aucun droit sur elle. Elle porte le nom de Marquant !

Le visage de James se décomposa.

— Margot ne m'a jamais pardonné cette lâcheté. En toute franchise, je n'avais pas la possibilité d'agir autrement. Même si je le paie aujourd'hui au prix fort.

Il n'en dit pas plus, et Marie ne se risqua pas à le questionner plus avant. Le fils Desormeaux n'avait pas d'héritier. Marie ne connaissait pas son épouse, qui avait une réputation de mondaine. Un autre monde, pensa-t-elle, si éloigné du leur.

— Oui, un bon coup de crayon, répéta James, songeur.

Il posa l'enveloppe sur la table en bois brut, sourit gentiment à Marie.

186

— Le mois prochain, ce sera Etienne qui viendra, je dois m'absenter.

— Rien de grave ? se permit de questionner Marie.

Il esquissa un sourire las.

— Je l'espère. Quelques soucis familiaux. Merci pour tout, Marie.

Il s'en fut après s'être incliné légèrement.

Marie rangea soigneusement les pièces d'or dans la boîte en fer réservée à cet effet et pensa une nouvelle fois que James était plus fragile que Margot.

Peut-être parce que lui l'avait vraiment aimée et ne s'en était pas remis.

Alice Desormeaux jeta un coup d'œil incertain à son reflet dans la psyché. Il lui semblait être devenue une autre femme depuis leur installation à Taussat. Tombée sous le charme d'une vaste demeure qu'on appelait dans le pays « le Château », elle avait insisté pour qu'ils en fassent l'acquisition – après tout, l'argent de sa dot était plus que conséquent – et avait éprouvé un merveilleux sentiment d'indépendance.

James aurait rêvé tout autre chose, elle en était consciente, mais elle trouvait ses idées en matière d'architecture trop novatrices. Elle avait besoin d'une maison existant depuis déjà plusieurs décennies, comme pour se rassurer.

De plus, tout près de Taussat, il y avait le comte Hadrien de Roquemaure et son pavillon de chasse. Bel homme d'une quarantaine d'années, il se montrait très prévenant à l'égard d'Alice. Il vivait à Arès en célibataire une bonne partie de l'année, son épouse préférant résider dans leur château du Périgord.

Après tout, cet arrangement n'était pas pour déplaire à Alice.

Elle remonta ses cheveux blonds, pour finalement les laisser retomber sur ses épaules. Elle ne paraissait pas ses trente ans. L'air du Bassin lui était bénéfique, se dit-elle avec un sourire indéfinissable. Ou, plutôt, les attentions d'Hadrien.

Les épreuves avaient permis à Alice de conquérir son indépendance. Jamais plus, s'était-elle promis, elle ne s'humilierait à mendier l'amour d'un homme, fût-il son mari.

Avec Hadrien, c'était différent. Il était en attente d'elle, et elle jouait à entretenir son désir.

C'était grisant, et merveilleusement réconfortant. Ils se retrouvaient dans une dépendance du pavillon de chasse. Une sorte de gloriette, qui évoquait une garçonnière. Peu importait à Alice. Dans les bras d'Hadrien, sous ses caresses, elle se sentait une femme désirable. Grâce à Hadrien, elle parvenait à surmonter l'indifférence de son époux.

Etait-elle heureuse ? se demanda Margot, en effleurant du plat de la main les touches du piano de Lucien. Elle ne saurait jamais jouer de cet instrument, et c'était peut-être mieux ainsi, car la magie restait intacte. Préservée.

Elle avait sa pension de famille, était mariée, mère de deux filles. Une vie réussie, vue de l'extérieur. Sa mère n'aurait jamais imaginé la voir atteindre ce statut. Peut-être même lui aurait-il fait peur. Léonie avait côtoyé si souvent le malheur qu'il était devenu pour elle un compagnon familier.

Pourtant, au fond d'elle-même, Margot savait qu'il lui manquerait toujours quelque chose.

Une certaine légitimité. Mère d'une enfant naturelle, femme entretenue, elle restait une ancienne pauvre. Et cette certitude lui rongeait le cœur.

Jamais plus, s'était-elle promis, sur la tombe de ses parents.

Les Marquant devaient progresser dans l'échelle sociale. C'était un impératif de revanche sur le destin familial.

Et, pour elle, une nécessité absolue.

28

1885

Sans les cours de dessin prodigués par une vieille demoiselle anglaise paraissant tout droit sortie d'un roman des sœurs Brontë, Charlotte aurait étouffé à Bordeaux.

Elle avait très mal vécu la décision de sa mère de lui faire intégrer le pensionnat de madame Florac, nommé Institution pour les Demoiselles.

La vie sur la presqu'île lui manquait, tout comme sa famille. Les premières semaines, elle avait traîné son désespoir dans les longs couloirs de l'établissement, au point que la directrice s'en était inquiétée.

Et puis, elle avait été autorisée à se rendre deux fois par semaine chez miss Peyton, sous la garde d'une surveillante, naturellement, et sa vie en avait été transformée. Elle avait même fini par se dire qu'elle était certainement plus heureuse à la pension qu'à la villa Sonate.

Ses relations avec son beau-père ne s'étaient pas améliorées. Lucien ne vivait que pour son piano. Il donnait des leçons à la pauvre Marthe qui pleurait souvent car elle ne parvenait pas à satisfaire les exigences paternelles. Aveuglée, Margot donnait systématiquement raison à Lucien. Charlotte avait entendu un jour Marie confier à André : « Margot lui est si reconnaissante de l'avoir épousée qu'elle ne veut pas voir ses défauts », et elle partageait cette opinion.

A treize ans, Charlotte guettait avec toujours autant d'impatience le retour de l'été. Elle regagnerait aussitôt la Maison du Cap, où Céleste et Marie l'attendaient. « La maison des femmes », disait André en riant.

Lui préférait habiter leur vieux ponton aménagé, pour être au plus près de ses parcs.

Il avait dépassé la quarantaine et accusait son âge mais sa passion pour l'huître lui permettait de surmonter ses douleurs.

Plus que deux semaines, pensa Charlotte.

Miss Peyton lui avait dressé une liste d'études à effectuer et l'adolescente était impatiente de « travailler sur le motif ». Son professeur l'avait emmenée au musée des Beaux-Arts, où elle avait admiré des œuvres comme *La Sainte Famille avec sainte Dorothée* de Véronèse ou *L'Annonciation* d'un peintre flamand, et l'incitait à aller découvrir les salles du Louvre. Le Louvre ! Un rêve inaccessible, se disait Charlotte.

Personne, dans sa famille, ne connaissait Paris, à l'exception de Lucien, mais elle ne le considérait pas comme faisant partie de la famille. Il n'avait jamais levé la main sur elle, il n'en avait pas besoin puisqu'il se comportait comme si elle n'avait pas existé. D'une certaine manière, cela arrangeait Charlotte. Elle plaignait beaucoup sa petite sœur d'avoir un père comme Lucien.

Elle mordilla sa lèvre inférieure. C'était faux, naturellement. Marthe, au moins, avait un père. Elle, Charlotte, devait se contenter du statut de bâtarde. Il lui semblait qu'elle avait toujours su qu'elle était différente des autres enfants. Pourtant, ce n'était pas Lucien qui lui avait jeté ce mot insultant au visage, mais son oncle Auguste. Elle le voyait peu. A soixante-cinq ans, le fils préféré de Rose était devenu un pauvre type titubant, à la trogne rougie et au nez fleuri. Incapable de travailler, il vivotait seul dans la cabane de ses parents.

Pourtant, Margot l'avait invité pour fêter l'acquisition de Sonate, sept ans auparavant. Comme Marie le faisait remarquer, Margot n'était pas mécontente de faire admirer sa maison. Auguste avait bu deux bouteilles de vin de Bergerac avant de s'effondrer à demi sur la table. Margot l'avait secoué d'importance : « Tu n'as pas honte, sac à vin ? » Et Charlotte, du haut de ses six ans, avait répété, comme une comptine : « Sac à vin, sac à vin ! »

Tout le monde croyait Auguste complètement ivre mais il avait encore de la ressource. Il avait saisi la petite fille par son col marin, avait grondé : « Toi, la bâtarde, tu ne te mêles pas de mes affaires ! »

Elle n'y aurait peut-être pas prêté attention si les adultes l'entourant ne s'étaient pas comportés de façon aussi curieuse. Marie avait toussé, trop fort, André foudroyé Auguste du regard, et Margot sifflé entre ses dents : « Tu te tais, Auguste ! »

C'était donc forcément vrai. Bâtarde... elle avait gardé ce mot en mémoire jusqu'au jour où elle l'avait à nouveau entendu, pour qualifier les enfants de Louis XIV nés hors mariage, et elle avait très vite établi un lien avec son père, que personne n'évoquait.

Marie, dûment questionnée, avait éludé et Céleste

elle-même, qu'elle considérait comme sa sœur, avait refusé de parler. « Tu es trop jeune », lui avait-elle asséné, forte de sa qualité d'aînée. Il lui était impossible de se renseigner auprès des enseignants de l'Institution, ou de ses camarades d'études. Elle avait donc rongé son frein, tout en se persuadant que sa situation faisait d'elle une jeune personne particulière. Et puis, elle avait dévoré d'autres livres durant ses vacances à la Maison du Cap et compris alors vraiment le sens de la bâtardise. Ainsi, son père n'avait pas voulu d'elle ? Si elle n'avait pas eu la chance d'avoir une famille soudée autour d'elle, elle aurait échoué dans un sinistre orphelinat, comme dans *Oliver Twist* ? Marie avait beau lui répéter que les livres n'étaient pas tout, Charlotte savait qu'ils étaient ses meilleurs amis.

Elle avait sa famille, se répéta-t-elle. Marie, André et Céleste constituaient ses plus proches, Margot et Marthe étant elles aussi chères à son cœur.

Charlotte esquissa un sourire. Elle avait hâte de rentrer chez elle.

Dès qu'elle posait le pied sur le débarcadère, Charlotte cherchait sa tante et sa cousine du regard. Elle savait qu'elles seraient là. Ne l'avaient-elles pas toujours été ?

Elle se jetait dans leurs bras, et c'étaient des embrassades à n'en plus finir. Sur la presqu'île, Charlotte était chez elle et n'était plus obligée de se contrôler en permanence.

Céleste avait changé depuis les vacances de Pâques, se dit-elle, saisie. A quatorze ans, elle avait des formes, comme si ses seins et ses hanches s'étaient brusquement développés.

Les deux cousines échangèrent un regard hésitant avant de s'embrasser.

— Il y a des nouveaux, cette année, chuchota Céleste à l'oreille de Charlotte.

Longtemps, elles avaient eu le sentiment que la presqu'île leur appartenait. A elles seules puisque les parqueurs ne s'éloignaient guère de l'estran[1].

Curieusement, les études suivies par Charlotte ne les avaient pas éloignées. Sur la côte Noroît, elles se retrouvaient complices, toujours prêtes à se lancer dans des aventures passionnantes. Bien que plus jeune, Charlotte était la plus intrépide. Céleste la tempérait, la ramenait même, parfois, au sens des réalités.

— Une maison est en construction au-dessus de chez nous, reprit Céleste.

Qui seraient les nouveaux habitants ? Auraient-ils des enfants de leur âge ? Ces questions allaient occuper les adolescentes.

Le dimanche, elles aimaient à guetter l'arrivée du vapeur, la *Seudre,* qui assurait la liaison avec Arcachon depuis 1876. Une révolution, ce vapeur, pour celles et ceux qui n'avaient connu que la pinasse pour traverser le Bassin.

Les voyageurs descendaient, un peu empruntés dans leurs habits du dimanche, déjeunaient chez Barthélemy Daney, dit Bélisaire, avant de monter dans le tram qui les conduirait jusqu'à l'Océan. Les deux filles s'amusaient des petits cris poussés par les dames quand le tramway gagnait la dune. Elles connaissaient bien les trois chevaux, Amour, Coquette et Bellotte.

Le tramway comprenait une voiture couverte à deux

---

1. Portion du littoral que la mer découvre à marée basse.

essieux, à trois rangées de deux bancs dos à dos, et une voiture plus grande, à quatre rangées de bancs.

Attirés par la publicité faite notamment dans *L'Avenir d'Arcachon,* les touristes se lançaient dans la grande aventure. En effet, le convoi partait de la villa Ondine, gagnait la dune, traversait la forêt, puis le gourbet, l'étendue entre la forêt et les dunes, couvertes d'herbes odorantes, avant d'atteindre l'Océan.

Souvent grisés par l'air marin et la beauté sauvage du site, de nombreux touristes somnolaient pendant le trajet du retour.

Céleste et Charlotte, qui ôtaient leurs souliers pour parcourir plus aisément dune et gourbet, accompagnaient le tramway en adressant de grands signes au conducteur. Elles rentraient le soir le visage et les bras dorés, les cheveux emmêlés, et Marie soupirait : « Deux sauvageonnes ! Que dirait ta mère, Charlotte, si elle te voyait dans cet état ? »

L'adolescente haussait les épaules.

« Je crois bien qu'elle s'en moquerait, tante Marie ! »

Ainsi allait la vie au Cap.

Tout au long de l'été, chaud et vivifiant, Charlotte n'imaginait même pas devoir retourner un jour à Bordeaux.

C'était tout bonnement inconcevable pour elle.

29

1890

Ma fille, tu as tout pour être heureuse ! s'exhorta Margot, tout en vérifiant les piles de linge sentant bon le pré, rangées dans l'une des deux armoires massives du palier.

A quarante ans, elle savait qu'elle s'acheminait sur le deuxième versant de sa vie, et cette idée lui faisait horreur. Il lui semblait que les dernières années, depuis son mariage et la naissance de Marthe, avaient filé, beaucoup plus vite que dans sa prime jeunesse.

Elle avait « réussi », au sens où on l'entendait le plus souvent. Sa pension de famille, Sonate, ne désemplissait pas. « C'est grâce à moi », affirmait Lucien sans rire, alors que l'alcool dont il abusait faisait trembler ses mains. Margot avait souvent regretté de l'avoir épousé, tout en sachant qu'il n'existait pas d'autre solution. Fille-mère, elle avait besoin d'un vrai statut afin de ne pas être mise au ban de la bonne société et de pouvoir ouvrir sa pension.

De plus, ce qui ne gâtait rien, elle était tombée sous le charme du pianiste. Cependant, au fil des années, Margot mesurait à quel point son mari était velléitaire.

« L'artiste », comme disait Marie avec une pointe de mépris dans la voix, ne s'impliquait pas le moins du monde dans la gestion de Sonate. Tard levé, il prenait son petit déjeuner sur le balcon de leur chambre, avant de passer un temps infini dans leur cabinet de toilette. Il en sortait vêtu de clair, les cheveux et la moustache gominée, parfumé à l'Eau de Cologne Russe Double Impériale, et descendait effectuer sa promenade sur le front de mer. Il déposait un baiser rapide sur la joue de Margot, affairée à dresser le couvert dans la salle à manger, et s'en allait, sa canne à pommeau d'ivoire sous le bras. Elle le regardait s'éloigner en se demandant ce qu'elle avait manqué dans sa vie. La passion qu'elle avait éprouvée pour Lucien s'était effritée. Au bout de trois ans, elle avait déjà compris qu'il n'était pas prêt à consentir de sacrifices pour elle. « La musique passe avant tout », lui avait-il dit, et elle s'était détournée. Ne pas pleurer, ne pas protester, ne pas réclamer... Sa fierté lui permettait de ne pas perdre la face. Heureusement, elle avait Marthe, brunette aux yeux verts, qui ressemblait tant à son père. Mais Marthe s'éloignait, elle aussi. A bientôt onze ans, elle était ravie de fréquenter l'école et devenait indépendante. Cela exaspérait Lucien, qui aurait voulu rester l'idole de sa fille. Déjà, à deux reprises, Margot l'avait retenu alors qu'il allait lever la main sur la petite. Les yeux de Marthe avaient flambé. Colère, crainte, jugement ? Comment savoir ?

Margot avait fait comme si elle n'avait rien remarqué. Même si elle voyait tout : les accès de colère de Lucien, les mouvements de recul de Marthe, la joie de sa cadette quand Marie l'invitait au Cap... Comment sa sœur se débrouillait-elle donc pour attirer ses filles ? Qu'avait-elle de plus que Margot ? Elle manquait d'argent, était vêtue de bric et de broc, mais Charlotte et Marthe ne juraient que par elle. C'était incompréhensible !

Elle avait voulu, désespérément, sortir de la misère. Quand elle contemplait sa maison, elle éprouvait un sentiment de fierté légitime. N'avait-elle pas remboursé à James, année après année, les capitaux qu'il lui avait avancés ? James… la douleur familière lui pinça le cœur. Elle aurait tant aimé que la situation entre eux évolue autrement ! Elle ne lui avait toujours pas pardonné sa trahison, même si Marie lui répétait que c'était dans l'ordre des choses. De temps à autre, Margot lisait dans *L'Avenir d'Arcachon* un article citant les actions caritatives de madame Desormeaux, et sa main se crispait sur le journal. Elle refusait toujours de revoir James, tout comme elle lui interdisait de voir leur fille. *Sa* fille, rectifia-t-elle mentalement. Si James réglait les frais de pension de Charlotte, il ne lui avait pas donné son nom. Elle ne pourrait jamais le lui pardonner.

Elle jeta un coup d'œil au décor familier.

Des affiches vantant les bienfaits climatiques d'Arcachon égayaient le mur du fond. Respectueuse des recommandations des médecins hygiénistes, Margot veillait à ce qu'il n'y ait chez elle ni tentures ni rideaux. De même, à l'intérieur de Sonate, il n'y avait pas de moulures ni de saillies. Les meubles étaient dépoussiérés chaque jour, quand les pensionnaires effectuaient leur promenade ou se reposaient sur les balcons. Elle avait formé elle-même Adèle, une servante d'une vingtaine d'années qui nettoyait chaque chambre suivant un protocole bien précis, et désinfectait les crachoirs en porcelaine blanche matin et soir. Ces crachoirs lui attiraient des remarques désagréables de la part de Lucien. « Comment peux-tu nous faire vivre parmi des phtisiques ? Tu te rends compte, j'espère, qu'ils sont contagieux ? Et Marthe ? Tu penses à Marthe ? »

Elle lui répondait alors le plus paisiblement du monde que la plupart des estrangeys à Arcachon étaient tuberculeux, ou asthmatiques, et que la ville avait bâti sa prospérité sur les vertus de son air balsamique.

« Tu croises aussi des malades dans la rue, ou au casino Mauresque », avait-elle ajouté.

Mais Lucien n'en démordait pas. S'ils mouraient tous de phtisie, ce serait la faute de Margot ! Un jour, désireuse de lui tenir tête, elle avait répliqué que le père de Charlotte était lui-même asthmatique. Ce jour-là, elle avait eu peur de lui. Les mains tendues en avant, il avait marché sur elle. « Tu es inconsciente, je devrais te tuer », avait-il éructé.

Margot, d'un geste machinal, passa la main sur son cou. Sous le collier de perles qu'elle s'était offert pour ses trente-cinq ans, elle avait longtemps gardé la marque des doigts de Lucien. Elle avait alors compris qu'il n'était plus l'homme dont elle s'était éprise.

Le pianiste consacrait sa sensibilité d'artiste à son art. En famille, il était égocentrique, indifférent.

Des effluves de rôti provenaient de la cuisine dans laquelle officiait Gilberte, une quinquagénaire formée dans une maison bordelaise par une cuisinière hors pair. Margot l'avait « soufflée » au Grand Hôtel en lui permettant d'héberger dans sa chambre, située à l'entresol, sa fillette chétive. La petite suivait la cure balsamique, et Gilberte, reconnaissante, se contentait de gages bien inférieurs à sa valeur. Gilberte avait beaucoup fait pour le renom de Sonate. Marie-Louise, qui servait à table, ouvrit les portes à deux battants de la salle à manger et frappa le gong. Le son se répercuta dans toute la maison. Monsieur Rollet se présenta le premier. Margot avait une secrète préférence pour lui. Avocat d'une cinquantaine d'années, il souffrait d'une faiblesse des bronches qui l'avait contraint à renoncer à son activité. Il séjournait depuis un an et demi à Sonate. Il salua la maîtresse de maison et s'installa à sa place, face au jardin.

— Avez-vous lu le journal, madame Lesage ? s'enquit-il de sa voix de basse.

Margot avoua son ignorance. Béthy, qui arrivait, ne lui permit pas d'écouter les explications de monsieur Rollet. Béthy avait vingt ans à peine, de longs cheveux dorés et un teint d'albâtre. Sa cure était celle de la dernière chance, tous le savaient, elle la première. Pourtant, toujours souriante, c'était elle qui réconfortait les autres. Sa mère lui rendait visite chaque semaine et, lorsqu'elle repartait, recommandait à Margot : « Prenez bien soin de ma petite fille, je vous en prie. » Bien qu'elle s'en défendît, Margot allait régulièrement faire brûler un cierge à Notre-Dame d'Arcachon pour Béthy.

Mademoiselle Molinier, la trentaine, se présenta et se glissa à sa place, devant la cheminée. Elle souffrait de neurasthénie et seules les promenades dans la pinède lui apportaient quelque soulagement. Adèle, toujours aux aguets, affirmait qu'elle se rendait souvent du côté des écuries du parc Mauresque mais Margot n'accordait pas foi à ses assertions.

Monsieur Jérôme, un long jeune homme au teint très pâle, aux cheveux châtains ondulés, se joignit à eux et lança la conversation sur la démission du chancelier Bismarck.

Madame Joffrin, une personne toute menue, à la toux épuisante, s'assit à son tour en prévenant qu'elle n'avait pas faim. Elle fit cependant honneur aux huîtres, l'un de ses péchés mignons. Celles-ci étaient recommandées par la Faculté « pour ceux qui pouvaient les supporter ».

Les sœurs Delille surgirent en caquetant. Jumelles, elles se ressemblaient parfaitement et avaient poussé le mimétisme jusqu'à souffrir de la même affection pulmonaire.

Enfin, monsieur Bertrand, écrivain de son état, arrivé bon dernier, s'excusa à la ronde avant d'évoquer son roman en cours. Feuilletoniste, il travaillait pour plusieurs journaux tout en essayant de se remettre d'une pleurésie.

Margot leur sourit tour à tour. Elle les aimait bien, ses pensionnaires, qui donnaient un sens à sa vie. Grâce à eux, elle savait qu'elle n'avait pas tout gâché.

30

1890

Qu'as-tu fait de ta vie ? songea James en contemplant le Bassin à marée basse. Il n'aimait pas la vue des vasières, il lui semblait qu'on lui volait l'essence même du Bassin.

De longues écharpes gris clair s'étiraient dans le ciel opalescent. Un vol de cygnes tuberculés troubla le calme ambiant. C'était leur période de mue et, chaque année, ils choisissaient le Bassin pour changer de plumage.

Presque malgré lui, il chercha du regard l'autre côté de l'eau, là-bas, où il avait créé une maison de rêve pour la femme qu'il aimait.

Tu es au moins aussi responsable que Margot de la situation, se dit-il.

Il y avait eu ce premier choc, lorsqu'il avait fait la connaissance de Léonie Marquant, la certitude que l'un et l'autre appartenaient à des milieux si différents qu'ils ne pourraient jamais se rejoindre. Ensuite, la naissance de Charlotte. Margot avait tant souffert que James ne l'avait plus regardée de la même façon. Il lui avait fallu un certain temps pour la désirer à nouveau. Il revoyait son corps écartelé, ses convulsions, et se sentait horriblement mal à l'aise. D'ailleurs, après la naissance de Charlotte, leurs ébats étaient devenus plus sages. Epouvanté à la perspective d'une nouvelle grossesse qui aurait pu lui être fatale, James avait pratiqué la méthode du retrait, au prix d'une grande frustration.

Lorsqu'il avait appris – tout se savait toujours, sur le Bassin – que Margot avait donné naissance à une seconde fille, il en avait été heureux pour elle, tout en éprouvant un pincement au cœur. S'il s'était montré moins pusillanime… S'il avait tenu tête à son père…

Foin de ces hypothèses ! se dit-il, furieux contre lui-même.

Il jeta un dernier regard aux flaques parsemant la vase et regagna à grands pas leur demeure, qu'Alice s'obstinait à nommer « le château ». Trop grande, impossible à chauffer, flanquée d'écuries, la bâtisse représentait tout ce qu'il n'aimait pas. Il n'y avait pas sa place.

Pour oublier ce lieu, il se consacrait à des projets de villas bâties sur le front de mer d'Andernos. La cité s'était développée sous l'impulsion du maire. James travaillait avec un entrepreneur de son âge, Paul Ricquel, attaché comme lui à la qualité des matériaux et aux perspectives de vue sur le Bassin. Grâce à lui, il avait repris confiance dans ses capacités et avait retrouvé le plaisir de créer. Ce faisant, Alice et lui s'étaient de plus en plus éloignés.

Elle ne comprenait pas son désir de travailler, arguant du fait qu'ils pouvaient fort bien vivre de ses rentes. Dans ces moments-là, James se crispait. Pas question pour lui, en effet, de dilapider l'argent de sa femme !

Il avait aussi tenu tête à son beau-père, désireux de l'entraîner dans une affaire de spéculation immobilière.

« Je ne suis pas un homme d'argent, je ne sais faire que des maisons », lui avait-il répondu, et le regard chargé de mépris de Guimard l'avait glacé. Alice, elle aussi, le considérait-elle comme un incapable, un gagne-petit ?

Il était difficile de le dire, la jeune femme mettant un point d'honneur à ne pas dévoiler ses sentiments. Faisant chambre à part depuis longtemps – James se refusait à lui infliger le désagrément de ses crises d'étouffement nocturnes –, l'un et l'autre menaient leur vie en toute indépendance. Alice sortait beaucoup et s'était investie dans des ventes de charité. De son côté, James fuyait ce genre de mondanités, préférant marcher le long du Bassin ou s'essayer à manœuvrer sa pinasse à moteur, achetée l'an passé.

Il se débrouillait plutôt bien, affirmait Placide, un vieux marin qui lui enseignait les rudiments de la navigation. Parfois, il soupirait : « On voit bien que vous n'avez pas eu besoin de travailler tout gamin pour manger à votre faim ! » et James, lucide, hochait la tête. Il aimait son bateau, qu'il avait baptisé *Claire-Marie,* en hommage à sa mère. Il projetait d'aller bientôt rendre visite à la vieille dame, dont le silence l'inquiétait. Alice l'accompagnerait-elle du côté de Bazas ?

Il n'était pas certain de le souhaiter.

Enfin ! Je rentre définitivement ! se répéta Charlotte, toute à la joie de ne plus quitter la Maison du Cap. Certes, il lui faudrait se rendre à Sonate, où sa mère aurait fait préparer un repas de fête à Gilberte, mais elle s'arrangerait pour ne pas séjourner dans la Ville d'Hiver. De toute manière, la pension de sa mère était toujours complète, ses clients lui témoignant une fidélité exemplaire.

« On se sent bien chez moi », plastronnait Margot.

Charlotte rassembla ses affaires dix bonnes minutes avant que le train arrive en gare d'Andernos. Le chemin de fer avait contribué à désenclaver ce qu'on continuait d'appeler « le fond du Bassin », mais elle regrettait le va-et-vient des caboteurs chargés de bourriches d'huîtres.

Désormais, la plus grande partie du transport de marchandises s'effectuait par le rail.

Sur le quai, dans le bruit et l'animation des porteurs, elle reconnut une odeur familière d'embruns et d'iode qui lui réjouit le cœur. Elle était presque arrivée !

Céleste l'attendait devant la gare, juchée sur le siège d'une carriole. Elle sauta à terre, étreignit sa cousine.

— Bienvenue chez nous ! lança-t-elle.

L'une et l'autre avaient mille choses à se confier. Charlotte lui serra le bras.

— Tu sais, ma Céleste, je ne retournerai pas à Bordeaux. J'ai terminé mes études.

Elle ne précisa pas que sa chère miss Peyton, son professeur de dessin, lui avait causé un crève-cœur en lui disant : « Mon petit, vous êtes une bonne exécutante mais il vous manque l'étincelle de la passion. Vous avez besoin de souffrir un peu. »

Souffrir ! Comme elle y allait ! Elle ne savait pas combien l'existence de Charlotte pouvait être compliquée ! Elle avait lu la déception dans les yeux clairs de son élève, et ajouté : « Cela viendra... vers la trentaine. »

Précision qui avait révolté la jeune fille. A dix-huit ans, elle voulait tout, tout de suite ! Trente ans... Cela lui paraissait si loin !

— Il y aura des huîtres pour le souper, reprit Céleste. Je vais te faire goûter l'une de mes nouvelles recettes... Tu m'en diras des nouvelles !

Elle avait toujours du goût pour la cuisine et rêvait d'ouvrir un restaurant.

Après tout, les Bélisaire et les Lavergne réussissaient plutôt bien. Pourquoi pas elle ?

Elle avait l'intention d'inclure Charlotte dans son projet un peu fou. Elles étaient liées par une solide affection. De plus, elles partageaient le même amour pour la presqu'île.

Charlotte, le nez plissé, humait les fragrances balsamiques, accentuées depuis que les deux cousines avaient quitté Andernos.

— Je suis de ce pays ! lança-t-elle avec fougue.

Brusquement, son enthousiasme retomba. Parce qu'elle venait de songer à son père inconnu.

D'où était-il, lui ? Elle ignorait jusqu'à son nom.

31

1891

Le long cri plaintif des courlis cendrés volant de l'île aux Oiseaux au banc d'Arguin ne fit pas tressaillir André, occupé à charger pelles, râteaux et caisses sur sa pinassotte. Comme ses camarades, il avait profité de la maline, la grande marée, pour se rendre à ses parcs.

C'était dans l'ordre des choses, se dit-il. L'été, les oiseaux au long bec incurvé vers le bas se déplaçaient en grands vols quand la marée montait. Contrairement à Marie, il aimait leur cri, qu'il trouvait presque humain.

Pour le moment, Marie ne pouvait l'aider. Elle avait été prise de vertiges l'avant-veille et était incapable de se lever. Céleste et Charlotte l'avaient emmenée à la Maison du Cap. Elle trônait, allongée sur un sofa dans le salon, et André ne s'était pas privé de se moquer d'elle, histoire de dissimuler son angoisse.

Marie était vaillante et, si elle consentait à rester étendue, un châle sur les épaules, c'était la preuve qu'elle n'allait pas bien.

« Ce n'est rien, des affaires de femme », lui avait-elle soufflé lorsqu'il lui avait rendu visite.

La Maison du Cap n'était pas faite pour lui, à moins que ce ne fût l'inverse. Homme du vent et de la « petite mer », André était avant tout un homme libre. Or, cette demeure ne lui paraissait pas correspondre au mode de vie des insulaires. Sur la presqu'île, on se souciait peu de ses voisins, à condition qu'ils ne cherchent pas à s'attribuer l'une de vos terres !

Le ciel moutonneux virant au sombre, la chaleur étouffante indiquaient que l'orage rôdait.

Il se hâta de charger ses panières sur la pinassotte. Déjà une flottille d'embarcations se dirigeait vers les ports ostréicoles du Bassin.

Il aimait son métier mais, ce jour-là, ses épaules et ses reins étaient endoloris.

Je me fais vieux, pensa-t-il.

Jusqu'à présent, il n'avait jamais songé à « l'après », cette période vague qui lui inspirait une crainte certaine. Pourtant, il savait qu'à son âge – cinquante-cinq ans – nombre d'ostréiculteurs étaient déjà usés par un travail physiquement éprouvant. Lui espérait pouvoir poursuivre son activité le plus longtemps possible, avec l'aide de Marie. Céleste ne leur avait jamais caché que le métier de parqueuse ne l'attirerait pas. Elle, sa passion, c'était la cuisine. Qui, alors, reprendrait sa concession ? se demanda André, avec une pointe d'inquiétude. Pas Charlotte, l'artiste de la famille.

Le fils de Germain et Lucette, Anatole, serait peut-être intéressé ? Il faudrait qu'il en parle avec Marie.

Arrivé à terre, il déchargea ses panières et ses outils.

L'orage éclata alors qu'il venait de commencer.

Eclairs, coups de tonnerre, vols des sternes en cercle…
Il avait intérêt à se mettre à l'abri rapidement. Il se
hâta, sans pouvoir réprimer une plainte. Son dos le
faisait de plus en plus souffrir.

Il faudrait qu'il aille voir le père Anselme, le rebouteux installé près des réservoirs à poissons de Piraillan.
Il l'avait déjà soulagé.

Rasséréné à cette perspective, André jeta un coup
d'œil au ciel.

La pluie s'abattit sur lui avec une force terrifiante.

L'homme vêtu de clair, portant avec élégance
panama et costume trois-pièces, recula de deux pas
pour juger de l'effet. La plaque en cuivre qu'il venait
de poser indiquait : « François Galley Médecin ». Elle
ne précisait pas qu'il venait de la faculté de médecine
et de pharmacie de Bordeaux mais, à cet instant, le
jeune praticien s'en moquait. Il songeait à son père,
Hector Galley, officier de santé.

« Je serai là le jour où tu soutiendras ta thèse »,
lui avait promis celui-ci. La vie, pourtant, lui avait
refusé cette joie. Hector Galley, victime d'une attaque
cardiaque, était mort la veille de cet événement, et
c'est les yeux rougis, la voix lointaine, que son fils
avait parlé durant plusieurs heures devant le jury de
l'influence du climat marin sur la phtisie. Sa mère et
sa jeune sœur étaient venues, enveloppées dans leurs
voiles de deuil. C'était un jour dont il n'aimait pas
à se souvenir, même s'il était fier d'avoir réalisé son
rêve.

On ne l'attendait pas, cependant, à Arcachon !
Il avait déjà passé deux années à Pessac, durant

lesquelles il avait pu se former à la médecine au quotidien.

Il avait hâte, désormais, de mettre en pratique les théories qu'il avait faites siennes. Il avait foi dans les vertus de l'air du Bassin, même si certains de ses confrères de Bordeaux estimaient qu'il n'y avait pas grand-chose à faire contre la phtisie. Lui voulait croire aux progrès de la médecine. Sinon, à quoi bon continuer ?

Il préconisait lui aussi, comme les docteurs Hameau et Lalesque des mesures d'hygiène draconiennes afin de limiter le plus possible les risques de contagion. C'était d'ailleurs le meilleur moyen de rassurer les malades, leurs proches comme les habitants d'Arcachon. Un service municipal d'hygiène avait été créé pour désinfecter les villas occupées par des phtisiques. Ainsi, la literie, les rideaux, les murs, les boiseries, les plinthes et les planchers étaient traités par des vapeurs d'acide sulfureux. Le linge des malades était nettoyé par une blanchisserie qui possédait du matériel de stérilisation. En toute logique, il ne devrait pas y avoir de contamination.

Il rentra à l'intérieur de son cabinet. Deux pièces au rez-de-chaussée d'une maison située boulevard de la Plage. Il avait tenté de dénicher un pied-à-terre dans la Ville d'Hiver, sans succès. Sur son bureau, simple, en bois de châtaignier, il avait posé ses encyclopédies, son papier à en-tête, de l'encre et son porte-plume tout neuf, que sa sœur lui avait rapporté d'Angleterre. Chère Emilienne ! Il l'aimait tendrement, et elle lui manquait. Elle avait épousé l'an passé un entrepreneur britannique rencontré à Bordeaux, et il avait hâte de la revoir.

Il chassa d'une chiquenaude un grain de poussière sur le dessus de sa vitrine, dans laquelle il conservait désinfectant, éther, compresses, scalpels et seringues. Sa mallette de cuir noir contenait sa trousse et son stéthoscope. Il y avait aussi rangé un plan d'Arcachon. Il se déplacerait à pied, son installation ayant mobilisé toutes ses économies.

Il restait confiant, malgré tout. Le thermalisme arcachonnais connaissait une belle expansion, il lui suffisait de patienter. On finirait par avoir besoin de lui.

Chaque geste coûtait à André, souffrant toujours de son dos. Le rebouteux consulté avait soupiré.

« Je ne peux guère faire pour toi, mon pauvre vieux ! Tu es usé. »

Un constat difficile à encaisser ! D'autant qu'il n'avait pas de fils pour lui succéder. Aussi, vaille que vaille, continuait-il de travailler en serrant les dents sur sa douleur pour ne pas inquiéter Marie. Sa femme l'accompagnait à nouveau, après avoir connu elle aussi un moment difficile. « Le retour d'âge, avait-elle marmonné. Je suis vieille, désormais. »

Charlotte ne supportait pas de l'entendre tenir ce discours. Vieille, sa tante qu'elle considérait comme une seconde mère ? Elle avait travaillé dans les parcs, elle aussi, pour soulager un peu ceux qui l'avaient élevée. Tout en s'activant dans la vase, elle observait la course des nuages dans le ciel, et ses doigts la démangeaient.

Peindre, dessiner, c'était aussi pour elle une façon d'arrêter le temps.

Pourtant, elle n'avait que dix-neuf ans.

32

1892

Charlotte avait toujours guetté avec impatience le bateau du courrier. Il était beaucoup plus facile, désormais, de circuler entre Arcachon et le cap Ferret puisque la *Seudre* assurait une liaison régulière.

Cependant, et de façon très paradoxale, elle regrettait presque la solitude de la presqu'île de jadis. Des estrangeys venaient se promener jusqu'à la Pointe chaque dimanche. Ils parlaient fort, ne savaient pas observer les oiseaux.

Tout leur paraissait exotique, depuis le débarcadère jusqu'aux cabanes en bois de L'Herbe et aux maisons forestières.

A croire, pensait Charlotte, furieuse, qu'ils nous considèrent comme des êtres primitifs !

« Sois un peu indulgente, lui recommandait Céleste. Ce sont de bons clients. »

Bien que née dans la Ville d'Hiver, Charlotte se savait fille du Cap.

La main placée en visière devant les yeux, elle reconnut la silhouette de la *Seudre*.

Le vapeur remontait le chenal et s'arrêtait à hauteur

du débarcadère Bélisaire, ainsi nommé en l'honneur de Barthélemy Daney, le propriétaire du restaurant éponyme.

Marthe lui avait-elle répondu ? se demanda Charlotte. A douze ans, sa jeune sœur avait déjà du caractère et se plaignait de relations tendues avec son père.

Depuis qu'il avait perdu sa place au casino Mauresque, il se comportait comme si de rien n'était, quittant Sonate aux mêmes horaires que s'il avait continué à travailler. Personne n'était dupe mais lui tenait à sauver la face.

Il n'inspirait pas de pitié ni de compassion à Charlotte. Elle ne pouvait plus le supporter.

Des élégantes descendirent du vapeur avec mille précautions. Des femmes de la ville, se dit la jeune fille, qui portaient grand chapeau orné de plumes et jupe à tournure. Elle les imaginait mal grimpant à bord du petit train des sables mais, ma foi, c'était à elles de voir.

Un douanier descendit à son tour. Charlotte le connaissait bien, on le surnommait « Jambe de Bois » car il boitait bas à la suite d'un accident de chasse. Le facteur suivit, il passa devant la jeune fille en la gratifiant d'un large sourire.

— C'est votre mère qui a le courrier, mademoiselle Charlotte, lui annonça-t-il.

Sa mère ? Que venait-elle donc faire sur la presqu'île, elle qui quittait le moins possible Sonate ? Surprise, Charlotte scruta avec une attention accrue les groupes de passagers qui débarquaient.

Quand elle aperçut sa mère, le teint pâle sous un chapeau à voilette, Charlotte comprit tout de suite

213

qu'il se passait quelque chose. Marthe donnait le bras à Margot, comme si elle avait eu besoin de s'appuyer sur sa mère.

Charlotte s'avança vers elles et les entraîna vers la maison.

— Vas-tu m'expliquer quelle mouche t'a piquée ! lança Marie.

Elle avait toujours eu son franc-parler avec sa cadette et n'avait pas l'intention de s'en laisser conter.

— Tu ne me rends jamais visite et tu débarques sans prévenir avec la petite. Ne nous prends pas pour des sottes !

— J'avais envie de voir Charlotte, répondit faiblement Margot.

C'était un argument spécieux, elle en avait conscience. Sa famille, en effet, savait qu'elle ne venait jamais de l'autre côté de l'eau. Trop sauvage, trop indomptée… Margot avait besoin de dominer, les êtres comme les situations. Or, en la circonstance, elle ne pouvait édicter sa loi.

— Tu t'installeras dans la chambre la plus haute, celle que tu occupais jadis, suggéra Charlotte.

Margot se récria.

— Me faire dormir ici ? Ma pauvre Charlotte, tu as perdu l'esprit ! Je rentre dès ce soir. Non, je vous laisse juste Marthe.

— Oh ! firent Marie et Charlotte.

Celle qu'elles s'obstinaient à appeler « la petite » avait grandi et était désormais toute en bras et en jambes, comme un jeune faon intimidé. A douze ans, elle était belle, avec ses longs cheveux nattés, son front bombé et ses yeux verts. Contrairement à son aînée, elle n'était pas pensionnaire à Bordeaux.

Elle avait étudié à Arcachon et obtenu son certificat d'études. Mais seule la musique l'intéressait.

— Tu nous laisses Marthe, reprit Charlotte. Pour combien de temps ?

— Pour toujours !

L'adolescente avait répondu, devançant sa mère. Margot soupira.

— Dieu sait que j'aurais préféré pouvoir garder Marthe à Sonate, mais...

— Mon père en a décidé autrement ! coupa l'adolescente.

La mère et la fille échangèrent un regard indéfinissable. Que s'était-il passé ? se demanda Charlotte. Marthe et elle ne se voyaient que le temps des vacances, à condition que Lucien permette à Marthe de venir séjourner quelques jours à la Maison du Cap. Or, la situation devait être particulièrement tendue pour que Margot se déplace elle-même.

— Viens t'installer, suggéra Charlotte.

Elle se sentait un peu perdue. Certes, elle aimait sa jeune sœur, mais elle pressentait déjà que plus rien ne serait pareil. Marthe ayant besoin d'être entourée, Charlotte ne pourrait plus vivre à sa guise. Et son piano ?

Margot esquissa une moue.

— Je dois trouver un moyen de faire venir un piano jusqu'à la Maison du Cap. Il n'y a rien ici ! conclut-elle d'un ton dédaigneux.

— Nous nous y plaisons, nous ! protesta Charlotte.

Margot haussa les épaules.

— C'est parce que rien ne t'attire du côté d'Arcachon. Tu verras... le jour où tu rencontreras un homme qui te plaira...

Ses traits se durcirent. De nouveau, Charlotte pensa que sa mère n'était pas heureuse avec Lesage. Marie en parlait, de temps à autre.

— Tu ne vas pas t'ennuyer avec nous, Marthe ? s'inquiéta Marie.

L'adolescente secoua la tête.

— Non, je vais me plaire ici, j'en suis sûre.

Elle paraissait être prête à tout pour ne pas rester à Sonate. Un élan poussa Charlotte vers sa sœur.

— Nous nous entendrons bien, tu verras, promit-elle, amorçant le geste de la serrer contre elle.

Marthe recula précipitamment, et Margot posa une main apaisante sur l'épaule de son aînée.

— Laisse-lui un peu de temps, Charlotte.

Elle n'en dirait pas plus. Avec Margot, il fallait savoir lire entre les lignes. Charlotte réprima un soupir.

— Bien sûr, mère, ne t'inquiète pas.

Margot consentit à boire un verre d'eau en jetant sans cesse des coups d'œil à sa montre qu'elle portait en sautoir.

— Le bateau ne repart pas tout de suite, glissa Céleste, qu'elles avaient rejointe.

Marthe, une valise fatiguée à ses pieds, était proche des larmes.

— Nous pourrions demander à monsieur Lesca pour le piano, suggéra Charlotte. Il est très obligeant.

— Pour le tenir informé de nos histoires de famille ? protesta Margot. Tu déraisonnes, Charlotte.

Margot était de fort mauvaise humeur, et prête à exploser. Marthe secoua la tête.

— Je peux attendre quelques jours. Après…

Si elle-même était privée de son matériel de dessin, elle le supporterait mal, songea Charlotte.

Sa jeune sœur suscitait chez elle le désir de la protéger.

— C'est beau, reprit Marthe, face à la vue sur la Grande Dune.

Margot leva les yeux au ciel d'un air excédé.

— Comment peut-on se complaire ainsi dans la solitude ? Sans mes pensionnaires, je meurs !

Etait-elle aussi théâtrale jadis ? Charlotte observait sa mère et la jugeait, ce qui la mettait mal à l'aise. A quarante-deux ans, Margot était encore une belle femme, bien habillée, portant bottines, gants et chapeau. Son mariage avec Lesage lui avait conféré un statut social, une légitimité à laquelle elle tenait. Charlotte, elle, était l'enfant non désirée, celle qui était née hors mariage, sans père.

Elle en souffrait toujours, sans parvenir à en parler avec sa mère. Par peur de la blesser ou bien d'entendre des phrases désagréables ? Charlotte n'était pas prête à chercher une réponse à ses interrogations.

Margot insista pour visiter la Maison du Cap. Elle arborait un air lointain, comme pour se protéger de souvenirs troublants. Elle ne jeta pas un coup d'œil aux toiles de Charlotte posées sur la cheminée ni à celles accrochées aux murs et, une nouvelle fois, la jeune fille se sentit transparente pour sa mère.

— Ton piano serait parfait ici, déclara-t-elle à Marthe en désignant une sorte d'alcôve dans le salon où trônait le chevalet de Charlotte.

Etait-ce volonté délibérée de vexer son aînée ? Ou bien simple indifférence ? Charlotte tenta de se convaincre qu'il lui restait le belvédère. Mais Marthe secoua la tête.

— Non, non, je préfère garder mon piano dans

ma chambre. Nous nous arrangerons fort bien, Charlotte et moi, mère, ne vous faites pas de souci.

Les deux sœurs échangèrent un coup d'œil complice dans le dos de Margot. Quand celle-ci regagna le débarcadère, seule Marthe l'accompagna. Marie et Charlotte suivirent les deux silhouettes du regard.

— As-tu remarqué les bleus sur le cou de ta mère, sous sa guimpe ? demanda Marie d'une drôle de voix.

Et comme sa nièce secouait la tête, elle enchaîna :

— C'est une bonne chose que Marthe nous rejoigne.

Brusquement, Charlotte eut peur de ce qu'elle pourrait leur apprendre.

33

1892

Le ciel et la « petite mer » se confondaient. Gris-
bleu, parsemé de blanc grisé, miroitant sous le soleil
pâle d'octobre. Debout sur le seuil de sa cabane sur
pilotis, James observait les oiseaux à la jumelle. L'île
aux Oiseaux constituait pour lui un refuge. Il y retrouvait des pêcheurs de coquillages et des chasseurs, mais
il n'était pas question pour lui de tirer un seul coup.
Il abandonnait bien volontiers ce « sport » à Alice.
Elle montait toujours, et participait aux chasses à
courre organisées par le comte de Roquemaure. Tout
l'apparat – les équipages, la tenue rouge et noire, le
rituel – semblait la griser, comme si elle avait eu
besoin d'un stimulant dans son existence.

Son père avait renoncé à leur demander quand ils
se décideraient à lui donner un petit-fils. De toute
manière, il y avait beau temps que James ne venait
plus retrouver Alice dans sa chambre ! Il menait une
vie simple, rythmée par son travail et ses promenades
autour du Bassin. Rien de bien exaltant, mais que
pouvait-il attendre d'autre ? Février les avait réunis,
Mathilde et lui, au chevet de leur mère, à Bazas.

A près de soixante-dix ans, Claire-Marie Desormeaux aspirait à retrouver son Créateur. Amaigrie, le visage émacié, elle se mourait d'un cancer. Toujours vaillante, cependant, elle avait donné ses instructions à ses enfants. Des obsèques très simples, dans la cathédrale Saint-Jean-Baptiste de Bazas, à laquelle elle était très attachée.

Sa place était réservée dans le caveau familial, au côté de ses parents.

« Votre père repose à Bordeaux, c'est trop loin pour moi », avait-elle dit en tentant de sourire, comme pour atténuer l'effet de cette séparation de corps. Mathilde et James la comprenaient.

« Prenez bien soin de vous, mes enfants », avait-elle répété.

Elle avait tenu à rester seule avec James. Après lui avoir recommandé de veiller à « ne pas se mettre en nage » – c'était l'une de ses craintes depuis la petite enfance de son préféré –, elle lui avait pris la main et demandé de racheter sa faute.

Livide, il avait soutenu le regard embué de sa mère.

« Cette enfant n'est pas responsable de ses parents, avait-elle insisté. Tu dois la reconnaître. » Il ne pouvait pas protester, l'heure était trop grave. Il se rappelait la détermination de la vieille dame, ainsi que sa douceur lorsque, se soulevant, elle avait tracé un signe de croix sur son front. Depuis combien de temps connaissait-elle la vérité ? A quel point en avait-elle souffert ?

Bouleversé, James n'avait pu fermer l'œil. Il était resté au chevet de sa mère, lui tenant la main, en se disant « Jamais plus ». Durant la nuit, il s'était remémoré toutes les fois où Claire-Marie l'avait soutenu face à son père. Mathilde pleurait doucement dans la pièce à côté. James l'avait rejointe au petit matin, alors qu'il venait de se dire que sa mère survivrait encore quelques heures. Le frère et la sœur s'étaient étreints. Quand ils avaient regagné la chambre de leur mère, elle avait cessé de respirer.

James crispa les doigts sur ses jumelles. Il ne voulait plus songer à ces douloureux moments qui avaient signé la fin de l'insouciance. Tant que Claire-Marie était là, il se sentait immortel. Désormais, c'était lui qui se retrouvait en première ligne. Et Charlotte... Pensait-elle quelquefois à lui ? Cette question l'obsédait. S'il déplorait sa lâcheté, il se disait qu'il était trop tard désormais pour réparer.

Un vol de cormorans, formé en « V », passa au-dessus de sa tête. Durant plusieurs minutes, James oublia tout le reste. Et puis, lorsque le silence retomba, le mal-être familier le submergea à nouveau.

Il était seul. Désespérément seul.

— Il arrive aujourd'hui ! s'écria Marthe, les yeux brillants.

Elle savait que sa mère s'était démenée pour lui faire acheminer son piano. Pour elle, la musique était vitale, l'essence même de son existence, et elle avait réussi à faire la part des choses entre son père et son piano.

Son père... Elle ne pouvait l'évoquer sans frissonner. Il y avait longtemps qu'elle le redoutait, pressentant que son comportement était pervers. Il pouvait se montrer attentionné et brutal dans la même journée, sans que rien n'explique ou ne justifie son changement d'attitude. Il avait d'abord été fier de son talent de musicienne, avant de le lui reprocher lorsqu'elle avait grandi.

« Tu n'es qu'une gamine, tu ne peux pas comprendre le sens de la musique ! » lui lançait-il.

Les premiers temps, elle pleurait, refermait le couvercle du piano. Monsieur Rollet l'avait un jour surprise en larmes et l'avait réconfortée. Il avait même émis une hypothèse qui l'avait surprise : « Mon petit, vous avez trop de talent pour votre père. Ne vous laissez pas faire, il tente de vous briser. » Comment, avait-elle pensé, un père pouvait-il agir ainsi ? C'était inconcevable !

Mais, au fil des semaines, elle avait vérifié la justesse de l'assertion de l'avocat. Lucien lui lançait des défis, avant de la critiquer froidement.

« J'ai eu tort de te suggérer cette étude. Après tout, tu appartiens au beau sexe ! Tu manques de maîtrise, de force, ta sensibilité te perdra. »

Marthe, déstabilisée, s'étiolait. Elle avait perdu l'appétit, convaincue de n'avoir aucun talent.

Sa mère, soucieuse, l'avait emmenée l'an passé chez un professeur de piano venu de Paris. Madame Franck avait la soixantaine. Vêtue de dentelle noire, un châle incarnat sur les épaules, les cheveux rouges, elle était assez excentrique pour plaire à Margot. Elle avait écouté Marthe jouer un prélude de Chopin avant de laisser tomber : « Jeune fille, vous devez vous consacrer corps et âme à la musique. »

Rassurée, Marthe s'était sentie revivre et avait fréquenté l'entresol de madame Franck deux fois par semaine. Jusqu'au jour où Lucien avait découvert le pot aux roses. Fou de colère, il avait accusé la mère et la fille de comploter contre lui, juré à Marthe qu'elle n'arriverait à rien, et menacé Margot. Il n'avait pas levé la main sur Marthe mais, d'une certaine manière, c'était peut-être pire. Elle avait bien senti qu'il lui reprocherait sans cesse sa différence.

« Il sait que tu joues mieux que lui », lui avait dit sa mère.

Un chapeau à voilette lui permettait de dissimuler ses hématomes au visage et au cou. Marthe en avait pleuré, de rage et d'impuissance. Mais Margot avait fait front.

« Tu vas vivre à la Maison du Cap, avec Charlotte, et ta tante Marie et Céleste. Tu ne peux pas rester ici », avait-elle décidé.

Marthe s'était acclimatée à la presqu'île mais continuait de s'inquiéter pour sa mère. Lesage ne risquait-il pas de la frapper à nouveau ? Elle s'était ouverte de ses craintes auprès de Charlotte, qui s'était efforcée de la rassurer. Margot n'était pas seule à Sonate, ses pensionnaires la protégeaient. Ce disant, la jeune fille frémissait d'indignation. Pourquoi diable sa mère s'était-elle amourachée de ce sale type ? C'était incompréhensible !

Ce jour-là, cependant, la joie submergeait Marthe. Elle joua la mouche du coche auprès des trois hommes qui firent descendre son piano emballé de couvertures. Les mains jointes, elle leur recommanda dix fois de le déplacer avec moult précautions.

— C'est le premier piano que je livre sur la presqu'île, fit le patron.

Il trônait désormais dans la véranda. Marthe l'avait observé sous toutes les coutures avant d'oser en effleurer les touches. Et puis, submergée de bonheur, elle avait joué le cancan endiablé de *La Vie parisienne,* ce qui avait fait sourire les marins.

— Pour sûr, ça valait le coup ! commenta l'un deux.

Marthe ne l'entendait pas. Elle était ailleurs, là où son père ne pouvait plus l'atteindre.

34

1892

Arcachon était une fête. Chaque après-midi, on donnait des concerts, aussi bien au casino Mauresque que dans les salons du Continental ou au kiosque Thiers. Gounod et Massenet étaient venus à Arcachon, pour des séjours plus ou moins brefs, Debussy également. Celui-ci avait joué à quatre mains avec sa protectrice, la baronne Nadejda von Meck, la partition de la quatrième symphonie de Tchaïkovski. Des fragments de musique s'échappaient des chalets de la Ville d'Hiver, ce qui faisait grimacer Lucien Lesage.

« Ça, de la musique ? enrageait-il. Tout juste quelques notes égrenées… »

Il était devenu encore plus irascible depuis qu'il avait perdu son poste au casino Mauresque. Des retards à répétition, une altercation avec un client, un dernier scandale à propos d'une estivante avaient eu raison de la patience du directeur. Renvoyé, Lucien avait sombré. Levé de plus en plus tard, il ne mangeait presque rien, se bornant à consommer de l'absinthe. Un véritable poison, cette boisson devenue à la mode sous le Second Empire, qui souffrait d'une mauvaise réputation. Lucien « s'absinthait », comme il disait avec une joie mauvaise.

Margot avait essayé de dissimuler l'alcool, mais c'était encore pire : il la menaçait alors de tout casser dans la pension de famille, et elle savait qu'il en était capable. Mal pour mal... elle préférait encore le voir s'enivrer dans le petit bureau où il dormait.

« Tu me caches comme un parent pauvre, ou bien un infirme, mais tu verras : la vérité finira par éclater », marmonnait-il.

Il tenait un discours des plus confus et se sentait persécuté.

A deux reprises déjà, Margot avait dû appeler un médecin. Honteuse, supportant mal la situation, elle n'avait pas fait venir le vieux docteur Romain qu'elle connaissait depuis longtemps mais l'un de ses jeunes confrères, installé boulevard de la Plage.

Le docteur Galley n'avait pas pris de précautions oratoires.

« Madame Lesage, avait-il déclaré à Margot, votre époux est très atteint. »

Il avait employé de grands mots – alcoolisme sévère, perte de repères, impossibilité de se sevrer seul – et suggéré une cure de désintoxication.

Lucien, naturellement, avait poussé les hauts cris. Alcoolique, lui ? Ce médecin était fou à lier !

Margot serrait les dents. De vieux clients comme monsieur Rollet la soutenaient discrètement de leur amitié. Elle se rendait deux ou trois fois par mois à la Maison du Cap, où elle était heureuse de retrouver sa famille. Parfois, elle se réveillait la nuit en sueur, ne sachant plus si elle avait rêvé la situation ou si celle-ci était bel et bien réelle. Elle s'interdisait de pleurer ou de se confier.

A la deuxième visite du docteur Galley, cependant, elle n'était pas parvenue à dissimuler son désarroi. « J'ai peur, lui avait-elle dit. Il peut se montrer violent et j'ai parfois l'impression de me trouver face à un étranger, dangereux de surcroît. Tout ce que je peux lui dire ne semble pas l'atteindre. »

« Sourd à tout ce qui ne concerne pas son irrépressible besoin d'alcool, il est incapable de vous entendre, lui avait répondu le jeune médecin. De plus, une consommation excessive d'absinthe provoque des hallucinations. »

Il avait évoqué l'internement, mais Margot, les joues en feu, avait reculé.

« C'est impossible, comment pourrais-je lui infliger ça ? »

Le médecin avait soupiré. « Tant que vous tenez, madame Lesage… Mais oui, il est dangereux. »

Ce soir, en montant l'escalier d'un pas lourd, elle pensait à ce qu'il lui avait expliqué. Il était tard, les pensionnaires devaient dormir. Elle avait vérifié la fermeture des portes et des volets, effectué une réussite dans son petit salon, comme pour retarder le moment de regagner le deuxième étage. La lampe à pétrole à la main, elle ouvrit la porte de sa chambre. Elle avait fait de cette pièce une sorte de cocon depuis que Lucien n'y dormait plus. Meubles en pitchpin, rideaux de taffetas jaune soleil, coiffeuse tarabiscotée, tapis à profusion, miroirs…

Margot avait choisi tout ce qui était interdit dans les autres pièces de Sonate.

Elle posa la lampe sur la commode, alla tirer les

rideaux sur la nuit parfumée. Une nuit faite pour aimer... se dit-elle avec une pointe d'amertume. Songeuse, elle se dévêtit. Sa jupe bleue en satin, son corsage ivoire à col lavallière, son jupon. En corset et culotte, elle défit son chignon. Penchée en avant vers la psyché, elle chercha la mèche blanche qu'elle avait discernée dans ses cheveux le matin même. La vieillesse, déjà... Cette perspective faisait naître en elle une sourde angoisse. Se pouvait-il qu'il n'y ait plus d'espoir pour elle d'aimer et d'être aimée ? Elle se sentait pleine de vie, et prête à relever n'importe quel défi.

Elle sourit à son reflet, comme pour conjurer la mèche blanche, s'immobilisa.

Lucien se tenait derrière elle, le visage convulsé.

Le bruit d'une lourde chute, suivi d'un grand silence, tira monsieur Rollet de son premier sommeil. Il se leva, passa un peignoir et sortit dans le couloir.

— Madame ! s'étrangla-t-il.

Margot, en corset et culotte, était penchée au-dessus d'un corps désarticulé.

Monsieur Rollet se détourna.

— Couvrez-vous, je vous en prie, que vont dire vos pensionnaires ?

Elle leva vers lui un regard perdu. Avec ses cheveux défaits et sa tenue légère, elle était belle et émouvante.

— Pardonnez-moi, souffla-t-elle. Pouvez-vous me prêter quelque vêtement ?

L'instant d'après, il posait une veste en alpaga sur les épaules de la jeune femme. Elle le remercia d'un sourire tremblant, tandis que d'autres portes s'ouvraient.

— Vite, un médecin, reprit-elle.

Adèle, arrivant de l'entresol, fut expédiée chez le docteur Galley, bien que monsieur Rollet, ayant examiné le corps, ait secoué la tête : Lesage était mort.

Margot, toujours pieds nus, tremblait sous la veste de l'avocat. Les sœurs Delille, étonnamment semblables dans deux kimonos de soie bariolée, monsieur Bertrand, mademoiselle Molinier se risquèrent sur le palier.

Chacun s'exclamait, donnait des conseils, posait des questions.

Excédée, Margot rejoignit sa chambre. Elle se changea rapidement, trop choquée pour réfléchir. Elle enfila une robe sombre, jeta un châle sur ses épaules. Ses mains tremblaient toujours lorsqu'elle redescendit l'escalier. Adèle, essoufflée, revenait avec le médecin. Elle dut lui raconter ce qui s'était passé. Lucien, livide, qui était entré dans sa chambre. Il avait voulu descendre chercher à boire, elle avait tenté de l'en dissuader. Margot baissa pudiquement les yeux. Même si l'on s'abstenait d'aborder le sujet, tout le monde, à Sonate, savait que Lucien était un grand alcoolique.

— J'ignore ce qui s'est passé, reprit Margot. Tout est allé si vite… Mon mari a couru vers l'escalier et, brusquement, je l'ai vu qui basculait la tête la première. J'ai tenté de le retenir mais…

Elle s'interrompit, en larmes. Le docteur Galley se pencha sur elle.

— Vous n'êtes en rien responsable, madame Lesage. Vous subissiez déjà une situation assez pénible…

Que s'était-il passé exactement ? s'interrogea Margot alors que tout le monde l'exhortait au courage.

Comme si elle en avait manqué ! Elle n'avait pas tout dit, cependant. Lucien avait levé la main sur elle, en exigeant son absinthe. Elle l'avait poussé hors de sa chambre mais il avait encore de la force, malgré son aspect maladif. Ils s'étaient battus en silence, jusqu'au moment où Margot lui avait administré une bourrade dans le dos. Il avait alors dévalé l'escalier dans un bruit d'apocalypse. L'avait-elle poussé ? La question, lancinante, obsédante, aurait-elle jamais une réponse ? Tais-toi ! Ne dis rien ! songea Margot.

Le docteur Galley, prévenant, lui fit avancer une chaise. Elle tremblait toujours.

— Cela devait arriver un jour ou l'autre, déclara-t-il. Monsieur Lesage était si… dépendant de l'alcool. Il a raté la première marche, assurément.

Margot acquiesça d'un signe de tête. Ses yeux s'embuèrent.

Gilberte, réveillée elle aussi, revint avec la bouteille de cognac des grandes occasions et des verres. Toute la maisonnée se réunit dans le jardin d'hiver alors que le docteur Galley se chargeait des formalités. Une lune pâle, comme ouatée, éclairait les allées bordées de chênes verts et les silhouettes altières des pins. Toujours bouleversée, Margot songea que les jours à venir seraient éprouvants. Il lui fallait prévenir ses filles, comme sa famille. Lucien n'avait plus que de lointains cousins en Charente dont elle ignorait jusqu'au nom.

Elle se sentait sonnée, tout en étant grisée par un sentiment de liberté. La veuve Margot Lesage aurait plus de droits que la mère célibataire Margot Marquant.

Elle se tamponna les yeux. Si seulement Lucien avait pu se libérer de l'alcool !

Margot vérifia dans la psyché le tombé de son voile de deuil. Elle ne savait même pas si son époux croyait ou non en Dieu. Certes, ils s'étaient mariés à l'église après être passés devant le maire, mais c'était surtout par tradition familiale. Pour sa part, Margot entretenait des relations ambiguës avec la religion de son enfance. Elle priait de temps à autre, allait faire brûler des cierges pour obtenir une faveur, ou remercier, mais cela n'allait guère plus loin. Elle avait une fâcheuse tendance à considérer Dieu comme un employé devant donner satisfaction : il lui fallait toujours un peu plus de preuves. Ce raisonnement exaspérait Marie, qui avait la foi du charbonnier. Il fallait, cependant, que Lucien ait un bel enterrement. Personne n'aurait compris, sinon.

Elle rejoignit Charlotte et Marthe dans son petit salon. Ses deux filles l'entouraient sans pour autant feindre de pleurer. Lucien les avait trop déçues l'une et l'autre.

— Allons, dit Margot, pour se donner du courage.

Elle aurait aimé demander à Marthe de jouer Mozart, qu'il plaçait au-dessus de tout, mais il ne restait à Sonate que le piano d'étude de Lucien, auquel il ne touchait plus depuis près d'un an. C'est trop tard, pensa-t-elle.

Et, à cet instant, elle prit conscience de sa propre peine.

Elle l'avait aimé.

35

1893

Les cloches de Notre-Dame d'Arcachon sonnaient à la volée. La journée de juillet, lumineuse, laissait augurer le meilleur pour le couple s'avançant sur le parvis et, pourtant, Margot ne parvenait pas à se sentir à l'unisson. Elle avait bataillé avec Charlotte pour que son aînée se marie à Arcachon, et non dans la chapelle Algérienne comme elle aurait souhaité le faire.

« Pour qu'il n'y ait personne ! » avait-elle grommelé.

Le mariage de Charlotte avec le docteur François Galley constituait pour elle une sorte d'apothéose, la preuve que la misère n'était pas une condamnation à perpétuité.

Les jeunes gens s'étaient rencontrés à Sonate, où le médecin se rendait désormais plusieurs fois par semaine afin de dispenser ses soins aux pensionnaires. Une brève rencontre, Charlotte ne venant pas souvent de l'autre côté de l'eau. Margot avait tout de suite remarqué l'intérêt du docteur Galley. Comment, d'ailleurs, ne pas tomber sous le charme de Charlotte,

232

jeune fille élancée au teint clair, aux yeux bleu foncé et aux cheveux d'or bruni ? Elle était belle, et ne paraissait pas en avoir conscience. Vêtue à la diable – elle portait même des pantalons d'homme sur la presqu'île ! –, les doigts tachés de peinture, les cheveux fous, il émanait cependant de toute sa personne une élégance subtile.

Le cœur de Margot se serra. Sa fille aînée se mariait, et il lui semblait ne pas vraiment la connaître. Elle l'avait sacrifiée à ses ambitions, à Lesage, sans même s'en rendre compte à l'époque. Margot était impatiente de réussir, elle n'avait pas de temps à perdre.

A présent, à quarante-trois ans, veuve et déjà belle-mère, elle se sentait vieille avant l'âge. Pourtant, elle ne pouvait accepter l'idée de ne plus aimer !

Les regards masculins lui soufflaient qu'elle était toujours séduisante. C'était très important de penser « toujours » plutôt qu'« encore » !

Ma vie n'est pas finie, se persuada Margot avec force.

— Etes-vous bien, ma chérie ? demanda François Galley.

Charlotte hocha la tête. Oui, tout allait bien, non, elle n'avait pas froid, ni chaud, elle se sentait flotter, dans un curieux état d'apesanteur.

La veille encore, elle se demandait quelle attitude adopter. N'était-ce pas un peu fou d'accepter d'épouser un homme qu'elle connaissait à peine ? D'autre part, cette idée de se lancer dans une telle aventure n'était pas faite pour lui déplaire. Ne se targuait-elle pas d'être une insoumise ? C'était ce qu'elle avait dit, deux mois auparavant, à James Desormeaux, et elle l'avait vu blêmir.

Elle avait éprouvé un étrange sentiment de mal-être le jour de leur première rencontre. Ce n'était pas de la peur, plutôt de la colère, et cela ne lui ressemblait pas. Elle crispa la main sur le bras de François, comme pour se donner du courage. Après tout, c'était elle, et elle seule, qui avait désiré voir son père.

Il y avait assez longtemps qu'elle l'imaginait ! Il était devenu vital pour elle d'obtenir des indications quant à son identité, alors qu'elle s'apprêtait à fonder une famille avec François.

Questionnée, Margot avait fait la sourde oreille. Marie avait tergiversé deux jours avant de soupirer : « Promets-moi de ne pas le dire à ta mère. »

Elle avait parlé, alors, de James Desormeaux à Charlotte, lui avait raconté qu'il avait bâti la Maison du Cap pour sa mère et qu'il y avait habité durant la petite enfance de Charlotte.

« Je n'en ai aucun souvenir », avait soupiré Charlotte.

C'était vrai. Elle se rappelait seulement sa grand-mère Léonie et les histoires de la Grande Lande que celle-ci lui racontait. Charlotte avait réclamé des explications. Pourquoi son père n'avait-il jamais cherché à la revoir ?

« Ce sont leurs histoires », lui avait répondu Marie sans se compromettre.

Elle avait promis de parler à James et avait tenu parole. Un rendez-vous avait été fixé en terrain neutre, devant Notre-Dame-des-Passes, au Moulleau.

Charlotte avait longuement hésité avant de choisir

une jupe noire et un corsage bleu. Elle portait un petit chapeau coquettement incliné sur le côté.

Ce jour-là, elle avait failli rater le vapeur et était arrivée haletante au débarcadère. Le temps était superbe, le Bassin presque blanc sous le soleil de juin. De légers nuages blancs parsemaient le ciel. Debout à la proue du vapeur, Charlotte avait regardé la côte se rapprocher en éprouvant un curieux sentiment de détachement. La forêt de pins, la fameuse Grande Lande de Léonie, s'était éclaircie pour laisser de la place aux villas bâties le plus près possible du rivage.

Charlotte mordillait ses lèvres. Elle avait tant attendu ce moment qu'elle redoutait quelque catastrophe !

Depuis le parvis de Notre-Dame-des-Passes qu'elle avait déjà dessinée, la vue embrassait le Bassin, la presqu'île et la silhouette du phare du Cap. Charlotte observait de loin son cadre familier, comme si elle était passée de l'autre côté du miroir. Elle avait jeté un regard inquiet autour d'elle. Viendrait-il ? Lui ressemblait-elle ?

Autant de questions qu'elle ne pouvait poser à Margot.

Elle avait su que c'était lui en voyant s'avancer une haute silhouette légèrement voûtée. Il portait un costume gris, un chapeau de feutre et paraissait tendu lui aussi.

Il l'avait abordée avec simplicité : « Mademoiselle Marquant ? » en ôtant son chapeau.

Elle n'avait pu s'empêcher de détailler son visage avec une sorte d'avidité.

Cheveux châtains grisonnant aux tempes, yeux gris,

mâchoire carrée... Se ressemblaient-ils ? Non, pas vraiment, avait-elle estimé.

Il l'avait saluée avec raideur.

« James Desormeaux. »

Elle s'était mise à rire.

« C'est si étrange, cette rencontre ! »

Comprenait-il qu'elle riait pour ne pas pleurer ? C'était un étranger, alors qu'il était son père.

Elle lui avait alors lancé abruptement : « Pourquoi ? Pourquoi ne pas avoir épousé ma mère, ne pas m'avoir donné votre nom ? »

Au lieu de lui répondre, il avait demandé à son tour : « C'est Margot qui vous a aidée à me retrouver ?

— Non, c'est ma tante Marie. »

Son visage s'était détendu.

« J'aime beaucoup Marie. »

Ce qui sous-entendait que Margot ne lui inspirait pas les mêmes sentiments !

« Pourquoi ? » avait répété Charlotte, de plus en plus mal à l'aise.

Il avait soupiré.

« C'était impossible. Des différences de classe trop importantes, l'opposition de mon père... »

Il aurait pu préciser qu'il avait longtemps souhaité passer sa vie avec Margot, mais qu'il avait choisi de ne pas le faire. Il n'était pas question pour lui de chercher à se dédouaner face à la jeune fille qui se tenait droite et fière en face de lui.

« Si vous l'aviez vraiment désiré... avait-elle insisté. Je me marie dans deux mois et... »

Elle n'avait pas achevé sa phrase. Comment lui dire qu'elle aurait aimé marcher jusqu'à l'autel à son bras ? Elle redoutait quelque camouflet, tout en songeant que c'était bel et bien impossible dans un monde aussi policé que celui d'Arcachon.

On jaserait, se poserait des questions, échafauderait des hypothèses...

« Avez-vous d'autres enfants ? » avait-elle repris.

Son regard s'était voilé.

« Non. »

Elle en avait été secrètement heureuse. C'était très choquant, et cruel, mais elle vivait cet aveu comme un acte de justice immanente.

Ils avaient échangé un regard contraint.

Nous n'avons rien à nous dire, avait pensé Charlotte, effondrée. Elle avait rêvé de retrouvailles, de complicité et d'harmonie, et réalisait que l'étranger en face d'elle demeurerait toujours un inconnu. Elle avait insisté, cependant :

« Pourquoi ne pas avoir cherché à me rencontrer ?

— Votre mère me l'avait interdit. »

A cet instant, elle l'avait détesté. Qui était-il donc ? Un lâche, un pleutre ?

Déjà, il expliquait :

« Je savais que j'avais fort mal agi, envers Margot comme envers vous. Ma mauvaise conscience m'empêchait d'effectuer des démarches.

— Et maintenant ? »

Il avait soutenu son regard.

« Je ne puis infliger ce scandale à mon épouse. Il est trop tard, Charlotte. »

Elle avait accusé ce constat comme une fin de non-recevoir, s'était raidie pour lutter contre les larmes qui montaient. Sa voix s'était durcie.

« Je suppose que nous n'avons plus rien à nous dire. »

237

Il avait esquissé un geste de la main vers elle.

« Croyez que je le regrette. »

Ils avaient pris congé froidement, comme les deux étrangers qu'ils étaient toujours.

En marchant à grands pas vers la Ville d'Hiver, Charlotte avait laissé libre cours à ses larmes. Elle éprouvait un horrible sentiment de vide. Durant des années, elle avait idéalisé son père, et la confrontation avec la réalité se révélait rude.

Essoufflée, elle s'était arrêtée parc Pereire, d'où elle apercevait le Bassin entre les pins. Elle avait pris une longue inspiration, tenté de calmer les battements désordonnés de son cœur.

Les rêves ne sont pas faits pour être vécus, s'était-elle dit.

Il ne lui avait pas posé une seule question sur son fiancé ou sur ses aspirations, avait-elle pensé, profondément déçue. Comme s'il ne s'était pas intéressé à elle.

A aucun moment elle n'avait songé qu'il tentait peut-être de se protéger, lui aussi. Elle avait trop attendu cette rencontre pour ne pas se sentir rejetée par l'attitude de James.

Face à la presqu'île, elle s'était fait le serment d'être heureuse.

Le soir même, elle demandait à son oncle André de la conduire à l'autel.

36

1893

Le plancher était argenté sous la lune. Les rideaux tirés sur la nuit claire laissaient un espace d'une cinquantaine de centimètres, suffisant pour apercevoir la clarté de l'aube.

Les yeux grands ouverts, Charlotte contemplait sa chambre en se disant que ce n'était plus tout à fait la même. Ou, plutôt, c'était elle qui avait changé. François dormait à ses côtés.

A la sortie de Notre-Dame d'Arcachon, toute la noce était montée à bord du vapeur où l'on avait ri et chanté. Le repas de mariage, préparé par Céleste, avait réuni les deux familles sous la treille de son restaurant.

La mère de François avait sympathisé avec Margot. Toutes deux avaient fait assaut de courtoisie, même si Charlotte pressentait qu'elles n'avaient guère de points communs. L'important n'était-il pas que le mariage se fût déroulé sans fausse note ?

François dormait paisiblement. Mon mari, se dit-elle, presque incrédule.

Ils s'étaient croisés à peine trois fois avant qu'il

ne se déclare. Certes, elle l'avait trouvé plutôt bel homme, mais elle n'éprouvait pas pour lui la passion dont elle rêvait en lisant les ouvrages des sœurs Brontë.

Elle avait aimé l'idée du mariage, pour s'affranchir de la tutelle maternelle, sans réaliser tout de suite qu'elle passerait sous l'autorité de son époux. De plus, elle avait vu dans son futur état de femme mariée le moyen de se libérer de ce qu'elle considérait comme une tare : sa condition d'enfant naturelle. François avait fait sa cour en respectant la tradition : il lui faisait livrer des fleurs chaque jour. D'abord des lys blancs, puis des camélias délicatement rosés, enfin des roses rouges, la veille.

Elle avait même protesté en lui disant qu'il avait besoin d'acheter une jument plus fringante que sa vieille Lisbeth, plutôt que de se ruiner en fleurs.

Il était prévenant, attentionné, et désirait l'épouser. Comment aurait-elle pu laisser passer cette chance ?

Cependant, l'idée même que le mariage constituait une étape indispensable dans la vie d'une femme l'exaspérait. Elle aurait aimé pouvoir poursuivre sa vie libre et sans entraves dans la Maison du Cap. François s'était montré inflexible sur ce point : plus question de vivre sur la presqu'île, il devait rester à proximité de ses patients.

Céleste, ses parents et Marthe demeureraient à L'Herbe. Charlotte les rejoindrait durant l'été.

Cette nouvelle existence lui faisait un peu peur. Mais François avait multiplié les promesses. Charlotte pourrait se rendre à la Maison du Cap quand les siens lui manqueraient trop, elle continuerait à peindre et à dessiner. Il l'aimait.

Et elle ? se demanda-t-elle en sentant ses joues s'empourprer.

Cette première nuit passée ensemble lui laissait une sensation étrange. Comment, se disait Charlotte, que sa mère traitait souvent de raisonneuse, pouvait-on expliquer que votre fiancé, avec qui vous ne deviez jamais, au grand jamais, rester seule, se retrouvait, par le simple fait du mariage, investi de tous les pouvoirs ?

Certes, François avait été doux et tendre, mais Charlotte attendait autre chose. Plus de fougue, plus de passion, l'impression d'être une autre... Au lieu de quoi, elle était restée sottement crispée, à se demander si son mari remarquerait le grain de beauté placé sous son sein droit.

La chemise de nuit ornée au col de dentelle de Calais, froissée par des mains impatientes, avait volé sur le parquet. Nue, Charlotte se sentait plus dans son élément, elle qui s'était déjà baignée dans ce simple appareil du côté de la Pointe, au grand dam de Céleste.

Elle aurait aimé pouvoir découvrir, elle aussi, le corps de son époux, ne pas être encombrée de sa virginité et de tous les principes qu'on lui avait inculqués en pension. Mais l'opprobre attaché à son état d'enfant naturelle était tenace et Charlotte se sentait ligotée par les convenances. Margot, d'ailleurs, lui avait rappelé la veille qu'elle devait en tous points se conformer aux désirs de son mari. Recommandation vague, presque inquiétante. Comme bon nombre de jeunes filles de son époque, Charlotte avait été élevée dans la plus grande ignorance concernant le sexe.

Les filles devaient se borner à la broderie ou à

l'aquarelle, ne pas lire de romans audacieux, ne pas se livrer à des activités sportives…

Son enfance passée sur la presqu'île avait permis à Charlotte de vivre comme un garçon manqué, de nager et de manœuvrer la pinasse familiale. Les livres dévorés avaient fait son éducation, d'une certaine manière. Cependant, ils ne vous enseignaient pas la vraie vie ! Sur ce point, Marie avait été plus directe que Margot.

« Si tu aimes François, tout se passera bien ! » lui avait-elle affirmé.

Seulement… l'aimait-elle ?

Les premiers temps, Charlotte eut un peu de peine à s'accoutumer à la vie arcachonnaise. Tout lui coûtait, à commencer par les mondanités auxquelles il fallait se plier. Si elle appréciait le théâtre ou les concerts, elle prisait moins les bals et les spectacles de danse.

De plus, François avait besoin d'elle pour s'imposer comme un interlocuteur incontournable. Ils avaient dû recevoir deux de ses collègues, et Charlotte avait passé une soirée épouvantable. Elle ne s'intéressait pas aux patients neurasthéniques ou phtisiques. D'ailleurs, elle n'avait jamais aimé la Ville d'Hiver ! Le Bassin lui manquait, et elle trouvait que l'inspiration la fuyait de ce côté-ci de l'eau.

Soucieuse de restituer les paysages tels qu'elle les voyait, elle s'était intéressée à la photographie. Son œil de peintre lui était précieux. Perfectionniste, elle avait demandé à un photographe d'Arcachon, monsieur Baxter, de l'initier. Britannique, il s'était installé sur le Bassin une vingtaine d'années auparavant.

Délicieusement excentrique, il parlait français avec un accent anglo-saxon assez prononcé.

Dans son atelier, Charlotte apprenait à développer les plaques et à utiliser le procédé au gélatino-bromure d'argent, qui s'était vite substitué aux procédés au collodion. Monsieur Baxter lui avait appris que le papier chlorobromure permettait un tirage rapide. Le moment qu'elle préférait était celui où elle choisissait son sujet, l'observait attentivement afin de saisir sa vérité. Elle avait réalisé de beaux portraits de Marthe au piano, sans toutefois parvenir à rendre la passion de sa sœur. Marthe et Céleste lui manquaient. François, trop souvent absent, ne se rendait pas compte de son ennui. Pour lui, ils devaient être heureux parce qu'ils étaient mari et femme ! Mais Charlotte ne l'entendait pas ainsi. Elle s'étiolait dans le logement qu'ils louaient près du château Deganne. Elle avait refusé avec force de s'installer dans la Ville d'Hiver, comme il l'aurait souhaité. C'était déjà bien assez de sa mère ! La vue de tous ces malades déprimait la jeune femme. Dotée d'une santé insolente, elle ne comprenait pas la détresse de personnes pour qui Arcachon représentait le dernier espoir. François le lui reprochait, parfois.

« Sois donc un peu plus charitable ! Chacun de nous peut se retrouver un jour faible et souffrant. »

Cela, elle le lui concédait volontiers. Ce n'était pas un défaut de compassion mais plutôt une sorte de crainte inavouée. La maladie lui faisait peur. Elle ne supportait pas la vue des crachoirs de porcelaine, ni l'alignement des fauteuils d'osier sur les balcons abrités. Les médecins hygiénistes avaient fait de la Ville d'Hiver une villégiature peuplée de fantômes à qui

243

tout, ou presque, était interdit. Or, Charlotte voulait vivre, avec force, avec intensité.

Elle se concentra sur ses plaques. Lorsqu'elle voyait apparaître son sujet, elle éprouvait une excitation joyeuse. Enfin, elle allait pouvoir juger de son travail !

Sa mère suivait ses expériences d'un air sceptique.

« Charlotte s'amuse un peu, disait-elle à Marie. Elle n'y songera plus quand elle aura son premier enfant. »

« Pas tout de suite, se rebellait Charlotte. Nous devons déjà apprendre à mieux nous connaître, François et moi. »

Début décembre, elle apprit qu'elle était enceinte. Elle était allée consulter un médecin à La Teste, afin de ne pas se sentir gênée face à son époux.

Elle accusa le coup. Cet enfant, elle le pressentait, limiterait plus encore sa liberté.

37

1897

Vingt-cinq ans, deux enfants, le sentiment de ne plus attendre grand-chose de ma vie, pensa Charlotte.

Pourtant, selon sa mère, elle avait tout pour être heureuse. Elle-même le reconnaissait volontiers, elle aurait eu mauvaise grâce de se plaindre.

François était devenu en quelques années un médecin hygiéniste réputé, et Margot aimait à préciser à ses pensionnaires que son gendre soignait « des personnes de qualité ». Même si cela la démangeait, elle n'allait pas jusqu'à citer les noms des personnes en question. Secret professionnel oblige.

Charlotte, cependant, ne parvenait pas à s'habituer à la vie citadine. La presqu'île lui manquait autant que la Maison du Cap. Elle avait même sombré, après la naissance de Matthieu, dans une sorte de maladie de langueur qui avait inquiété son époux et sa mère.

« Tu ne vas tout de même pas imiter mes pensionnaires neurasthéniques ! » s'était insurgée Margot. Digne fille de Léonie, elle partait du principe que l'oisiveté provoquait des remises en question déprimantes.

Pour elle, Charlotte n'était pas assez occupée. Comme si ses deux enfants avaient pu s'élever seuls ! D'ailleurs, Dorothée avait été un bébé si exigeant que la jeune femme n'avait plus trouvé de temps à consacrer à la peinture. Elle le vivait mal, devenait irritable, et se le reprochait.

Lorsqu'elle n'en pouvait plus, elle emmenait les enfants à la Maison du Cap, où ils pouvaient se dépenser à loisir. Elle se sentait alors revivre et, confiant Matthieu et Dorothée à la garde de Céleste, retrouvait ses toiles et ses pinceaux. Elle réalisait des aquarelles du Bassin, ainsi que des photographies de ses enfants et de leur environnement.

Sur l'une d'elles, Dorothée serrait contre elle le chat de Céleste, Domino.

« C'est une véritable œuvre d'art », avait commenté François, qui venait les rejoindre en fin de semaine. Charlotte avait esquissé une moue dubitative. Elle voulait toujours progresser, et était rarement satisfaite.

L'été était en chemin. Une douceur languide baignait la ville et, chaque soir, Charlotte et les enfants cueillaient les fraises des bois tapies sous les fougères.

Charlotte imaginait la lumière baignant la presqu'île et ses doigts la démangeaient. François et elle étaient invités chez le maire pour un dîner officiel. Elle partirait ensuite avec les enfants.

« Ma sauvageonne », dirait François, amoureux et attendri, le jour de leur départ. Elle aimait cette certitude d'être désirée, acceptée comme elle était.

C'était rassurant pour elle, l'enfant dont le père n'avait pas voulu.

Elle fourra quelques vêtements au hasard dans son sac de voyage. Au Cap, elle portait fréquemment un pantalon retroussé, comme les parqueuses. Elle se sentait libre, chez elle.

Un jour tout cela aura une fin, pensa François Galley en rangeant son stéthoscope.

Il était arrivé sur le Bassin la tête pleine de rêves et d'idéaux. Or, après six années d'exercice à Arcachon, il commençait à se poser des questions. L'air balsamique guérissait-il vraiment les poitrinaires ? Ou bien leur apportait-il un soulagement temporaire ?

La mère de Charlotte avait évoqué un jour devant lui le cas de la petite Béthy, qu'elle avait prise sous sa protection. Malgré des séjours prolongés à Sonate, la jeune fille était morte à la fin de l'hiver, l'année de ses vingt-deux ans, alors que sa mère espérait encore la sauver.

Chaque fois qu'il perdait un patient, François éprouvait des doutes. Il avait foi dans les progrès de la médecine tout en ayant conscience de ses lacunes. Souvent, le soir, il se plongeait dans les dernières publications médicales afin de trouver une réponse à ses questions. Il travaillait beaucoup sur les risques de contagion et prônait des règles d'hygiène draconiennes.

En même temps, il n'aimait pas l'idée de voir Arcachon et surtout la Ville d'Hiver se transformer en une sorte d'hôpital ouvert. Il se battait aussi pour augmenter l'action bénéfique du climat du Bassin sur la santé des enfants rachitiques.

Dieu merci, sa fille et son fils étaient en parfaite santé ! Charlotte prétendait que leurs longs séjours à la Maison du Cap leur permettaient de « pousser » sans problème. Cet amour de sa femme pour la Maison du Cap constituait leur seul point de désaccord.

François trouvait la demeure trop grande et trop isolée.

Il y rejoignait pourtant Charlotte et leurs enfants une quinzaine de jours l'été. Voir son épouse heureuse suffisait à son bonheur.

Il s'assit à son bureau, rédigea une ordonnance pour son patient, un industriel poitevin qui avait surtout besoin de moins manger, et la lui tendit.

— N'oubliez pas : une promenade chaque jour le long du Bassin vous fera le plus grand bien, lui recommanda-t-il.

Sans se faire d'illusions : Jenner ne se déplaçait qu'en voiture à cheval.

Il se leva, le reconduisit jusqu'au vestibule, et se surprit à jeter un coup d'œil en direction de l'étage.

Charlotte et les enfants lui manquaient déjà.

— Vous moqueriez-vous de moi, par hasard ? siffla Alice Desormeaux.

Elle avait vieilli, pensa James. Il avait longtemps éprouvé de la culpabilité à son égard mais, depuis qu'il avait appris sa liaison avec Hadrien de Roquemaure, il s'était senti… libéré. Plus de vingt ans après, il se reprochait encore de ne pas avoir osé passer outre aux ordres paternels.

Sa rencontre avec Charlotte, quatre ans auparavant, avait ravivé ses remords. Si, devant sa fille, il était resté sur la réserve, il s'était effondré après son départ et avait été victime d'une terrible crise d'asthme. Incapable de rentrer chez lui, il avait échoué au Grand Hôtel du Moulleau où le directeur avait fait appeler un médecin. Celui-ci lui avait prescrit des cigarettes à l'eucalyptus et recommandé d'éviter toute contrariété. James avait apprécié le sel de ce conseil… Cette nuit-là, il avait écrit une longue lettre à sa fille, lettre qu'il n'avait jamais postée. Il la conservait, pliée avec soin dans son portefeuille.

Il avait trouvé Charlotte belle et sensible. Il aurait aimé la serrer dans ses bras, l'assurer de son affection, mais il s'était senti lié par la promesse faite à Margot. Puisqu'il n'avait pas daigné donner son nom à sa fille, il devait se tenir éloigné d'elle. Une condamnation mal vécue mais qu'il comprenait. Une vie ne suffirait pas pour expier sa trahison.

Après avoir longuement hésité, il venait d'annoncer à Alice son intention de léguer la Maison du Cap à sa fille. Et Alice avait explosé.

— Décidément, vous avez perdu l'esprit ! lança-t-elle.

Elle avait jeté un regard chargé de dédain à son mari. Leur union avait été un fiasco complet et elle n'était pas certaine que James ait tous les torts. Sa liaison avec Hadrien n'avait pas apaisé son désir d'absolu. Elle avait cru, naïvement, qu'il l'aimait, avant de comprendre qu'elle constituait seulement pour lui un dérivatif lorsqu'il se trouvait à Taussat. Leur séparation s'était faite sans heurts, tout simplement parce que Hadrien, après une mauvaise chute de cheval, avait fermé son château et regagné ses terres de Gascogne.

A partir de ce jour, Alice avait sombré. Il lui était impossible de révéler à James la raison de son mal-être. D'ailleurs, ils n'étaient que des étrangers l'un pour l'autre.

De là à accepter le fait qu'il ait un enfant naturel… alors que leur propre union était restée stérile !

C'était de sa faute, forcément, se dit Alice, serrant les bras devant sa poitrine comme pour chercher à se protéger. Pourtant, elle n'en souffrait pas vraiment, parce qu'elle ne s'était jamais imaginée en mère de famille. A quarante-cinq ans, Alice se rendait compte qu'elle était passée à côté de la vraie vie. Elevée dans le but de devenir une bonne épouse selon les critères de l'époque, elle avait cru faire preuve d'indépendance en prenant un amant alors qu'elle s'était ainsi une nouvelle fois conformée aux mœurs en vigueur. On ne commettait pas l'adultère avec une jeune fille, c'était beaucoup trop dangereux, mais avec une femme mariée. Et, au moindre problème, tout rentrait dans l'ordre par souci des convenances.

Les sacro-saintes convenances ! s'emporta Alice. Elles avaient corseté son enfance, et gâché sa vie. Pourquoi James s'en libérerait-il, et pas elle ?

Elle secoua la tête.

— Tant que je serai en vie, je ne vous laisserai pas commettre cette abomination ! conclut-elle.

Il sut à ce moment-là qu'elle tiendrait parole.

38

1897

Le temps était plus que bizarre, en ce 14 Juillet, se dit James.

Désireux de fuir les discours moralisateurs d'Alice qui s'était découvert une soudaine ferveur monarchiste, et d'échapper aux cérémonies républicaines, il était monté à bord de sa pinasse à moteur et avait pris la direction de La Teste.

Il avait envie de retourner marcher dans la forêt, là où, lui semblait-il, l'odeur des pins lui permettait de mieux respirer.

Il lui semblait être passé à côté de sa vie. Il n'avait pu concrétiser ses rêves de bâtisseur, son confrère Ricquel ayant connu des revers de fortune.

De mauvais gré, il s'était consacré au domaine, augmentant les semis de pins, s'intéressant aux réservoirs à poissons et à la vigne. Il pensait parfois à son père, qui désirait se retirer au bord du Bassin pour y mener une vie de gentleman-farmer à l'anglaise. Décidément, Anthelme avait eu le don de gâcher l'existence de ses proches !

Lui, empêché de se consacrer à l'architecture,

Mathilde prisonnière d'un mariage mal assorti... Raoul de Brotonne était mort l'an passé, des suites d'une maladie vénérienne. Il avait fini presque aveugle, souffrant de paralysie et d'accès de délire. Après l'avoir soigné avec dévouement, Mathilde était revenue en Aquitaine et s'était installée à Bazas, dans la petite maison héritée de leur mère. Elle y menait une existence paisible, entre ses deux chats, ses livres, et l'ouvroir. Cependant, James restait persuadé qu'elle aurait pu être heureuse aux côtés d'un autre homme.

Comme lui s'il avait épousé Margot ? Les premiers temps, tous deux s'accordaient. Il gardait un souvenir ému de leurs amours, de cette vigueur qu'elle avait su lui insuffler.

Perdu dans ses pensées, il s'était éloigné du rivage et cheminait dans la forêt de La Teste. Il avait interrogé Margot sur son enfance à une ou deux reprises, mais la jeune femme se fermait, comme si elle avait cherché à dissimuler quelque secret honteux.

Il avait deviné qu'elle avait souffert de la misère familiale, sans pour autant mesurer à quel point. Lui n'avait jamais connu la faim, ni la peur du lendemain.

Il éprouva soudain une sensation d'oppression, dont l'intensité le surprit. La forêt qui lui était familière parut brusquement silencieuse. Un silence inhabituel, presque inquiétant.

James leva la tête, aperçut le ciel couleur d'étain entre les cimes des arbres et pressa le pas. L'orage allait éclater. Il n'eut pas le temps de réfléchir à un quelconque abri. Un grondement énorme, comparable à un mugissement, le fit tressaillir et, aussitôt après, un déluge d'eau et de sable s'abattit sur lui. Des arbres s'effondrèrent tout autour de lui dans un bruit de naufrage, craquements et gémissements mêlés.

Terrifié, il courut droit devant lui, espérant trouver refuge dans une cabane de résinier.

Si je meurs…

Le souffle lui manquait, ses oreilles tintaient, son cœur s'emballait, accentuant sa sensation d'étouffement. Il ouvrit grand la bouche, dans un effort désespéré autant que dérisoire pour chercher de l'air. Devant lui, plusieurs pins, couchés les uns sur les autres, barraient le chemin. Il amorça un demi-tour, reprit sa course, à l'aveugle. Ses yeux le brûlaient, il cherchait son souffle, se noyait. Un immense pin tomba sur lui dans un grondement de fin du monde. James s'effondra sur le sol gorgé d'eau.

Les deux jours suivant le passage de la tempête survenue le 14 Juillet, le Bassin pansa ses plaies. Les centaines d'arbres et de toitures arrachés, les dégâts considérables marquèrent les esprits.

On déplorait deux victimes. L'annonce de la mort de James Desormeaux fit grand bruit. Margot la reçut en plein cœur. Même si elle refusait de se l'avouer, elle savait qu'elle l'avait aimé. Elle hésita, avant de décider de ne pas prévenir Charlotte. Rien de bon ne pouvait sortir de tout cela, se dit-elle. De plus, elle tenait à protéger sa fille. Même si elle s'était affranchie de la misère de la Grande Lande, elle était restée la fille de Léonie et la petite-fille de Marguerite, toutes deux attachées à nombre de superstitions. Cette mort atroce, non loin de la cabane de ses parents, avait frappé Margot. Fallait-il y chercher un sens ?

Lequel ? C'était toute une époque qui s'achevait, et Margot se sentait sombrer.

Elle se rendit à Arcachon le jour de l'enterrement. Un ciel couleur d'encre pesait sur le Bassin. Une assistance élégante était rassemblée sur le parvis de Notre-Dame d'Arcachon. Il se chuchotait que madame Desormeaux s'était résolue à choisir Arcachon, et non Taussat, par respect des volontés de son époux.

La veuve connaissait-elle bien James ? se demanda Margot, épiant Alice. Madame Desormeaux avait de l'allure en grand deuil. Elle se tenait droite, saluait ses connaissances d'un signe de tête. La personne debout à ses côtés devait être Mathilde, la sœur de James. Toutes deux paraissaient être séparées par une barrière invisible. Margot pénétra dans l'église, se signa, et resta dans les derniers rangs. Les grandes familles du Bassin, les Wallerstein, les Lesca, avaient pris place près de l'autel. Le préfet s'était déplacé, ainsi que plusieurs notables.

Qu'as-tu pensé, James, à l'instant de ta mort ? se demanda Margot.

Elle étouffa un sanglot. Il avait tant de projets, lorsqu'ils s'étaient rencontrés ! Le monde lui appartenait.

Il était mort trop tôt, trop jeune, et elle lui en voulait, elle qui refusait de le revoir depuis plus de vingt ans. Face à son cercueil, elle se sentait mesquine, mauvaise.

Mal à l'aise, elle s'agita sur le banc, jeta un coup d'œil par-dessus son épaule comme si elle avait cherché à s'enfuir. Elle tressaillit. N'était-ce pas… ? Oui, c'étaient bien Marie, Céleste et Charlotte qui se tenaient près du bénitier.

Dieu du ciel ! jura intérieurement Margot. Marie se croyait décidément tout permis ! Margot n'avait pas prévenu Charlotte et Marie, elle, ne trouvait rien de mieux à faire que de l'entraîner aux obsèques de James !

Furieuse, contrariée, elle suivit d'une oreille distraite l'homélie du prêtre. Elle éprouvait une curieuse impression d'irréalité, renforcée par le cadre de Notre-Dame d'Arcachon, qui l'avait toujours impressionnée.

Elle n'était pas aussi triste pour l'enterrement de Lucien, car son mari lui menait une vie infernale et avait été violent. Mais James... oh ! James... Elle le revoyait, si heureux, le jour où elle lui avait fait découvrir la presqu'île, elle aurait aimé revivre le temps où il avait conçu, puis fait bâtir la Maison du Cap, mettant lui-même la main à la pâte.

La Maison du Cap... une angoisse soudaine s'empara d'elle. James en était demeuré propriétaire. En toute logique, sa veuve en hériterait.

Qu'allaient devenir Marthe et Céleste, qui y habitaient ? Et Charlotte qui y était si attachée ? Elles dépendaient désormais du bon vouloir d'Alice.

Paniquée, Margot se leva et alla rejoindre sa sœur, sa fille et sa nièce.

— Nous n'avons rien à faire ici, leur dit-elle.

Elle pensait avoir réussi à s'élever dans la bonne société arcachonnaise mais il n'en était rien.

Malgré Sonate, malgré ses clients fidèles, elle demeurait la fille d'une bas rouge, une réprouvée. Elle refusait ce destin à ses filles.

39

1897

Mathilde, les mains serrées l'une contre l'autre, contempla la cheminée durant un bon moment sans mot dire. Curieusement, le « château » lui rappelait leur appartement à Bordeaux. Du velours, de lourds rideaux, des meubles du Second Empire en poirier noirci, trop conventionnels pour James.

Son frère, qui aimait les artistes novateurs, n'avait pas dû beaucoup apprécier la décoration.

— Je repartirai en fin de semaine, si cela vous convient, déclara-t-elle à Alice.

Celle-ci hocha la tête.

— Faites comme vous l'entendez, ma chère Mathilde. Vous devez vous ennuyer à périr dans votre coin perdu.

Piquée au vif, la fille de Claire-Marie releva le menton.

— Nous avons une cathédrale à Bazas ! De plus, l'équipe paroissiale est fort active et je m'y plais. C'est bon de retrouver ses racines après avoir connu une succession de villes de garnison...

Son regard se fit lointain. Désormais, Mathilde

appréciait sa vie calme. Elle n'avait rien oublié des outrages infligés par Raoul, de ses maîtresses qui venaient le relancer jusqu'à leur domicile.

Par la suite, elle l'avait soigné, soutenu moralement sans se plaindre et ce, même lorsqu'elle avait envie de hurler sa honte et son désarroi.

Mais, à présent, elle estimait avoir droit à une existence sereine. Alice pouvait-elle comprendre cela, elle qui semblait toujours si maîtresse d'elle-même ?

Alice ne releva pas la mise au point de sa belle-sœur.

Elle considérait Mathilde comme une douairière qu'il fallait ménager et n'avait aucune envie de la voir s'installer sur le domaine. Elle ne s'inquiétait pas vraiment, cependant, n'imaginant pas Mathilde choisir de vivre ailleurs qu'à Bazas.

— Vous resterez avec moi pour recevoir le notaire, reprit-elle.

Elle soupira.

— Cela me paraît si... inconcevable. Pourquoi James est-il allé se promener là-bas ? Il pouvait le faire sur nos terres !

Parce qu'il avait envie de respirer un autre air, de rêver à une autre vie, pensa Mathilde.

Même si son frère ne lui avait pas fait de confidences, elle avait pressenti qu'il n'était pas heureux avec Alice. Tout comme lui savait que Raoul de Brotonne n'était pas en mesure de la rendre heureuse. Leur seul tort avait été de ne pas se confier l'un à l'autre. Leur éducation les en avait empêchés. « Chez les Desormeaux, on garde ses émotions sous le boisseau », aimait à répéter leur père. A condition, d'ailleurs, d'éprouver des sentiments ! se dit Mathilde avec une cruelle lucidité.

257

Anthelme Desormeaux symbolisait pour elle l'exemple à ne pas suivre. De toute manière, elle n'avait pas eu d'enfants, songea-t-elle avec une pointe de regret.

Elle reprit sa broderie, se rapprocha des grandes fenêtres donnant sur l'allée bordée de chênes.

— Resterez-vous ici, Alice ? s'enquit-elle. N'aurez-vous pas peur de la solitude ?

Alice se redressa de façon perceptible.

— J'ai des amis tout autour du domaine. Des personnes de notre monde, sur qui je puis compter. De plus, vous savez, nous menions chacun notre vie, James et moi.

Elle ne pouvait dire plus clairement à sa belle-sœur qu'elle ne souffrirait guère de la disparition de James ! Mathilde s'efforça de ne pas laisser voir son exaspération.

— C'est bien, déclara-t-elle d'une voix unie.

Elle avait hâte de rentrer chez elle, de retrouver son univers douillet. Auparavant, cependant, elle devait honorer une ultime promesse faite à son frère.

Elle était bien décidée à tenir parole, même si Alice ne le lui pardonnerait pas.

Le notaire, maître Chabeaud, avait une quarantaine d'années d'expérience, et l'habitude de « tâter l'atmosphère », comme il le racontait le soir à son épouse, en pénétrant dans une demeure. Le « château » de Taussat, qu'on n'avait jamais appelé le « château Desormeaux », était calme. Une belle coquille vide, ou presque, se dit-il.

Deux belles-sœurs, deux dames bien élevées qui l'écouteraient sagement lire le testament de James, et acquiesceraient sans même marquer une hésitation, l'attendaient.

Serait-ce aussi simple ? Il savait qu'il avait le pouvoir de détruire cette harmonie de façade, et cela ne lui faisait même pas peur. En quarante années d'exercice, il avait pu constater que les familles se déchiraient souvent en sa présence.

Alice se pencha légèrement vers le bureau où elle avait invité le notaire à s'installer quelques minutes auparavant.

— Vous… vous voulez bien répéter, maître Chabeaud ? A propos de la Maison du Cap.

Nous y voilà ! se dit Mathilde.

Elle était tendue, se demandait combien de temps Alice se contiendrait avant d'exploser. Qu'aurait-elle fait à sa place ?

C'était différent, pensa-t-elle. James n'était pas Raoul. Et il avait toujours traité sa femme avec respect et courtoisie.

Bravement, le notaire relut le passage du testament de James concernant la Maison du Cap.

Et Alice laissa échapper un long soupir.

— J'avais donc bien compris. James vous lègue cette bâtisse sur la presqu'île sans grand intérêt, Mathilde. En aviez-vous exprimé le désir ?

Le notaire aurait aussi bien pu s'éclipser. Un duel opposait les deux femmes. Alice contre Mathilde, l'épouse contre la sœur.

Mathilde ne baissa pas les yeux, bien qu'elle redoutât cette confrontation depuis la mort de James.

— Bien sûr que non ! protesta-t-elle. D'ailleurs, logiquement, j'aurais dû disparaître la première. Malgré ses problèmes respiratoires, mon frère avait beaucoup de courage et de volonté, j'étais persuadée qu'il deviendrait nonagénaire… au moins !

259

— Quelle idée ! reprit Alice. James était fragile, nous le savions toutes les deux, aussi bien physiquement que moralement. Quelque aventurière l'aura persuadé de lui léguer cette maudite maison !

— C'est moi qui hérite, Alice. Personne d'autre.

La veuve se raidit.

— Je n'en crois pas un mot ! James n'avait pas le droit de m'infliger pareil camouflet.

Elle se retourna vers le notaire.

— J'attaquerai le testament ! lança-t-elle, bravache.

Maître Chabeaud esquissa un geste d'apaisement.

— Je vous le déconseille vivement, madame Desormeaux. Votre époux était parfaitement dans son droit car il a usé comme bon lui semblait d'un bien propre.

— C'est l'héritage de notre tante Euphémie qui a permis à James de bâtir la Maison du Cap, appuya Mathilde.

Les deux femmes s'affrontèrent du regard.

Aucune ne prononça les prénoms de Charlotte et de Margot mais elles étaient là, en filigrane, dans le salon assombri.

— Cette maison n'a pas porté bonheur à James, fit Alice avec dédain. D'ailleurs, il n'y a pas vécu.

C'était pour elle une façon de mettre fin au débat, et Mathilde l'accepta comme telle.

— Tout est bien, alors, conclut-elle.

Soulagé, maître Chabeaud rassembla ses papiers.

On savait encore se comporter en personnes civilisées, se dit-il.

Même si les blessures affleuraient sous les sourires forcés.

DOROTHÉE

*Rien au monde ne peut empêcher
l'homme de se sentir né pour la liberté.*

Simone WEIL

40

1899

Une douce lumière, comme tamisée, irisait le sable mouillé de particules de mica. Son petit seau à la main, Dorothée arpentait le rivage sous la surveillance de sa mère. Matthieu, de son côté, préférait jouer avec ses soldats de plomb sous les marches de bois menant à la Maison du Cap.

— Regarde, maman ! s'écria Dorothée, brandissant deux turritelles pointues délicatement torsadées.

Charlotte les admira, tout en continuant de photographier sa fille et le Bassin. La lumière, ni trop franche ni trop violente, lui convenait.

Elle avait réalisé la veille des clichés du retour des pinasses avec la Grande Dune en toile de fond. Les scènes de la vie quotidienne étaient fort prisées de l'imprimerie pour laquelle elle travaillait. Les parqueuses de L'Herbe et du Canon avaient beaucoup de succès avec leurs jambes dénudées jusqu'aux genoux et leur allure décidée. Les estrangeys achetaient volontiers ces cartes postales car elles représentaient d'accortes jeunes femmes en pantalon, qui travaillaient dans l'ostréiculture, un milieu fascinant pour les amateurs d'huîtres. Mais Charlotte préférait réaliser des photographies plus intimistes, en jouant avec la lumière et le clair-obscur. François admirait son travail, sans mesurer son importance pour elle. Si elle en souffrait, elle ne le laissait pas voir.

Suivant une habitude désormais bien établie, Charlotte passait l'été sur la presqu'île avec les enfants. François les y rejoignait le samedi soir pour repartir le lundi matin. Lorsque le temps lui paraissait trop long, il revenait le mercredi soir. C'était facile, désormais, avec la ronde des vapeurs.

Songeuse, Charlotte contempla la vue familière dont elle ne se lassait pas. Elle ne s'ennuyait jamais sur la presqu'île. Il y avait toujours quelque chose à faire ! Se promener le long du Bassin ou de l'Océan, pêcher, déjeuner dans la nature, dessiner, jouer avec les enfants…

François lui avait offert une voiture à sable à laquelle elle attelait une jolie jument alezane, Reinette. Lui-même n'avait plus besoin de se déplacer à pied depuis longtemps, mais il esquissait une moue quand Margot le félicitait pour avoir réussi.

« J'estimerai avoir réussi le jour où je ne prendrai plus de patients », lui avait-il répondu, et sa belle-mère avait haussé les épaules. Son gendre était par trop idéaliste !

A quarante-neuf ans, Margot avait retrouvé toute sa combativité. Elle gérait Sonate d'une main ferme, tout en étant proche de ses pensionnaires. Les femmes seules se confiaient à elle, les célibataires lui faisaient un discret brin de cour, sans trop se faire d'illusions.

Elle avait acheté un gramophone et, les soirs d'été, la musique à la mode parvenait jusqu'aux solitaires installés dans le parc de Sonate pour lire. Le docteur Festal avait créé une sorte de caisse désinfectant quinze ou vingt livres à la fois, ce qui permettait aux ouvrages de circuler.

Fervente partisane de la cure forestière dans la Ville d'Hiver, Margot suivait à la lettre les consignes de François. Ainsi y avait-il à Sonate une « table de régime », où les pensionnaires devant suivre des restrictions alimentaires étaient réunis. On citait souvent son établissement en exemple et, l'amour-propre satisfait, elle songeait à James.

Qu'aurait-il pensé de sa réussite ?

Elle avait peu à peu banni Lucien de sa mémoire, ne retenant que les quelques bons moments passés ensemble. Elle ne voulait plus aimer. Elle s'estimait trop vieille.

Si elle rendait de temps à autre visite à Charlotte ou à sa sœur, elle ne retournait jamais dans la forêt de La Teste.

C'était pour elle un endroit appartenant à une époque révolue.

Le dimanche, le restaurant de Céleste, installé sous la treille, face à la Grande Dune, ne désemplissait pas. Le bouche-à-oreille avait fait son œuvre, on savait que la jeune femme préparait des déjeuners de choix, avec d'excellents produits de la mer. Quand Céleste venait saluer ses clients, ses joues s'empourpraient sous leurs compliments.

« Il suffit d'aimer ce qu'on fait », expliquait-elle.

Marthe, ce jour-là, aidait au service, avec Mélie, une petite de Piquey, vive et rieuse.

Quand le coup de feu était passé, Marthe retournait

à son piano, et les convives appréciaient les concerts qu'elle donnait.

Son talent était exceptionnel. Il lui avait fallu un certain temps pour surmonter les critiques destructrices de son père.

En cette fin de siècle, Arcachon baignait dans la musique.

Margot avait tenté à plusieurs reprises de faire revenir Marthe à Sonate, en vain. La jeune fille aimait l'atmosphère de la presqu'île. A l'exception des dimanches animés, elle y bénéficiait de calme et de sérénité.

Chacun là-bas se connaissait, on était loin de la ville. De plus, Sonate était pour elle liée aux mauvais souvenirs paternels.

Chaque année, Mathilde de Brotonne venait effectuer plusieurs séjours à la Maison du Cap. Le jour où elle s'y était présentée pour la première fois, Charlotte avait éprouvé une émotion intense. Avant même que Mathilde précise son nom de jeune fille, Charlotte avait été frappée par sa ressemblance avec James Desormeaux.

La démarche de celle qui se présentait comme sa tante l'avait bouleversée. Ainsi donc, elle avait compté pour son père, celui-ci avait parlé d'elle à Mathilde, et conçu cette donation pour lui transmettre la Maison du Cap ?

Les deux femmes avaient sympathisé. Mathilde, qui avait tant souffert de ne pas avoir d'enfants, était tombée sous le charme de Matthieu et de Dorothée, et était tout simplement devenue « tante Mattie », ce qui lui convenait fort bien.

Chaque matin, elle rendait grâce à son frère de lui avoir donné une famille.

Elle avait le projet d'inviter Charlotte et les siens à Bazas. Sa nièce serait certainement heureuse de découvrir une partie de ses racines.

Mathilde se ressourçait en famille et Alice ne lui manquait pas. Sa belle-sœur, en effet, avait coupé toute relation avec elle depuis la lecture du testament de James. Si elle le déplorait, Mathilde ne regrettait pas d'avoir respecté les volontés de son frère.

Alice s'était impliquée dans la gestion du domaine, finalement son statut de veuve lui convenait plutôt bien, estimait Mathilde avec une pointe de cynisme.

Elle appuya son dos contre le fauteuil en rotin à haut dossier installé sur la galerie couverte. Elle apercevait Charlotte et les enfants et, au-delà, les pignots des parcs à huîtres, surmontés de mouettes.

Ce paysage l'apaisait, lui procurait une sensation de sérénité qu'elle n'avait jamais éprouvée auparavant.

A près de cinquante ans, Mathilde de Brotonne entamait une nouvelle vie.

41

1904

En septembre, suivant une tradition désormais bien établie, Charlotte et les enfants passeraient une dizaine de jours à Bazas. La « maison », comme disait Mathilde, solidement dressée au milieu d'un parc planté de chênes et d'aulnes, traversé d'une rivière, offrait un perron majestueux flanqué de deux ailes en pierre couleur de craie. Mathilde emmenait Matthieu et Dorothée aux champignons, leur racontait l'histoire de la famille de Claire-Marie, leur arrière-grand-mère, leur montrait la galerie des ancêtres.

Quand elle les voyait attentifs, le soir, devant l'âtre, Charlotte savait que ses enfants rattrapaient le temps et le chemin perdus. Elle avait essayé vainement de faire comprendre à François ce qu'elle éprouvait. Lui n'avait jamais douté de l'amour paternel et chérissait le souvenir d'Hector Galley. Le fossé entre les deux époux s'était élargi. François consacrait toujours plus de temps à ses patients alors que Charlotte cherchait un épanouissement dans l'art. Elle avait détruit sans regret ses premières toiles, estimant que celles-ci manquaient de maîtrise et de vigueur.

Elle avait commencé à comprendre ce que miss Peyton avait voulu lui dire, l'été de ses dix-huit ans. Sa peinture et ses photographies se nourrissaient des expériences vécues, de ses peines et de ses enthousiasmes. Elle avait essayé de faire part de ses réflexions à François. Mais, s'il était à l'écoute de ses patients, il se montrait beaucoup moins attentif à l'égard de sa famille. « Faudrait-il que je sois tuberculeuse pour que tu t'intéresses à moi ? » lui avait lancé un jour Charlotte, et elle avait lu comme de la panique dans ses yeux.

François avait des certitudes, qu'il convenait de ne pas bousculer. Il aimait sa femme, mais n'éprouvait plus le besoin de le lui dire. Ne l'avait-il pas épousée ? Or, cette attitude exaspérait Charlotte. A trente-deux ans, il lui semblait ne pas avoir vraiment profité de sa jeunesse. Le temps filait… Elle aurait désiré l'immobiliser, et entraîner François en Ecosse, ou à Venise, deux destinations exerçant sur elle une étrange fascination.

Mais il y avait toujours une urgence, un colloque, un article de la plus haute importance à écrire pour les revues médicales auxquelles il collaborait.

Charlotte ne supportait plus cette confrérie de médecins dont certains étaient persuadés de posséder la science infuse.

Ce n'était pas le cas de François, Dieu merci, même s'il avait à présent une fâcheuse tendance à user et abuser du « Je suis persuadé que… », sans chercher à se remettre en question.

Charlotte se demandait parfois ce qui leur était

arrivé, à quel moment exact ils s'étaient éloignés l'un de l'autre. N'était-ce pas cruel ? Elle s'était promis étant enfant de ne pas se séparer de celui qu'elle épouserait et elle se retrouvait à se poser des questions, après onze ans de mariage.

Elle voulait croire qu'ils parviendraient à sauver leur couple, François et elle. Auprès de Mattie, cela lui paraissait possible.

A condition que François vienne les rejoindre à Bazas, ainsi qu'il s'y était engagé.

C'était une journée d'été semblable à tant d'autres.

Des vacanciers, installés sous la treille, faisaient honneur aux huîtres d'André et à la cuisine de Céleste.

Au menu, des huîtres, précisément, des soles grillées, de la soupe de poisson.

La vue sur le Bassin et sur la Corniche, de l'autre côté de l'eau, alimentait les conversations.

On évoquait aussi l'Entente cordiale, la révision du procès Dreyfus et la mort du compositeur Anton Dvorak.

La saison s'annonçait particulièrement riche en cette année 1904.

A demi dissimulée par de gros buissons d'hortensias aux têtes plus grosses que des chrysanthèmes, Charlotte s'agaçait de ne pas parvenir à les reproduire comme elle l'aurait désiré.

De toute manière, se dit-elle au bout d'un moment, elle était stupide : elle n'aimait guère les hortensias. Elle leur préférait de loin les pourpiers de mer aux teintes délicates ou les linaires à feuilles de thym.

Avant leur mariage, quand François, désirant respecter les usages, lui avait fait livrer une corbeille d'orchidées, elle le lui avait reproché en lui rappelant qu'il avait plus besoin d'une voiture à cheval.

Son caractère parfois... rugueux avait-il lassé son époux ? Existait-il une autre femme ?

Sa mère lui avait mis la puce à l'oreille, en juin.

« Ne crains-tu pas de tenter le diable en abandonnant le pauvre François pour cette maudite maison ? » lui avait-elle demandé.

Etonnée, Charlotte avait répondu non, bien sûr que non, François et elle formaient un couple solide. Cependant, en y réfléchissant bien, elle finissait par s'interroger... sans pour autant se résoudre à réduire ses absences.

C'était pour la santé des enfants, se répétait-elle, alors que l'air de la Ville d'Hiver leur aurait été tout aussi profitable. Mais Charlotte n'aimait pas la Ville d'Hiver, qui lui rappelait fâcheusement son beau-père. Marthe partageait son avis.

Cependant Marthe était partie. Durant les soirées d'été si prisées des étrangers, son jeu avait séduit Raymond Laber, un musicien parisien.

Celui-ci était revenu plusieurs fois à la Maison du Cap avant de faire sa demande. Demande que Marthe avait aussitôt acceptée, au grand dam de son aînée.

Charlotte, en effet, redoutait que Marthe ne renouvelât l'erreur de Margot, tout en sachant que sa sœur ne pourrait aimer qu'un musicien. Marthe vivait pour sa passion.

Raymond et elle s'étaient mariés à Bordeaux, seuls, durant l'année 1899. Margot l'avait fort mal pris, elle qui rêvait grandes orgues et foule à Notre-Dame d'Arcachon.

Charlotte avait compris le désir de sa cadette : pas

de mariage en grande pompe, pas de repas de noce ni de commentaires égrillards. Rien que Raymond et elle.

Elle avait laissé son piano à la Maison du Cap et habitait Sceaux, où Raymond avait hérité de ses parents un pavillon en meulière situé près du parc. Elle avait donné naissance à des jumeaux, Pierre et Jean, en 1900, et écrit un an après à Charlotte :

C'est terminé pour moi. J'ai l'impression d'être devenue une bête de somme seulement bonne à nourrir mes petits goulus, à les changer et les empêcher de commettre mille et une sottises. Raymond ne comprend pas car lui continue de travailler au Conservatoire et de participer à des concerts.

Charlotte, mon amie, ma sœur, me jugeras-tu bien mal si je te dis que je ne veux plus d'enfants ?

Dieu sait que j'aime mes petits garçons mais j'ai besoin, viscéralement, de jouer, de retrouver mon piano. Raymond s'est laissé convaincre d'utiliser les « redingotes anglaises ». De toute manière, il n'avait pas le choix, c'était ça ou l'abstinence totale !

Charlotte avait esquissé un sourire attendri en repliant la lettre. Elle reconnaissait bien là le caractère entier de Marthe. Elle-même ne désirait plus d'enfants.

La naissance de Dorothée avait été éprouvante et elle avait mis du temps à s'en remettre.

Marqué, François avait de lui-même choisi de protéger leurs rapports et recouru aux condoms ou redingotes anglaises qui se répandaient peu à peu dans certains milieux.

Cependant, les deux époux s'étaient éloignés avec le temps. Il n'y avait pas eu de dispute, ni de désaccords entre eux, rien qu'une sorte de lassitude pour

Charlotte, qui aspirait à autre chose. Elle-même aurait été incapable de dire quoi. Elle se rendait compte que François souffrait lui aussi de la situation mais aucun des deux époux n'était capable d'y remédier.

Songeuse, Charlotte rangea son chevalet, ses peintures et se dirigea vers la porte arrière de la maison, qui permettait d'aller et venir sans passer par la terrasse.

Sa boîte de peinture lui échappa, tomba sur le sol avec un bruit métallique. Elle n'eut pas le temps de se pencher. Déjà, un géant roux se retrouvait à ses côtés sans qu'elle l'ait vu arriver et ramassait la boîte.

— Merci, souffla Charlotte, que sa maladresse agaçait.

Leurs mains se frôlèrent lorsqu'il lui tendit ses peintures. Elle remarqua qu'il avait de longs doigts spatulés et tachés d'encre, ce qui l'amusa car elle-même avait souvent des mains couleur d'arc-en-ciel. L'espace d'un instant, le temps s'immobilisa.

Il avait un visage ouvert, un sourire qui creusait deux fossettes dans ses joues, des yeux clairs, bleus ou gris.

Elle éprouva l'impulsion irraisonnée de le prier de rester.

Ne partez pas ! pensa-t-elle avec force.

Bien entendu, elle n'en fit rien. Elle soutint son regard attentif, sourit, en se traitant d'idiote.

— A bientôt, lui dit-il.

Il avait un accent indéfinissable. Anglais, avec une pointe d'exotisme.

Il s'inclina légèrement et s'en alla.

Charlotte le regarda s'éloigner en direction du débarcadère en éprouvant un sentiment de vide intolérable.

Elle ne pouvait pas le laisser partir ainsi, c'était impossible !

Elle lâcha chevalet et peintures, et s'élança derrière lui.

Elle le rejoignit, haletante, près du ponton.

— Attendez !

Il se retourna et lui parut encore plus grand. Il se tenait légèrement voûté.

Elle n'aurait jamais dû agir ainsi, mais elle n'avait pas envie de reculer.

— Je m'appelle Charlotte, déclara-t-elle d'un trait. Charlotte Marquant.

— Et moi William Stevens.

Il l'enveloppa d'un regard incertain, comme s'il s'interrogeait à son sujet, et elle réalisa brusquement qu'elle s'était présentée sous son nom de jeune fille, comme si elle avait voulu gommer l'existence de François.

— Nous nous reverrons, Charlotte Marquant, reprit-il.

Il désigna le *Courrier-du-Cap*.

— Je dois regagner Arcachon mais je reviendrai. Bientôt.

Pas un instant elle ne mit sa parole en doute.

Elle vivrait désormais d'attente.

42

1904

Elle aimait se tenir à la proue du *Rob Roy*, le yacht de William, faisant face à la houle et regardant l'étrave fendre l'eau. Des gerbes d'écume mousseuse étaient rejetées sur les flancs du bateau, et elle se demandait comment saisir au vol ces images.

Elle sentit ses mains se poser sur sa taille, et frémit. Elle tourna légèrement la tête vers lui. Il but ses lèvres avec une délicieuse lenteur, avant de glisser la main sous son chandail. A bord du *Rob Roy*, elle portait des vêtements d'homme – pantalon retroussé, sweater de marin – et marchait pieds nus. Elle évoluait sur le yacht avec une surprenante aisance.

« Comme si tu avais vécu toute ta vie sur un bateau », s'étonnait William.

Elle aimait l'entendre parler français, avec cette pointe d'accent qui l'émouvait.

Elle l'aimait.

Ils s'étaient revus, ainsi qu'il le lui avait promis. Il était revenu le surlendemain à la Maison du Cap, s'était installé sous la treille et avait demandé à voir Charlotte Marquant. Si Céleste s'était étonnée de l'entendre appeler ainsi Charlotte, elle n'en avait rien laissé voir. Sa cousine ne paraissait-elle pas perdue dans un songe éveillé depuis deux jours ? Céleste l'avait hélée.

Elle avait assisté aux retrouvailles de Charlotte et de l'étranger aux yeux gris. Et compris immédiatement qu'un élan irrésistible les entraînait l'un vers l'autre.

Mue par le désir de les protéger, Céleste s'était éclipsée. Même si les jours et les semaines suivantes avaient été éprouvants, Charlotte ne regrettait rien.

Lorsqu'elle avait glissé sa main dans la main de William Stevens, elle n'avait même pas songé au cataclysme qui s'abattait sur son couple, sur sa famille. Il y avait cet homme, là, presque trop grand, un peu voûté, qui ne lui promettait rien, et à qui elle se savait destinée de toute éternité. C'était ainsi.

Elle avait tenté de l'expliquer à François, dès le lendemain, et la réaction de son mari l'avait surprise, voire effrayée. Lui, toujours si maître de lui, avait marché sur elle, la main levée, et elle avait cru qu'il allait la frapper. Cette attitude cadrait si mal avec le caractère posé de François que Charlotte avait laissé échapper un rire nerveux.

Ç'avait été alors un déluge de reproches. Comment pouvait-elle le trahir ? Que leur était-il arrivé ?

Charlotte, les joues ruisselantes de larmes, s'était sentie horriblement coupable, sans pour autant se laisser fléchir. Puisqu'elle aimait William, il était inconcevable pour elle de continuer à vivre avec son mari. Et, alors qu'il lui parlait enfants, conventions sociales, elle répondait amour et nécessité d'être en règle avec elle-même. Il y avait des années qu'elle cherchait à lui expliquer son mal-être. Sa rencontre avec William lui avait permis de sortir de sa coquille.

Ils s'étaient quittés las, furieux et désenchantés. Charlotte avait regagné la Maison du Cap, son refuge. Elle savait en effet que sa mère se rangerait du côté de François. Margot était si fière de son gendre, médecin hygiéniste réputé !

Et les enfants… qu'allait-il advenir de leurs enfants ? William avait ancré le *Rob Roy* non loin du débarcadère. Charlotte s'était précipitée dans ses bras. Comment, se demandait-elle, expliquer la situation à l'homme qu'elle aimait ?

Il avait séché ses larmes, lui avait promis de trouver une solution. Si François refusait de divorcer, ils s'en arrangeaient. Les époux ne vivaient-ils pas déjà pratiquement séparés ?

Mais il y avait les enfants. Matthieu, dix ans et Dorothée, huit ans. Eux ne comprendraient pas et, d'ailleurs, ne devaient en aucun cas être mêlés aux querelles de leurs parents.

Deux jours plus tard, Margot était arrivée sur la presqu'île. Grand parapluie à la main, tailleur bleu marine, bibi incliné sur le côté… c'était une personne de cinquante-quatre ans bien sonnés qui ne cherchait plus à séduire mais à jouer les dames d'œuvre. Volant au secours de son gendre, elle avait fait la leçon à Charlotte. Comment celle-ci pouvait-elle envisager de détruire leur famille ? Des mots savoureux pour Charlotte, qui n'avait rien oublié de son enfance. Mais Margot n'aurait pas été Margot si elle avait fait preuve de logique ou de mémoire ! Charlotte lui avait rappelé le passé avant de l'inciter fermement à ne pas se mêler de son histoire.

François, de son côté, s'était un peu calmé. Marie, fine mouche, estimait qu'il n'avait toujours pas accepté la situation et attendait son heure. En tout cas, il refusait de divorcer mais exigeait la garde des enfants. Il ne pouvait concevoir de les laisser à leur mère vivant dans l'adultère.

Charlotte avait l'impression que l'histoire familiale se répétait. Préférait-elle être mère ou amante ? Un cas de conscience qu'elle n'était pas parvenue à régler.

Dans les bras de William, elle se sentait plus heureuse qu'elle ne l'avait jamais été mais ses enfants lui manquaient horriblement.

Zéphyrine, l'employée de la maison d'Arcachon, s'occupait d'eux à leur retour de l'école. Lorsqu'elle regardait de l'autre côté de l'eau, Charlotte se demandait comment Matthieu et Dorothée se portaient, s'ils n'étaient pas trop malheureux. Elle se sentait déchirée. François avait été très ferme. Elle l'avait quitté, elle ne reverrait pas les enfants. Sa mère, Dieu lui pardonne ! avait soutenu François. Comme si Margot avait été elle-même un parangon de vertu ! avait ironisé Marie. Son mari et elle se tiendraient toujours aux côtés de Charlotte, qu'ils avaient élevée et qu'ils considéraient comme leur seconde fille.

L'amour fou de Charlotte et de William avait fait éclater leur famille mais... formaient-ils seulement encore une famille ? Marie se rappelait le conseil donné jadis par sa mère : « Tenez-vous toujours ensemble, mes enfants. Pour faire mentir Rose, ma mère, qui nous voulait désunis. »

L'ambition de Margot avait provoqué la rupture avec son frère Germain, qui menait une vie simple.

André, Marie et Céleste, installés de l'autre côté de l'eau, faisaient bloc avec Charlotte.

Plus personne ne vivait dans la Grande Lande, et c'était peut-être mieux ainsi.

Marie esquissa un sourire rêveur. A soixante et un ans, elle s'estimait heureuse. Ou, plutôt, avait pris ce parti.

André et elle travaillaient toujours dur sur les parcs. Le dos de son mari le faisait moins souffrir depuis que François lui avait prescrit de l'aspirine, un remède quasi miraculeux.

Marie avait souvent peur pour son époux tout en pressentant qu'il ne supporterait pas de vivre loin de ses parcs à huîtres. Obstiné, André refusait de s'installer ailleurs que dans le vieux ponton. « Qu'est-ce que nous sommes, au fond ? lui disait-il de temps à autre. Des travailleurs de la mer, rien d'autre. Nous ne sommes ni des artistes, ni des rentiers. »

C'était dit sans acrimonie. Un simple constat, formulé avec des mots du quotidien. Pour sa part, Marie aurait aimé profiter du confort de la Maison du Cap, surtout en hiver, mais s'obligeait à rester auprès de son époux. Après tout… il y avait bien longtemps qu'ils s'aimaient, même si André n'était pas homme à faire de grandes déclarations !

Marie songeait souvent à sa mère, en se demandant ce qu'elle aurait pensé des choix de Charlotte. Léonie avait été la femme d'un seul amour et, bien que sollicitée à plusieurs reprises, n'avait eu que son Pierre dans sa vie. Elle n'avait pas pour autant condamné Margot. Elle avait toujours fait passer ses enfants avant les conventions sociales. Vingt-six ans après sa mort, elle manquait encore à Marie.

La parqueuse soupira. Maman, tu aurais peut-être su, toi, comment agir avec Charlotte, pensa-t-elle. Sa nièce souffrait horriblement d'être privée de ses enfants. Marie, pourtant, comprenait aussi François, qui n'avait pas démérité.

De mon temps... pensa-t-elle, on se mariait pour la vie. Tant mieux si, comme elle, on trouvait l'âme sœur. Sinon, il fallait « faire avec », s'accommoder de son destin et prier pour que la situation s'arrange.

Or, les filles de 1904 avaient d'autres idéaux. A commencer par le désir d'être heureuses.

43

1907

Les larges baies vitrées du belvédère permettaient à Charlotte de suivre les régates, chaque année plus sophistiquées.

Elle préférait se tenir là plutôt que de se rendre au bord du Bassin parmi la foule des spectateurs.

Les régates d'Arcachon, en effet, attiraient un public de plus en plus nombreux et passionné. D'ailleurs, le spectacle des voiliers évoluant sur les eaux pour l'instant paisibles justifiait cet engouement.

Les amateurs venaient de loin pour y participer, d'Angleterre, d'Allemagne ou d'Espagne.

Si elle aimait partir avec William à bord du *Rob Roy*, Charlotte se défiait de l'Atlantique et des passes. Petite-fille et nièce de pêcheurs, elle avait en elle du respect et une crainte latente vis-à-vis de l'Océan. Mattie lui avait confié un jour en souriant que, chez les Desormeaux, on n'avait pas le pied marin. Sa tante venait toujours à la Maison du Cap et l'invitait à Bazas.

La nouvelle vie de Charlotte n'avait pas suscité de critiques ou de leçons de morale de sa part. Elle s'était contentée de glisser : « Personne ne peut juger de ce qui se passe à l'intérieur d'un couple. »

Elle-même avait subi assez de camouflets et de trahisons pour se risquer à condamner Charlotte. D'ailleurs, le statut de divorcée commençait à évoluer : les femmes n'étaient plus mises au ban de la bonne société ou, tout au moins, y étaient reçues. Seulement... Charlotte n'était pas divorcée, et son statut bancal – épouse séparée, femme éprise d'un écrivain yachtman – la desservait.

Mais, ce jour-là, il était hors de question de ne pas suivre la course, alors que William concourait.

William Stevens était un navigateur hors pair. Il n'empêchait, Charlotte tremblait en permanence pour lui.

Dominique, ancien pêcheur de la côte Noroît à la retraite, racontait souvent à tout un auditoire passionné ce qui s'était passé sur le Bassin au siècle précédent. Il évoquait le « grand malheur » survenu en 1836, qui avait tant marqué la région.

Lorsqu'il parlait des nombreux naufrages ayant endeuillé les passes, Charlotte se demandait comment convaincre William de cesser de naviguer. Autant l'amputer d'un membre !

Il aimait Charlotte mais avait besoin de vivre sur l'eau, de faire corps avec son navire. Chaque mise en danger lui permettait d'écrire à son retour. Ses livres faisaient plonger le lecteur dans un monde onirique.

William s'affranchissait du style classique pour créer des mots nouveaux, inventer des situations à la limite de l'étrange. Auteur reconnu dans son Ecosse natale, il travaillait à la traduction de ses ouvrages en français.

Il venait des Highlands et n'avait plus de famille.

« Ou plutôt, avait-il fini par confier à Charlotte, j'ai coupé les ponts avec ces bourgeois industrieux qui ne parlaient que d'argent. »

Cette liberté fascinait Charlotte, très attachée aux liens familiaux.

Elle posa la main sur son ventre d'un geste furtif. « Cela » ne se remarquait pas encore. Deux mois à peine, pas de nausées matinales, un rêve, comparé à ses deux grossesses précédentes.

Elle n'avait encore rien dit à William mais s'inquiétait. Que se passerait-il si François continuait de refuser le divorce ? L'enfant serait considéré comme étant le sien ! Cette idée révulsait Charlotte. Les inégalités du Code civil la révoltaient. Mais… si elle était libre, William l'épouserait-il ?

Elle n'avait jamais abordé ces questions avec lui car leur histoire était tout autre chose. Une évidence, une fulgurance, qui ne se souciait guère des contingences.

Demandait-on des garanties à la passion ? Il ne s'agissait pas de contrat mais d'amour.

Pourtant, Charlotte paniquait à l'idée de donner naissance à un enfant de père inconnu.

Comme si quelque obscure fatalité s'était acharnée… Longtemps, elle avait tenté de se persuader que sa situation d'enfant naturelle lui importait peu. C'était faux, évidemment. Charlotte aurait tant préféré être comme Marthe, et les autres enfants. Mais personne, à l'exception de Marie et André, ne semblait vouloir la comprendre.

Elle se raidit. Elle reconnaissait *Ivanhoé,* le navire de William. En deuxième position, il s'approchait des passes. Charlotte serra les poings. Elle avait peur pour William. Il lui semblait qu'elle aurait toujours peur car elle n'avait jamais aimé quiconque aussi intensément que lui.

Dans ses bras, sous ses caresses, elle touchait le ciel. Elle était faite pour lui et lui pour elle. Mais... combien de temps encore pourraient-ils s'aimer alors qu'elle souffrait atrocement de ne pas voir Matthieu et Dorothée ?

Une main se posa sur son épaule. Elle tressaillit, se retourna et sourit à Mathilde.

— Je ne vous ai pas entendue monter, tante Mattie.

— Parce que tu étais trop occupée à observer l'*Ivanhoé.* Ne t'inquiète pas, William est un excellent marin.

Charlotte secoua la tête.

— J'ai peur en permanence. Pour lui. Pour nous. Un amour comme le nôtre...

— ... n'est pas donné à tout le monde, je sais.

Le visage de Mathilde s'éclaira d'un sourire.

— Je suis heureuse pour toi, mon petit. Même si... (elle hésita, cherchant ses mots)... même si tu as emprunté des chemins de traverse.

De nouveau, Charlotte tourna la tête vers elle. Elle avait un pauvre visage tendu.

— Justement, tante Mattie ! Mes enfants...

Elle ne serait jamais vraiment heureuse, elle le savait. Elle se traitait de mauvaise mère, tout en étant incapable de renoncer à l'amour de William. Etait-elle un monstre ?

Mathilde l'attira contre elle.

— Oh ! mon petit ! Il n'existe pas de règle en amour. Ton père et moi nous sommes pliés bon gré mal gré aux conventions sociales et l'avons payé au prix fort. Il faut juste espérer que François finisse par se laisser fléchir. Il t'aime, lui aussi.

— Drôle d'amour ! fulmina Charlotte, tout en se sentant mauvaise.

N'était-ce pas elle qui avait quitté son époux ?

Elle secoua la tête.

— J'essaie de me persuader que tout s'arrangera avec le temps mais je n'y crois pas vraiment.

Mathilde lui sourit tendrement.

— *Carpe diem,* ma chérie. Profite de l'instant.

Elle éprouvait un immense amour pour sa nièce rencontrée à l'automne de sa vie. Comment, se disait-elle, James avait-il pu laisser passer cette chance de bonheur ?

Elle tapota le poignet de Charlotte.

— Tu verras… tout finira par s'arranger.

Elle voulait y croire.

44

1907

Margot affirmait souvent qu'Arcachon pouvait riva-liser avec des villes comme Biarritz ou Nice. C'était particulièrement vrai en ces temps nommés « Belle Epoque » où les fêtes et les événements se succédaient sans temps mort.

Charlotte, le cœur serré, songeait aux enfants. Par sa mère, elle savait que Matthieu montait à cheval et que Dorothée prenait des cours de danse. Cela l'aurait presque fait sourire, Dorothée ayant un côté garçon manqué très prononcé. Dès l'âge de cinq ans, sa fille proclamait fièrement : « Je veux être libre ! » Phrase qui avait laissé Charlotte dubitative : d'où lui venait donc ce désir, cette volonté ? Pourtant, elle ne songeait pas à la mettre en doute ! De la volonté, Dorothée en avait à revendre ! Et pas forcément pour apprendre son alphabet... Déjà, petite, elle faisait preuve d'une énergie étonnante, accompagnant sa mère dans ses marches vers la Pointe.

Alors que Matthieu, très calme, s'amusait le plus souvent seul, Dorothée avait besoin de la présence de sa mère. Chaque soir, le cœur de Charlotte se nouait à l'heure où elle racontait une histoire à ses enfants. Ils lui manquaient de plus en plus.

Elle ne pouvait se confier à William car il se sentait aussitôt coupable, et se réfugiait dans un mutisme inquiétant. Il savait qu'elle souffrait, tout en espérant que sa peine finirait par s'atténuer. Eternel égoïsme des hommes ! se dit Charlotte. Quoique… ce n'était peut-être pas de l'égocentrisme mais plutôt une forme de protection.

N'avait-elle pas elle aussi agi comme si elle était une enfant « normale », parce qu'elle se refusait à affronter son statut d'enfant naturelle ?

Ce jour-là, cependant, elle ne parvenait pas à se raisonner, parce que c'était l'anniversaire de Dorothée. Elle avait onze ans, et Charlotte ne se trouvait pas à ses côtés. Situation intolérable pour une mère !

N'y tenant plus, elle se changea, troquant sa tenue d'intérieur pour une robe claire, et se hâta vers le débarcadère après avoir prévenu Céleste.

— Je vais à Arcachon, lui dit-elle très vite, comme pour prévenir toute objection de sa part.

William se trouvait à Cowes, en Grande-Bretagne, pour une dizaine de jours, le temps des régates. Elle n'avait pu se résoudre à l'accompagner à cause, précisément, de l'anniversaire de Dorothée.

Arrivée juste avant le départ du *Courrier-du-Cap*, elle salua le capitaine et s'installa à l'arrière sans avoir l'intention de bavarder avec quiconque. Il y avait relativement peu de monde à bord. Les estivants retourneraient à Arcachon avec le dernier passage, en fin de journée. Pour l'instant, ils découvraient l'Océan du côté de la Pointe.

Charlotte savait par sa mère que Dorothée devait

participer à un bal d'enfants au casino de la Plage. Elle avait d'ailleurs trouvé cette idée stupide. Les enfants grandissaient déjà bien assez vite ! Pourquoi les inciter à singer le comportement des adultes ?

Pour sa part, Charlotte n'avait jamais été attirée par la danse, excepté un soir où elle avait esquissé quelques pas sur la terrasse de la Maison du Cap, alors que Marthe jouait une polka.

Oh ! Marthe ! J'aimerais tant te revoir ! pensa-t-elle.

Leurs mariages respectifs avaient provoqué leur séparation. Si les deux sœurs s'écrivaient toutes les semaines, elles ne parvenaient plus à se confier vraiment par lettre. Charlotte espérait que sa cadette était heureuse avec son musicien. Comment savoir ?

Elle laissa son regard errer sur la surface lisse du Bassin. Devrait-elle partir, ainsi que William le lui suggérait parfois ? Lui serait-il possible de vivre ailleurs ? Elle était certaine que non.

La chaleur était difficilement supportable sur le boulevard de la Plage et Charlotte regretta à plusieurs reprises d'avoir remisé ses espadrilles pour des souliers en suède à talons bobine.

Heureusement, elle n'avait pas à marcher beaucoup avant d'atteindre le casino de la Plage !

Une assistance nombreuse se pressait devant l'édifice, majestueux, un peu trop d'ailleurs au goût de la fille de James, qui préférait les lignes épurées.

Charlotte ajusta son chapeau sur ses cheveux fauves, se redressa tout en cherchant Dorothée.

— Charlotte ! Si je m'attendais !

Monsieur Baxter, son ami photographe, lui adressait un large sourire.

— Quelle bonne surprise ! s'écria-t-elle, sincère.

Le maire lui avait demandé de « couvrir » le bal des enfants. Charlotte, le cœur lourd, soupira.

— J'essaie d'apercevoir ma fille.

Henry Baxter connaissait sa situation. Il lui sourit.

— Voulez-vous m'aider à porter mon matériel à l'intérieur ? Ainsi, personne ne pourra vous reprocher d'être entrée sans autorisation.

On leur attribua un coin d'un mètre sur deux, protégé par des palmiers en pot.

Henry Baxter fit la grimace.

— La décoration manque d'imagination, mais nous parviendrons bien à tirer quelques clichés sympathiques.

Il cligna de l'œil dans sa direction.

— Je compte sur vous, Charlotte ! Les meilleures photos seront exposées dès demain dans ma vitrine. Si vous souhaitez tenter votre chance…

Ses doigts la démangeaient. Elle s'autorisa quelques clichés, axant son travail sur les coulisses de l'événement. Des enfants en train d'être coiffés, le professeur de danse répétant les pas les plus difficiles, l'excitation des petits courant en tous sens… Elle aperçut Dorothée à deux reprises, et sentit un trouble étrange l'envahir. Elle voulait s'élancer vers sa fille, l'étreindre, la serrer contre elle mais ses pieds lui paraissaient être rivés au parquet.

Le malaise, montant de son ventre, la submergea d'un coup. Elle avait chaud, froid, se sentait horriblement mal. Monsieur Baxter lui jeta un coup d'œil incisif.

— Charlotte… voulez-vous sortir ?

Elle opina du chef, en priant pour ne pas s'effondrer dans la grande salle. Elle se glissa derrière les fragiles chaises Napoléon III, évita un musicien, se dirigea vers la petite porte qui ouvrait sur l'arrière. Ses oreilles tintaient. Une sueur glacée courut le long de son dos tandis que la douleur dans son bas-ventre s'intensifiait.

En un éclair, elle pensa au bébé, et se raidit. Vite, sortir, ne pas se donner en spectacle…

Elle ouvrit la porte avant de sombrer dans un trou noir.

Son premier geste fut de poser la main sur son ventre. Elle ne se souvenait que de cette douleur, irradiant le ventre et le dos, et de ces nausées irrépressibles.

Elle souleva avec peine les paupières. Où était-elle ? Elle ne reconnaissait pas le papier peint de sa chambre à la Maison du Cap, un papier chamarré, orné d'oiseaux de paradis.

Elle ne se trouvait pas non plus dans la cabine tout en bois blond du *Rob Roy*.

Une main se posa sur son poignet, chercha son pouls. Elle reconnut la pression de main familière mais était si mal qu'elle ne se troubla même pas. N'était-ce pas dans l'ordre des choses ? Elle avait été victime d'un malaise, et François avait volé à son secours.

— Ne bouge pas, surtout, lui recommanda-t-il.

Il paraissait soucieux. Elle, de son côté, se sentait flotter, dans une sorte d'état second.

Epuisée, elle referma les yeux.

— Si je dois mourir, laisse-moi au moins embrasser mes enfants, murmura-t-elle.

Elle s'évanouit à nouveau sans entendre sa réponse.

45

1907

Si elle n'avait pas perdu l'enfant de William, Charlotte aurait pensé que sa fausse couche avait eu des conséquences positives. Affolé de la voir dans cet état pitoyable, François l'avait gardée plusieurs jours chez lui, dans cette maison de la Ville d'Hiver qu'elle n'avait jamais considérée comme la sienne. Si, les premiers temps, les enfants n'avaient pas eu le droit de la déranger, ils étaient ensuite venus la voir sur la pointe des pieds, en précisant que leur père leur avait bien recommandé de ne pas la fatiguer.

La situation était curieuse. Charlotte se sentait vaguement coupable et, cependant, la perte de son bébé lui conférait une auréole de malheur qui écartait les reproches.

Matthieu, treize ans, pensionnaire à Bordeaux, était lointain, comme pour se protéger de tout sentimentalisme. Charlotte pressentait qu'il avait terriblement souffert, lui aussi, et qu'il lui faudrait du temps pour l'apprivoiser à nouveau. Elle n'avait pas eu ce souci avec Dorothée, qui s'était blottie contre elle sans mot dire, mais elle n'était pas certaine que sa fille lui ait pardonné pour autant. Elle était souffrante, elle avait failli mourir. Son « accident » – pour les enfants, elle était tombée – la rendait vulnérable. Victime d'une hémorragie puis d'une infection, Charlotte était devenue une pauvre chose fragile qu'il fallait protéger. L'absence de William, toujours en Grande-Bretagne, permettait de se comporter comme si rien ne s'était passé. Elle était vaguement consciente d'être prise au piège, sans parvenir à se libérer.

Margot, prévenue par son gendre, était accourue. Elle n'avait pas mentionné la grossesse de sa fille. C'était mieux ainsi car Charlotte ne l'aurait pas supporté.

Ce fut un tollé général quand, le sixième jour, après s'être levée et avoir fait quelques pas dans son ancienne chambre, elle avait émis le désir de retourner sur la presqu'île. A quoi pensait-elle ? A Arcachon, elle avait François, un médecin renommé, pour la soigner et parer à toute rechute. Qu'irait-elle faire à la Maison du Cap où elle aurait le temps de mourir dix fois avant d'être ramenée de l'autre côté de l'eau ?

Cela s'était fait, de façon insidieuse. Le temps passait, et William ne se manifestait pas. Charlotte était encore trop faible pour s'en émouvoir. Dans sa tête, il y avait un avant et un après.

Encore épuisée, elle vivait au ralenti, boudait les petits plats de Zéphyrine. Il lui semblait avoir besoin de temps pour se remettre. Elle qui ne supportait pas la vision des curistes à demi allongés sur les balcons les imitait désormais.

Un châle sur les épaules, une couverture sur les jambes, elle renaissait lentement à la vie. Elle ne comprenait pas pourquoi elle avait été si malade. Dans sa tête, les interrogations se multipliaient. Souffrait-elle ainsi parce que l'enfant qu'elle portait était l'enfant du péché ? Elle refusait de croire à ces sottises. En 1907, la femme commençait à conquérir une certaine indépendance et François portait la plus lourde part de responsabilité car il refusait de divorcer.

Au bout de trois semaines, l'impatience la gagna. Elle se sentait mieux, effectuait de courtes promenades dans la Ville d'Hiver, jamais seule. Margot ou François l'escortait, lui parlant comme à une malade, et leur attitude lui pesait. Que diable ! Elle avait trente-cinq ans !

Elle fit part à François de son désir de rentrer à la Maison du Cap.

— Toi et moi savons que j'aime un autre homme, lui dit-elle avec précaution.

Elle leva la main pour prévenir tout éclat de sa part.

— Je suis désolée, François, mais c'est ainsi. Je ne pourrais plus reprendre la vie commune avec toi, même si tu me le demandais. En revanche, je te serais reconnaissante de me laisser voir les enfants et de les accueillir sur la presqu'île. En la seule compagnie de ma famille, naturellement. Tu seras toi aussi le bienvenu.

Elle avait préparé ce petit discours depuis plusieurs jours. Elle savait qu'elle avait peu de chance d'obtenir gain de cause mais était décidée à tenter le tout pour le tout. Contrairement à ses craintes, François accepta de la laisser rencontrer les enfants une fois par quinzaine. Ils se retrouveraient à Sonate durant deux heures.

293

C'était une telle avancée que Charlotte en aurait pleuré de bonheur.

Lorsqu'elle quitta son ancienne maison, Matthieu avait regagné son internat à Bordeaux. Dorothée ne versa pas une larme.

— Je savais que tu repartirais, père m'avait prévenue, déclara-t-elle à sa mère.

A cet instant, Charlotte détesta François.

Céleste avait tout arrangé. Elle viendrait chercher sa cousine avec une voiture de location et l'amènerait jusqu'au débarcadère d'Eyrac, d'où toutes deux s'embarqueraient pour la Maison du Cap.

Relevant légèrement d'une main sa jupe à tournure qui flottait autour de sa taille, la jeune femme grimpa dans la berline.

— En route ! s'écria alors une voix familière.

Stupéfaite, Charlotte éclata de rire. C'était William, et non Céleste, qui menait la voiture ! Comment avait-elle pu penser qu'il l'avait abandonnée ? Il se tenait là, calme et rassurant, et elle sentit la boule familière nouer son cœur. Il la serra contre lui avec fièvre.

— Ma chérie, mon tendre amour, je me suis tant langui de toi !

— Il fallait m'écrire, glissa-t-elle entre deux baisers.

Il tressaillit.

— Je t'ai envoyé au moins une dizaine de lettres, par l'intermédiaire de la petite bonne de ta mère, quand j'ai su que tu étais souffrante.

Charlotte secoua la tête.

— Je n'ai rien reçu.

C'était la vérité, il le pressentait.

— On m'a fait savoir, bien sûr, que j'étais indésirable. Cela, je pouvais le comprendre, par égard pour ton ex-mari et tes enfants. J'ai alors demandé, en vain, qu'on te transfère à l'hôtel Régina. J'étais comme fou, ma chérie.

Elle respirait au même rythme que lui, reconnaissait son eau de toilette, Blenheim Bouquet, de Penhaligon's, qui fleurait bon les pins et les grains de poivre noir. Elle rentrait chez elle après s'être égarée en chemin.

— Ramène-moi à la maison, pria-t-elle.

Elle ne voulait pas penser pour l'instant à la façon dont ils organiseraient leur vie, ni à l'avenir. Elle savait qu'elle l'aimait, et ne supporterait pas l'idée de ne plus le voir.

Elle se blottit étroitement contre lui. Elle lui parlerait plus tard de l'enfant, à moins qu'elle ne choisisse de se taire. C'était pour elle un sujet extrêmement douloureux, comme si elle avait failli. N'était-ce pas une réaction stupide ? Elle avait toujours pensé que les femmes ne devaient pas se limiter à leur fonction reproductrice.

— Toute la famille t'attend, reprit William.

Elle sourit. Il avait raison. Lui, Céleste, Marie et André constituaient sa vraie famille.

Certes, elle adorait ses enfants mais avait compris durant sa convalescence qu'ayant grandi sans elle, ils avaient appris à se débrouiller seuls. Les trois années écoulées avaient fait leur œuvre ; elles ne se rattraperaient pas. Le cœur en miettes, Charlotte savait que les relations avec ses enfants seraient toujours entachées de sa défection.

Elle avait choisi un homme qui n'était pas leur père, elle était forcément coupable.

William conduisit la berline jusqu'au débarcadère. Il la confia à un jeune coursier après l'avoir rémunéré et entraîna Charlotte à bord du *Courrier-du-Cap*. La tête lui tournait un peu. Cependant, elle se sentit plus forte quand le steamer se mit en route. Elle rentrait à la maison ! La tête appuyée contre l'épaule de son amant, elle ferma à demi les yeux.

— Si tu savais comme j'ai attendu ce moment, souffla-t-elle.

Il hocha lentement la tête et entreprit de lui réciter un poème de Robert Burns, qu'ils aimaient l'un et l'autre.

Mon amour est une rose rouge, rouge,
Au printemps fraîchement éclose.
Mon amour est une mélodie,
Jouée en douce harmonie.
Si belle es-tu ma douce amie,
Et je t'aime tant et tant,
Que je t'aimerai encore, ma mie,
Quand les mers seront des déserts.
Les mers seront des déserts secs, ma mie,
Les roches fondront au soleil,
Et je t'aimerai toujours, ma mie,
Tant que s'écoulera le sable de la vie[1]

— Tant que s'écoulera le sable de la vie, répéta-t-elle d'une voix lointaine.

Elle voulait garder les yeux ouverts, apercevoir la côte qui se rapprochait, humer le parfum balsamique si particulier de la presqu'île.

1. Extrait de « My love is like a red, red rose ».

— Dors, lui recommanda William, je te réveille dès que nous approchons du débarcadère.

Parce qu'elle se sentait en sécurité auprès de lui, elle obéit. Les vers continuaient de résonner dans sa tête.

Ils s'aimaient.

46

1911

Miroir, miroir, pensa Charlotte, jetant un coup d'œil dubitatif à la psyché de sa chambre.

A trente-neuf ans – tout près de l'âge canonique de quarante ans ! –, elle se sentait encore jeune. L'habitude de nager une heure chaque matin avait sculpté son corps. Elle était mince, avec de longues jambes, des seins hauts, des bras toniques.

Elle marchait aussi beaucoup, dans les pins ou dans les dunes, cherchant l'inspiration au hasard d'une flaque de lumière dans la pinède ou du lever de soleil sur l'île aux Oiseaux.

Elle menait une vie indépendante, se partageant entre son magasin d'Arcachon et la Maison du Cap. L'ouverture de l'Atelier Photo avait marqué une étape dans sa vie. Comme sa mère, Charlotte était devenue une femme qui travaillait, ce qui curieusement lui avait permis de se rapprocher de ses enfants. Dorothée se rendait souvent au magasin, boulevard de la Plage, elle aimait l'atmosphère « de théâtre », comme elle disait, régnant dans les deux loges. Soucieuse d'inciter les « personnes de qualité » à venir se faire tirer le portrait chez elle, Charlotte avait conçu les deux loges comme des boudoirs, l'un tendu de velours gris perle, l'autre de velours vert bouteille. Charlotte possédait toute une collection de clichés de sa fille mais, à compter de l'an passé, Dorothée avait fui l'objectif. François, consulté, avait marmonné quelque chose au sujet de la puberté, et Charlotte avait compris que leur fille était devenue une adolescente encombrée d'un corps en complète transformation. Déjà réservée, elle était devenue presque mutique, ne s'animant que pour parler de sport. Dorothée avait vite abandonné la danse pour pratiquer l'équitation. Elle montait deux fois par semaine et harcelait son père pour qu'il lui achète un cheval. François, cependant, se faisait tirer l'oreille. Il rêvait pour leur fille de distractions plus calmes. Le pauvre n'avait guère de chance avec la mère comme avec la fille ! pensa Charlotte, amusée.

Leurs relations s'étaient normalisées, même si François refusait toujours de divorcer.

Charlotte s'efforçait de se consoler en se disant que William et elle n'étaient pas faits pour le mariage. Tous deux étaient trop attachés à leur liberté comme à leurs passions. Lui habitait toujours sur son bateau et la retrouvait après des absences qui s'éternisaient parfois. Son dernier roman, *Souffrir,* avait reçu un accueil exceptionnel aux Etats-Unis. Il voulait l'emmener à New York, elle avait refusé, pressentant qu'elle n'y aurait pas sa place. En revanche, elle l'avait accompagné en Ecosse, et avait particulièrement apprécié les Highlands. Vert incomparable des prairies, rose mauve des bruyères, gris nuancé des châteaux, c'était en Ecosse qu'elle avait eu envie de se lancer dans la photographie en couleurs.

Cette initiative lui avait attiré de nouveaux clients, aussi bien des hommes que des femmes. La Belle Époque entretenait l'illusion que tout était possible. Le cinématographe des frères Lumière, les automobiles, l'électricité, l'aviation… le progrès paraissait sans limite. Des coquettes venaient faire immortaliser leur dernière toilette tandis que des militaires posaient, torse bombé, regard filant vers la ligne bleue des Vosges… Même s'ils étaient plus difficiles à photographier, Charlotte avait un faible pour les portraits d'enfants. Elle s'amusait à saisir au vol leur expression au bout d'un certain temps de pose.

Ils cachaient mal leur impatience, soupiraient, se tortillaient sur leur chaise, mais quel bonheur quand ils se détendaient enfin ! Regard pétillant, sourire sans réticence, expression amusée… Charlotte se régalait.

Elle avait aussi connu la difficulté de photographier quelques célébrités. Leur entourage était souvent difficile à convaincre alors qu'elles-mêmes, la plupart du temps, se montraient souriantes et fort simples.

Charlotte avait ainsi tiré des portraits de Max Linder, impeccable avec son frac et son chapeau de soie. Ce jour-là, Dorothée n'avait pas quitté le magasin, dans l'espoir d'apercevoir celui qu'elle admirait tant. Elle l'avait trouvé fatigué, le teint gris, les yeux cernés, et s'était sentie trahie. Heureusement, son père avait su trouver les mots pour la réconforter et lui avait rappelé que la beauté était avant tout intérieure. Idée que Dorothée peinait à accepter, à quinze ans ! Par la suite, ils avaient appris que la vedette était alors souffrante.

Charlotte se détourna de la psyché. Elle arrangea un foulard autour de son cou, et descendit l'escalier.

Céleste s'affairait en bas dans la cuisine d'été installée à côté de la terrasse. A quarante ans, elle était toujours célibataire, sans paraître souffrir de cet état. Margot affirmait qu'elle devait avoir quelque galant installé du côté des réservoirs à poissons, trop rustre pour être présenté à sa famille, mais Charlotte pensait que Céleste était surtout passionnée par l'art culinaire. Elle notait, sur un petit carnet dont elle ne se séparait pas, les idées de nouvelles recettes qui lui venaient, ainsi que celles de liaisons originales. Céleste était attachée à ce qu'elle nommait sa « cuisine de la presqu'île », privilégiant les recettes qui utilisaient les produits locaux.

Chez Céleste, on se régalait d'huîtres, de fruits de mer, d'agneaux de prés salés, de sabayon aux raisins de la treille. Elle confectionnait aussi un sublime gâteau au chocolat, baptisé par Charlotte « Tentation ».

Matthieu en était particulièrement gourmand et, lorsqu'il venait l'été à la Maison du Cap, il en réclamait presque chaque jour. Pensionnaire à Bordeaux, il passerait son baccalauréat en juillet prochain.

François estimait qu'il s'en sortirait haut la main, Charlotte demeurait inquiète. Contrairement au souhait paternel, Matthieu n'avait aucune attirance pour la médecine et désirait devenir avocat. Charlotte se demandait s'il n'était pas un peu trop idéaliste pour exercer ce métier. Mais, naturellement, son fils estimait qu'en tant que femme, elle n'avait pas voix au chapitre ! Matthieu était grand, beau garçon et très misogyne !

— Tu sors ? s'enquit Céleste, voyant sa cousine se diriger vers le ponton.

— Je vais juste voir le retour de la flottille, répondit Charlotte avec un certain embarras.

301

Céleste sourit. Il ne fallait pas être grand clerc pour deviner que Charlotte se languissait de William, parti jusqu'à l'île de Man, et guettait chaque soir le retour du *Rob Roy*.

La mer, ma vraie rivale, pensa Charlotte.

Elle lui avait déjà confié que l'Océan suscitait chez elle des angoisses irrépressibles. William, cependant, n'en avait cure. Naviguer était pour lui un besoin vital, au même titre que l'écriture.

Et moi ? s'interrogeait Charlotte. Quelle est ma place dans ta vie ?

Elle avait sacrifié ses enfants à leur amour et se disait parfois que, dans leur couple, elle était celle qui donnait le plus. Elle se reprenait aussitôt. Marchandait-on en matière d'amour ?

Elle n'était pas une épicière comme sa mère ! Pourtant, la question revenait la hanter de plus en plus souvent.

Qu'avait sacrifié William pour elle ?

47

1912

Fascinée, Dorothée Galley suivait des yeux les évolutions du Curtiss Triad dans le ciel arcachonnais. Le maire, James Veyrier-Montagnères, l'avait promis à ses administrés : cette année, les festivités de Pâques auraient encore plus d'éclat que d'ordinaire.

Dans ce but, il avait invité l'un des pionniers de l'aviation, Louis Paulhan, à se produire pendant quelques jours dans sa ville. Venant de Monaco, l'aviateur s'était posé devant le casino de la Plage le matin du 6 avril. Le lendemain, dimanche 7 avril, Louis Paulhan se livrait à des vols d'essai du moteur, faisant la navette entre le front de mer, l'île aux Oiseaux et la jetée de Bélisaire. On se pressait sur le front de mer, la jetée-promenade, le débarcadère d'Eyrac, pour mieux voir l'hydravion survoler le Bassin. L'orchestre du casino et la musique municipale jouaient en sourdine. La foule acclama Paulhan lorsqu'il revint par le parc Pereire.

Les joues rosies par l'excitation, Dorothée ne parvenait pas à réprimer son enthousiasme.

Grand-mère lui avait pourtant souvent répété d'être

moins vive, moins excessive, mais grand-mère se rappelait-elle seulement avoir été jeune ? A seize ans, Dorothée vivait avec intensité et passion. Elle lisait les poètes maudits et avait découvert récemment les grands auteurs russes. Tolstoï la ravissait, Dostoïevski l'impressionnait. De sa lecture de *L'Idiot,* elle avait retenu une phrase dont elle avait fait sa devise : « Vivre n'importe comment, mais vivre ! »

Dorothée ne savait pas encore où ce choix l'entraînerait. Elle avait l'impression d'avoir déjà tout vécu, ce qui faisait sourire son frère. Il la surnommait « la gamine », et elle se jetait sur lui en jurant qu'elle allait lui faire rendre gorge. Malgré leurs différences, ils s'aimaient tendrement.

— Je vais très vite apprendre à piloter un avion, annonça-t-elle le soir même à son père.

Tous deux dînaient sur la terrasse. De sa place, Dorothée apercevait le Bassin, et le pinceau du phare du cap Ferret. Elle songea à sa mère, qu'elle avait entrevue durant l'après-midi.

Charlotte mitraillait Louis Paulhan et aurait aimé voler à bord du Curtiss Triad mais l'aviateur avait emmené Léo Neveu, un autre photographe.

« Un homme, bien sûr, avait pesté Charlotte. Ces messieurs se tiennent les coudes. »

François s'essuya posément la bouche.

— Piloter ? répéta-t-il, visiblement stupéfait. As-tu perdu le sens commun, ma chérie ? Tu es une jeune fille.

Apparemment, cette dernière phrase résumait tout ! Choquée, Dorothée se redressa sur sa chaise.

— Parce que je suis une jeune fille, comme tu dis,

je n'ai pas le droit de vivre à ma guise et de chercher à réaliser mes rêves ?

Son ton était belliqueux. Elle promettait d'être belle, pensa François. Silhouette élancée, visage menu encadré de cheveux sombres, yeux bleu foncé, Dorothée ressemblait à Margot telle qu'Edouard Manet l'avait représentée, au début de 1871.

Il soupira. Pourvu, se dit-il, qu'elle n'ait pas hérité du caractère atrabilaire de sa grand-mère ! Avec le temps, Margot était devenue exécrable.

Il choisit ses mots avec précaution.

— Tu sais fort bien que le problème est ailleurs, déclara-t-il fermement. Même si nous sommes en 1912, notre société n'est pas prête à accepter certains... changements.

— Ah oui ?

Dorothée se pencha vers lui et lança avec fougue :

— Julie-Victoire Daubié a été la première bachelière en 1861, la première Française licenciée ès lettres en 1872, Jeanne Chauvin la première avocate en 1907, Madeleine Brès la première femme médecin en 1875. Et la baronne Raymonde de Laroche a obtenu le premier brevet de pilote accordé à une femme en mars 1910 ! conclut-elle triomphalement.

Ce n'est qu'une nouvelle lubie, tenta de se convaincre le docteur Galley. Sa fille n'avait-elle pas déjà voulu être écuyère, puis vendeuse chez Foulon, la pâtisserie la plus célèbre d'Arcachon, pour satisfaire sa gourmandise ? Il choisit de s'en sortir par une pirouette.

— Nous verrons bien, ma grande. Pour le moment, tu dois d'abord obtenir ton baccalauréat.

Les jeunes filles poursuivant leurs études étaient encore rares. Nombre de camarades d'école de Dorothée avaient suivi les cours d'une école d'arts ménagers avant de retourner chez leurs parents où, entre deux cours de piano, elles s'évertuaient à chasser le mari parfait.

Or, Dorothée refusait cette vie. Elle n'était pas une potiche et était tout à fait capable de mener une vie heureuse sans époux à ses côtés. De toute manière, elle voulait voler ! répéta-t-elle à son père, en détachant bien chaque syllabe.

— Je dois en parler avec ta mère, finit par dire François, à bout d'arguments.

Sa fille haussa les épaules.

— Elle sera d'accord, j'en suis sûre ! Comme elle regrette encore de nous avoir abandonnés, Matthieu et moi, lorsque nous étions petits, elle ne supporte pas l'idée de nous blesser à nouveau.

Ce constat était fait sans amertume, mais avec une lucidité qui surprit François. Sa petite fille avait-elle grandi sans qu'il en prenne conscience ? En tout cas, le jugement qu'elle venait de porter sur Charlotte était tout à fait cohérent. Charlotte… François se raidit. Il s'était efforcé, au cours des dernières années, de ne pas laisser voir à quel point il souffrait encore. Il avait cessé, cependant, de lui en vouloir. Les soins qu'il lui avait dispensés après sa fausse couche lui avaient permis de dépasser rancœur et sentiment d'injustice. Charlotte était en souffrance, à lui de soulager sa peine. Par la suite, ils s'étaient souvent querellés, sans gravité. Leur ancienne complicité avait resurgi le jour de la remise du diplôme de Matthieu. Ils avaient échangé un coup d'œil complice, l'air de dire : « Ce grand et beau jeune homme est notre fils ! »

C'était plus difficile avec Dorothée, plus raisonneuse, plus révoltée. Avec elle, il convenait d'avancer à pas prudents, de ne pas s'engager à la légère. Dorothée était du vif-argent, qui vous filait entre les doigts. François lui tapota la main.

— J'aimerais tant que tu sois heureuse, ma petite fille.

— Emmène-moi à l'aérodrome de la Croix-d'Hins, père ! C'est là-bas que tout se passe dans le domaine de l'aviation.

Il retint un soupir. Il ne se sentait pas vraiment attiré par cette nouvelle passion, mais si cette excursion pouvait faire plaisir à sa fille... Lui aussi avait entendu parler de l'aérodrome de la Croix-d'Hins, situé à une vingtaine de kilomètres de Bordeaux. Deux cents hectares plats, sans un arbre, l'endroit idéal pour les spécialistes de l'Aéro-Club de France.

On y avait tracé des pistes de départ, bâti des hangars ainsi qu'un hôtel. Depuis un peu plus de deux ans, la Croix-d'Hins était devenue le rendez-vous des passionnés d'aéronautique.

— Nous irons dimanche prochain, promit le père.

Dorothée lui sauta au cou.

— Oh ! merci, merci !

Lui avait la détestable impression de commettre une lourde erreur.

La sensation de froid réveilla Charlotte. Elle se leva et, pieds nus, marcha jusqu'à la grande baie vitrée qui ouvrait sur le balcon. « Ma vigie », disait-elle. De gros nuages voilaient la lune.

Elle songea à Pouchkine, au dernier vers de *Route d'hiver* : « Nina, les nuages effacent la lune », et frissonna. Elle attendait, de plus en plus impatiente, le retour de William, parti disputer une nouvelle course.

Elle avait tenté de l'en dissuader, deux semaines auparavant. William lui avait alors déclaré : « Il y a la voile et l'écriture dans ma vie. Et puis, il y a toi. Mais ne me demande jamais de choisir. »

Profondément blessée, elle l'avait laissé partir sans suivre, depuis le belvédère, la progression du *Rob Roy*.

Ce n'était pas la première fois que William lui rappelait, sans trop de précautions, qu'elle n'occupait pas la première place dans son existence.

« Et moi ? avait-elle envie de hurler. Tu fais bon marché de moi ! »

Pourtant, elle avait gardé le silence. Enfant, elle avait assisté à de trop nombreuses scènes, entre Margot et Lesage, pour ne pas vouloir imiter le comportement de sa mère. Crier, gémir, claquer les portes, n'était pas dans sa nature. Elle préférait se réfugier dans son atelier, et peindre. Elle avait réalisé un portrait de William d'après une photographie et avait failli déchirer sa toile. Rien, semblait-il, ne parvenait à rendre l'expression de l'homme qu'elle aimait. Mélancolie, ironie, désir d'aller toujours plus loin… Comment parvenir à représenter l'homme complexe qu'était William ?

Charlotte se détourna du balcon et retourna se coucher après avoir jeté un châle sur ses épaules. L'automne était déjà en chemin ; la veille, elle avait aperçu de grands labbes[1] le long du Mimbeau. D'ordinaire, ils ne venaient pas sur le Bassin avant octobre.

---

1. Oiseaux au plumage brun, qui sont de grands prédateurs.

Combien de jours encore devrait-elle attendre William ? Il allait sur ses cinquante ans. Il ne pourrait pas continuer éternellement à manœuvrer son voilier. Il souffrait du dos et des épaules mais était assez entêté pour s'efforcer de le lui cacher.

Comme si elle ne le connaissait pas assez pour ne pas remarquer la crispation de son visage !

Elle se pelotonna sous les draps légèrement humides en songeant qu'il faudrait bientôt allumer les premiers feux.

L'été avait passé très vite, de nombreux clients avaient franchi le seuil de sa boutique.

Charlotte aurait pu se dire presque heureuse. D'où lui venait, cependant, ce sentiment d'angoisse indéfinissable qui l'envahissait à la tombée du jour ?

Elle sombra dans le sommeil alors que quatre heures sonnaient à la chapelle de la villa Algérienne.

48

1914

Comme chaque soir, debout face à la Grande Dune, Charlotte s'accorda quelques minutes pour évoquer William, son grand amour, mort en mer un peu moins de deux ans auparavant. Les premiers temps, elle avait pensé mourir sous le choc de l'émotion. Et puis, lentement, très lentement, il lui avait fallu se reconstruire. Le drame était tragiquement simple, provoqué par des traînées de brouillard au large du golfe de Gascogne, comme cela se produisait souvent. Le yacht de William avait été éperonné par un charbonnier surgi du brouillard à pleine vitesse.

C'était James Veyrier-Montagnères, arborant une mine de circonstance, qui était venu prévenir Charlotte au magasin.

Elle ne s'était pas effondrée en sa présence, avait posé les questions qu'il fallait, dans un état second. Lorsque le maire était reparti, Charlotte avait appelé Mathilde au secours. Sa tante séjournait au Grand Hôtel le temps d'assister aux dernières festivités. Ensuite, il était convenu qu'elle irait s'installer à la Maison du Cap.

Mattie s'était montrée d'une aide précieuse. Elle avait fermé le magasin, emmené sa nièce sur la presqu'île, où Marie et Céleste s'étaient empressées autour d'elle. Ce qui frappait le plus, c'était l'absence de réaction de Charlotte. Elle se laissait faire, sans paraître réaliser le drame.

« Elle est en état de choc », avait diagnostiqué Mathilde, qui avait suivi une formation d'infirmière plusieurs années auparavant.

Elle avait entraîné Charlotte vers sa chambre, lui avait frictionné les mains et les pieds après lui avoir ôté sa jupe, son spencer et sa blouse, lui avait fait boire un thé bouillant. La jeune femme avait alors jeté un regard désespéré à Mattie avant de s'effondrer en larmes.

« Pleure, mon petit », lui avait recommandé Mathilde, bouleversée.

Tant de morts tragiques autour d'eux, avait-elle pensé. La douleur d'avoir perdu son frère était toujours présente et, à présent, l'écrivain-navigateur…

A ses côtés, Charlotte n'était plus qu'une ombre très pâle au visage noyé de larmes. Qu'aurait pu lui dire Mathilde ? Que le chagrin, le désespoir finiraient par s'atténuer ? Elle n'en était pas certaine. Elle-même avait beaucoup plus souffert de la mort de James que de celle de Raoul mais elle ne pouvait comparer William à Raoul ! Mathilde pressentait aussi que la situation en marge de Charlotte ne lui permettrait peut-être pas de vivre son deuil comme elle l'aurait désiré. William ne lui avait jamais présenté sa famille, son père, avec qui il était fâché depuis des lustres, et son jeune frère.

Charlotte se mordit les lèvres. Elle se rappelait

les jours de désespoir ayant suivi la visite du maire. Comme sa tante l'avait redouté, la famille de William avait écarté la Française ou, tout au moins, avait fait comme si elle n'existait pas. Il y avait eu une cérémonie officielle à Arcachon en l'honneur du régatier, mais le corps de William n'avait jamais été retrouvé. Charlotte avait précieusement gardé les quelques souvenirs de son compagnon disséminés dans la Maison du Cap. L'une de ses pipes, posée sur le bureau de la véranda, là où il préparait ses courses en mer. Les feuillets sur lesquels il avait jeté les grandes idées d'un nouvel ouvrage. Un flacon presque vide de Blenheim Bouquet, son eau de toilette, qu'elle allait humer quand, vraiment, elle ne supportait plus l'idée même de son absence. Un recueil de poèmes de Robert Burns. Ses vêtements, qui sentaient les embruns.

Elle l'avait cherché. Partout. Sa haute silhouette, ses cheveux roux se teintant de blanc aux tempes, son sourire à la fois tendre et narquois. Elle avait imaginé cent fois entendre son pas dans l'escalier étroit menant au belvédère, mais ce n'était que le vent.

Alors, longtemps après, elle avait fini par comprendre qu'il ne reviendrait pas. Jamais plus. Et ces deux mots résumaient son désespoir.

Elle se leva pesamment, alla contempler le Bassin qui miroitait sous le soleil de mai. Il fallait continuer de vivre, même si c'était parfois de plus en plus difficile. Pour ses enfants. Pour sa famille.

Matthieu l'avait soutenue, maladroitement. Dorothée, en revanche, n'avait pas fait preuve de compassion. « C'est trop tard », lui avait-elle asséné froidement quand Charlotte avait cherché à se rapprocher d'elle.

Dorothée n'avait qu'une passion, l'aviation. François, qui ne pouvait rien lui refuser, lui avait offert une petite voiture, une Renault de type AX, avec laquelle elle se rendait une fois par semaine à la Croix-d'Hins, où elle apprenait à piloter, au grand dam de Margot.

« Vous avez perdu la tête ! reprochait-elle à François. Vous serez bien avancé quand cette petite se tuera dans son engin de malheur ! »

A soixante-quatre ans, Margot était encore une belle femme. Elle entretenait avec soin son teint clair, usant du Baume Automobile, qu'elle faisait venir de Paris, et effectuait de longues marches, jusqu'à Pereire ou au Moulleau. Cependant, son caractère ne s'était pas amélioré, loin s'en fallait ! Elle s'entendait mal avec ses deux filles, leur reprochant leurs choix de vie, ne supportait pas que Charlotte reçoive Mathilde, et critiquait sans cesse Dorothée. Marie affirmait que sa cadette vivait très mal le fait de vieillir.

C'était bien possible ! Margot avait toujours voulu faire plier le destin mais se heurtait à l'âge, un adversaire inéluctable.

Charlotte n'avait pas envie d'évoquer sa mère. Elle avait déjà bien assez de soucis en tête avec la situation internationale.

Tous les journaux dédiaient leur une à l'assassinat de François-Ferdinand de Habsbourg et de son épouse Sophie, survenu deux jours auparavant à Sarajevo, une ville inconnue de Charlotte. François était persuadé que l'affaire serait oubliée d'ici une ou deux semaines mais elle ne partageait pas sa certitude. Il avait tendance à se montrer optimiste pour tout ce qui ne concernait pas son travail. Elle s'inquiétait pour leur fils. Matthieu aspirait à la guerre, la fameuse « revanche ».

Charlotte fronça les sourcils. Elle avait peur, et avait l'impression de réagir en vieille femme craintive. Elle imaginait que William l'aurait serrée contre lui en citant Robert Burns ou Tennyson. Mais la poésie était impuissante face à la folie meurtrière des hommes. Que convenait-il de faire ? Vivre comme si de rien n'était ou s'inquiéter ?

— Charlotte !

La voix de Marie la fit sursauter. Elle se détourna du balcon et descendit rejoindre sa tante dans la véranda. Marie et André avaient cédé leurs parcs à Anatole, le fils de Germain, et s'étaient retirés à L'Herbe où ils avaient bâti une petite maison tout en bois qu'André avait meublée. Les maisons et cabanes se succédaient le long d'étroites ruelles abondamment fleuries de roses trémières.

Ils étaient heureux, chez eux, enfin, après avoir vécu tant d'années à l'intérieur d'un vieux ponton.

Marie l'entraîna aussitôt dans le jardin.

— Regarde cet avion qui surplombe le Bassin ! Tu imagines… Un jour prochain, ce sera Dorothée qui le pilotera !

Elle était joyeuse et excitée. Malgré ses efforts, Charlotte ne parvenait pas à partager son enthousiasme.

— Dorothée est un jeune chien fou qui n'a aucune notion du danger, déclara-t-elle froidement. Il faut se défier des têtes brûlées.

Marie lui décocha un coup d'œil incisif. Toutes deux savaient que Charlotte songeait à William. Lui aussi aimait à flirter avec le danger.

Soucieuse de dérider sa nièce, Marie enchaîna :

— Ne te mets pas martel en tête, ça lui passera. Il suffira qu'elle rencontre un beau gars pour ne plus rêver d'avions.

— A condition que le beau gars en question ne soit pas un aviateur ! laissa tomber Charlotte d'un ton sinistre.

La passion de Dorothée pour les avions suscitait chez elle une angoisse irrépressible. Elle aurait toujours peur, désormais, lui semblait-il. La disparition de William lui avait prouvé à quel point la vie était fragile.

Elle se mordit les lèvres. Ne pas pleurer. Ne pas imaginer le pire. Dorothée avait le droit de vivre sa passion. Mais… Seigneur ! Comme c'était parfois difficile d'être une mère !

« Mère absente », lui avait dit Dorothée trois ans auparavant. Charlotte savait qu'une vie ne serait pas assez pour expier sa culpabilité.

Prenant sur elle, elle offrit un visage serein à Marie.

— Céleste a confectionné son gratin aux fraises des bois. Tu humes ces arômes ? Viens, nous allons lui faire honneur.

Bras dessus, bras dessous, elles s'éloignèrent vers la cuisine d'été.

Le ciel était d'azur à peine troublé par un vol de sternes.

49

Août 1914

C'était un samedi d'août, le premier samedi, chaud et ensoleillé.

Charlotte avait travaillé au magasin, multipliant les recommandations aux enfants en costume marin et aux jeunes filles en robe légère. « Souriez », « Un sourire, s'il vous plaît », « C'est bientôt terminé ». Elle qui rêvait de réaliser des œuvres d'art devait se contenter de portraits familiaux. Il lui semblait encore entendre cette confidence de monsieur Baxter : « Pour une photo dont vous serez fière, il vous faudra en prendre huit à dix mille alimentaires. C'est la loi du métier ! »

C'était tout à fait ça ! Et, ce samedi-là, Charlotte n'en pouvait plus. Cependant, il lui fallait faire bonne figure car le toit de la Maison du Cap prenait l'eau.

« Ta maison a quarante ans… un âge canonique ! » avait plaisanté oncle André, et Charlotte avait éprouvé comme un pincement au cœur. Le rendez-vous manqué avec son père lui pesait toujours. Heureusement, la tendresse sans faille de Mathilde lui avait permis de connaître ses racines du côté paternel. Elle regretterait

316

toujours, cependant, de ne pas avoir porté le nom de Desormeaux. C'était pour elle comme une tache indélébile, et sa situation de femme séparée n'arrangeait rien.

Elle raccompagna jusqu'au seuil la dernière cliente, une jeune femme venue faire photographier son bambin, et prit une longue goulée d'air.

Elle avait hâte de fermer, et de rentrer sur la presqu'île. Elle irait nager au petit matin, quand les estrangeys dormaient encore, après avoir pris quelques clichés du lever du soleil.

Elle nageait dans le Bassin, jamais plus sur la côte océane. Elle avait toujours un vieux compte à régler avec l'Océan. Elle prit sa besace, ferma le magasin et se dirigea vers le parc Pereire. Marcher lui ferait du bien avant de prendre le vapeur.

Le tocsin se mit à sonner alors qu'elle s'approchait de Notre-Dame d'Arcachon. Saisie, Charlotte s'arrêta net. Sur le trottoir d'en face, une femme lui adressait un signe. Il lui fallut quelques secondes avant de reconnaître sa mère. Margot portait une robe marine et blanche, et un grand chapeau de paille. Elle traversa la rue pour rejoindre sa fille, l'entraîna vers l'église d'un pas décidé.

— Regarde ! lança-t-elle.

C'était une simple affiche blanche, qui venait d'être placardée. Elle était ornée de deux drapeaux entre-croisés et portait en en-tête ces mots terrifiants : « Ordre de mobilisation générale ».

— Oh non ! gémit Charlotte.

Le tocsin sonnait crescendo. Elle eut l'impression qu'il emplissait ses oreilles.

Décembre 1914

Le vent qui remontait le long du front de mer menaçait d'emporter le chapeau de Dorothée. Elle l'enfonça sur sa tête, en se disant qu'elle serait bien avisée d'acheter des épingles à chapeau chez la mercière.

L'instant d'après, elle n'y songeait déjà plus. Elle se récitait ses cours en marchant, récapitulant les différences entre le thermocautère et le galvanocautère. Elle avait suivi une formation accélérée à Bordeaux dans le cadre de la Croix-Rouge et effectuait un stage d'un mois au Grand Hôtel, transformé en hôpital temporaire.

Son père n'y était pas allé par quatre chemins.

« Tu veux te rendre utile ? Vraiment ? Alors, ne compte pas sur moi pour te conseiller d'aller servir le thé dans la Ville d'Hiver ! Non, il te faut suivre une formation, puis deux stages, afin de devenir infirmière auxiliaire. "Infirmière en temps de guerre" est le terme exact. »

Il avait fait peser sur elle un regard scrutateur.

« Tu penses tenir le choc ? Je te demanderai d'avoir la franchise de prévenir tes supérieurs si tu ne te sens pas capable de poursuivre dans cette voie. Il n'y a pas de honte, on supporte ou pas. Les sanies, les horreurs, la souffrance des corps et des âmes... »

Elle n'avait pas compris, sur le moment, ce à quoi il avait fait allusion. Désormais, elle savait.

Elle s'engouffra à l'intérieur du Grand Hôtel à la façade majestueuse.

Sous son manteau, elle portait l'uniforme blanc. Elle ôta son chapeau, passa sa coiffe après avoir tenté de discipliner ses cheveux.

Sœur Ernestine l'attendait en haut de l'escalier.

— Vous êtes en retard, mademoiselle Galley,

déclara-t-elle, glaciale, tout en jetant un coup d'œil réprobateur à la pendule.

Dorothée balbutia une excuse et fila vers la salle des pansements.

Elle appréciait son travail et aimait surtout l'idée de se rendre utile, même si son entraînement à l'aérodrome de la Croix-d'Hins lui manquait. En avion, elle éprouvait un sentiment de liberté incomparable. Elle aimait l'idée de repousser ses limites, de dominer la machine volante. Elle ambitionnait de suivre les traces de Marie Marvingt, qu'on surnommait « la fiancée du danger », et s'amusait de l'effroi manifesté par sa mère. Au fond d'elle-même, elle ne lui avait toujours pas pardonné de les avoir abandonnés, Matthieu et elle.

Drôle de Noël en perspective, pensa Charlotte, relevant le col de son manteau.

La température était relativement douce pour le mois de décembre, mais le ciel obstinément bas et gris la démoralisait.

Elle travaillait de moins en moins à la boutique. Désormais, elle se rendait dans les différents hôpitaux de la ville pour photographier les convalescents à leur demande. Le courrier était vital pour les familles comme pour les soldats. Une photographie constituait une preuve tangible de leur état de santé. Ils aimaient aussi à se faire photographier avec les « dames infirmières », si précieuses pour leur moral.

Charlotte admirait le travail de Dorothée. Elle-même n'aurait pas la patience des infirmières, ni leur dévouement.

Sa pensée dériva vers Matthieu. Son fils se battait, quelque part dans le Nord-Est.

Matthieu et Charlotte échangeaient de nombreuses lettres, ce qui leur permettait de mieux se connaître. Sur le papier, loin du regard de l'autre, on se confie plus aisément.

Matthieu réclamait toujours plus de détails sur la vie à l'arrière et, entre les lignes, Charlotte pressentait son mal-être. Elle avait même entrepris – sous la houlette de Marie, experte – de tricoter de grosses chaussettes de laine pour son fils, ce qui pour elle constituait un exploit. L'acheminement des colis était long et aléatoire. La censure veillait à ce que les soldats ne donnent pas de précisions sur l'endroit où ils se trouvaient.

Enterrés, écrivait Matthieu, *dans la boue, le froid, l'humidité. Tu ne peux imaginer, maman, ce que c'est de n'être jamais au sec. Curieusement, il y a assez peu de rhumes ! A croire que nous nous endurcissons...*

Il l'appelait de nouveau « maman », ce qui adoucissait la peine de Charlotte. Elle le revoyait, petit garçon, jouant avec ses soldats de plomb. La guerre n'était pas un jeu, et Matthieu le vérifiait, hélas, chaque jour.

Charlotte pressa un peu le pas. Sa mère l'attendait à Sonate. Ou, plus exactement, elle l'y avait convoquée. Qu'allait-elle encore lui annoncer ? L'autoritarisme de Margot s'aggravait avec l'âge.

Elle franchit le portail de Sonate, et marqua un temps d'arrêt pour observer la pension de famille. Celle-ci avait fière allure avec ses balcons ouvragés mais Charlotte n'était pas sensible à son charme. Elle avait eu l'impression étant enfant que Sonate puis Lucien Lesage lui volaient sa mère. Cependant, au fond d'elle-même, elle avait toujours senti qu'elle était un fardeau pour Margot. La fille née de père inconnu... Adèle lui ouvrit la porte.

— Bonsoir, mademoiselle Charlotte. Madame vous attend dans son petit salon. Il fait frisquet, pas vrai ?

Une douce chaleur régnait à l'intérieur de la grande maison.

Charlotte, amusée de s'entendre appeler encore « mademoiselle », gravit les marches menant au refuge de Margot, ce petit salon dans lequel elle passait l'essentiel de son temps.

Les cheveux coiffés en chignon impeccable, le visage discrètement poudré, Margot portait une jupe entravée bleu drapeau et un corsage à lavallière ivoire. Elle offrait l'image d'une femme élégante, sans ostentation. Peu de bijoux, hormis son collier de perles.

Elle s'avança à la rencontre de sa fille, l'embrassa.

Charlotte reconnut son parfum, L'Origan de François Coty, alliant l'œillet à la vanille, qui l'enveloppait à la manière d'un vêtement léger.

— Bonsoir, Charlotte. Un peu de thé ?

Thé de Chine, service en porcelaine de Limoges, canelés confectionnés par Foulon, tout était parfait. Quel contraste, pensa Charlotte, avec l'atmosphère bohème régnant à la Maison du Cap !

Les deux femmes échangèrent quelques banalités avant d'évoquer les enfants. Margot envoyait elle aussi des colis à Matthieu.

Elle posa sa tasse sur le plateau du guéridon Napoléon III et attaqua :

— Eh bien, que comptes-tu faire pour aider ta sœur ?

50

1915

C'était une villa de type chalet, nichée au milieu d'un jardin ombragé.

Charlotte éprouva une légère appréhension en se présentant au portail de la villa Euréka, à Andernos-les-Bains. Elle s'était sentie particulièrement fière lorsqu'elle avait reçu, la veille, un appel téléphonique en provenance d'Andernos.

La voix, empreinte de douceur, s'était présentée : « Lysiane Bernhardt, la petite-fille de Sarah Bernhardt », et lui avait annoncé que sa grand-mère, ayant entendu parler de la seule femme photographe œuvrant sur le Bassin, désirait se faire tirer le portrait.

Flattée, impressionnée, Charlotte avait balbutié, suggéré une date au début de la semaine suivante, mais son interlocutrice avait tranché :

« Demain. A l'heure du thé. Madame Sarah n'est guère patiente. Quand elle a pris une décision, elle ne supporte pas d'attendre. »

On ne pouvait être plus claire. Charlotte s'était empressée de consulter la presse locale, cherchant des renseignements sur le séjour de la grande Sarah

Bernhardt à Andernos avant de calculer le temps qui lui serait nécessaire pour rallier la station du fond du Bassin.

Lasse de courir partout avec son matériel et de ne pas trouver de monture à atteler à sa jardinière, elle avait fini par imiter Dorothée et acheter une petite voiture à la fin de 1914. François l'avait conseillée. Son choix s'était porté sur une Le Zèbre, conçue par un certain monsieur Salomon, qu'elle avait très vite appris à conduire.

« Tu joues les suffragettes, à présent ? » avait commenté Margot. Avant d'ajouter : « Je croyais que tu manquais d'argent ! »

Charlotte n'avait pas eu envie de lui dire que François l'avait aidée financièrement. Elle imaginait déjà sa mère échafaudant des projets de rapprochement entre eux.

Margot ne comprenait pas qu'ils aient gardé des liens faits de complicité et de tendresse. Pourquoi ne reprendraient-ils pas la vie commune ? insistait-elle de temps à autre.

Il était inutile de lui confier que le manque de William faisait toujours souffrir Charlotte.

Elle aurait haussé les épaules et lancé : « Pas de regrets stériles, ma petite ! Dans la vie, il faut aller de l'avant ! »

Margot avait la chance de ne jamais regarder en arrière. Même lorsqu'il s'agissait de ses filles. Elle avait demandé à Charlotte si elle voulait bien se charger de recueillir Marthe et les jumeaux, Raymond s'étant engagé.

Restée seule à Sceaux avec ses enfants, sans élèves ni revenus, Marthe se désespérait. Charlotte lui avait aussitôt envoyé un télégramme. « Ta chambre t'attend à la Maison du Cap. Ton piano aussi. »

Ses fils et elle étaient arrivés juste avant Noël, au terme d'un voyage épuisant. Cette année-là, malgré les absents, l'ambiance avait été chaleureuse sur la presqu'île. Dorothée et François étaient venus eux aussi. Pas Margot, qui ne pouvait abandonner ses pensionnaires, mais elle ne leur avait pas beaucoup manqué.

Installée à son piano, Marthe avait joué *Sous les ponts de Paris*, *Ah ! je t'attends,* ainsi qu'une musique saccadée, *It's a Long Way to Tipperary,* qu'ils avaient tous reprise en fredonnant. Marthe avait toujours ce talent incroyable de vous donner des fourmis dans les jambes dès qu'elle plaquait les premiers accords.

L'année 1915 avait mal commencé, avec les offensives meurtrières en Champagne. Ne parlait-on pas de cinq mille soldats français et anglais tombés par jour ?

Charlotte voulait reprendre espoir avec le retour des beaux jours.

Elle se redressa de façon perceptible, sourit à la très jeune femme qui s'avançait à sa rencontre.

— Je suis Lysiane Bernhardt, la petite-fille de madame Sarah, déclara-t-elle. Depuis peu, je me charge aussi de répondre à son courrier. Entrons, voulez-vous ?

Elle était affable et charmante. A peine vingt ans, des cheveux blonds, le teint clair... la jeune fille idéale.

Sarah Bernhardt était installée à l'arrière de la villa Euréka sur un siège aménagé spécialement pour elle.

324

Fascinée par la voix si célèbre lui suggérant d'avancer vers elle, Charlotte s'inclina légèrement.

Madame Sarah, crinière blonde frisée, visage poudré, lèvres fardées, impressionnait toujours autant ses visiteurs. Elle portait une longue tunique de velours sur une robe en soie, un chapeau assorti, plusieurs colliers.

Charlotte n'osa pas regarder ses pieds, en partie dissimulés par la tunique. La comédienne n'eut pas ce scrupule.

— Vous me photographierez en pied, ordonnat-elle. Nous poserons ce petit coussin de velours du côté droit, il masquera mon infirmité.

Elle enchaîna, racontant qu'elle avait souffert le martyre les six derniers mois, durant lesquels sa jambe avait été plâtrée.

— Savez-vous comment je suis venue à Andernos ? reprit-elle. Mes médecins m'ayant prescrit une cure à Arcachon, j'ai noté les noms de toutes les cités du Bassin sur de petits cartons et décidé de venir séjourner dans la ville inscrite sur le troisième carton que je tirerais.

— Pourquoi pas Arcachon ? osa demander Charlotte.

Sarah Bernhardt laissa échapper un délicieux rire de gorge.

— Si vous saviez le nombre de personnes qui se déplacent pour assister à ma promenade, chaque jour… Imaginez à Arcachon, ce serait l'émeute ! Non, je me trouve fort bien à Andernos.

L'air, en tout cas, semblait lui réussir car elle avait belle allure. Mais comment savoir avec une femme comme la tragédienne, qui savait faire illusion ?

— L'amputation était devenue obligatoire à cause

de la gangrène, mais quel drame pour une femme de sa trempe ! chuchota Lysiane.

Charlotte procéda aux réglages de distance, de lumière. En face de son sujet, elle se sentait curieusement moins angoissée, parce que ses connaissances techniques lui offraient une sorte de garde-fou.

Pendant qu'elle s'activait, madame Sarah lui racontait qu'elle avait été opérée trois mois auparavant, en février, à la clinique Saint-Augustin de Bordeaux. Sa convalescence se déroulait le mieux possible grâce à sa chère Lysiane et aux amis fidèles qui l'entouraient. Devant la moue esquissée par la jeune fille, Charlotte comprit que les amis n'étaient peut-être pas aussi présents que la grande Sarah l'aurait souhaité.

— J'ai hâte de remonter sur scène ! reprit-elle d'un ton belliqueux.

Charlotte la photographia à cet instant précis, alors que la vieille dame dardait sur elle un regard chargé de défi. Elle prit de nombreux autres clichés, tout en étant certaine que celui-ci serait le meilleur. Elle avait saisi la combativité, l'instinct de vie, puissants, incontournables, chez madame Sarah.

Quand elle annonça que la séance de pose était terminée, Lysiane lui offrit du thé.

Le vent se leva. Sarah refusa cependant de regagner l'intérieur de la villa Euréka et réclama un châle supplémentaire.

— C'est si bon, le vent, se confia-t-elle. J'ai l'impression de revivre.

Même si elle s'en défendait, elle s'ennuyait. L'animation de Paris, le monde du spectacle, sa cour, son hôtel particulier de la rue Fortuny, lui manquaient.

Une femme passionnante, pensa Charlotte.

Les mains de Sarah trahissaient son âge. Il émanait cependant de toute sa personne un charme irrésistible.

— Vous reviendrez, déclara-t-elle à Charlotte.

La fille de Margot comprit qu'il s'agissait d'un ordre.

Elle promit de rapporter les clichés afin que Sarah puisse faire son choix.

La vieille dame lui tapota la main.

— Vous avez des êtres chers qui combattent, vous aussi ?

Charlotte hocha la tête.

— Mon fils, et mon beau-frère.

Sarah exhala un long soupir.

— Pauvre petite ! Gardez confiance.

Lysiane la raccompagna sur le perron.

— Votre grand-mère va vraiment remonter sur scène ? osa lui demander Charlotte.

La jeune fille soupira à son tour.

— Quand madame Sarah a décidé quelque chose, rien ne peut l'en empêcher ! La scène, c'est sa vie. Elle s'étiole, elle trépigne d'impatience. Elle a déjà tout prévu : donner d'abord des lectures afin de rester assise. Par la suite, elle jouera des rôles de vieille dame.

— Cela risque fort de lui déplaire !

Lysiane rit de bon cœur.

— Elle doit accepter la situation, ce sera pour elle le meilleur moyen de retrouver la scène. Mais n'oubliez pas le chemin de la villa Euréka, je vous en prie. Vous avez plu à Grant[1].

— Promis.

---

1. Lysiane Bernhardt donnait ce petit nom à sa grand-mère.

Charlotte reprit la route d'Arcachon en songeant à la comédienne. Adulée dans le monde entier, Sarah Bernhardt effectuait sa convalescence dans une villa fin de siècle et ne rêvait que de remonter sur scène. Même si elles n'avaient pas le même âge, Margot et Sarah se ressemblaient un peu. Sarah avait pour devise « Quand même ! », ce qui aurait aussi convenu à la mère de Charlotte.

Deux femmes du siècle dernier, pensa Charlotte.

Curieusement, cette rencontre lui avait fait du bien.

« Gardez confiance », lui avait recommandé Sarah.

Elle voulait la croire.

51

1917

Quand cette maudite guerre s'achèverait-elle enfin ? marmonna Dorothée en arrêtant sa voiture non loin du casino Mauresque. L'établissement emblématique de la Ville d'Hiver, où sa grand-mère Margot avait rencontré Lucien Lesage, avait été transformé en hôpital dès février 1915. On y soignait aussi bien des Français, des Sénégalais, des Malgaches ou des Indochinois que des Belges, des Anglais, des Espagnols et des Grecs.

Après avoir réussi ses examens, Dorothée avait été intégrée comme infirmière à l'Union des Dames de France. Elle travaillait depuis deux ans au casino Mauresque, faisant équipe avec deux religieuses et plusieurs « dames infirmières ».

Même si elle déplorait de ne plus avoir de temps libre, et de ne plus pouvoir fréquenter l'aérodrome de la Croix-d'Hins, elle savait que son activité lui évitait de trop ruminer. Sa mère et sa tante, rivées aux communiqués et au courrier, avaient toutes deux maigri.

Lorsqu'elle venait effectuer des photographies

au casino Mauresque, Charlotte s'arrangeait pour croiser le chemin de sa fille et lui demander si elle n'avait pas de nouvelles de Matthieu.

Blessé l'an passé, près de Verdun, son frère avait été envoyé en convalescence à Saint-Raphaël avant de retourner au front. Dorothée et ses parents n'avaient pas encore compris pour quelle raison il n'avait pu venir se remettre au bord du Bassin. En privé, François fustigeait les erreurs de l'état-major : « Cette terrible guerre aurait dû être finie depuis longtemps », estimait-il.

Les blessés affluaient toujours dans les nombreux bâtiments transformés en hôpitaux temporaires. Ainsi, le collège Saint-Elme, le casino de la Plage, le casino Mauresque avaient-ils été transformés en hôpitaux complémentaires. Le Grand Hôtel et la Pouponnière, située boulevard Deganne, étaient devenus des hôpitaux privés tandis que la maison de convalescence Hyowava et la maison de convalescence et de réadaptation Villa Lucie accueillaient des convalescents.

Dorothée vivait au jour le jour, s'exaspérant de ne pouvoir faire plus pour ses blessés, se transformant en écrivain public afin de rédiger le courrier de ceux qui ne pouvaient écrire. Mesurait-on l'importance du courrier depuis le début de la guerre ? Comme sa mère, elle écrivait chaque semaine une longue lettre à Matthieu. Proche de son frère, elle percevait sa détresse entre les lignes. Même s'il freinait sa plume pour échapper aux grands ciseaux d'Anastasie, la redoutable censure, Matthieu n'en pouvait plus.

En discutant avec ses blessés, Dorothée devinait les angoisses et le désespoir qu'ils avaient éprouvés. Certains avaient été profondément marqués par les exécutions sommaires survenues dès 1915, frappant des soldats en état de prostration qui n'avaient pas voulu déserter mais étaient tout simplement incapables de monter au front.

L'un d'eux, Petitfrère, avait appris à Dorothée *La Chanson de Craonne* dont les paroles faisaient courir des frissons le long de son dos.

Quand au bout d'huit jours le repos terminé
On va reprendre les tranchées,
Notre place est si utile
Que sans nous on prend la pile
Mais c'est bien fini, on en a assez
Personne ne veut plus marcher
Et le cœur bien gros, comme dans un sanglot
On dit adieu aux civ'lots
Même sans tambours et sans trompettes
On s'en va là-bas en baissant la tête
Huit jours de tranchée, huit jours de souffrance
Pourtant on a l'espérance
Que ce soir viendra la r'lève
Que nous attendons sans trêve
Soudain dans la nuit et le silence
On voit quelqu'un qui s'avance
C'est un officier de chasseurs à pied
Qui vient pour nous remplacer
Doucement dans l'ombre sous la pluie qui tombe
Nos pauv' remplaçants vont chercher leurs tombes
[...]

Phrase terrible, qui expliquait certainement pourquoi *La Chanson de Craonne* était censurée.

Pourtant ! ne reflétait-elle pas l'atroce réalité ?

Dorothée se gardait bien de raconter à sa mère et à sa tante ce qui se passait réellement.

Mais Charlotte rencontrait elle aussi des blessés et avait compris depuis longtemps que cette guerre était horrible.

Pour sa part, rivée à son piano, Marthe refusait de voir la réalité en face. L'angoisse la consumait. Amaigrie, le teint terreux, elle se cloîtrait à la Maison du Cap. Margot, avec un égoïsme cruel, lui avait reproché de se laisser aller, sans mesurer à quel point sa cadette allait mal.

Marthe perdait ses moyens et luttait pour réprimer ses larmes, ce qui exaspérait encore plus sa mère. Margot se plaignait d'avoir moins de pensionnaires. A l'entendre, elle finirait dans la misère, à l'instar de sa propre mère. Ce qui faisait lever les yeux au ciel à Charlotte.

« L'éternelle obsession de mère », soupirait-elle.

Dans ces moments-là, Margot entonnait ce que Marthe appelait « le grand air de la pauvreté ».

Les deux sœurs préféraient ne pas lui répondre afin d'éviter une énième querelle familiale.

Margot vivait dans son monde, Sonate, la Ville d'Hiver, et refusait de se soucier de cette guerre qui n'en finissait pas.

Son gendre affirmait que c'était pour elle un moyen de se protéger. Dorothée le pensait également. Elle s'entendait plutôt bien avec la vieille dame, qui refusait d'abdiquer. Toujours coiffée et vêtue avec beaucoup de soin, elle était devenue l'une des figures de la Ville d'Hiver, et se rappelait les personnes venues en villégiature depuis une cinquantaine d'années. Elle était intarissable à propos des visites du prince de

Galles, de l'impératrice d'Autriche, du roi Alphonse XII d'Espagne ou encore de la reine Ranavalo III de Madagascar.

Elle riait, flattée, quand Dorothée lui suggérait d'écrire ses Mémoires.

La jeune fille pénétra dans le casino Mauresque et alla saluer l'infirmière-major avant de se laver les mains.

Elle croisa son père dans le couloir.

— Dorothée, tu es déjà à pied d'œuvre ? Peux-tu passer voir sœur Marie-Anne ? Elle aurait besoin de tes connaissances en anglais.

François Galley affectait de ne pas parler cette langue, certainement à cause de William Stevens. Cinq ans après la mort de l'écrivain écossais, Dorothée n'avait toujours pas pardonné complètement à Charlotte. Elle n'évoquait jamais, cependant, la période durant laquelle Matthieu et elle avaient été séparés de leur mère. Si on lui avait demandé pourquoi, elle aurait répondu qu'il était bon de tirer un trait sur le passé.

Elle sourit à son père.

— J'y vais.

François la suivit d'un regard las. Il s'inquiétait pour sa fille qui, à vingt et un ans, vivait depuis trois ans dans le milieu hospitalier. Il savait qu'elle n'avait qu'une hâte : reprendre ses cours de pilotage. Elle ne se plaignait pas, était appréciée aussi bien de ses collègues que des patients pour sa disponibilité et sa bonne humeur. Il était fier de ses deux enfants.

Sœur Marie-Anne s'activait dans la grande salle réservée aux blessés arrivés récemment. Elle entraîna

Dorothée au chevet d'un homme au visage et aux mains bandés.

— J'ignore ce qu'il cherche à me dire, confia-t-elle.

Dorothée entreprit de jouer les interprètes. Le blessé était anglais, originaire du Devon, et s'appelait Philip Galway. Il désirait prévenir ses parents mais ne pouvait écrire.

— Je m'en charge, si vous voulez, suggéra Dorothée.

Elle devisa avec lui, et ne cacha pas son enthousiasme en apprenant qu'il était aviateur.

— Vraiment ? Je prenais des cours de pilotage, avant la guerre.

C'était curieux comme ces trois mots – « avant la guerre » – résonnaient de façon étrange, évoquant une tout autre époque.

Les jeunes gens entreprirent alors de discuter hydravions, moteurs, pilotage, décollages et atterrissages.

Ils rirent tous deux, et Dorothée passa le reste de la journée à sourire dans le vague.

Elle pensait à Philip.

52

1918

Arcachon en cette cinquième année de guerre était une cité fébrile, en perpétuel mouvement, cosmopolite.

La plupart des blessés hébergés dans les hôpitaux temporaires appréciaient la douceur de vivre des bords du Bassin, tout en aspirant à rentrer chez eux. Au cours de l'année 1917, Arcachon avait accueilli de nombreuses victimes des gaz.

François Galley n'avait pas de mots assez sévères pour vilipender cette invention diabolique. Les infortunés gazés arrivaient dans un piteux état, les masques tampons, puis les masques TN, en forme de bec d'oiseau, ne les protégeant pas parfaitement.

L'air balsamique permettait de les retaper, sans accomplir pour autant des miracles.

Dieu merci, Philip n'avait pas été gazé ! pensa Dorothée. Il s'était vite remis de ses blessures, presque trop vite au goût de la jeune fille, et avait regagné la zone des combats. Depuis son départ, elle ne parvenait pas à surmonter son angoisse. Il y avait déjà Matthieu, puis le mari de tante Marthe, enfin Philip, ce grand jeune homme à l'allure nonchalante, empreinte d'élégance.

Leur passion pour les aéroplanes les avait rapprochés. Ils aimaient également les ouvrages de Jack London, et ceux de Jules Verne. Dorothée ignorait que James Desormeaux, son grand-père, avait été lui aussi un fervent admirateur de l'écrivain nantais. On n'évoquait pratiquement jamais James dans la famille.

Dorothée pressentait des zones d'ombre, voire un secret, sans pour autant avoir le temps de s'y intéresser. En plus de ses longues journées, elle écrivait régulièrement à Philip et à Matthieu. Philip lui répondait le plus souvent en anglais, ce qui apportait un côté romanesque à ses lettres. Ses parents avaient compris son attirance pour l'aviateur britannique et lui conseillaient la prudence. La guerre pouvait encore s'éterniser !

Matthieu ne revint pas pour sa première permission de l'année. Il avait préféré se rendre à Paris afin de faire la connaissance de Marie-Eve, sa marraine de guerre.

Si Charlotte en fut affectée, elle n'en dit rien. Au fond d'elle-même, elle comprenait le choix de son fils. Après des années de cauchemar, il avait bien besoin de se changer les idées.

Et tant pis pour eux, qui habitaient un peu trop loin de Paris !

Il envoya par la suite un cliché qui bouleversa Charlotte. Il montrait deux soldats – dont son fils, au premier plan – ramant sur le lac du bois de Boulogne, alors qu'une jeune femme, les cheveux mousseux sous un canotier, souriait à l'objectif.

Elle était charmante plus que belle, avec un sourire

éblouissant, un corps gracile, un regard doux. Margot décréta qu'il s'agissait certainement d'une aventurière pour se trouver à bord d'une embarcation en compagnie de deux militaires, sans le moindre chaperon, et Charlotte s'en agaça. Sa mère ne pouvait donc pas admettre que les temps avaient changé ? On ne vivait plus sous le Second Empire !

— Les femmes travaillent, désormais, insista Charlotte. Regarde, Dorothée comme moi sommes indépendantes. Toi aussi, d'ailleurs.

Obstinée, Margot ne voulut pas en démordre. Cette Marie-Eve ne lui disait rien qui vaille !

Margot refusait la nouvelle société engendrée par la guerre. Les femmes ouvrières dans les usines d'armement ou contrôleuses d'autobus lui donnaient la nausée. Comment pouvaient-elles accepter d'exercer des métiers masculins ?

Charlotte, soucieuse de ne pas s'énerver, sourit à sa mère et se leva.

— Je dois retourner au magasin, maman.

— Ah oui, ton magasin… Comme si tu ne pouvais pas reprendre la vie commune avec ton époux !

Charlotte poussa un soupir exaspéré.

— Maman ! Combien de fois devrai-je te répéter qu'il s'agit de ma vie ?

Margot leva les yeux au ciel.

— Bien sûr, tu penses tout savoir, mais, vois-tu, rien ne vaut la sécurité d'un foyer stable.

Comme le tien avec Lesage ? pensa Charlotte.

Elle choisit cependant de se taire, afin de ne pas envenimer ses relations déjà houleuses avec sa mère. Elles ne se comprenaient pas, ne se comprendraient jamais. Même si elle en souffrait, Charlotte gardait sa peine pour elle. N'avait-elle pas Marie à ses côtés ?

Elle se hâta de descendre vers le front de mer.

Le ciel était encore clair, avec un peu de chance elle pourrait prendre quelques clichés du bord de mer. Elle se satisfaisait de ces petits bonheurs, désormais.

En attendant le retour des combattants.

Marthe plaqua le dernier accord de la *Petite Musique de nuit* avant d'écouter, yeux mi-clos, le silence qui lui semblait tout imprégné de Mozart.

Seule la musique parvenait à la distraire de sa neurasthénie. Elle avait mal supporté la mobilisation de Raymond. Et, à présent, ses fils étaient partis eux aussi se battre, en s'engageant à son insu. Il y avait trois bonnes semaines qu'elle n'avait pas reçu de leurs nouvelles. C'était pour elle une véritable torture morale.

Elle se leva de son tabouret et sortit sur la terrasse. Le paysage avait bien changé. Les parcs à huîtres s'étendaient désormais le long d'une bonne partie de la côte Noroît.

Anatole, le fils de Germain, avait repris les parcs à huîtres de son oncle André. Marié à une Vendéenne, Ginette, il avait bâti sa maison dans une rue perpendiculaire au rivage.

« Heureusement qu'il y a les petits, car nous ne serons jamais grands-parents », avait confié Marie à Charlotte.

Celle-ci connaissait le secret de sa cousine, tout en se gardant bien d'en parler, fût-ce avec Céleste. Elle avait un jour surpris son regard fixé sur une certaine

338

personne, et avait tout compris. Ses parents accepteraient-ils d'entendre la vérité ? Charlotte n'en était pas certaine. De plus, elle-même se sentait incapable d'aborder ce sujet avec Céleste. C'eût été différent si elle s'était confiée à elle.

Entre le restaurant et ses rêves, sa cousine paraissait plutôt épanouie. Le lundi et le vendredi matin, elle partait pêcher, vêtue d'un pantalon retroussé et d'un tricot marin.

« Il ne te manque plus que la pipe au bec ! » avait un jour ironisé son père, et Céleste lui avait répondu sans se troubler : « Un jour peut-être… Qui sait ? »

— Le courrier ! annonça la voix joyeuse de Céleste.

Charlotte et Marthe se précipitèrent vers elle.

— C'est comme une drogue, marmonna Charlotte, furieuse contre elle-même.

C'était plus fort qu'elle. Une journée sans courrier était une journée gâchée, l'assurance d'une nuit d'insomnie. La nuit, en effet, son cerveau imaginait différentes situations plus catastrophiques les unes que les autres.

Il n'y avait rien pour Marthe, seulement une carte de Matthieu. Ces cartes postales ne comportant que peu de place réservée à la correspondance constituaient de véritables crève-cœur pour les mères, impuissantes à lire entre les lignes. Les deux autres missives étaient destinées à Dorothée, et provenaient de Grande-Bretagne.

— Depuis quand ta fille se fait-elle expédier son courrier ici ? s'étonna Marthe.

Charlotte sourit.

— Il doit y avoir du Philip Galway là-dessous ! A croire que François est toujours aussi jaloux. Il ne va

tout de même pas garder notre fille sous une cloche
à melon !

— Il a peur qu'on la lui enlève, glissa doucement
Céleste.

Charlotte était lasse de ces discussions et supputations. Elle posa les deux enveloppes sur un plateau
destiné au courrier, dans le vestibule, et s'éclipsa en
direction du belvédère.

Elle avait besoin de contempler le Bassin pour lire
la carte de Matthieu. Comme si, là-haut, il ne pouvait
rien lui arriver...

53

1918

Paris vivait au rythme des bombes et des alertes, précipitant les habitants dans les caves et le métro. Dès le coucher du soleil, la ville était plongée dans un noir abyssal, sinistre.

L'hiver précédent, particulièrement rigoureux, avait accentué la détresse des Parisiens. Ils manquaient de tout, à commencer par le charbon, et grelottaient, alors que le thermomètre était descendu jusqu'à moins quinze degrés.

Marie-Eve ajusta son chapeau sur ses cheveux châtains et tira derrière elle la porte de son petit logement, situé rue Marcadet. Elle descendit les quatre étages, salua au passage la concierge et s'enfonça dans la grisaille. Paris suait la peur et la tristesse. Les silhouettes féminines se hâtaient vers leur travail. Il y avait peu d'hommes dans les rues, excepté des vieillards. On enveloppait d'un regard noir les « planqués ». Marie-Eve se redressa. Son Matthieu ne risquait pas d'en faire partie, certes non !

A vingt-deux ans, la jeune fille vivait seule. Originaire de Reims, elle avait perdu ses parents et son jeune frère au cours des bombardements qui avaient ravagé la ville durant l'été 1914.

Elle-même avait eu la vie sauve car elle se trouvait ce jour-là à Brienne, auprès de sa grand-mère. Quand elle avait découvert l'appartement de la rue de l'Université dévasté, les corps sans vie des siens, elle avait pensé perdre la raison. Elle avait alors décidé de fuir et s'était installée d'abord chez sa grand-mère puis, à la mort de celle-ci, à Paris.

Institutrice, Marie-Eve aimait son métier, qu'elle exerçait depuis 1913. Mais elle détestait la guerre.

Son père, professeur de lettres, sa mère, musicienne, l'avaient élevée dans une atmosphère sereine. Chez eux, on se passionnait pour Rimbaud et Baudelaire, on continuait de défendre Zola et on avait aimé *Le Grand Meaulnes* d'Alain-Fournier, hélas mort en septembre 1914 dans le petit bois de Saint-Remy-la-Calonne. Les Vitry recevaient des universitaires et des musiciens. Sa mère s'asseyait au piano et jouait du Debussy tandis que les invités débattaient au sujet de Proust et de Gide.

En arrivant à Paris, Marie-Eve avait eu l'impression de basculer dans un autre monde. Elle ne s'y sentait pas vraiment à l'aise mais il était hors de question pour elle de retourner à Reims.

Les bombardements avaient brisé la plupart de ses souvenirs.

Un pâle soleil éclairait la façade de l'école. Elle franchit le seuil, prit une longue inspiration avant de se rendre dans la cour, où elle procéderait à l'appel des élèves.

Matthieu lui manquait, terriblement.

Septembre 1918

Marie-Eve, ma petite femme adorée, je me languis de toi. Comme le temps me paraît long depuis ma dernière perme, en juin ! Pour oublier la boue, et la peur, je me remémore chaque instant de ces cinq jours passés à tes côtés. Oh ! ma petite chérie, comme tu me manques ! Je rêve de te serrer contre moi, de m'endormir dans tes bras, je sens ton parfum – rose de Damas, c'est bien cela ? – et je tends la main vers toi. Mon amour chéri, je n'ai qu'une hâte, te retrouver et t'épouser. Nous nous marierons à Arcachon, tu veux bien, n'est-ce pas ? Et ma famille deviendra la tienne. Tu aimeras le Bassin, sa lumière changeante, la douceur de son climat et, je l'espère, tu aimeras les miens comme ils t'aimeront. Qui, en vérité, pourrait ne pas t'aimer, ma douce ?

Depuis que je connais la grande nouvelle, je ne parviens plus à contenir ma joie. Un enfant... notre enfant ! Quel bonheur ! Prends bien soin de toi, mon amour, je t'en conjure. Ménage-toi, ne cours pas dans les escaliers comme tu en as la fâcheuse habitude. Je te rejoins dès que possible. Je t'aime plus que tout, mon aimée.

Matthieu glissa la lettre qu'il venait d'écrire dans l'enveloppe portant le nom et l'adresse de Marie-Eve, et héla le vaguemestre. Ce dernier avait un rôle primordial dans la vie des hommes au front.

Dire qu'il allait être père ! Toutes ses pensées couraient vers Marie-Eve, qu'il aimait avec passion. Trois permissions leur avaient permis de mieux se connaître, de mieux s'aimer. Comment, en vérité, résister à l'attirance physique alors que chaque heure partagée vous était comptée ?

Marie-Eve lui avait redonné le goût de vivre après ces années de guerre particulièrement éprouvantes. Grâce à la jeune femme, il avait repris espoir.

Face à l'horrible boucherie humaine, en effet, il se demandait souvent pourquoi il survivait, lui, et pas des centaines de milliers d'autres « poilus ». Certains matins, le cafard était si lourd à porter que les hommes n'avaient plus goût à rien.

Résignés, ils attendaient la mort, en priant pour que celle-ci soit « belle », d'un coup, sans une interminable agonie. Or, désormais, Matthieu voulait vivre ! De toute son âme.

La journée avait été terrible. Combien de temps, encore ? se demandait Matthieu, alors que ses camarades et lui rattrapaient enfin le terrain perdu depuis l'été 1914. L'ennemi reculait.

Cependant, la bataille faisait toujours rage, mitraille et obus pilonnaient un sol lunaire, livide sous la lumière qui déclinait. Matthieu, d'un geste instinctif, effleura de la main la poche de sa capote, dans laquelle il gardait la lettre destinée à Marie-Eve écrite la veille.

Il la confierait au vaguemestre dès qu'il le croiserait. Une prière lui monta aux lèvres alors qu'autour de lui des milliers d'obus s'abattaient sur leurs positions et que la mitraille s'intensifiait. On aurait pu espérer que l'approche du soir apporterait une trêve mais non, c'était tout le contraire.

— A l'assaut ! beugla leur officier.

Matthieu et son camarade Paulin échangèrent un regard consterné.

— On va au casse-pipe, marmonna Paulin.

Tout comme Matthieu, il était un combattant de la première heure et avait désormais une idée assez précise des dangers auxquels leurs chefs les exposaient.

Tout cela pour quelques misérables mètres de progression ! C'est qu'ils en avaient enterré, des collègues ! Et des braves, parole de Paulin !

— La nuit tombe, glissa-t-il.

— Dépêche-toi, bougre de crétin ! hurla l'officier.

Matthieu et lui en avaient connu, des va-t-en-guerre plus prompts à donner des ordres que le bon exemple ! Les hommes étaient las, infiniment, de toute cette boue, de tous ces morts.

On avait exigé d'eux l'impossible. Désormais, ils n'avaient qu'une hâte, rentrer chez eux.

— Lâches ! éructait le gradé dans leur dos. Je vais vous montrer, moi !

Ils étaient une trentaine sous ses ordres. Une trentaine de pauvres diables, qui ne croyaient plus en grand-chose, et qui se seraient fait hacher menu plutôt que d'avouer la peur nue qui les submergeait à chaque assaut.

Baïonnette au canon, ils s'élancèrent sous un feu nourri.

Ne pas penser, songea une nouvelle fois Matthieu. Foncer droit devant.

L'obus le toucha alors qu'il venait d'atteindre l'autre côté d'un fossé. Sur le coup, il n'éprouva rien, avant de ressentir une douleur fulgurante qui irradia dans toute sa cuisse droite.

Il s'effondra sous le choc.

— Foutue guerre, foutus Boches, répétait Biron, chef brancardier.

Ses camarades et lui ne pouvaient effectuer leur travail qu'à la nuit tombée, à condition qu'en face l'ennemi n'ait pas recours à des projecteurs ou à des fusées éclairantes qui vous illuminaient comme en plein jour.

Même si on les avait parfois accablés de sarcasmes en les traitant d'embusqués, la plupart des soldats avaient fini par reconnaître le dévouement des brancardiers. Ceux-ci ne payaient-ils pas un lourd tribut à chaque bataille ?

Ils progressaient péniblement dans l'obscurité, suivant à l'oreille les râles ou les gémissements. Priorité aux blessés. Ils reviendraient plus tard chercher les morts.

Des dizaines de corps jonchaient le sol. Des corps éventrés, aux positions grotesques, qui faisaient penser à d'autres champs de bataille, comme celui de Waterloo. Biron rêvait de cadavres jusque durant ses permissions, et avait l'impression de puer le mort. D'ailleurs, la France n'était-elle pas devenue un gigantesque charnier à ciel ouvert ?

Biron et ses hommes ramassèrent un blessé et, avec d'infinies précautions, l'allongèrent sur le brancard. Le soldat était touché à la tête. Du sang coulait en abondance sur son col et sur sa poitrine mais il avait gardé sa lucidité.

— Je serai mort avant d'atteindre l'arrière, les gars, leur annonça-t-il d'une drôle de voix, presque sereine.

L'aumônier qui les accompagnait se signa et lui prodigua des paroles d'encouragement. Mais tous savaient que le blessé avait dit vrai. Et lui en était intimement convaincu.

Le deuxième blessé qu'ils chargèrent était salement amoché, lui aussi. La cuisse broyée, il gisait dans un trou d'obus. Il ne se plaignit pas quand ils durent s'y reprendre à deux fois pour le charger sur le brancard.

— Il délire, souffla Biron.

Il n'était pas parvenu à poser de garrot, la blessure étant située trop près de l'aine. Le sang continuait de s'écouler, Biron sentait un liquide tiède et visqueux sous ses doigts.

Le trajet de retour fut encore plus pénible que l'aller à cause du poids des deux blessés. Ils ne gémissaient pas, et c'était peut-être encore plus angoissant, ce terrible silence.

Parvenus au poste de secours dont l'entrée était signalée par un drapeau de la Croix-Rouge, les quatre brancardiers se défirent de leur charge avec précaution.

L'aumônier se pencha au-dessus du blessé à la tête, se redressa avec un soupir. Biron agit de même pour le deuxième homme, recueillit des mots hachés :

— Une lettre. Pour ma femme, dans ma capote.

Il promit, appela le major d'une voix étranglée. Le médecin opérait un peu plus loin, dans des conditions extrêmement précaires.

— Ma femme… reprit le blessé. Elle s'appelle Marie-Eve.

— Oui, fit Biron, de plus en plus mal à l'aise.

Il serra la main du gars, pour lui donner du courage.

— Suis saigné à blanc, reprit-il.

Sa main était glacée.

Il s'en va, pensa le chef brancardier.

Il appela l'aumônier. Quand celui-ci se pencha au-dessus du soldat, il poussa un énorme soupir.

— Il est mort.

Biron, fidèle à sa promesse, trouva la lettre dans la poche de la capote.

Il chercha aussi la plaque d'identité que chaque soldat portait, autour du cou ou du poignet. Il lut, à la lueur du briquet : « Galley Matthieu », ne put déchiffrer le numéro de matricule et la classe d'appartenance, ce qui serait fait le lendemain à la lumière du jour.

D'un geste précis, il lui ferma les yeux.

— Adieu, Galley Matthieu, souffla-t-il.

Il se sentait horriblement triste, comme s'il venait de perdre un ami et, d'une certaine manière, c'était exactement ça.

54

Novembre 1918

Le Matin, Le Figaro, L'Intransigeant, Le Petit Parisien, La Liberté, L'Humanité affichaient tous des unes triomphantes. « L'Allemagne a capitulé », « Bas les armes, Citoyens ! », L'Armistice est signé », « Le Jour de Gloire », « La Glorieuse Journée de la Victoire »...

Dans la ville, entre les carillons des cloches, les cris de joie, les banderoles annonçant « On a gagné ! », Charlotte avait un peu l'impression d'être une étrangère. Qui, se demanda-t-elle, pouvait comprendre ce qu'elle éprouvait ? Certes, François avait, tout comme elle, été frappé d'une douloureuse stupeur en apprenant la mort de Matthieu, mais il n'avait pas porté leur fils, et le remords ne le submergeait pas. Comment, se répétait Charlotte, avait-elle pu abandonner ses enfants durant plusieurs années ? Elle aurait désiré remonter le temps, recommencer sa vie... comme si ç'avait été possible !

Fidèle à elle-même, Margot avait été odieuse. « Franchement, avait-elle eu le front de lui dire, comment pouvais-tu penser que Matthieu s'en sortirait alors que tant de jeunes gens meurent chaque jour, et ce depuis le début de la guerre ? »

Marie, présente ce jour-là, avait tancé sa sœur, mais le mal était fait. Depuis, Charlotte évitait sa mère.

François et elle s'étaient rapprochés face à la tragédie. Ils se rendraient le mois prochain dans l'Aisne, pour se recueillir là où l'on avait enterré le corps de leur fils.

Charlotte refusait d'imaginer ce qui s'était passé. C'était impossible, lui avait-on répété, personne ne pouvait concevoir les souffrances des combattants.

Elle avait écrit à un nommé Biron, chef brancardier, qui lui avait envoyé quelques effets personnels de Matthieu. Bouleversée, elle avait reconnu une lettre qu'elle lui avait écrite pour Noël 1914. Marquée aux plis, l'encre pâlie, la missive avait accompagné leur fils durant près de quatre années. Il y avait aussi une photo représentant François, Charlotte, Matthieu et Dorothée sur la jetée d'Eyrac. Leur famille...

Célestin Biron lui avait répondu qu'il avait aussi expédié une lettre à mademoiselle Marie-Eve Vitry, domiciliée rue Marcadet, à Paris, et Charlotte avait éprouvé un sentiment indéfinissable. L'impression que tout un pan de la vie de Matthieu lui était étranger. Ce n'était pas de la jalousie, non, pas vraiment, plutôt de l'incompréhension.

Avait-il parlé de cette jeune fille à son père, à sa sœur ? Qui était-elle pour lui ? Jusqu'à présent, elle n'avait pas osé interroger François ou Dorothée.

De toute manière, leur fille, bien que bouleversée par la mort de Matthieu, évoluait sur un petit nuage depuis que Philip lui avait demandé de l'épouser.

Charlotte resserra frileusement les pans de son manteau autour d'elle. Il lui semblait qu'elle aurait toujours froid, désormais.

Un groupe d'adolescents entonna *La Marseillaise*.

Vous avez échappé à la mobilisation, songea Charlotte, heureuse pour eux.

La guerre était finie, enfin ! Plus de quatre ans de cauchemar s'achevaient. Mais, pour elle, il n'y avait plus d'espoir, plus rien.

Voyager dans une France meurtrie par la guerre n'était pas chose aisée mais Marie-Eve n'avait pas hésité. Le fait d'apprendre de Célestin Biron la mort de Matthieu l'avait dévastée. Elle s'était effondrée, avait failli perdre son enfant. Cela aurait-il mieux valu ? s'interrogeait-elle, parfois.

L'idée de devenir fille-mère suscitait chez elle un sentiment d'angoisse proche de la panique. Elle perdrait son emploi, se retrouverait sans ressources, seule avec l'enfant. Mais ce n'était pas le pire. Elle ne supportait pas l'idée de ne pas revoir Matthieu, de ne plus pouvoir se blottir contre lui. Il était son ami autant que son amant. La personne la plus importante de sa vie. Plus jamais… C'était tout bonnement inconcevable !

Aussi, sur une impulsion, avait-elle décidé de se rendre à Arcachon. Il fallait qu'elle rencontre la famille de Matthieu, c'était vital pour elle.

Elle avait demandé un congé, cherché un train pour le bassin d'Arcachon. Dans son sac de voyage, quelques vêtements et les lettres de Matthieu. Comme un talisman.

Habituée par la force des choses à des villes

entièrement détruites, elle se sentit étrangement dépaysée en découvrant un cadre préservé à Arcachon.

« Tu aimeras le Bassin, lui avait écrit Matthieu, sa lumière changeante, la douceur de son climat. » Or, pour l'instant, le ciel était bas et gris, et un vent froid venu de la mer la fit frissonner. Elle eut la chance de trouver un taxi, lui indiqua l'adresse de la rue du Mont-des-Rossignols communiquée par Matthieu. Elle avait peur de l'accueil qui lui serait réservé, tout en étant décidée à aller jusqu'au bout.

— Bienvenue à la Maison du Cap, Marie-Eve, déclara gravement Charlotte.

Elle se mordit les lèvres pour ne pas éclater en sanglots. Marie-Eve avait aimé Matthieu, avait partagé avec lui ses dernières permissions. Visiblement, elle portait son enfant, ce qui bouleversait Charlotte.

François et la jeune femme étaient arrivés sur la presqu'île par le dernier bateau de la journée. En entendant la cloche sonner, Charlotte avait senti ses jambes se dérober. C'était plus fort qu'elle, elle avait toujours l'espoir que Matthieu pouvait encore revenir.

Elle avait ouvert la porte, marqué une hésitation avant de saluer les visiteurs. Il lui semblait avoir déjà vu la jeune femme. Quand François déclara : « Je te présente Marie-Eve Vitry », elle s'écria :

— Mais oui ! La jeune fille de la photo, au bois de Boulogne !

Le visage de Marie-Eve se défit.

— C'étaient les jours heureux, malgré la guerre, murmura-t-elle.

Charlotte lui ouvrit les bras.

A Marthe, qui s'en étonnait discrètement le lendemain, elle expliqua :

— Que veux-tu… Cette petite a tout perdu, elle aussi. Il lui reste l'enfant. Imagines-tu, Marthe ? L'enfant de Matthieu !

— Comment peux-tu en être aussi certaine ?

Charlotte foudroya du regard sa demi-sœur.

— Ah non ! Tu ne vas pas essayer de semer le doute dans mon esprit ! Tu ne comprends donc pas que cet enfant, c'est la vie qui continue ? Comme un prolongement de Matthieu…

— Elle peut être aussi une intrigante, insista Marthe.

Cette fois, Charlotte s'énerva.

— Ne gâche pas mon unique espoir ! Mon fils l'aimait, il se réjouissait de sa grossesse, cela me suffit.

Elle n'alla pas jusqu'au bout de sa pensée mais son regard fixé sur Marthe était éloquent.

« Ton époux et tes garçons ne sont que blessés, Marthe, alors, fais preuve d'indulgence », signifiait ce regard. Sa sœur rougit.

— Pardonne-moi, souffla-t-elle.

Marthe s'apprêtait à regagner Sceaux, afin de préparer la maison à accueillir « son homme ». Raymond avait été victime de l'épidémie de grippe et était soigné dans un hôpital picard. On commençait à beaucoup parler de cette fameuse grippe, et François prétendait qu'elle risquait de tuer autant de personnes que la guerre. Comme si ç'avait été possible !

— Enfin… si cela te fait plaisir, reprit Marthe.

A cet instant, Charlotte crut entendre leur mère. Saisie, elle s'immobilisa. Avait-elle changé, elle

353

aussi ? Etait-elle devenue une vieille femme ? Cette idée lui paraissait tout à coup inconcevable !

— Bonjour. J'ai dormi ! Ce doit être ma première vraie nuit depuis... – la voix de Marie-Eve s'étrangla – depuis le mois d'octobre.

— J'en suis ravie, mon petit. Venez prendre votre petit déjeuner. J'ai dressé la table dans la véranda.

Installée à la table en rotin blanc, Marie-Eve se sentit chez elle pour la première fois depuis longtemps. Elle fit honneur au pain grillé et à la gelée de framboises sous le regard satisfait de Charlotte.

Celle-ci l'interrogea, alors que Marthe venait de s'éclipser :

— Vous n'avez plus de famille, n'est-ce pas ? Je me demandais... Si vous attendiez tranquillement la naissance du bébé ici ?

55

Juin 1919

C'était déjà la lumière d'été, irisant la surface du Bassin, faisant miroiter la crête des vaguelettes, et la blancheur des voiles.

Bras dessus, bras dessous, les deux femmes, vêtues de gris clair et de lilas, se détournèrent du front de mer et cherchèrent instinctivement du regard une silhouette familière.

— Il est là, tout près de nous, souffla Charlotte.

La cérémonie, qui avait eu lieu dans la salle des mariages de l'hôtel de ville, avait été brève et fort simple. Depuis plusieurs mois, Charlotte soutenait Marie-Eve dans son combat.

Dès 1915, en effet, la loi avait autorisé sous certaines conditions le mariage posthume. Or, Marie-Eve détenait des lettres de Matthieu faisant état sans équivoque de son désir de l'épouser et se réjouissant de sa grossesse. La naissance du petit Paul, fin janvier à Arcachon, avait à la fois ravivé la douleur et apporté une consolation. Matthieu était là, parmi eux. Cinq mois après, le mariage permettait à Marie-Eve de porter le nom de Galley et légitimait Paul.

Ce combat avait une valeur toute particulière pour Charlotte qui avait toujours souffert d'être une enfant naturelle. De façon paradoxale, Margot ne l'avait pas compris.

« Cette fille aura droit à une partie de l'héritage, avait-elle laissé tomber avec dédain. C'est vraiment ce que tu désires, Charlotte ? »

Comment lui expliquer alors que, de toute évidence, elle refusait de se mettre à la place de son aînée ? Margot avait cette faculté d'oublier ce qui la dérangeait. Elle était devenue une respectable vieille dame et ne se souciait plus du passé. Elle avait appris sans émotion particulière le décès d'Alice Desormeaux, morte de la grippe espagnole, tout comme le mari de Marthe. Ç'avait été une tragédie pour Marthe qui était rentrée seule à Sceaux. Charlotte avait tenté de soutenir sa cadette mais celle-ci s'était enfermée dans un mutisme obstiné.

Lorsqu'elle avait condescendu à parler à sa sœur, ç'avait été pour laisser tomber : « Tu ne peux pas comprendre, Charlotte. Raymond et moi étions mariés, formions un vrai couple. »

Une nouvelle blessure pour Charlotte, qui s'était sentie encore une fois marginalisée. Peu lui importait, au fond ! Elle seule savait ce que William et elle avaient partagé, à quel point ils s'étaient aimés. Où était passée la Marthe joyeuse qui jouait des airs endiablés jusqu'au milieu de la nuit ?

Décidément, le temps avait fait son œuvre, les deux sœurs s'étaient éloignées, peut-être de façon irrévocable. La vie de Marthe était désormais à Sceaux, celle de Charlotte restait attachée à la Maison du Cap.

Là où elle avait ancré ses racines.

Un autre mariage, bien réel cette fois, Dieu merci ! pensa Charlotte tout en réglant son appareil.

Dorothée et Philip avaient choisi de se marier à Notre-Dame-des-Passes, et Charlotte, toujours attachée à l'histoire de sa famille, avait vu dans ce souhait un hommage à son grand-père pêcheur.

Dorothée et Philip rayonnaient en ce samedi de juillet. Tous deux beaux, sûrs d'eux, dynamiques. Un couple moderne, se dit Charlotte, qui a foi en l'avenir.

La famille de Philip s'était déplacée pour l'occasion. Ses parents, ses frère et sœur, et même sa grand-mère, une délicieuse vieille dame d'une courtoisie exquise. Ils parlaient un français impeccable, alors que Charlotte et François étaient incapables de prononcer deux mots d'anglais.

Suivant une tradition bien ancrée, le repas de noce se tiendrait à bord du *Courrier-du-Cap,* et Céleste avait tenu à confectionner un somptueux gâteau de mariage qui serait servi sous la treille.

Tout s'annonçait donc sous les meilleurs auspices et, cependant, Charlotte ne parvenait pas à se défaire d'un sentiment d'inquiétude latente, précisément comme si tout se déroulait trop bien.

Qui pourrait la comprendre si elle osait s'ouvrir de cette crainte auprès des siens ? Certainement pas Dorothée, toujours si pragmatique, ni Margot, trop égocentrique pour s'intéresser à autrui ! A une autre époque, Marthe aurait pu jouer le rôle de la confidente, mais Marthe était trop loin, désormais, pour la soutenir.

Elle avait refusé de quitter Sceaux pour se rendre au mariage, et Charlotte en avait été blessée.

Il fallait dépasser ce genre de réaction, se dit-elle. La guerre était finie, grâce à Dieu, une nouvelle ère s'annonçait. Le pays tout entier voulait y croire. Les hôpitaux temporaires d'Arcachon avaient fermé les uns après les autres. Restaient des blessés gazés qui tentaient de récupérer une partie de leur capacité respiratoire. Les enfants rachitiques revenaient en nombre mais la ville devait se libérer de l'image de « cité-hôpital » que certains voulaient lui attribuer.

Margot bataillait, arguant du fait que les vacanciers et les curistes allaient fuir Arcachon si la situation perdurait. Quelle situation ? osait la contrer François. Le pays devait se reconstruire, des villes comme Reims, patrie de Marie-Eve, n'avaient-elles pas été détruites à plus de quatre-vingts pour cent ? Qui se souciait d'une vieille dame tenant une pension de famille de moins en moins bien entretenue ? La guerre avait taillé des coupes sombres dans le personnel de Sonate. Les jeunes femmes qui étaient allées travailler dans les sardineries ou avaient été embauchées à Bordeaux comme vendeuses ou guichetières n'avaient plus envie de se placer comme bonnes à tout faire. Margot, cependant, s'obstinait à ergoter. Arcachon avait tant changé ! Et « sa » Ville d'Hiver, qu'était-elle devenue ? Où était le temps où elle croisait le chemin de Jules Massenet, séjournant à la villa Faust, de la grande-duchesse Catherine Mikhaïlovna, de la princesse Louise, une fille de la reine Victoria, de la reine Nathalie de Serbie ou encore de Gabriele D'Annunzio, toujours accompagné de ses lévriers ?

De vraies personnalités, si élégantes, avec une classe folle. La classe était pour Margot l'argument suprême, et ce même si elle devenait un peu trop originale en prenant de l'âge. Elle mettait trop de rouge, et sa coiffeuse lui faisait à sa demande des rinçages de henné qui ne lui allaient pas. Elle s'obstinait aussi à porter jupes entravées et talons trop hauts. Charlotte redoutait toujours qu'elle ne fasse une mauvaise chute, sans parvenir à la convaincre de se montrer plus raisonnable.

« Je n'ai plus de comptes à rendre ! plastronnait sa mère. Tu ne vas tout de même pas me faire la morale ! »

Les Galway avaient eu la délicatesse de ne pas se montrer surpris de découvrir la vieille dame aux cheveux rouges et au tailleur bleu paon.

Dorothée avait obtenu son brevet de pilote, ce qui faisait d'elle l'une des rares femmes reconnues aptes à voler. François espérait qu'elle aurait très vite un enfant afin d'abandonner sa passion pour l'aviation mais Charlotte en doutait fort. Elle ne connaissait que trop bien le caractère obstiné de sa fille !

Elle se rapprocha de Marie-Eve, qui se tenait un peu à l'écart sur les marches de Notre-Dame-des-Passes, le petit Paul blotti contre elle.

— Il commence à devenir bien lourd pour vous, lui dit-elle, tendant les bras à son petit-fils.

Paul, à six mois, faisait preuve d'un caractère décidé. Il ressemblait à Matthieu avec ses cheveux bruns et ses yeux bleu foncé. Charlotte avait eu peur que cette ressemblance ne lui soit douloureuse mais il n'en était rien.

Elle songea brusquement à sa grand-mère Léonie, dont elle avait été très proche, dans son enfance.

« Quoi qu'il arrive, la vie continue », aurait dit Léonie.

Tout était bien.

56

1923

Depuis la fin de la guerre, l'aviation avait continué à se développer tout autour de Bordeaux et du bassin d'Arcachon. Les aviateurs effectuaient de nombreuses démonstrations au Centre-école du personnel volant de l'aviation maritime d'Hourtin.

— Regarde, Violette, c'est maman qui vole au-dessus de nous ! s'écria Charlotte.

Si elle se montrait suffisamment enjouée, la petite fille ne percevrait pas sa peur, se dit-elle. C'était plus fort qu'elle, elle ne s'habituerait jamais à la passion de Dorothée pour l'aviation.

La naissance de Violette, trois ans auparavant, n'avait pas incité la jeune femme à demeurer chez elle. Elle avait un jour de juillet amené le bébé dans son couffin à la Maison du Cap.

— Maman, je n'en peux plus, il faut que tu me gardes la petite !

Il avait fallu trouver une nourrice. De toute manière, Dorothée n'avait plus de lait… Charlotte avait bien compris que rien n'arrêterait sa fille. Elle avait besoin de voler. Après tout, elle-même n'était pas si vieille et pouvait encore s'occuper d'un bébé ! Elle avait donc pris le pli d'emmener Violette partout avec elle. C'était une enfant facile à vivre, souriante et calme.

Il n'y avait que Margot pour lui trouver des défauts. « Elle a l'air si... anglaise ! » répétait-elle. Tout cela parce que Violette avait des cheveux fauves ! Elle promettait d'être belle, et le cœur de Charlotte se gonflait d'amour et de fierté.

— Tu n'as pas trop peur ? lui chuchota François, tout en suivant comme elle les évolutions de Dorothée dans le ciel.

Elle haussa légèrement les épaules.

— Cela changerait-il quelque chose ? Rien de ce que nous puissions dire ou faire ne pourra l'influencer, n'est-ce pas ? J'essaie de faire contre mauvaise fortune bon cœur.

— C'est l'histoire de notre vie, remarqua François.

Charlotte ne répondit pas. Elle percevait l'amertume de celui qui était resté son mari, sans qu'ils aient pour autant repris la vie commune. François le lui avait proposé plusieurs fois, en vain. Charlotte se considérait comme la veuve de William. Sa vie, entre sa boutique à Arcachon et la Maison du Cap, lui convenait. Grand-mère, elle savourait chaque moment passé en compagnie de Paul et de Violette.

Comme si elle avait pu ainsi rattraper le temps perdu...

Habituée à emmener Violette partout, Charlotte oubliait parfois la présence de sa petite-fille, tant celle-ci était calme. Ce jour-là, cependant, ce fut l'un de ses clients qui remarqua l'enfant.

— Quelle beauté ! s'écria-t-il.

Violette, effrayée, recula de deux pas. A sa décharge, le jeune homme échevelé, bronzé comme un sauvage, maigre, ne portant qu'un short blanc, était quelque peu étrange.

Ses amis l'avaient présenté comme un artiste, un certain Jean Cocteau, et Charlotte, amusée, pensa qu'il en avait bien l'allure !

Il régnait une ambiance joyeuse à l'hôtel Chantecler, situé à Piquey. A l'origine simple maison en bois dotée d'une double galerie, le bâtiment avait été transformé par sa propriétaire, madame Dourthe, en Grand Hôtel Chantecler, agrandi, peint en blanc, avec une table qui était vite devenue renommée. Toute une bande d'artistes venus de Montparnasse s'y était installée. Il y avait donc là Jean Cocteau, Jean et Valentine Hugo, Pierre Bertin, Max Jacob, Le Corbusier, Georges Auric...

L'attention de Charlotte était attirée par un jeune homme mince, aux cheveux sombres, qui passait la plupart de son temps à écrire.

— Un jeune écrivain pétri de talent, lui souffla madame Dourthe. Son livre a fait grand bruit lorsqu'il est sorti, en mars dernier. *Le Diable au corps*... Vous avez certainement dû en entendre parler...

Charlotte fut obligée d'avouer son ignorance. Elle lisait beaucoup moins de romans depuis qu'elle se passionnait pour la photographie. De plus, elle gardait les œuvres de William sur sa table de chevet afin de tenter de le retrouver dès que le sommeil la fuyait. Mais elle se voyait mal donnant ces explications à la propriétaire de l'hôtel Chantecler.

Elle procéda donc aux essais de lumière avant de

réaliser ses clichés. C'était un travail plaisant, ses modèles se prêtant volontiers à ses demandes, à l'exception du jeune auteur nommé Raymond Radiguet, qui restait obstinément à l'écart. Quand elle entreprit de ranger son matériel, elle ne remarqua pas que Violette s'était éloignée et avait rejoint le jeune homme. Lorsqu'elle s'en avisa, elle prit peur. Où était donc passée sa petite-fille ?

L'écrivain la rassura aussitôt en ramenant l'enfant auprès d'elle.

— Ne vous inquiétez pas, madame, cette petite n'a rien à craindre.

Elle le remercia, en éprouvant une sensation indéfinissable. Non pas qu'il fût réellement inquiétant, elle avait plutôt l'impression qu'il était... différent. Impression qui se confirma un peu plus tard quand Violette lui cita une phrase de l'écrivain qu'elle avait retenue malgré son jeune âge : « Le malheur ne s'admet point. Seul, le bonheur semble dû[1]. »

Elle rentra avec Violette à la Maison du Cap, y retrouva Céleste fort occupée avec ses confitures.

— J'ai tout raté ! lui annonça sombrement sa cousine.

Charlotte sursauta.

— Toi ? Comment est-ce possible ?

— Rien ne va ! s'énerva Céleste.

Elle jeta sa cuiller en bois sur la table, arracha son grand tablier bleu et quitta la cuisine en claquant la porte.

— Tante Céleste est fâchée ? s'inquiéta Violette.

Charlotte la serra contre elle.

---

1. Citation de Raymond Radiguet.

— Pas après nous, ma poulette. Elle est juste un peu fatiguée.

Il y avait autre chose, Charlotte en était convaincue. Ces dernières semaines, sa cousine se montrait énervée, sujette à des sautes d'humeur.

Marie, consultée, affirmait que c'était à cause du retour d'âge, une expression que Charlotte détestait.

Réprimant un soupir, elle se changea, installa Violette à une petite table avec crayons de couleur et feuilles de papier, et entreprit de faire cuire à nouveau les fruits dans la grande marmite en cuivre.

Elle n'était pas à l'aise dans la cuisine, qui restait le domaine de Céleste, et n'avait jamais eu beaucoup d'attirance pour l'art culinaire. Cependant, ce jour-là, s'activer ainsi lui procura un certain soulagement.

Elle fit goûter l'écume à Violette, qui se régala. De temps à autre, elle s'inquiétait pour sa petite-fille. Même si elle adorait s'occuper d'elle, partager avec elle beaucoup d'amour, de tendresse et d'affectueuse complicité, elle savait qu'elle ne pouvait pas remplacer Dorothée et Philip. Or, les parents de Violette étaient si investis dans leur passion pour l'aviation qu'ils en oubliaient leur enfant. Chaque soir, Violette faisait sa prière pour « papa et maman qui vont bientôt revenir ». C'était toujours la même chose : Dorothée passait en coup de vent, embrassait sa fille, expliquait à sa mère qu'il y avait un nouveau meeting aérien, dans la région parisienne ou ailleurs. Les manifestations sportives de ce genre constituaient pour les aviateurs le meilleur moyen de gagner un peu d'argent mais leurs organisateurs plaçaient toujours la barre plus haut. Avec plus de risques à la clé…

Pourquoi Dorothée ne pouvait-elle pas mener une

vie tranquille ? Eternelle question des mères s'opposant à leurs filles, comme Margot s'était opposée à Charlotte. Elle pressentait que Dorothée avait besoin de se mettre en danger comme si, quelque part, elle avait voulu compenser le fait d'être encore en vie alors que Matthieu avait été tué au front. Il lui était impossible, cependant, d'évoquer ce sujet avec sa fille. Il y avait trop de non-dits entre elles, de ressentiment, aussi, de la part de Dorothée.

Charlotte courbait le dos, attendant le moment propice pour aborder certains problèmes. La peur, pourtant, ne la quittait pas.

Elle avait cru au bonheur, et celui-ci s'était dérobé.

Depuis la mort de William et celle de Matthieu, elle restait sur la défensive.

Mais cela, elle ne pouvait le confier à personne.

57

1928

Aux commandes de son Curtiss, Dorothée se sentait invincible. Comment, en vérité, pouvait-elle expliquer ce qu'elle éprouvait aux rampants, ceux qui n'avaient jamais volé ?

Elle n'ignorait pas les inquiétudes de ses parents, tout en refusant de se laisser influencer. Philip, qui partageait sa passion, comprenait ce qu'elle ressentait. Seulement, il y avait Violette… Violette qui ne réclamait rien, ne pleurait pas, se contentant de la fixer à chacun de ses passages à Arcachon.

« Je reviendrai bientôt », promettait Dorothée, en sachant fort bien qu'alors, elle serait tout aussi pressée. Elle avait donné naissance à Violette un peu plus de neuf mois après son mariage, et s'était sentie piégée. Pourquoi elle, une infirmière, ignorait-elle tout de la contraception ? Certes, elle savait comment fonctionnait le corps humain, mais on ne lui avait jamais parlé des contraceptifs. Depuis la naissance de Violette, elle s'était documentée sur la question et ne risquait pas de se retrouver enceinte à nouveau ! Pendant les quatre premiers mois de sa grossesse, elle avait été incapable de voler tant elle souffrait de nausées et, ensuite, c'eût été trop dangereux pour l'enfant. Dorothée avait donc rongé son frein, en se promettant de se rattraper...

Elle aimait Violette, mais supportait mal les contraintes imposées par l'éducation d'un enfant.

Philip, lui, ne se posait pas de questions. N'avait-il pas été pensionnaire dès l'âge de sept ans, suivant la tradition britannique ? Cette remarque lui avait valu une réplique indignée de Charlotte. Pensionnaire, Violette ? Il n'en était pas question !

Pour Violette, Charlotte s'était définitivement installée à Arcachon. C'était plus facile pour elles deux et, de plus, Violette voyait ainsi très souvent François. L'été, en revanche, Charlotte fermait son magasin et réunissait à la Maison du Cap Marie-Eve, Paul et Violette. C'étaient des vacances de rêve pour les deux cousins, entre Bassin, dunes et pinède.

Marie-Eve enseignait à Pons, une petite ville médiévale de Saintonge où elle affirmait se plaire. Jolie, intelligente, elle aurait certainement pu se remarier, même si elle protestait quand Charlotte lui en faisait la remarque.

« Et imposer un beau-père à Paul ? Pas question ! Nous sommes heureux tous les deux. »

Décidément, pensait Charlotte, la Maison du Cap restait une maison de femmes. Elle avait recueilli sa tante Marie depuis qu'André était mort un jour d'hiver. Il était tombé d'un coup dans le Bassin depuis la jetée Bélisaire. Le cœur, avait expliqué François. Marie, bravement, s'était occupée de tout, soutenue par Céleste et Charlotte, avant de s'effondrer. Comment, sanglotait-elle, trouver la force de continuer à vivre sans André à ses côtés ? Ils s'étaient mariés en 1866... plus de soixante années d'une union harmonieuse. A quatre-vingt-cinq ans, Marie flanchait, et ce n'était pas Margot qui lui viendrait en aide. Retranchée à Sonate, la vieille dame ne gardait plus que deux pensionnaires, presque aussi âgés qu'elle. Elle trouvait à redire sur tout, que ce soit sur la cherté de la vie, le métier de sa petite-fille ou les choix de Charlotte. Margot vieillissait mal, semblant avoir tout oublié de sa jeunesse rebelle. Elle se plaignait de douleurs persistantes dans les jambes et le dos, ne parvenait plus à grimper les deux étages menant à ses appartements et avait donc dû s'installer au rez-de-chaussée. Margot avait reproché à Marie de ne pas venir la rejoindre chez elle dans la Ville d'Hiver. Elle n'avait jamais compris à quel point son aînée était fille du vent et du Bassin. Elle avait besoin de humer les parfums de la côte Noroît pour se sentir chez elle, chercher l'ombre de son époux.

La présence de Marie auprès de Céleste rassurait Charlotte. Sa cousine, en effet, avait elle aussi traversé une période difficile. Elle avait mal vécu le départ d'une personne qui lui était chère, partie épouser un instituteur bordelais rencontré à la guinguette.

Céleste avait même perdu le goût de cuisiner... Les vacanciers ne venaient plus sous la treille de la Maison du Cap, lui préférant des restaurants comme Lavergne.

« Je n'ai pas envie », répondait Céleste aux sollicitations de Marie et de Charlotte. Elle ajoutait : « Laissez-moi un peu de temps. »

Comment une femme aussi équilibrée que Céleste

pouvait-elle réagir ainsi ? Charlotte compatissait, sans parvenir à comprendre pourquoi la situation l'avait atteinte à ce point. Elle se reprochait cette pensée aussitôt après. N'avait-elle pas sombré, elle aussi, après la mort de William ? Certes, l'amie de Céleste n'était pas décédée, mais sa cousine demeurait perdue.

Elle avait tenté de la convaincre de venir s'installer quelque temps à Arcachon, sans succès.

« Laisse donc, lui avait conseillé François, le temps finira par faire son œuvre. »

François avait toujours cru aux vertus du temps. Charlotte se demandait parfois s'il était satisfait de son existence. Le docteur Galley avait une excellente réputation à Arcachon, et participait à des congrès traitant de la climatothérapie. Il n'avait pas refait sa vie, cependant, ne s'arrêtant de travailler que pour se consacrer à ses petits-enfants. Il se rendait alors chez Charlotte, jouait avec Violette et restait pour le dîner.

Charlotte avait longtemps hésité avant de choisir leur lieu de résidence à Arcachon. Dans son esprit, il s'agissait d'une solution temporaire en attendant de regagner la Maison du Cap. Finalement, elle avait réalisé une bonne affaire après avoir vendu la maison de Bazas. La mort de Mathilde, l'an passé, l'avait bouleversée. Elle avait beau savoir sa tante âgée et souffrante, elle était très attachée à elle. Cela faisait plus de trente ans que Mathilde soutenait Charlotte, jouant auprès d'elle le rôle que son père n'avait pas souhaité tenir.

Elle avait hésité avant de vendre Bazas. N'était-ce pas le berceau de la famille de Claire-Marie, sa grand-mère paternelle ? Mathilde, pourtant, n'y était pas allée par quatre chemins.

« Quand le moment sera venu, n'hésite pas à te

débarrasser de cette vieille demeure, lui avait-elle recommandé. Tu n'as rien à faire du côté de Bazas, ta vie est attachée au Bassin. »

C'était vrai, bien sûr. Mathilde avait toujours été bonne conseillère. La seule à évoquer devant Charlotte le caractère, les passions de James. Grâce à sa tante, Charlotte avait compris à quel point son père était un architecte novateur. Elle avait reçu la visite de Le Corbusier durant l'été précédent. Architecte, il avait créé une cité ouvrière à Lège, à la demande de l'industriel bordelais Henry Frugès. La conception de la Maison du Cap, avec ses terrasses, sa véranda et son toit plat dominé par le belvédère, l'avait séduit. Malheureusement, Charlotte n'avait pu évoquer longuement son père avec Le Corbusier, puisqu'elle ne l'avait pratiquement pas connu.

Mathilde lui avait aussi donné carte blanche pour choisir les meubles et autres souvenirs qu'elle souhaiterait conserver. Après sa mort, Charlotte avait voulu emmener Dorothée, Marie-Eve et les enfants à Bazas.

Dorothée avait décliné son offre. « Je n'ai pas le temps, maman, voyons ! Et puis, tu sais, moi, toutes ces vieilleries… Philip et moi préférons l'Art déco. »

Charlotte n'avait pas insisté. Marie-Eve l'avait aidée à trier, puis étiqueter secrétaires, armoires ventrues, piles de linge et de vaisselle. Un tableau avait retenu l'attention de Violette. Il représentait Claire-Marie adolescente, debout à côté de son piano. Charlotte l'avait emporté, pour que ses petits-enfants aient un souvenir de leur bisaïeule mais elle aussi était heureuse de le contempler chaque jour. Comme un amer…

Les meubles de Bazas avaient conféré une âme à

la villa que Charlotte avait achetée sur un coup de cœur. Située à l'entrée du Pyla, il s'agissait d'une villa Gaume, ainsi nommée en référence à Louis Gaume, plombier-zingueur, compagnon du Tour de France. Associé à Daniel Meller, propriétaire de cent quinze hectares de forêts domaniales, il avait créé son entreprise en 1920, construit hôtels haut de gamme et villas.

Cependant, Charlotte savait qu'elle lui préférerait toujours la Maison du Cap. Parce que son père l'avait rêvée, avant de la bâtir.

58

1931

J'y arriverai ! se promit Dorothée, en suivant du bout de l'index le tracé du vol sans escale jusqu'à Saint-Louis-du-Sénégal de Mermoz et Négrin.

C'était plus fort qu'elle, il lui fallait sans cesse relever de nouveaux défis. Debout à côté d'elle, Philip suggéra :

— Tu n'as pas envie, parfois, de rentrer à la maison ?

Elle le foudroya du regard.

— Rentrer ? Tu parles sérieusement, Philip ?

Elle lut la lassitude sur son visage, sans parvenir pour autant à se sentir coupable.

Ils n'étaient plus animés du même rêve. A quarante-trois ans, Philip aspirait à une vie plus calme. Il avait échappé de peu à la mort l'an passé, son Breguet ayant été pris dans un violent orage. Depuis, il avait de plus en plus de peine à juguler sa peur. « Arrête-toi », lui avait conseillé son père, à qui il s'était confié. Mais comment le faire admettre à Dorothée, qui ne vivait que pour voler ?

Elle ambitionnait d'accomplir une action d'éclat, un raid au long cours.

Une idée folle, estimait Philip, car nombre d'aviateurs avaient perdu la vie au cours de telles entreprises.

Il se demandait de plus en plus souvent ce que son épouse cherchait à prouver, ou à fuir. Il l'avait aimée, passionnément, mais il lui semblait que son amour, qu'il croyait indestructible, commençait à s'émousser. Sa lassitude n'était pas feinte. L'entêtement de Dorothée lui faisait même un peu peur. Pourquoi refusait-elle avec autant d'obstination de se « poser », de mener une vie normale et de retrouver leur fille ? Cette simple suggestion de la part de Philip lui attirait les foudres de sa compagne.

« Je me suis toujours promis que rien ne m'arrêterait, jamais ! » répondait-elle, cinglante.

Philip aurait pu se montrer plus exigeant, mettre Dorothée en demeure de cesser de voler, mais cela lui était impossible. Le respect mutuel caractérisait leur couple. Cependant, se disait-il parfois, Dorothée le respectait-elle lorsqu'elle refusait d'entendre ses réticences ?

Il l'attira vers lui. Elle était belle, avec ses cheveux bruns et ses yeux couleur d'aigue-marine.

Lorsqu'elle ne volait pas, elle jouait au tennis, et avait une longue silhouette élancée. Une belle femme, que ses camarades lui enviaient. Dommage qu'elle refusât aussi obstinément d'avoir un second enfant. Un fils, de préférence, même si Philip était fou de Violette. Dès qu'il le pouvait, il la rejoignait. Il lui avait appris à monter à bicyclette et tous deux partaient en balade le long du Bassin ou bien sous les pins du Pyla. Violette bavardait gaiement, elle lui racontait ses

374

journées, lui confiait son désir d'avoir un chien. « Un fox-terrier », précisait-elle, les yeux brillants.

Il lui en offrirait un à Noël. Il avait envie de retourner dans le Devon pour Noël. Un vrai Noël anglais, en famille, autour du grand sapin, avec le succulent pudding confectionné par Felicity, la cuisinière, et les crackers traditionnels.

L'Angleterre lui manquait. Il caressa la joue légèrement hâlée de Dorothée.

— Il faudra que nous parlions de Noël, glissa-t-il.

Elle se coula entre ses bras. Il songea qu'il aimait son parfum, Chanel N° 5, et que c'était comme une évidence.

— J'ai promis à mon père que nous passerions chez lui, répondit-elle, et l'enthousiasme de Philip retomba.

Il ne parvenait même pas à se disputer avec Dorothée. Elle s'occupait de tout, décidait sans le consulter et, ensuite, paraissait surprise si cela ne lui convenait pas. Elle n'était pas ainsi, avant... à moins que son uniforme, son statut d'infirmière au casino Mauresque n'aient dissimulé son véritable caractère.

Il réprima un soupir. Le pudding de Felicity attendrait.

— Tu m'emmèneras, mamouchka, au Louvre ?

A onze ans, Violette découvrait l'Egypte antique, qui la fascinait. Elève brillante en français, histoire et latin, elle était brouillée avec les mathématiques.

— Le Louvre... murmura Charlotte, la voix rêveuse.

Elle se rappelait. Ses études à Bordeaux, les cours particuliers de miss Peyton... La vieille demoiselle l'avait alors incitée à se rendre au Louvre, mais Margot avait refusé sèchement. Les études de son aînée coûtaient déjà assez cher ! Charlotte croyait-elle donc que l'argent poussait tout seul ? Elle n'avait pas insisté. De toute manière, Paris lui semblait si loin à l'époque !

Je ne suis qu'une petite provinciale, songea Charlotte.

L'amour de William ne l'avait pas incitée à quitter sa région natale. Elle avait retrouvé inconsciemment les reflexes de ses ancêtres, épouses de pêcheurs. Depuis le belvédère, elle guettait le retour du marin.

Il était temps de déployer ses ailes.

— Nous irons, promit-elle à une Violette ravie. Un peu avant Noël. Nous prendrons le train. Si tes parents sont d'accord, bien sûr.

Elle n'oubliait jamais qu'elle n'était que la grand-mère et qu'elle n'avait aucun pouvoir de décision pour tout ce qui concernait Violette. D'ailleurs, si elle l'avait oublié, Dorothée l'aurait sermonnée. Sa fille ne laissait pas passer une occasion de rappeler à Charlotte que celle-ci les avait sacrifiés, Matthieu et elle, à sa passion pour William.

« Ne cherche pas à te rattraper avec Violette, la mettait-elle en garde à intervalles réguliers. Elle est ma fille, pas la tienne ! »

Charlotte avait renoncé à tenter de se disculper. Elle avait compris que Dorothée ne lui pardonnerait jamais son choix et, de son côté, elle avait cessé de battre sa coulpe. Il y avait plus de vingt-cinq ans qu'elle avait rencontré William. Le temps avait fait son œuvre...

Dès lors, le voyage à Paris devint la grande affaire de l'année. Charlotte et Violette logeraient à Sceaux chez Marthe. Pierre et Jean les emmèneraient visiter Paris.

Violette emprunta des ouvrages à la bibliothèque et entreprit de dresser un guide de ce qu'elle voulait à tout prix découvrir. Charlotte l'écoutait avec indulgence. Cette expédition leur ferait le plus grand bien, elle en était certaine.

Dorothée n'était jamais là. Elle préparait son raid africain et sollicitait d'éventuels mécènes.

— C'est aussi bien, commenta Violette, lucide. Je crains que maman ne s'intéresse guère à l'Egypte ancienne.

Violette et Charlotte partirent par une matinée fraîche de la mi-décembre. Bonne élève, Violette avait obtenu une autorisation d'absence. Surexcitées et complices, elles montèrent dans le train avec le sentiment de vivre quelque chose d'exceptionnel.

Pierre les attendait sur le quai de la gare d'Austerlitz. Il avait mûri, se tenait un peu voûté. Il se montra aimable et chaleureux, leur fit faire un premier tour de Paris. Violette, le nez contre la portière, se sentait transportée dans un monde inconnu.

La maison de Marthe, un pavillon en meulière blonde auquel on accédait par un perron d'une dizaine de marches, constituait un véritable temple dédié à l'époux disparu. Partout, sur le piano, sur la cheminée ou les guéridons, des cadres représentant Raymond. On se déplaçait sur la pointe des pieds, de crainte de réveiller l'ombre de l'absent. Un bouquet de roses de Noël était disposé sous la photographie des mariés.

Marthe, pâle et émaciée, évoquait une religieuse dans sa robe grise. Face à sa cadette, Charlotte mesura soudain son propre appétit de vivre. Elle avait pensé mourir de désespoir à la disparition de William, plus rien n'était pareil, mais, Dieu merci, elle avait continué de vivre.

— J'étouffe dans cette maison, chuchota Violette à sa grand-mère, alors que toutes les deux s'étaient réfugiées dans leur chambre.

Mobilier Napoléon III en poirier noirci, lourdes tentures de velours gris-bleu, papier peint dans les mêmes tons composaient un décor solennel et empreint de mélancolie. Charlotte sourit à Violette.

— Ça ira mieux demain. Nous avons eu une rude journée, dors, ma chérie.

Elle s'éclipsa alors que la pendule sonnait onze coups. Pierre et Jean avaient chacun regagné leur chambre. Marthe demeurait seule dans le salon, face au piano de Raymond. Charlotte l'enlaça.

— Je suis si heureuse de te revoir ! Comment allez-vous tous les trois ?

— Nous survivons, fit Marthe d'un ton sinistre.

Heureusement, elle était propriétaire de la maison, mais ses fils, employés aux écritures chez un notaire, étaient mal payés.

— Leur vie, c'était la musique, comme pour Raymond, expliqua-t-elle, mais les temps ont changé. La crise... on n'a plus besoin de musiciens. Et puis, avec la blessure de Jean...

Un éclat d'obus lui avait fait perdre la majeure partie de son acuité auditive. Depuis, il avait sombré dans une neurasthénie persistante.

D'importantes responsabilités pesaient sur les épaules de Pierre, qui avait renoncé à se marier pour ne pas abandonner sa mère et son jumeau. Charlotte réagit vivement.

— Tu ne veux tout de même pas gâcher la vie de ton fils !

C'était toujours la même chose, pensa-t-elle en montant se coucher. Marthe l'avait fort mal pris, et conclu qu'elle n'avait pas besoin des remontrances de Charlotte. Décidément, avec le temps, les relations entre les deux sœurs ne s'amélioraient pas.

Le lendemain, la visite des antiquités égyptiennes du Louvre les transporta. Violette prenait des notes, Charlotte esquissait des dessins. Un moment de pur bonheur durant lequel elles se sentirent à l'unisson.

Elles ne pouvaient pas ne pas consacrer une paire d'heures aux chefs-d'œuvre exposés ! Charlotte, enthousiaste, allait des tableaux de Poussin à ceux de Claude Le Lorrain, de Nattier à Watteau, s'arrêtait devant Rubens, revenait sur ses pas pour contempler à nouveau *Les Bergers d'Arcadie*.

Comment avait-elle pu atteindre l'âge vénérable de cinquante-neuf ans sans avoir admiré ces tableaux ?

Le soir, elles tentèrent de faire partager leur enthousiasme à Marthe, mais celle-ci secoua la tête.

— Seule la musique me passionne. Et sans Raymond…

Un soupir las, les yeux qui se voilaient… Ne supportant pas sa propre impuissance, Charlotte décida de repartir le jour suivant. Pierre ne pouvant se libérer et Jean ne conduisant pas, Violette et elle prirent l'autobus. A Paris, Charlotte proposa :

— Trois jours à l'hôtel si nous dénichons un établissement convenable et pas trop cher, ça te dirait ?

Elles se souviendraient longtemps de ces trois jours

durant lesquels elles arpentèrent la ville à pied, pour mieux s'en imprégner.

L'Exposition coloniale, située dans le bois de Vincennes, fascina Violette. Charlotte, plus critique, peut-être parce qu'elle avait eu l'occasion de lire le tract des surréalistes intitulé *Ne visitez pas l'Exposition coloniale* et signé notamment par André Breton, Louis Aragon et René Char, lui fit remarquer que le fait d'exposer des Africains dans des huttes n'était pas forcément glorieux, ni signe de progrès.

Charlotte tint à se rendre au bois de Boulogne, en souvenir de Matthieu.

Dans le train du retour, elles partagèrent ce qui les avait le plus marquées, encore et encore.

Elles avaient des souvenirs pour au moins cinq ans !

59

1932

— Je ne peux pas échouer ! se répéta Dorothée comme un mantra.

Depuis près de deux ans, elle rêvait de ce raid la menant de Paris à Tananarive. Après tout, elle était bien parvenue à convoyer un Caudron de Meknès à Paris en début d'année !

Il lui avait fallu convaincre avionneurs et mécènes. Sans parler de l'opposition familiale ! Philip avait brutalement décrété qu'il ne supportait pas l'idée de la voir voler ainsi vers une mort quasi certaine et menacé de lui couper les vivres. Son père affirmait que c'était pure folie. Ne risquait-elle pas mille fois la mort ? Et sa fille ? Y pensait-elle ? Curieusement, sa mère avait été la seule à la soutenir.

« Je ne dirai pas que ton projet me réjouisse, mais je ne veux en aucun cas briser ton rêve. Si tu te sens prête… fonce ! »

Charlotte était ainsi… parfois difficile à cerner.

Forte de l'appui maternel, Dorothée avait rendu visite à plusieurs pilotes chevronnés, résidant à Toulouse dans la pension de famille du Grand Balcon.

S'ils s'étaient montrés cordiaux et sympathiques, ils ne lui avaient pas dissimulé les difficultés de l'entreprise. Une jeune femme, volant de surcroît en solo... Ne pouvait-elle au moins emmener un mécanicien ? Mais Dorothée, obstinée, secouait la tête. Elle avait effectué une formation en mécanique à Cazaux. De plus, à la suite de plusieurs atterrissages forcés, elle avait mis en application ses connaissances. Elle avait enfin trouvé un mécène en la personne de l'industriel Louis Vauthier. La passion, l'enthousiasme de la jeune femme l'avaient convaincu. Elevé par une mère au caractère indépendant, il aimait l'idée de soutenir Dorothée. D'ailleurs, son palmarès plaidait en sa faveur.

A trente-six ans, Dorothée était en parfaite condition physique. Elle appuya la tête contre la vitre du train, lasse soudain. Elle aurait tant aimé que Philip la comprenne ! Leur dernière rencontre avait été houleuse et il avait entamé une procédure de divorce. Dorothée l'avait fort mal vécu, tout en reconnaissant que c'était la seule solution. En l'espace de quelques mois, l'état de santé de Philip s'était aggravé. De plus en plus refermé sur lui-même, il avait cessé de travailler et était reparti pour le Devon où il projetait d'écrire ses Mémoires. Un projet totalement irréaliste, dans la mesure où il supportait mal de revivre la période de la guerre. Alertée par son mutisme et son spleen, Dorothée avait demandé conseil à son père. François avait parlé de traumatisme récurrent, s'exacerbant au fil du temps. Il connaissait d'autres cas, et avait lu des publications sur ce sujet. Plus de quatre années de guerre avaient provoqué des lésions irréversibles. S'ils étaient rentrés chez eux, les anciens combattants n'étaient pas indemnes. Moralement plus encore que physiquement. Sans le vouloir, François avait blessé sa fille en lui demandant de se consacrer un peu plus à son époux. Elle avait alors explosé.

« Bon sang, papa ! J'ai l'impression de soutenir Philip à bout de bras depuis des années ! Je ne vais pas me sacrifier toute ma vie. J'ai mes rêves, moi aussi. »

Décidément, les femmes avaient bien changé, avait songé François, choqué par l'égoïsme de Dorothée. De son temps, elles s'efforçaient avant tout de sauvegarder l'unité familiale. Malheureusement, sa femme puis sa fille s'étaient écartées de ce modèle. De la graine de suffragettes !

Avec le temps, François devait cependant admettre qu'il était fier de Charlotte comme de Dorothée. Certes, leur volonté d'indépendance était exaspérante mais elles avaient fait leurs preuves dans un monde conçu par et pour les hommes.

Quand Philip était retourné en Grande-Bretagne, Dorothée s'était sentie soulagée. Ce n'était pas très glorieux mais elle ne supportait plus de le voir arborer ce visage tourmenté et ces yeux rougis.

Elle l'avait aimé. Son statut de pilote avait renforcé cet amour. Mais Philip ne volait plus depuis plusieurs années. Et Dorothée avait vu son amour s'étioler. Elle avait mal vécu, cependant, les soupçons de son époux. Pour lui, si Dorothée avait pris du champ, c'était forcément parce qu'elle était éprise d'un autre homme. Blessée, la jeune femme n'avait même pas cherché à se disculper. Qu'il croie ce qu'il veut ! s'énervait-elle.

Dans ces conditions, la préparation de son raid lui avait apporté un dérivatif bienvenu. Philip ne lui donnait plus signe de vie, elle préférait presque qu'il en fût ainsi plutôt que de continuer à se quereller. Elle lui avait écrit, une longue lettre dans laquelle elle lui rappelait leurs souvenirs communs. Elle espérait qu'ils finiraient par se retrouver, sans trop oser y croire. Et Violette... Que deviendrait-elle si Philip ne renonçait pas à divorcer ? Dorothée refusait l'idée de voir sa fille unique partir pour l'Angleterre.

De nouveau, elle soupira.

— Je ne peux pas échouer ! répéta-t-elle.

La photographie de Dorothée, ôtant son casque de cuir, les cheveux fous, barrait la une de *L'Avenir d'Arcachon*. « Elle a réussi ! » titrait le quotidien.

Charlotte ressentit une bouffée de fierté si intense qu'elle aurait voulu la partager avec toute la ville. Elle était heureuse pour sa fille, même si elle appréhendait son retour.

François et elle s'étaient retrouvés chez Margot, afin d'écouter le poste de TSF qui diffusait les dernières informations. La mère de Charlotte avait grommelé que, de son temps, les jeunes femmes savaient rester à leur place, mais personne ne l'avait écoutée.

Ce doit être ça, la vraie vieillesse, pensa Charlotte, mélancolique. Vous ne vous intéressez plus à rien, et vous n'intéressez plus personne.

Constat plutôt déprimant ! Mais Charlotte ne voulait pas qu'on lui gâche sa joie. Elle avait voulu la partager avec Violette, malgré la réserve de sa petite-fille. Celle-ci avait fini par lâcher : « C'est le rêve de ma mère, pas le mien. »

Décidément, songea Charlotte, ils formaient une

famille un peu bizarre. Ils étaient attachés à leur indépendance, excentriques, en un mot différents. Ils s'aimaient, cependant.

Elle ouvrit la boutique, en se demandant si elle allait réussir à se concentrer sur son travail. Elle était si fière de Dorothée ! Si personne ne se présentait dans la matinée, elle s'éclipserait en début d'après-midi pour tenter d'apercevoir de jeunes hérons bihoreaux gris depuis les prés salés. Elle découpa l'article, se dit qu'elle allait l'encadrer. Elle aimait à travailler de ses mains. Elle aimait la vie qu'elle menait, pensa-t-elle, presque étonnée. William et Matthieu lui manquaient toujours autant, elle songeait à eux à chaque instant mais avait pris le pli de vivre intensément chaque petit bonheur. Son père avait-il pu le faire lui aussi ? Elle n'en était pas certaine. Mattie lui avait donné les quelques photographies qu'elle possédait de son frère. Sur la plupart des clichés, James Desormeaux arborait un sourire un peu las, un regard rêveur. Charlotte savait qu'elle tenait de lui son goût pour le dessin. Elle aurait aimé pouvoir deviser avec lui à bâtons rompus, l'interroger au sujet de sa jeunesse, de ses études aux Beaux-Arts. Leur unique rencontre avait été décevante, certainement autant pour lui que pour elle, et il était désormais trop tard.

Charlotte déposa le courrier sur son bureau sans prendre la peine de l'ouvrir. Encore des factures ! soupira-t-elle. Elle n'était pas une femme d'argent, et avait beaucoup de charges entre ses deux maisons et l'éducation de sa petite-fille. De son côté, Dorothée consacrait les sommes – parfois conséquentes – gagnées au cours des meetings aériens à la préparation de ses raids. Philip, cigale lui aussi, avait de la peine à régler les impôts grevant la demeure familiale du Devon. Margot était bien la seule à thésauriser. Elle redoutait tant la misère qu'elle était devenue avare sur ses vieux jours.

Quelle idée, se sermonna Charlotte, de penser à l'argent un jour pareil !

Ils allaient fêter dignement le retour de Dorothée à Arcachon.

Au champagne ! se promit-elle.

60

1936

A son âge, on ne la reconnaîtrait plus, pensa Margot. Elle avait sorti du « placard aux horreurs », comme Charlotte l'avait surnommé longtemps auparavant, son portrait signé d'Edouard Manet. Elle l'avait dissimulé aux deux hommes qui avaient partagé sa vie. Non pas qu'elle en eût honte, non, c'était autre chose. L'impression que ce souvenir laissé par le peintre parisien ne concernait ni James ni Lesage.

— J'étais quand même belle, murmura-t-elle pour elle-même. « Margot la rebelle », disait Manet. C'était tout à fait ça.

Elle effleura la toile du bout des doigts, presque timidement.

Elle se sentait vieille. Ses genoux lui jouaient de mauvais tours, se dérobant parfois sous elle, et l'arthrite déformait ses mains. Sinon, elle entendait et voyait encore plutôt bien pour ses quatre-vingt-six ans. Elle avait fermé sa pension de famille l'année précédente au décès de mademoiselle Blanchon, sa dernière pensionnaire.

Elle vivait au rez-de-chaussée de Sonate en la seule

compagnie d'une vieille servante et louait le premier et le second étage. C'était la seule solution pour s'acquitter des charges de chauffage et d'électricité, payer le jardinier et Louisette, sa servante. Ayant toujours craint de manquer, Margot avait traversé une période difficile à la fermeture de Sonate et la grande maison avait résonné de ses lamentations. Elle était ruinée, payait beaucoup trop d'impôts, et finirait à l'hospice. Un destin peu enviable pour « Margot la rebelle » !

De plus, ses filles n'avaient pas pris ses inquiétudes au sérieux. Marthe lui avait écrit qu'elle était certainement plus fortunée qu'elle, et Charlotte avait souri en secouant la tête. « Maman ! Il faut toujours que tu dramatises... Tu peux vendre Sonate. Je t'hébergerai. »

Dieu m'en préserve ! songea Margot.

Charlotte n'avait pas d'horaires, était capable de partir pour la presqu'île sur un coup de tête, sous le prétexte que le soleil couchant y serait magique, et n'accordait que peu d'importance aux repas. Des travers rédhibitoires pour la vieille dame. Elle choisissait les menus avec Louisette, se faisait livrer des douceurs de chez Foulon, grignotait des chocolats tout en écoutant Brahms et en lisant des romans de Pierre Frondaie, qui avait écrit *L'Homme à l'Hispano* à Arcachon. Un sort finalement assez enviable comparé à la vieillesse de sa propre mère, mais Margot ne l'aurait avoué pour rien au monde. Elle était désormais trop âgée pour le XXᵉ siècle en marche, et les informations diffusées par la TSF lui inspiraient une certaine crainte de l'avenir. La montée de la violence, la victoire du Front populaire, le mouvement de grève générale...

L'annonce en juin que trois femmes faisaient partie du gouvernement socialiste de Léon Blum l'avait laissée sans voix. Charlotte, bien sûr, avait applaudi cette mesure, tout en regrettant que les femmes n'aient toujours pas le droit de vote. Enfin, les lois des 11 et 12 juin instaurant deux semaines de congés payés et la semaine de quarante heures avaient scandalisé la vieille dame.

« J'espère que vous n'avez pas l'intention de prendre des vacances ! » avait-elle lancé à la pauvre Louisette, de dix ans sa cadette, qui n'envisageait pas de vivre ailleurs qu'à Sonate. Fin septembre, la dévaluation du franc de vingt-neuf pour cent avait affolé Margot. Persuadée que le gouvernement allait lui confisquer les lingots d'or dissimulés dans sa chambre, elle vivait dans l'angoisse. Elle rajusta son châle sur ses épaules, picora un bonbon dans la bonbonnière placée sur le guéridon à côté de son fauteuil. Le grignotage apaisait ses craintes.

Elle était vraiment vieille, désormais.

Violette huma l'air, en se disant que le Bassin lui manquait. Elle aimait, pourtant, Bordeaux, où elle poursuivait ses études d'infirmière mais avait hâte de retourner chez elle. A seize ans, après avoir obtenu son brevet, elle venait de partir pour Bordeaux avec le soutien de ses grands-parents. Sa mère avait acquiescé distraitement quand Violette lui avait fait part de son projet.

« Si tu y tiens vraiment, chérie… »

Dorothée avait beaucoup changé au cours des dernières années. Le succès de son raid Paris-Tananarive-Paris lui avait valu de nombreuses invitations à participer à des meetings aériens, jusqu'aux Etats-Unis où elle s'était produite en 1934. De toute manière, depuis le drame, Dorothée avait cherché à fuir tout ce qui pouvait lui rappeler le passé, à commencer par Arcachon et sa propre fille.

Violette ne se faisait pas d'illusions.

La fissure entre sa mère et elle était trop profonde, le temps ne ferait rien à l'affaire. Pourtant, en conscience, qui pouvait accuser Dorothée d'être responsable de la tragédie ? Personne.

La lettre laissée par Philip accusait la guerre. Quatre ans après la mort de son père, Violette pouvait encore la réciter.

« J'ai essayé, Dieu m'en est témoin, de continuer à vivre mais c'est devenu impossible. Trop de souvenirs, trop de cauchemars resurgissent de cette maudite guerre. Dorothée, Violette, pardonnez-moi. Vivre est au-dessus de mes forces. »

La jeune fille s'appuya au parapet.

Philip, son père, s'était défenestré le surlendemain de l'arrivée de Dorothée à Paris. Sa famille, sous le choc, ne parvenant pas à joindre Dorothée, avait prévenu Charlotte. Sa grand-mère avait gardé un souvenir éprouvant des obsèques auxquelles elle s'était rendue en compagnie de François, de Violette et de Dorothée. Elle avait fait front pour sa fille et sa petite-fille. Malade sur le ferry à l'aller, elle qui n'avait jamais souffert du mal de mer sur le Bassin, elle s'était sentie inutile, impuissante à réconforter les siens. François, heureusement, s'était porté à son secours. Il l'avait installée à l'arrière, lui avait calé la tête avec un plaid en lui recommandant de scruter la ligne d'horizon. Cela l'avait aidée à se concentrer, à essayer de ne pas s'effondrer. Violette était murée dans le silence. Dorothée, de son côté, se rongeait les ongles, ce qu'elle n'avait pas fait depuis ses dix ans.

Violette avait retenu peu de choses de l'Angleterre paternelle. Un paysage vallonné surplombant la mer, un air piquant, des jardins fabuleux, de somptueux buissons d'azalées et de rhododendrons…

Et mon père ? avait-elle pensé. Quelle était sa place ici ?

Le manoir des Galway, en briques sombres, contrastait avec le cadre verdoyant. Pourquoi son père ne l'avait-il jamais emmenée sur les lieux de son enfance ? Il y avait donc bien eu une fracture entre le Philip d'avant-guerre et le Philip de 1919 ?

Violette avait gardé dans son cœur l'image du cimetière serré autour de l'église dominée par une tour. Elle se sentait curieusement détachée, comme s'il ne s'était pas agi de Philip, et elle connaissait trop peu sa famille paternelle pour trouver quelque réconfort auprès d'elle.

Elle aurait voulu que sa mère lui promette de ne pas repartir immédiatement, qu'elle lui parle, lui raconte comment ils s'étaient aimés, son père et elle. Mais Dorothée en était incapable.

Violette avait gardé ses questions pour elle. Heureusement, sa grand-mère était là, point fixe dans sa vie. Elle la comprenait, la soutenait, en cherchant toujours des excuses à Dorothée. Mais c'était trop tard. Le lien entre Dorothée et Violette s'était défait.

VIOLETTE

*Aimer c'est être
En avant de soi
Aimer c'est dire
« Tu ne mourras pas. »*

François CHENG

61

1939

La chute de Barcelone, en janvier, avait déclenché la Retirada.

Par milliers, les Espagnols fuyaient leur pays, s'agglutinant aux postes-frontières du Perthus, de Cerbère et de Bourg-Madame. Un flot sans fin qui serrait le cœur et suscitait la panique chez les officiels. Que faire de cet afflux massif d'hommes, de femmes et d'enfants ? Dépassées, débordées, les autorités françaises avaient commencé par regrouper les réfugiés dans des centres « de triage », avant de les envoyer dans des camps d'internement à Saint-Cyprien ou Argelès. Cependant, ceux-ci n'avaient pas suffi.

Diego Vargas n'avait pas attendu l'année 39 pour effectuer plusieurs allers et retours entre le sud-ouest de la France et l'Espagne.

Comme d'autres réfugiés basques, il avait quitté son Espagne natale en 37 par la mer. Ce n'étaient pas encore les scènes de panique et de désespoir qu'il avait photographiées par la suite, au Perthus ou à Cerbère, mais il s'agissait bien de la même tragédie. Un peuple fuyant le fascisme.

Né d'un père notaire et d'une mère professeur de français, Diego avait suivi les cours de l'université de Bilbao avant de partir pour la France se perfectionner dans le domaine de la photographie. Il avait travaillé comme assistant d'Henri Cartier-Bresson. Rentré en Espagne en 36, l'année de ses vingt et un ans, il s'était retrouvé plongé dans un monde absurde et fou. Son père venait d'être assassiné par les milices franquistes alors qu'il n'avait jamais fait de politique. Athée, humaniste, il s'était battu sans relâche pour défendre les droits de l'homme. Sa mère avait supplié Diego de ne pas rejoindre les rangs des républicains.

« Tes photos constituent ta meilleure arme, lui avait-elle dit. Tu montreras au monde, par la suite, ce qu'on nous a fait. »

Maria, sa mère, s'était réfugiée à Guernica avec sa fille Laura.

Diego serra les poings à ce souvenir. Guernica avait été bombardée en avril 37, un jour de marché, par les bombardiers et chasseurs de la Légion Condor allemande nazie et les bombardiers de l'Aviation légionnaire italienne fasciste. Un déluge de quelque soixante tonnes de bombes incendiaires qui avait anéanti la majeure partie de la ville de sept mille habitants.

Maria et Laura Vargas figuraient parmi les victimes.

Diego n'était jamais retourné dans la ville martyre. C'était au-dessus de ses forces. Arrivé à Bordeaux en août 37, il avait établi des relations avec d'autres réfugiés espagnols. A cette époque, il espérait encore que les jeux n'étaient pas faits, que les républicains pouvaient gagner ce jeu mortel. Ne tenaient-ils pas toujours la Catalogne et une bonne partie de l'est de l'Espagne ?

La chute de Barcelone, le 26 janvier 1939, avait mis fin aux rêves les plus fous. Désormais, il fallait fuir la répression franquiste, tout laisser derrière soi.

Diego avait pris des clichés poignants. Une femme portant un invraisemblable barda, qui s'était effondrée d'un coup, comme un cheval épuisé, après avoir franchi la frontière. La Croix-Rouge l'avait prise en charge, emmenée sur une civière tandis que de grosses larmes coulaient sur les joues de la fillette l'accompagnant. Elle raconta qu'elle s'appelait Pilar, et qu'elles venaient du côté de Tarragone. Elles avaient abandonné en chemin la dînette de la petite, ainsi que sa poupée, sa chère Soledad. Diego s'était occupé de Pilar. Il savait, en effet, que nombre de familles avaient été séparées en franchissant les Pyrénées et que des centaines d'enfants s'étaient égarés. Grâce à Diego, la petite fille avait retrouvé sa mère deux jours plus tard et, dès que celle-ci avait été en état de voyager, elles avaient été envoyées dans un village du centre de la France disposé à accueillir des réfugiés. Pour deux tirées d'affaire, combien d'autres en marche vers un destin fait d'angoisses et de malheurs ?

Diego avait voulu immortaliser les visages défaits, hagards, les silhouettes voûtées, les regards perdus. Lui-même, ce faisant, avait éprouvé compassion, empathie et dégoût. Etaient-ce réellement des compatriotes qui étaient responsables de tant de haine ? Il avait pensé à Montaigne qui avait écrit : « Une guerre étrangère est un mal bien plus doux que la civile », et serré les poings.

Par la suite, la relégation des hommes dans des camps insalubres l'avait révolté.

Lui voulait rester un homme libre. Il envoyait ses photos au journal *Ce soir,* qui couvrait la guerre d'Espagne avec une équipe de dix-huit journalistes et reporters-photographes.

Un petit vent frisquet, levé avec la marée, échevelait les pins bordant le front de mer.

Arcachon paraissait si paisible... songea-t-il. Loin, bien loin des réfugiés qui fuyaient leur pays. Les Français n'avaient pas compris que la guerre d'Espagne avait constitué une sorte de galop d'essai pour les armements allemands. Ils espéraient encore échapper au conflit, sans mesurer la capacité de nuisance du régime nazi. Plusieurs personnes, pourtant, avaient multiplié les mises en garde, à commencer par André Malraux. Celui-ci, en effet, avait écrit : « Je suis convaincu que les grandes manœuvres du monde contre la liberté viennent de commencer. »

Diego réprima un soupir. Tout avait basculé si vite en Espagne...

Il jeta un coup d'œil aux alentours. Sa logeuse lui avait indiqué une boutique, boulevard de la Plage, où il pourrait trouver des pellicules. C'était l'une de ses habitudes, apprise de son maître : prendre énormément de clichés, pour être sûr d'en obtenir deux ou trois intéressants. Un petit carillon aigrelet tinta alors qu'il venait de pousser la porte du magasin.

Il apprécia en connaisseur la qualité des portraits exposés, s'avançant de quelques pas pour mieux voir une photographie de la dune du Pilat au lever du soleil.

— C'est vous l'auteur de ce cliché ? demanda-t-il à la jeune fille aux cheveux fauves qui tenait la caisse.

Jolie, pensa-t-il, bien qu'elle se tînt un peu trop en retrait à son goût. Une petite souris, au regard farouche.

Un lent sourire éclaira son visage.

— Moi ? Oh non, je n'ai pas le moindre talent artistique ! C'est ma grand-mère qui est photographe. Elle s'est absentée aujourd'hui pour se rendre sur l'île aux Oiseaux.

— Dommage, j'aurais aimé bavarder avec elle, murmura Diego.

Il repartait le soir même pour Bordeaux où il devait contacter d'autres réfugiés.

Il demanda à la jeune fille les pellicules dont il avait besoin, les régla, tout en l'interrogeant au sujet du climat du Bassin.

— Je suis venu ici en souvenir de mon père qui me parlait toujours d'Arcachon, déclara-t-il dans un français teinté d'accent espagnol.

Le sourire de Violette s'accentua.

— Et alors ? Pas trop déçu ?

— Pas le moins du monde.

Son regard se fit rêveur.

— C'est si calme ici.

Elle lut dans ses yeux le reflet des souffrances vécues, voulut tendre la main vers lui.

Elle n'osa pas ce geste. Qui était-il pour elle ? Un homme de passage, qui ne reviendrait peut-être jamais.

— Presque trop calme, non ? lança-t-elle, un brin moqueuse.

Il se pencha au-dessus du comptoir. Elle remarqua ses yeux d'un brun presque noir, marqués de minuscules rides en étoile.

L'espace d'un instant, Violette éprouva comme un vertige. Elle imagina ce que pourrait être sa vie aux côtés de cet homme-là, et eut envie de prier : « Attendez... emmenez-moi. »

Naturellement, elle n'en fit rien.

— Ne dites pas ça, pria-t-il.

Une ombre voila son regard.

— Lisez *L'Espoir,* d'André Malraux, reprit-il. Vous aurez déjà une première idée de la situation dans mon pays, il y a deux ans.

Il salua Violette d'une inclinaison de tête, et s'en fut.

Le carillon tinta longuement dans le magasin. Violette posa les mains sur ses joues, comme pour dissimuler leur rougeur. N'était-elle pas stupide, à dix-neuf ans passés, de réagir comme une gamine ?

62

1939

Tout paraissait si paisible, pensa Violette en contemplant la surface miroitante du Bassin depuis le belvédère.

Elle aimait la Maison du Cap d'un amour viscéral. Elle y avait grandi, joué en compagnie de Paul. Ils avaient escaladé les dunes, fabriqué des cabanes, appris à nager dans les vagues tumultueuses de l'Océan.

C'étaient des vacances de rêve, dont elle gardait encore le goût salé sur les lèvres. En compagnie de son cousin, Violette surmontait sa timidité. Paul était comme elle, un enfant sans père, mais le sien était un héros de la guerre. Philip, lui, avait mis fin à ses jours.

Au fond d'elle-même, Violette se demanderait toujours si elle n'en était pas un peu responsable.

La main en visière devant les yeux, elle chercha à repérer la silhouette de la villa Séréna, où Charlotte et elle vivaient depuis des années, située presque en face du belvédère. Elle s'était accordé des vacances après avoir obtenu son diplôme d'infirmière.

« Fais-en bon usage, surtout », lui avait recommandé son grand-père.

A l'heure du choix, Violette hésitait. Il lui semblait

qu'il vaudrait mieux travailler quelques années en milieu hospitalier afin d'acquérir de l'expérience, mais son caractère indépendant lui donnait envie de se lancer dans une carrière d'infirmière libérale. Sa jeunesse constituait un handicap, elle en était consciente. Elle se détourna, redescendit à pas lents vers la pièce à vivre. Céleste s'activait dans la grande cuisine, chaleureuse avec ses casseroles en cuivre, sa grande table en pin ciré et son marbre à pâtisserie. Elle sourit à Violette.

— Je prépare des terrines de poisson. Il fait si beau, nous pourrons pique-niquer sur la plage ce soir.

La jeune fille se surprit à penser que Céleste avait retrouvé son allant et sa joie de vivre depuis qu'elle fréquentait le club de lecture créé par une institutrice retraitée. Cependant elle ne s'était jamais confiée à elle.

Elles attendaient Paul, qui revenait de Paris, où il suivait les cours de l'Ecole normale supérieure, rue d'Ulm. Toute la famille était particulièrement fière du fils de Matthieu, au parcours scolaire exemplaire. Il était le confident de Violette. Qu'aurait-elle à lui raconter cet été ? Qu'elle était tombée sous le charme d'un photographe réfugié espagnol ? Elle imaginait déjà la réaction de Paul. « Enfin, ma chère petite cousine est amoureuse ! »

Paul l'incitait régulièrement à venir passer quelques jours à Paris.

« Je te ferai connaître la vraie vie ! » promettait-il, l'air gourmand. Il trouvait Violette beaucoup trop sage.

Comment aurait-elle pu lui expliquer qu'elle se sentait toujours coupable de quelque chose ? D'être là, de ne pas parvenir à s'entendre avec sa mère, de ne pas avoir surmonté le suicide de son père... Violette ne respirait mieux qu'à la Maison du Cap, ou auprès de ses patients. Là où elle avait le sentiment d'être utile. Tippy, son fox-terrier, vint se frotter contre ses jambes. Elle le caressa distraitement. Ses grands-parents Galway le lui avaient offert pour ses quinze ans. Violette leur rendait visite une ou deux fois par an, sans parvenir à se défaire d'un horrible sentiment de malaise dès qu'elle franchissait les grilles de leur domaine. C'était là-bas que son père s'était défenestré. Pourquoi avait-il fait ce choix ? N'avait-il pas pensé à elle ?

— Charlotte rentre aussi ce soir, reprit Céleste. Si j'ai bien compris, elle se languit de la Maison du Cap.

— Grand-mère a toujours préféré habiter sur la presqu'île, même si elle vit de l'autre côté de l'eau à cause de son travail. Nos racines se trouvent ici.

Les liens s'étaient encore resserrés entre elles trois depuis la mort de Marie, survenue deux ans auparavant. Elle s'était éteinte dans son sommeil, alors qu'elle avait juste fait remarquer en allant se coucher qu'elle était « un peu fatiguée ».

Célébrées dans la chapelle de la villa Algérienne, là où, sur le clocher, la croix dominait le croissant, les obsèques de Marie avaient rassemblé une bonne partie des habitants de la presqu'île, les familles d'ostréiculteurs en tête. La cérémonie avait été à la fois émouvante et empreinte de sérénité. Margot avait daigné se déplacer pour l'occasion. Elle était repartie à l'issue de l'enterrement au bras de François.

Violette se défiait de Margot, qui pouvait avoir la dent dure. Dorothée tenait-elle d'elle ?

Elle réprima un soupir. Ses relations avec sa mère

ne s'étaient pas vraiment améliorées, mais Dorothée ne s'entendait pas avec beaucoup de monde. A quarante-trois ans, elle volait toujours, travaillant pour la Croix-Rouge. Elle avait obtenu deux ans auparavant son brevet de pilote de transport, ce qui lui permettait désormais d'effectuer du convoyage professionnel et de donner des cours. Elle avait mis fin, en effet, à ses exhibitions en meetings aériens. Elle passait environ une fois par an à Arcachon, s'arrêtant plus volontiers chez son père, et, le reste du temps, donnait fort peu de nouvelles. Elle ne s'était jamais remariée, et, lorsque des journalistes l'interrogeaient à propos de sa vie privée, elle répondait d'une pirouette : « Voler me satisfait amplement. Je n'ai besoin de rien d'autre. »

« Charmant, tout à fait charmant », avait commenté Margot en repliant d'un coup sec le journal dans lequel elle avait lu l'interview.

Violette n'avait rien dit, seulement pensé que cela ne la surprenait pas. Dorothée ne vivait que pour sa passion, sa fille avait dû s'y habituer.

Elle marcha sur le sable humide, Tippy sur ses talons. Le ciel s'étirait en un dégradé de bleus que Charlotte ne parvenait jamais à restituer sur la toile, ce qui la mettait de fort mauvaise humeur. De l'autre côté de l'eau, elle distinguait la flèche de Saint-Ferdinand, celle de Notre-Dame d'Arcachon, et la forêt, dense, profonde.

Son pays.

Elle prit une longue inspiration. A cet instant, elle songea au photographe espagnol. Qu'était-il devenu ? Elle ignorait jusqu'à son nom. Elle avait lu *L'Espoir,* bien entendu, en avait gardé une étrange impression, comme si elle avait suivi l'étranger sur les chemins poussiéreux de l'Espagne en proie à la guerre civile.

L'étranger... elle l'appelait ainsi, désormais.

Le vapeur approchait du débarcadère. Perdue dans ses pensées, elle n'y avait pas prêté attention. Elle se pencha, attrapa Tippy par son collier. Elle patienta durant plusieurs minutes, se demandant si Paul arriverait seul ou accompagné de sa mère. Les ombres des pins s'allongeaient. L'air sentait la résine et la marée. Tippy s'agita, elle le lâcha en lui recommandant de rester à côté d'elle.

Lorsqu'elle reconnut la silhouette de Charlotte à la proue du *Courrier-du-Cap*, elle agita la main. Sa grand-mère représentait pour elle un point fixe dans sa vie.

— Tu crois vraiment qu'il y a un risque de guerre ? chuchota Violette.

C'était l'heure de la sieste. Paul l'avait entraînée vers la pointe, là où l'Océan battait la côte. Le regard se perdait, loin, au-delà des passes. Le soleil tapait fort. L'un comme l'autre avaient laissé leurs vieux chapeaux de paille accrochés au porte-manteau de la Maison du Cap. Main dans la main, ils coururent vers l'Océan, se jetèrent dans les vagues écumantes. Flux, reflux... l'eau était délicieuse, juste à point pour les rafraîchir. Ils se laissèrent rouler jusque sur le sable, repartirent à l'assaut des vagues.

Paul n'avait toujours pas répondu à sa cousine. Il le fit lorsqu'ils retournèrent s'allonger sur le sable chaud.

— Franchement, Violette, tu ne t'intéresses pas à

la situation internationale ? La Grande-Bretagne et la France ont reculé honteusement face à Hitler et signé les accords de Munich. Cependant, elles n'ont pas compris, alors, que ce fou ivre de pouvoir ne s'arrêterait pas là. Winston Churchill l'a écrit dans le *Times* du 7 novembre 1938 : « Ils devaient choisir entre le déshonneur et la guerre. Ils ont choisi le déshonneur, et ils auront la guerre. » Hitler revendique Dantzig, dont la population est en grande majorité allemande. Tu as entendu parler, j'espère, du « couloir de Dantzig », instauré par le traité de Versailles en 19, afin de ménager à la Pologne un accès portuaire à la mer Baltique. Or, ce « couloir de Dantzig » constitue un véritable abcès de fixation pour les Allemands ! Hitler l'appelle « la pire monstruosité du traité de Versailles ».

— Cela ne m'explique pas pourquoi nous risquons de nous retrouver entraînés dans une guerre dont nous ne voulons à aucun prix.

Paul lui décocha un regard moqueur.

— Ma vieille, tu aurais mieux fait de t'intéresser à la presse plutôt que de potasser anatomie et biologie ! Je te rappelle que l'Angleterre, la France et la Pologne sont liées par une alliance militaire tripartite. Elles se sont engagées à intervenir si le territoire polonais était attaqué.

Violette hocha la tête. Il lui sembla brusquement qu'une ombre venait de voiler le soleil. Elle frissonna.

— La guerre, souffla-t-elle. Cette abomination…

— Ne t'inquiète pas ! lui lança Paul. Nous sommes protégés par la ligne Maginot.

Il ne précisa pas que, comme nombre de ses camarades, il était pacifiste. Il s'était rendu à Pâques en 38, puis, l'année suivante, au Contadour, en Provence, où il avait été heureux de passer une quinzaine de jours en compagnie d'autres étudiants et de l'écrivain Jean Giono, tous adeptes du retour à la terre et du pacifisme.

La guerre lui faisait peur à lui aussi. Mais, parce qu'il était un jeune homme de vingt ans, il ne voulait pas l'avouer.

Que déciderait-il si la France, son pays, déclarait la guerre à l'Allemagne ? Il en avait déjà discuté avec Richard, son meilleur ami. L'un et l'autre étaient tentés de se réfugier du côté de la montagne de Lure, près du Contadour, justement, mais ne serait-ce pas faire preuve de lâcheté ?

Il chercha à dérider Violette.

— On fait la course jusqu'aux estrangeys qui trempent le bout de leurs orteils dans la mer.

L'été serait inoubliable, il s'en faisait le serment.

63

Décembre 1940

Ils ne vont quand même pas réquisitionner Sonate !

Margot, le visage crispé, brandit sa canne d'un geste belliqueux. Charlotte l'esquiva prudemment.

— Ecoute, maman, ce n'est peut-être pas le moment de faire ta mauvaise tête, déclara-t-elle d'une voix unie. Si tu veux, je t'emmène chez moi.

— Chez toi ! Il n'en est pas question ! protesta la vieille dame avec force. Je me suis donné assez de peine pour obtenir ce que je possède. Je reste ici, dans ma maison. C'est là que je veux mourir... le plus tard possible, bien entendu !

A quatre-vingt-dix ans, Margot était devenue non seulement avare mais aussi hypocondriaque. Elle appelait son gendre de plus en plus souvent, pour des vétilles. Un poids sur l'estomac, une douleur lancinante dans les jambes, une piqûre d'insecte... Patient, François répondait à ses appels. Sa présence rassurait Margot pour un ou deux jours.

— Veux-tu venir te promener avec moi ? suggéra Charlotte. Un peu d'exercice te ferait du bien.

Proposition que la vieille dame rejeta. Un peu

d'exercice... comme sa fille y allait ! Elle ignorait que la semaine précédente, ayant entendu à la radio que l'arrivée des troupes allemandes à Arcachon était une question d'heures, Margot avait enterré nuitamment sous son plus beau massif d'hortensias l'argenterie ainsi que les quelques lingots d'or qu'elle possédait. Elle avait trébuché à deux reprises, eu un étourdissement mais, grâce à Dieu, avait réussi. Aussi estimait-elle s'être assez dépensée physiquement !

Charlotte soupira.

— Maman, si tu ne veux pas quitter Sonate, tu devras envisager d'héberger l'occupant.

— Je suis trop vieille ! lança Margot.

Charlotte avait remarqué que, ces derniers temps, elle se comportait comme si elle jouait un rôle. Celui d'une vieille femme impolie et sénile. Mais ce n'était pas la vraie Margot ! Ou, tout au moins, Charlotte s'efforçait-elle de s'en convaincre.

Réprimant un soupir, elle fit comme si elle n'avait rien entendu et déposa deux livres sur le guéridon de sa mère.

— Tu reviens demain ? s'enquit Margot d'un ton plaintif.

Ça aussi, c'était nouveau ! D'habitude, elle revendiquait son indépendance et demeurait à l'écart des siens. Charlotte éluda, rappela qu'elle s'occupait de François, immobilisé par une méchante bronchite. Margot leva les yeux au ciel.

— Un médecin malade ! On aura tout vu...

— Il n'est plus tout jeune, protesta Charlotte.

— Toi non plus. Et, pourtant, tu travailles toujours. Tu vas les photographier ?

Pour l'instant, on les appelait « ils » comme si cela permettait de gommer leur arrivée en vainqueurs.

Charlotte secoua la tête.

— Je ne sais pas, maman. Un jour à la fois. J'aimerais tant avoir des nouvelles de Dorothée et de Paul !

Sa fille était partie pour l'Angleterre dès le 20 juin, répondant à l'appel du général de Gaulle. Elle était passée en coup de vent à Arcachon, leur avait fait part de sa décision.

« Si je puis être utile… » avait-elle murmuré.

A quarante-quatre ans, elle était encore jolie mais trop raide, anguleuse, même. Charlotte se disait souvent qu'elle avait gâché sa vie à cause de sa passion pour l'aviation, mais comment aurait-elle pu la juger ?

Violette n'avait pas protesté. A quoi bon ? Il était impossible de retenir Dorothée !

François avait accusé le coup.

« Ma petite fille… tu te rends compte ?

— Bien sûr, avait-elle crâné, mais, tu sais, c'est important pour moi. Me battre, ne pas me comporter en mouton bêlant. De Gaulle nous a montré le chemin, pas vrai ? »

Si Philip ne s'était pas suicidé… si Dorothée avait été de nouveau éprise… aurait-elle pris cette décision ? Il ne servait à rien de s'interroger, avait pensé Charlotte, lucide. De plus, même si elle ne cesserait pas de s'inquiéter à son sujet, elle était aussi fière de sa fille.

Elle se pencha, déposa un baiser léger sur le front de Margot. Celle-ci avait enfin renoncé à son horrible teinture. Désormais, ses cheveux blancs, abondants et légèrement ondulés, lui adoucissaient le visage.

— Merci d'être venue, déclara-t-elle comme s'il s'agissait d'un événement rarissime.

Charlotte s'en alla sans répondre après avoir salué la servante.

Elle se hâta pour rentrer chez elle avant la nuit. Il lui semblait qu'Arcachon n'était plus sa ville mais une entité différente, envahie par les uniformes ennemis.

De toute évidence, l'occupant appréciait la douceur de vivre du Bassin ! Ils étaient arrivés par centaines, dès le 27 juin, et, comme nombre d'Arcachonnais s'en étaient étonnés, ils étaient restés corrects. Polis, dénués de morgue, ils avaient tout mis en œuvre pour se faire accepter de la population.

Comme si nous avions pu oublier la défaite ! pensa Charlotte, amère.

Paul, qui avait passé la « drôle de guerre » cantonné dans le nord de la France, avait été fait prisonnier en juin 40. Il croupissait dans un stalag en Poméranie et, chaque mois, sa mère et Charlotte lui adressaient des colis.

Ses lettres étaient empreintes d'une sourde désespérance. « Tout ce temps perdu… » écrivait-il, réclamant en priorité des livres.

Combien de temps encore devraient-ils supporter cette situation ?

Le col de son manteau relevé, Charlotte marchait à grands pas vers sa maison. Elle s'inquiétait pour les siens, sans vouloir admettre qu'elle-même avançait en âge.

A soixante-huit ans, elle se sentait en pleine possession de ses moyens. Certes, elle ne courait plus comme avant mais se partageait toujours entre sa boutique et la maison, veillant à ce que celle-ci demeure accueillante.

Elle aurait voulu que Céleste les rejoigne au Pyla mais sa cousine refusait de quitter la Maison du Cap.

« On ne déracine pas les vieux arbres », lui répétait-elle.

Les cheveux blancs enroulés en couronne, le corps ceint de son éternel grand tablier bleu, Céleste restait fidèle à elle-même. Avec le temps, elle s'était accommodée de sa solitude et câlinait son chat Gribouille.

« La vieille fille et son chat », ironisait-elle. Elle fréquentait toujours assidûment son club de lecture et faisait de longues promenades en compagnie de Myrtille, l'institutrice qui l'avait créé.

Violette et sa grand-mère atteignirent la maison en même temps. Violette revenait de l'hôpital. Les joues rougies par le froid, elle sauta de sa bicyclette et embrassa Charlotte.

— Oh ! Tu as une petite mine, tu as dû aller voir Ma !

Charlotte sourit.

— Exactement. Viens vite te mettre au chaud, ma chérie.

On commençait à manquer de tout mais c'était l'approvisionnement qui posait le plus de problèmes. Arcachon n'était pas une cité agricole et avait très vite ressenti les effets de la pénurie. Désormais, on trouvait essentiellement sur le marché des carottes et des rutabagas.

Malgré les interdictions, des pêcheurs continuaient de sortir la nuit et rapportaient du poisson qu'ils vendaient sous le manteau. Théoriquement, les Arcachonnais auraient dû pouvoir acheter des huîtres en grande quantité, les soldats allemands n'ayant pas le droit d'en consommer par crainte de la typhoïde. Cependant, ils devaient être nombreux à ne pas respecter cette règle, les huîtres étant devenues pratiquement introuvables. Grâce à Anatole, Charlotte et les siens pouvaient encore s'en procurer mais on évoquait de plus en plus souvent la perspective de faire d'Arcachon une zone interdite. Que se passerait-il alors ? Charlotte n'osait pas l'envisager.

Tippy se jeta sur sa maîtresse en aboyant à tue-tête. Il fit trois fois le tour du rez-de-chaussée, tout en continuant de donner de la voix.

— Tais-toi donc ! lui ordonna Violette.

Elle se sentait lasse. La journée avait été difficile, ils avaient perdu un patient âgé auquel elle s'était attachée. Elle aurait aimé en parler avec son grand-père, sans oser le déranger car il était souffrant. Une mauvaise bronchite, un comble pour celui qui avait passé la plus grande partie de sa vie à soigner des poitrinaires !

— Toujours pas de nouvelles de Paul ? s'enquit Violette.

— Non, ma chérie. Demain, peut-être.

Les deux femmes échangèrent un regard perdu. Paul leur paraissait si loin, dans son camp de Poméranie ! Elles avaient peur pour lui. Sans se l'avouer, Charlotte redoutait que l'histoire ne se répète. La guerre de 14 lui avait arraché son fils. Celle de 39 ne lui prendrait pas son petit-fils. Elle se le promettait.

64

1942

Les Allemands avaient investi la place de la Comédie où ils donnaient une animation musicale. Diego se détourna du spectacle et se dirigea rapidement vers les quais.

Il avait en lui une sorte de rage qui le poussait à s'investir toujours plus dans la lutte clandestine. Il avait tiré un trait quant à un prochain retour en Espagne. De toute évidence, le régime franquiste n'avait pas l'intention de céder la place !

Pour l'instant, l'urgence était de renverser la situation en France. L'année 42 était terrible. Diego avait été particulièrement marqué par le jugement ou, plutôt, la caricature de jugement des résistants du réseau du Musée de l'Homme, en janvier, et la condamnation à mort, suivie de l'exécution immédiate, de sept d'entre eux. Il avait pu se procurer un exemplaire clandestin du *Silence de la mer,* de Vercors, et longuement médité sur la communication impossible entre occupant allemand et vaincus français. En juin, il avait été écœuré par la campagne abjecte de Pierre Laval en faveur de la Relève.

La rafle du Vél' d'Hiv', en juillet, avait exacerbé

les pires craintes du photographe. On commençait à chuchoter que les Juifs arrêtés étaient déportés dans l'Est. Des cheminots révoltés avaient parlé de wagons à bestiaux plombés et de gémissements. Diego avait aussitôt établi un lien avec les révélations de Jean Marin dans l'émission de Radio-Londres « Les Français parlent aux Français » sur les massacres de Juifs polonais à la mitrailleuse ou dans des chambres à gaz.

Comment était-ce possible ? Ou, même, imaginable ? Cependant Diego avait été le témoin impuissant de tant d'atrocités en Espagne qu'il ne se faisait plus d'illusions quant à la capacité de nuisance des hommes.

Aussi reçut-il avec plaisir un message codé lui ordonnant de se rendre à Arcachon. Même s'il n'était pas certain de la retrouver, il rechercherait la jeune fille aux cheveux fauves.

Les libertés étaient de plus en plus réduites pour les Arcachonnais en cette année 1942. Obligation de déclarer à la Mairie les appareils à polycopier, défense aux estivants de séjourner dans une zone comprise entre la côte et une ligne parallèle à celle-ci située à douze kilomètres, défense de circuler à partir de vingt-trois heures sans laissez-passer spécial…

« On a encore le droit de respirer ? » ironisait Margot, qui se déplaçait de plus en plus difficilement.

A quatre-vingt-douze ans, bravache, elle affirmait que le Seigneur l'avait oubliée. François, qui avait été victime d'une attaque cardiaque et avait dû renoncer à exercer, estimait pour sa part que le fichu caractère de la vieille dame était le secret de sa longévité exceptionnelle. Qui, en vérité, pouvait supporter ses caprices et sa mauvaise humeur ? Sonate se délabrait, et Margot régnait sur les pièces du bas, de plus en plus ratatinée, de plus en plus morose. Elle avait dû se résigner à héberger un officier allemand qui vivait à l'étage en compagnie de son ordonnance. Poli, il la saluait quand il la croisait dans le hall en faisant semblant de ne pas remarquer qu'elle lui répondait avec aigreur.

« Saleté de Boche, pourquoi s'incruste-t-il chez moi ? » fulminait-elle.

Elle avait tendance à revivre le passé tout en oubliant les événements de la veille. Elle se revoyait, toute jeunette, apprenant le plaisir avec Chabert puis faisant découvrir la presqu'île à James. James… elle avait tant souffert de ne pouvoir l'épouser ! Le souvenir de Lesage se diluait dans une sorte de brouillard flou alors qu'elle se rappelait parfaitement sa première rencontre avec James.

Elle ouvrit sa bonbonnière, pour constater avec une moue de dépit que celle-ci était vide. Il faudrait qu'elle le dise à Marie. Marie lui trouverait des bonbons.

Une atmosphère pesante régnait sur Arcachon. Un ciel bas, l'interdiction de s'évader vers la presqu'île contribuaient à créer une ambiance morose. L'occupant se montrait moins courtois. La guerre s'éternisait et, ce faisant, la confiance s'émoussait.

Charlotte remarquait ces détails et ne manquait pas d'en faire part à Oberon, un ami engagé lui aussi dans la Résistance.

Instituteur, il bénéficiait de plages de liberté et

venait souvent lui rendre visite, en fin de journée. Fin 40, ils avaient imprimé des tracts et les avaient collés sur les troncs des arbres et sur les portes.

« Courage, patience, confiance. Vive de Gaulle ! La France est provisoirement vaincue mais c'est l'Allemagne qui perdra la guerre », proclamaient ces tracts. Le lendemain, l'ennemi s'évertuait à arracher les affiches et à en poser d'autres, anti-anglaises et anti-gaullistes.

Un véritable jeu de gendarmes et de voleurs… Mais ils risquaient leur vie.

L'année 1941 avait vu s'intensifier les actions de résistance. Tout naturellement, Charlotte s'y était trouvée associée grâce à deux amis, le docteur Valence et l'entrepreneur Duval. Ils se réunissaient chez elle les jours où Violette assurait son service à l'hôpital. En effet, il n'était pas question pour elle de mêler sa petite-fille à son activité clandestine.

Elle aurait voulu convaincre Céleste de venir les rejoindre mais sa cousine refusait de quitter la Maison du Cap, plus encore depuis que celle-ci avait été réquisitionnée. De toute manière, la presqu'île, hérissée de blockhaus et de barbelés, était devenue inaccessible. Les Allemands avaient fait appel à de la main-d'œuvre locale pour édifier le mur de l'Atlantique. Nicolas et Dominique, les fils d'Anatole, y avaient travaillé, contraints et forcés.

L'occupant, persuadé qu'un éventuel débarquement pouvait avoir lieu du côté du cap Ferret, avait été saisi d'une sorte de paranoïa.

Céleste et Charlotte parvenaient à communiquer, de façon aléatoire, grâce à la poste, sans que cela soit régulier. Céleste, à mots couverts, évoquait les deux officiers qui logeaient à la Maison du Cap, et leur passion pour la musique.

« Si seulement ils préféraient Gershwin à Wagner ! » ironisait-elle.

Marthe donnait peu de nouvelles. Elle souffrait de la faim à Sceaux, une situation partagée par la plupart des Français. Ses rares lettres se bornaient à des considérations sur la dureté de l'époque et les privations. Pierre et Jean vivotaient tout comme elle, affirmait-elle. Pierre n'avait pas suivi les conseils de Charlotte et renoncé à toute vie indépendante. Charlotte avait de la peine à concevoir que sa chère Marthe, joyeuse et pleine d'allant, ait pu se transformer en mère abusive.

La cloche du portillon en bois tinta. Tippy se rua sur la porte d'entrée. L'instant d'après, Violette apparaissait sur le seuil.

— Grand-mère, j'ai besoin de toi ! lança-t-elle.

François sourit à celle qui était restée, malgré tout, son épouse.

— Qui aurait pu imaginer pareille situation il y a seulement vingt ans ?

— Oh ! Il y a vingt ans, nos relations étaient redevenues presque cordiales !

— C'est vrai, reconnut-il.

Au fond de lui, il savait qu'il n'avait jamais aimé une autre femme. Certes, il avait cru mourir de chagrin et de jalousie quand elle lui avait appris son amour pour William Stevens, mais il n'avait pu se résoudre à la chasser de son cœur.

La réquisition de sa villa avait entraîné son départ, sur une suggestion de Violette. Elle savait en effet que son grand-père ne supporterait pas de cohabiter avec l'ennemi. Elle avait donc eu l'idée d'emmener François avec ses livres et son poste de radio au Pyla. Il laissait ainsi le champ libre à l'occupant. Ses grands-parents et elle se trouvaient réunis, ce qui rassurait Violette, toujours inquiète pour son grand-père depuis son accident cardiaque. François, bien installé sur son fauteuil acheminé lui aussi en charrette, plissa les yeux.

— Je me demande ce que Dorothée penserait si elle me voyait dans sa chambre.

— Elle serait ravie, assurément !

Le visage de Charlotte blêmit. Il y avait plus de deux mois que leur fille n'avait pas donné de nouvelles. Une véritable torture, sachant qu'elle effectuait des missions de repérage à haut risque.

Elle se pencha vers François.

— Dis-moi… Suis-je responsable ? Enfin… tu comprends ce que je veux dire. Si je n'étais pas partie, en 1904, cela aurait-il changé quelque chose au comportement de notre fille ?

La culpabilité la rongeait toujours. Avoir abandonné ses enfants, être une mauvaise mère… Combien de temps traînerait-elle ce fardeau ?

— Si tu es responsable, nous le sommes tous les deux, répondit-il vivement. Je n'aurais jamais dû t'empêcher de voir les enfants. Seigneur ! Nous étions jeunes, alors, et si intransigeants ! Tu m'as fait mal, je t'ai punie…

Il secoua la tête comme pour chasser ses souvenirs.

— Dis-toi bien que Dorothée a toujours été ainsi. Et même avant que tu ne t'installes à la Maison du Cap. L'aventure était son moteur. Rappelle-toi le nombre de fois où elle nous faussait compagnie, « pour être libre », comme elle disait. Elle a beaucoup sacrifié à sa passion pour l'aviation. Je prie le ciel pour qu'elle sorte indemne de cette maudite guerre.

— Moi aussi. Si tu savais…

Spontanément, Charlotte laissa aller sa tête contre l'épaule de François. Il leva la main, caressa ses cheveux striés de blanc d'un geste infiniment tendre. Ils demeurèrent ainsi un long moment, sans même prendre conscience du temps qui s'écoulait. Ils étaient deux.

65

1943

Les mains enfoncées dans les poches de son pantalon, la casquette rabattue sur les yeux, Diego Vargas faisait les cent pas devant le Théâtre de Bordeaux. Son contact était en retard. Face à ce genre de situation, il convenait de s'en aller et d'effectuer une nouvelle tentative le lendemain. Mais son instinct soufflait à Diego de patienter encore quelques minutes.

Depuis le début de la guerre, il avait développé une sorte de sixième sens l'incitant à fuir en cas de danger. Il se déplaçait de plus en plus souvent, s'attachant à faire passer en Espagne aussi bien des aviateurs anglo-saxons que des Juifs. Le réseau auquel il appartenait travaillait en étroite liaison avec Londres. La donne avait changé depuis le début de l'année 43. La plupart des observateurs estimaient en effet que l'Allemagne nazie était condamnée à perdre la guerre. Son échec devant Stalingrad, la reddition sans conditions des forces de l'Axe en Tunisie, le début de la campagne d'Italie constituaient autant de facteurs d'espérance.

Seul problème : combien de temps encore le régime

d'Hitler et de ses sbires allait-il tenir en poursuivant son œuvre de mort ?

Diego jeta un rapide coup d'œil autour de lui et décida de repartir.

En cette fin de matinée, la place de la Comédie était animée sous un soleil radieux. Il ignorait tout de la personne avec qui il avait rendez-vous. Pourtant, il se ravisa en apercevant, venant des allées de Tourny, une silhouette féminine avancer à grands pas. Le soleil incendiait ses cheveux fauves. Elle portait une veste longue en tissu sombre et une jupe vert foncé qui dévoilait en partie ses longues jambes.

Diego se mordilla la lèvre. Même si elle paraissait plus assurée, il avait bien l'impression qu'il s'agissait de la « petite souris » d'Arcachon. Etait-ce elle, son correspondant ?

Tout se déroula très vite. Il la salua d'un « Bonjour, aimez-vous Mozart ? » désinvolte, et elle répondit : « Je préfère Beethoven. » Il glissa alors son bras sous celui de la jeune femme et l'entraîna vers un café où il avait ses habitudes. De plus, cet établissement possédait une sortie sur l'arrière, ce qui constituait un atout non négligeable.

— C'est bien vous ? fit-il après l'avoir invitée à s'asseoir en terrasse.

Il s'était arrangé pour surveiller les alentours et se ménager un espace pour s'enfuir en cas de besoin.

Violette sourit.

Elle le trouvait changé. Plus dur, encore, que lors de leur première rencontre. Comme s'il avait eu une sorte de carapace.

— Et votre appareil photo ? s'enquit-elle.

— En sûreté. Enfin… je l'espère. Il y a des priorités.

Il enchaîna, pour bien montrer qu'ils n'avaient pas de temps à perdre :

— Vous avez la liste ?

Elle hocha la tête, posa sur la table un exemplaire de *La Petite Gironde* plié en huit, qu'elle venait de sortir de son sac.

— Cadeau, dit-elle.

Il attendit plusieurs secondes avant de glisser le journal à l'intérieur de son blouson.

— Prenez soin de vous.

Violette esquissa un sourire.

— J'essaie. Nous sommes assez impliqués à Arcachon.

— Votre famille ?

— Vous connaissez la consigne. Mieux vaut ne pas trop en dire.

« C'est parce que je m'intéresse à vous », aurait-il voulu expliquer. Il s'en abstint.

— Mon nom dans la clandestinité est « Valmont », se contenta-t-il de déclarer. Et, sinon, je m'appelle Diego Vargas. Souvenez-vous-en, si jamais vous aviez besoin de me contacter.

— Valmont, répéta-t-elle docilement.

Mais ses yeux pétillaient lorsqu'elle releva la tête pour lui demander :

— En référence aux *Liaisons dangereuses* ?

Il se mit à rire.

— Je ne suis pas allé chercher aussi loin ! Plus prosaïquement, je me trouvais alors dans un village qui portait ce nom.

Elle eut l'impression qu'il la considérait comme un bas-bleu et, mortifiée, esquissa le mouvement de se lever. Il posa la main sur son poignet.

— Attendez ! Ne partez pas aussi vite ! Où pourrai-je vous revoir ?

Le cœur de Violette battait à grands coups. Le temps avait passé, elle avait cessé de songer au mystérieux réfugié espagnol. Et puis, il y avait eu Blaise… Violette sentit ses joues s'empourprer à la simple mention de son prénom. Blaise était médecin à l'hôpital, et elle s'était éprise de lui. Un amour voué à l'échec puisqu'il était son aîné de presque vingt ans et, surtout, qu'il était marié. Pourtant, ils s'étaient aimés, au cours de l'hiver 41. Jusqu'à ce qu'il passe aux Etats-Unis grâce à une filière très compliquée. Il était parti sans prévenir la jeune femme, lui laissant seulement une lettre dans laquelle il se disait désolé. Il partait en compagnie de sa femme et de leurs deux enfants. Violette s'était sentie trahie, bafouée, et avait mis près d'un an à se remettre. Par la suite, elle avait appris que Blaise était coutumier du fait. Il séduisait de jeunes infirmières, rompait brusquement après les avoir entraînées dans son lit…

Cette mésaventure l'avait incitée à se défier des grands serments comme des promesses. Avec le recul, elle avait réalisé qu'elle s'était laissé courtiser et qu'elle avait été surtout amoureuse de l'amour. Il n'empêchait…

Elle se dégagea lentement.

— Je reste fidèle à Arcachon, répondit-elle d'une voix unie. J'y ai ma famille, mon emploi… tout ce qui compte pour moi. Bon vent, Valmont ! Et… prenez garde à vous.

Elle s'éloigna sur un signe de la main.

Diego suivit des yeux sa silhouette élancée et régla leurs consommations avant de se lever à son tour. Il se sentait un peu sonné, et avait le sentiment d'avoir raté quelque chose.

C'était peut-être mieux ainsi. Il menait une vie trop aventureuse pour pouvoir s'attacher à une femme ou lui demander de l'attendre.

Cependant, il le regrettait.

Violette musa dans la rue Sainte-Catherine avant de reprendre le chemin de la gare.

Elle avait gardé de bons souvenirs de Bordeaux, sans avoir pour autant envie de retrouver d'anciennes condisciples. La guerre avait posé un voile de suspicion sur les relations. Que pensait l'autre ? Etait-il fiable ? Ne risquait-il pas de vous trahir pour une simple confidence ? A la différence de sa grand-mère, qui combattait dans les rangs de la Résistance locale avec une parfaite insouciance – « Ils n'oseraient tout de même pas m'arrêter, à mon âge ! » plastronnait-elle –, Violette savait que sa vie pouvait basculer d'un instant à l'autre.

Les revers subis rendaient l'occupant irascible, prompt à lancer des actions de représailles. Des officiers paradaient dans l'artère la plus commerçante de la ville, dévalisant les boutiques de lingerie et de parfumerie. Un sentiment de nausée submergea Violette.

Elle accéléra le pas jusqu'aux quais. Là, elle se sentit un peu plus tranquille.

Ses pensées la ramenèrent vers Diego Vargas. Elle aurait aimé deviser plus longtemps avec lui, mais la situation ne s'y prêtait guère.

Elle l'avait senti tendu vers un but, en alerte. Qu'avait-il vécu, vu, durant les quatre dernières années ? Elle contempla le fleuve, languide et majestueux, et frissonna.

Pour la première fois de sa vie, elle se sentait prisonnière à Arcachon et aurait désiré s'engager encore plus dans l'action secrète. Aux côtés de Diego Vargas ? s'interrogea-t-elle en esquissant un sourire.

Il lui fallait rentrer. Si elle ratait son train de retour, il lui serait interdit par la suite de quitter Arcachon.

Trébuchant sur les pavés, elle reprit le chemin de la gare.

Elle songeait toujours à l'Espagnol quand elle s'installa dans un compartiment désert.

66

Janvier 1944

L'air était plutôt doux en ce début janvier, l'un des mois que Charlotte préférait pour sa lumière froide et son Bassin quasiment vide. C'était la période idéale pour photographier les grèbes huppés, à la silhouette si curieuse. Mais, cette année, elle n'avait pas le temps de partir à la chasse aux images.

Charlotte, épuisée, alla rafraîchir son visage au lavabo de l'arrière-boutique.

— As-tu terminé, grand-mère ? s'impatienta Violette dans son dos.

— Accorde-moi encore quelques minutes, chérie.

Il fallait faire vite, un traître étant en train de livrer à la Gestapo la liste des terrains d'atterrissage de la Gironde. Violette avait fréquenté celui de Marcheprime en compagnie de quatre autres résistants. Les ordres, venus d'en haut, exigeaient qu'ils se fassent établir de fausses cartes d'identité. Violette irait les chercher le lendemain à Bordeaux.

— Tu es certaine que ce n'est pas trop dangereux ? répéta Charlotte.

Sa petite-fille haussa les épaules.

— A l'heure actuelle, tout est dangereux ! A commencer par le fait de rester les bras croisés. Moi, je préfère vivre intensément.

Charlotte se troubla. Elle croyait entendre Dorothée. Violette avait changé depuis le début de la guerre. D'une certaine manière, elle s'était affirmée. Fallait-il une guerre pour former un caractère ? Quoique... non, il ne s'agissait pas vraiment de caractère. Plutôt d'assurance. Violette s'était épanouie dans son travail, et ses activités dans la Résistance lui avaient appris à développer maîtrise et sang-froid. Une autre Violette.

Charlotte secoua légèrement les photos, les tendit à sa petite-fille.

— Prends garde à toi, ma chérie, je t'en conjure.

— Promis, grand-mère.

Elle n'ajouta pas qu'elle avait une raison supplémentaire de vivre depuis qu'elle avait revu Diego Vargas. Elle avait peur pour lui, même si elle ne voulait pas le reconnaître. Elle avait lu dans son regard une sourde désespérance et, aussitôt après, avait songé à son père. Elle pressentait, cependant, que l'Espagnol n'était pas homme à se suicider. Il voulait se battre. Jusqu'au bout.

Elle glissa son bras sous celui de Charlotte.

— Rentrons vite à Séréna sinon nous allons dépasser l'heure du couvre-feu.

— Et ton grand-père va encore s'inquiéter.

Elles pressèrent le pas dans les rues désertes. Des éclats de voix provenaient de l'hôtel Richelieu, quartier général de l'occupant.

— Qu'ils débarrassent le plancher, vite ! souffla Charlotte.

Elle songeait en priorité aux siens. Paul se rongeait

toujours dans son camp de prisonniers. Elle n'osait imaginer dans quel état il reviendrait. Toutes ces années perdues... A condition qu'il revienne, bien sûr.

Le soir, avant de s'endormir, Charlotte priait pour les siens, sans être certaine de croire encore. Tant d'atrocités, Seigneur ! Comment garder l'espérance chevillée au cœur ?

Elles se glissèrent dans la maison sombre. François dormait déjà. Les deux femmes burent une infusion et allèrent se coucher à leur tour. La journée du lendemain serait chargée.

Si elle fut surprise de retrouver Diego à l'intérieur de la cathédrale, là où le rendez-vous lui avait été fixé, Violette s'efforça de n'en rien laisser paraître. Il portait la même canadienne, la même casquette, et paraissait être sur le qui-vive.

— Un traître est en train de semer la panique, lui chuchota-t-il alors qu'il l'avait rejointe devant l'autel. Je vous en conjure, pas d'imprudence.

Il posa sur le prie-Dieu placé devant lui un vieux missel à la couverture patinée.

Violette inclina lentement la tête.

— Je croyais que vous deviez quitter Bordeaux...

— Nous attendons que la situation se décante un peu. L'ennemi frappe partout. La bête a de la ressource.

Violette ne put réprimer un frisson.

— Nous nous sentons isolés au bord du Bassin. C'est assez étrange, quand on y réfléchit. Il nous est impossible de fuir par la mer, et la presqu'île est hérissée de blockhaus...

— Restent les avions.

— Ma mère est aviatrice. Elle travaille pour l'ATA, l'Air Transport Auxiliary, elle convoie des avions neufs tout juste sortis de leur usine de montage jusqu'aux bases de combat de la RAF.

Il émit un petit sifflement.

— Peste ! Et vous, cela ne vous a jamais tentée ?

— Pas le moins du monde ! Vous savez, j'ai peur d'être une fille très ordinaire.

— Bien sûr que non !

Il se pencha et posa un baiser léger sur le nez de Violette.

— Il y a un temps fou que j'en avais envie, déclara-t-il avec une certaine gravité.

Il se leva.

— Si jamais je passais par Arcachon, où puis-je vous trouver ?

— Chez mes grands-parents. La villa Séréna au Pyla. C'est un endroit tranquille, dans la pinède.

Il s'éclipsa si vite qu'elle se demanda s'il avait entendu sa dernière précision.

Elle ramassa le missel sur le prie-Dieu, le glissa dans son sac avant de se signer.

Dehors, le vent était glacial, le ciel plombé de gros nuages sombres.

Elle se hâta vers la librairie la plus proche où elle avait commandé lors de sa dernière visite *L'Homme aux gants de toile,* de La Varende.

Sa lecture lui permit de patienter jusqu'à l'heure de son train. Assise dans le compartiment, elle ferma à demi les yeux. Elle voulait se rappeler chaque expression de Diego. Viendrait-il à Arcachon ? Elle n'osait l'espérer.

Personne ne l'attendait en gare d'Arcachon mais Violette ne s'en étonna pas vraiment puisqu'elle y avait laissé sa bicyclette le matin à la garde d'un employé. Elle fila jusqu'au Pyla, en passant par les Abatilles. La nuit était déjà tombée. Elle pénétra dans le jardin de la villa Séréna.

Aucune lumière ne brillait à l'intérieur mais, comme il convenait de respecter les ordres de la défense passive, elle ne s'inquiéta pas. Tippy l'accueillit avec force démonstrations d'affection. Il était seul. La panique, irrépressible, envahit soudain Violette. Qu'était-il arrivé à ses grands-parents ?

Berthe, la voisine, frappa à la porte de derrière quelques minutes après le retour de Violette. Enveloppée d'une cape, elle paraissait glacée.

— Ne t'inquiète pas, dit-elle à la jeune femme. Enfin, c'est façon de dire. Charlotte et François ont été appelés auprès de la vieille madame Lesage, dans la Ville d'Hiver.

— Merci beaucoup, je ne savais que penser, murmura Violette.

Elle prit le temps de ranger le missel dans le tiroir de sa commode, après avoir tiré d'une cavité creusée dans la reliure les fausses cartes d'identité. Elle les dissimula dans sa chambre, puis repartit, toujours sur son vélo, jusqu'à Sonate. De la lumière brillait dans les appartements de Margot. Charlotte alla à la rencontre de Violette.

Son visage était défait.

— Son cœur, souffla-t-elle. Une alerte, heureusement que Louisette nous a appelés, François a pu agir rapidement.

François s'approcha à son tour.

— Cela devrait aller, avec du repos. Ta grand-mère et moi restons à Sonate cette nuit, c'est plus prudent.

La gorge nouée, Violette hocha la tête. Margot était certes égocentrique, capricieuse, avare, mais elle était aussi son arrière-grand-mère, celle qui racontait avoir connu l'empereur Napoléon III et assisté à l'essor de la cité.

« Une figure de notre ville », avait titré un jour *L'Avenir d'Arcachon*.

Bien que née dans la forêt, Margot était une fille de la ville touristique. Elle était restée fidèle à la Ville d'Hiver dont elle avait aimé le charme dès les premiers temps.

Violette se rapprocha de sa grand-mère.

— Je suis désolée, souffla-t-elle.

Charlotte entoura ses épaules d'un bras protecteur.

— Ça va aller, ma grande, ne t'inquiète pas. C'est juste que j'ai eu peur.

Elle émit un drôle de rire, qui se brisa net.

— Vois-tu, avec le temps, je finissais par croire que ma mère était éternelle.

Elle jeta un coup d'œil autour d'elle, s'immobilisa devant le tableau représentant sa mère.

— Le portrait de maman par Manet, soliloqua-t-elle. Elle en a toujours été si fière !

Violette n'y avait jamais vraiment prêté attention mais cette nuit-là, face au regard empreint de défi de Margot, elle réalisa qu'elles se ressemblaient toutes deux. Et elle éprouva une bouffée d'angoisse.

Parce que, malgré ou à cause de sa beauté, Margot n'avait pas eu une vie heureuse.

67

1944

Margot s'était remise de son malaise cardiaque avec une rapidité étonnante pour son âge. Heureusement, d'ailleurs, car les événements s'étaient précipités. Le 10 janvier, les membres du réseau avaient passé une nuit éprouvante. Prévenus que la police locale avait reçu l'ordre d'accompagner les agents de la Gestapo pour rafler les Juifs vivant à Arcachon, ils s'étaient démenés pour en soustraire le maximum. Violette était allée chercher trois enfants dans leur famille et les avait cachés à la villa avec l'accord de ses grands-parents.

Le lendemain matin, les onze personnes raflées – sur soixante-dix recensées – avaient été acheminées vers Bordeaux. François avait mis en garde Charlotte et Violette.

« Si jamais – ce qu'à Dieu ne plaise ! – nous étions inquiétés, les enfants seraient en danger. Il faut leur trouver un refuge plus sûr. »

Bernier, garagiste de son état, proposa sa tante, ostréicultrice à Gujan. Elle pourrait prendre les enfants en charge. Il les conduisit chez elle dans sa fourgonnette à gazogène.

Trois de sauvés… pour tant d'autres arrêtés, pensa Violette.

Le malaise de Margot puis la nuit de la rafle l'avaient bouleversée. Souffrant d'une angine, elle passa deux jours au lit, ce qui n'avait jamais dû lui arriver. La gorge en feu, elle avala docilement potions et tisanes au miel, ne parvenant même pas à s'agacer de ce contretemps. Elle se laissa dorloter par ses grands-parents, la tête vide. Quand elle reprit le chemin de l'hôpital, elle se sentait encore lasse, comme si elle n'avait pas recouvré toutes ses forces. Le vieux docteur Marson lui recommanda de manger des huîtres… si elle en trouvait. Elle récupéra assez vite, sans parvenir pour autant à se défaire d'un sentiment de catastrophe imminente. Elle s'inquiétait pour sa mère, pour Paul mais aussi pour Diego Vargas. Elle chercha à obtenir de ses nouvelles par l'intermédiaire d'Oberon, qui rendait souvent visite à Charlotte, en vain.

— Voyons, mon petit, vous savez bien que nous sommes extrêmement prudents. Une sécurité obligatoire, pour notre survie à tous, lui rappela-t-il.

Une semaine plus tard, elle promenait Tippy dans la pinède quand elle crut reconnaître une silhouette familière. Elle plissa les yeux.

— Diego ?

Elle n'aurait pas dû s'élancer ainsi vers lui mais c'était plus fort qu'elle, elle avait besoin de le toucher, de se serrer contre lui, pour se convaincre qu'il était bien vivant.

Il la maintint durant quelques instants à bout de bras, contemplant ses cheveux fous, son visage frémissant.

— Il fallait que je vienne, Violette, déclara-t-il. Que je vous voie, que…

Il l'attira contre lui, l'embrassa avec une sorte de fièvre.

— Violette, *querida,* promets-moi de m'attendre.

Elle inclina la tête.

— Promis.

Elle avait conscience de l'urgence de la situation, sans pour autant se résigner à s'écarter de lui. Les pins jetaient leurs ombres sur le sable humide, la pinède fleurait bon la fougère. C'était un moment hors du temps, qu'il convenait de savourer.

Cependant, remarquant des passants qui leur jetaient un coup d'œil curieux, Violette entraîna Diego vers la villa Séréna.

— Entre, l'invita-t-elle, poussant la porte de derrière qui n'était jamais fermée à clé.

Diego marqua une hésitation.

— Tes grands-parents…

— Ils sont partis chercher ma grand-tante, qui arrive de Paris. Mais, de toute manière, je ne suis plus une enfant. J'aurai vingt-quatre ans cette année.

Elle le défiait du regard, belle et attirante.

— Chérie, souffla-t-il dans ses cheveux.

Ils continuèrent de s'embrasser alors qu'elle l'entraînait vers sa chambre, à l'étage. C'était une pièce mansardée, peinte en bleu et blanc. Des étagères couvertes de livres grimpaient à l'assaut des murs. Face au lit, elle avait accroché une toile de Charlotte représentant la Maison du Cap.

— Notre refuge, bâti par mon arrière-grand-père, expliqua Violette. Il y règne une atmosphère un peu magique. Malheureusement, pour l'instant, elle est occupée par l'ennemi.

— Plus pour longtemps, j'espère. Ta grand-mère a du talent.

— Bien sûr. C'est une femme exceptionnelle.

De nouveau, Diego attira la jeune femme vers lui. Ses lèvres étaient douces, tout comme sa peau, qu'il dévoilait peu à peu, faisant glisser le chandail. Elle agit de même avec lui, ôta sa canadienne, puis sa chemise. Elle ne put dissimuler une grimace en découvrant deux longues cicatrices sur son torse nu.

— Un souvenir des franquistes, commenta-t-il. Plus un passage sous les barbelés.

— Tu n'as jamais peur ?

De nouveau, il hésita. Comment lui expliquer ce qu'il éprouvait ? Ce n'était pas vraiment de la peur, plutôt une décharge d'adrénaline, une irrésistible envie d'en découdre, qui pouvait parfois le pousser à commettre des imprudences. De plus, il y avait en lui tant de rage, une telle volonté de vaincre l'ennemi, que la peur passait au second plan.

— Connais-tu le mot d'ordre des républicains espagnols ? *No pasarán !,* c'est-à-dire : « Ils ne passeront pas ! » Ce cri de ralliement s'applique désormais aux fascistes de tout poil. Même si je sais que je peux fort bien mourir ce soir, ou demain, je refuse de me laisser paralyser par la peur. Agir, c'est mon seul but.

« Et moi ? eut envie de demander Violette. Y a-t-il une place pour moi dans ta vie ? »

Elle choisit de se taire. Le temps ne leur était-il pas compté ? Ses baisers se firent plus exigeants. La bouche sèche, le visage tendu, Diego acheva de la dévêtir et la bascula sur le lit. Il y avait une interrogation dans ses yeux sombres.

— Viens, souffla-t-elle.

Elle était heureuse de ne pas être embarrassée de sa virginité. Elle était une femme libre, libre d'aimer l'homme de son choix.

Ils s'aimèrent avec une ardeur empreinte d'un sentiment d'urgence. Faire l'amour, vite, avant que l'ennemi ne nous rattrape. Puis, alors qu'ils reposaient, en sueur, Diego l'embrassa de nouveau et l'aima, lentement, intensément, caressant chaque parcelle de son corps.

— Il y a longtemps que je rêvais de toi, lui soufflat-il.

Pouvait-elle lui avouer qu'elle l'avait aimé dès le premier jour ? Elle n'osait pas, se laissant envahir par une bienheureuse langueur.

Les jappements de Tippy, resté au rez-de-chaussée, les firent sursauter.

— Quelle heure est-il ? s'écria Violette.

Les joues roses, les cheveux emmêlés, elle était belle. Il le lui dit, voulut le lui prouver une nouvelle fois. Elle se dégagea.

— Mes grands-parents sont rentrés. Oh ! Le temps a passé si vite ! Viens...

Elle le tira du lit, lui enjoignit de passer ses vêtements tandis qu'elle faisait de même.

— Je croyais que tu n'étais plus une enfant, fit-il remarquer, les yeux rieurs.

Elle lui tira la langue.

— Quel sale type tu fais ! Viens, je vais te les présenter. Tu n'as rien à craindre d'eux.

Si François et Charlotte furent quelque peu surpris de voir apparaître les deux jeunes gens, ils furent assez courtois pour ne pas le laisser voir. De plus, il leur fallait s'occuper de l'installation de Marthe.

Dans ces conditions, les présentations furent rapidement expédiées ! Diego déclina leur invitation à partager le dîner familial, il devait regagner Bordeaux. Charlotte l'enveloppa d'un regard pensif alors que Violette le raccompagnait. Etait-ce lui, ce mystérieux inconnu qui incitait Violette à refuser de se laisser courtiser ? Certes, il avait de l'allure, mais la vieille dame, habituée à observer attentivement les sujets de ses portraits, le trouvait un peu trop ténébreux.

Dans son dos, Marthe toussota.

— Je suis fatiguée, Charlotte. Ce voyage interminable... Tu veux bien me montrer ma chambre ?

Dehors, alors que l'obscurité était tombée depuis déjà un bon moment, les jeunes gens s'attardaient. Quel avenir pouvaient-ils espérer, alors que la guerre s'éternisait ?

Charlotte frissonna.

— Je vais faire une bonne flambée, décida-t-elle. Pour chasser les ombres de la nuit.

68

Mai 1944

Comment ai-je pu me laisser piéger aussi stupidement ? se répéta Diego.

Pour le moment, la colère l'emportait sur la crainte. Il s'était fait arrêter à Bordeaux, en compagnie de trois camarades, dans le café où ils avaient l'habitude de se retrouver. Quatre réfugiés espagnols impliqués dans la Résistance… il y avait fatalement eu un mouchard. Ce qui terrifiait Diego, c'était le risque encouru par les autres membres du réseau et, surtout, par Violette. La certitude de sa propre impuissance le rendait malade de rage.

Ses camarades et lui avaient connu les coups, le froid, la faim. Depuis plusieurs jours, ils faisaient route vers le Nord dans un wagon plombé, dans des conditions horribles.

Nombreux parmi eux étaient des Espagnols. Ils avaient échangé des nouvelles du pays, sans oser parler de leur avenir. Ils savaient que tout républicain espagnol était considéré comme un ennemi irréductible par les nazis. Déjà, en 1940, les Espagnols engagés dans les compagnies de travailleurs et dans la

Légion étrangère qui étaient faits prisonniers étaient d'abord internés dans des stalags puis dans des camps de concentration, dont Mauthausen était le plus tristement célèbre.

Aussi, lorsqu'il aperçut les hauts murs du camp de Mauthausen, évoquant quelque forteresse médiévale, Diego éprouva une angoisse si intense que la nausée le submergea. A cet instant, il songea qu'il ne reverrait jamais Violette.

Les prisonniers espagnols portaient sur leur tenue de déporté un triangle bleu marqué de la lettre S. « Rot Spanier »... Espagnol rouge.

Je suis en bonne santé, se dit Diego. Je devrais pouvoir tenir.

C'était compter sans le sadisme des gardiens nazis, qui mettaient tout en œuvre pour augmenter le taux de mortalité des prisonniers. Dès son arrivée, à peine avait-il été rasé sur tout le corps, puis aspergé d'une lotion antiparasitaire, que le résistant avait appris que Mauthausen était classé comme camp de concentration de catégorie trois.

On y envoyait les « irrécupérables », ceux qui étaient condamnés à une mort plus ou moins rapide. On les prévenait à leur arrivée :

« Vous êtes entrés par cette grande porte et vous ne ressortirez que par cette cheminée », promettait le commandant Franz Zieris.

Promesse qui avait renforcé le désir de Diego de se battre et de tenir. Dieu merci, une grande solidarité existait entre les prisonniers espagnols. L'un d'eux,

Federico, rescapé de la bataille de Teruel, avait affranchi le photographe dès le premier jour.

« Tu dois éviter l'escalier de la mort. On n'y survit pas trois mois. Tâche de te faire affecter au travail dans un autre camp. »

Diego comprit vite le bien-fondé de ce conseil. Le terrible escalier – cent quatre-vingt-six marches inégales, taillées dans la masse – hantait les cauchemars de la plupart des prisonniers. Il fallait le monter rapidement en portant sur son dos des blocs de granit extraits de la carrière. Travail de titan, qui vous anéantissait un solide gaillard en quelques semaines. D'autant que les gardiens avaient tôt fait de repérer celui qui ne suivait pas la cadence et le poussaient brutalement dans l'escalier. Ils étaient aussi à l'origine de ce qu'ils avaient nommé *Fallschirmsprung,* le « saut en parachute ». Si un détenu atteignait le sommet de l'escalier sans sa charge, les tortionnaires l'amenaient jusqu'à l'à-pic de la falaise, d'où ils le précipitaient dans le vide.

— Tu verras… nous nous en sortirons ! affirma Federico à Diego à la fin de la première semaine.

Grâce à ses relations, il venait de réussir à lui faire obtenir une affectation dans le « sous-camp » d'Ebensee. On y mourait de faim comme à Mauthausen, les rations étant de plus en plus réduites pour contribuer à l'effort de guerre, mais, au moins, on échappait aux gardiens sadiques de « l'escalier de la mort ». Les anciennes mines de sel d'Ebensee avaient été transformées en usines souterraines et tunnels, où l'on prévoyait ensuite de produire de l'armement et des fusées. Le travail était très pénible, la journée s'étirait de six heures à dix-neuf heures, mais tout valait mieux que la carrière.

441

A Ebensee, malgré les appels interminables, malgré la faim, malgré l'épuisement, on parvenait à garder un peu d'espoir.

Diego songeait à Violette. Chaque nuit, il s'endormait en évoquant sa belle, tout en redoutant qu'elle ne soit arrêtée à son tour. Chaque matin, il tentait de se persuader qu'il fallait tenir bon. Pour la revoir.

Juin 1944

Le Bassin miroitait sous le soleil de juin. Un bon temps pour se promener jusqu'à la Pointe, pensa Violette, la main en visière devant les yeux. La Maison du Cap lui manquait. Il lui semblait que, là-bas, elle parviendrait mieux à surmonter l'absence de Diego.

Angoissée de ne pas recevoir de ses nouvelles, elle avait fini par apprendre son arrestation, ainsi que celle de trois autres réfugiés espagnols.

Au désespoir, elle avait bataillé pour en savoir plus, au risque d'attirer l'attention sur elle. Il était de plus en plus difficile de se rendre à Bordeaux, et Arcachon donnait l'impression d'être coupée du reste du monde. Seule la radio permettait de rester en contact avec Londres et d'obtenir ainsi des informations.

Ne supportant plus les interpellations et autres contrôles d'identité, Charlotte avait fermé sa boutique. Elle se consacrait à François, de plus en plus épuisé et essoufflé. La vue de ses grands-parents unis émouvait Violette. En revanche, ils ignoraient tout de Dorothée. Etait-elle seulement encore en vie ? Cette incertitude minait ses parents.

Charlotte avait parlé une seule fois à Violette de

l'inconnu reçu à la villa Séréna. Sans se démonter, la jeune femme avait répondu à sa grand-mère qu'il s'agissait de l'homme qu'elle aimait et qu'il était engagé, lui aussi, dans la Résistance.

« Comment faire autrement, par les temps qui courent ? » avait commenté Charlotte.

La faiblesse de Margot, l'impossibilité de nouer un véritable dialogue avec sa sœur Marthe l'avaient profondément atteinte. Désormais, Charlotte semblait avoir perdu une partie de sa combativité, ce qui désolait Violette. Sa grand-mère, en effet, avait toujours été pour elle un modèle.

En ramenant Tippy à la villa, elle croisa un coursier qui la cherchait. Le docteur Marson avait besoin d'elle de toute urgence pour une opération. Elle enferma son chien, enfourcha sa bicyclette.

La vie continuait.

Où que tu sois, Diego, je t'en conjure, bats-toi, mon amour, pensa-t-elle avec force.

Juillet 1944

Tenir. Il fallait tenir, se répéta Violette, recroquevillée sur une espèce de bat-flanc très étroit. Depuis le 30 juin, date à laquelle elle avait été arrêtée en compagnie d'autres résistants arcachonnais, elle s'efforçait de raisonner logiquement afin de ne pas céder à la panique.

Ils avaient été dénoncés, c'était quasiment certain, mais il y avait autre chose. En effet, la jeune femme n'avait pas été arrêtée à la villa, mais cours Lamarque, alors qu'elle venait de glisser dans les sacoches de sa bicyclette plusieurs liasses de tracts. Bien entendu, c'était un motif suffisant pour l'expédier au fort du Hâ, mais cela ne justifiait pas les interrogatoires à répétition auxquels elle était soumise.

« Vous êtes doublement suspecte », lui avait jeté au visage le lieutenant Dohse, le jour où il était sorti de ses gonds. Il avait alors mentionné sa mère, Dorothée Galway-Galley. A l'en croire, elle effectuait des missions de reconnaissance pour le compte de la RAF et était une ennemie du Reich.

« Comme la plupart des Français », avait répondu Violette.

Circonstance aggravante, son père était un sujet britannique.

« Il est mort il y a douze ans ! » avait alors protesté la jeune femme.

Il le savait. Il savait tout, affirmait-il avec un léger sourire narquois, mais cela ne changeait rien à l'affaire.

Violette Galway était une dangereuse terroriste.

Comment se sortir de cette logique implacable ?

Depuis plusieurs jours, huit exactement, elle croupissait dans un cachot du Bouscat. Lorsqu'on l'y avait amenée, dans une voiture noire, elle avait trouvé que la grande demeure, entourée d'un parc, avait belle allure. On ne pouvait pas en dire autant des caves ! Sombres, humides, basses de plafond, meublées plus que sommairement d'une étroite couchette et d'une boîte de conserve vide destinée à la satisfaction de ses besoins naturels... Violette s'était raidie pour ne pas tourner les talons et tenter de fuir. On l'avait poussée dans ce cachot, sans brutalité mais fermement, et elle s'était retrouvée seule dans le noir.

Face à moi-même, avait-elle pensé.

Comment n'aurait-elle pas évoqué Diego, qui était peut-être passé par les mêmes lieux ? L'incertitude sur le sort de l'homme qu'elle aimait la rendait folle d'angoisse, parce qu'elle savait que la situation de Diego était encore pire que la sienne. Les nazis, en effet, considéraient les républicains espagnols comme leurs pires ennemis.

Et elle… que cherchait-on à lui faire dire ?

Les tracts découverts dans ses sacoches faisaient d'elle la coupable idéale. Jusqu'à présent, cependant, elle avait tenu bon, affirmant qu'elle était allée chercher les tracts sur un banc de Notre-Dame et qu'elle ne connaissait qu'un seul contact à Arcachon. Elle avait alors cité le nom d'un personnage influent de la ville, parce qu'il était parti pour Londres quelques jours avant sa propre arrestation. C'était la règle : donner des gages, afin de paraître sincère.

Dohse la croyait-il ? Elle n'avait pas la moindre certitude.

Elle priait pour que ses grands-parents aient été épargnés. Elle s'inquiétait pour François, plus fragile que Charlotte. Avait-on fouillé la villa ? C'était probable, mais rien n'y était entreposé. Violette, agent de liaison, se contentait de transmettre des documents.

Si seulement elle avait pu se dégourdir les jambes ! Elle se recroquevilla sur la couchette, guettant les bruits de pas à l'étage. Les journées étaient des nuits, les nuits des semaines.

Tenir, il fallait tenir.

69

1945

Encore un jour, pensa Diego, se retournant sur sa paillasse. La surpopulation à Mauthausen et dans les « sous-camps » qui gravitaient autour était telle que les prisonniers dormaient à trois, voire quatre par lit.

En effet, depuis janvier 45, des détenus arrivaient en masse d'autres camps de concentration au terme des terribles « marches de la mort ». Certains s'effondraient en arrivant au camp, d'autres étaient si épuisés qu'ils étaient transférés à l'hôpital et disparaissaient. La mort était une compagne familière à Mauthausen. Durant plusieurs années, les nazis avaient utilisé les chambres à gaz, les camions à gaz, et aussi le centre d'extermination du château de Hartheim, situé à une quarantaine de kilomètres.

Les médecins avaient pratiqué des expérimentations pseudo-scientifiques à base d'injection de testostérone et d'inoculation de la tuberculose mais ils avaient aussi eu recours aux injections de phénol pour se débarrasser des plus faibles.

Restaient les exécutions, par pendaison, « saut du

parachute », projection contre les barbelés électrifiés, mais aussi la malnutrition et les épidémies. Seuls les plus forts survivaient... pour combien de temps ?

Le travail dans les galeries était moins épuisant que l'extraction des blocs de granit mais Federico, Diego et leurs camarades redoutaient de se retrouver enterrés vivants en cas d'attaque du camp. Les rumeurs devenaient folles, la nervosité des SS allait croissant. Certains semblaient même inquiets.

Le monde à l'envers... pensa Diego.

L'écho des bombardements constituait autant de raisons d'espérer. Combien, cependant, survivraient jusqu'à la libération des camps ? En avril, il n'y avait plus qu'un pain par jour pour vingt prisonniers et un demi-litre de « soupe », une sorte de brouet infâme aux herbes. Les détenus étaient de plus en plus maigres, de plus en plus faibles, et faisaient profil bas pour ne pas s'attirer les représailles des SS ou des kapos.

« Ils ont intérêt à ne pas laisser de témoins derrière eux », remarqua Federico, début mai, alors que les gardes se livraient à des préparatifs d'évacuation des camps. Les prisonniers étaient résolus à se défendre, mais, sans armes et sans forces, cette éventualité paraissait des plus irréalistes. Le 4 mai, des soldats du Volkssturm[1] remplacèrent les gardes, et le travail cessa. Aux aguets, les prisonniers se retrouvaient pratiquement livrés à eux-mêmes. Les plus résistants avaient conçu un plan de défense. Une ambiance fébrile pesait sur le site. Des centaines de cadavres jonchaient le sol.

1. Milice populaire allemande créée en 1944.

447

Diego considéra d'un air incrédule la maigreur extrême, affolante, de ses jambes et de ses bras, et ressentit un vertige.

Il vivait – survivait plutôt – là depuis plus de dix mois et avait l'impression que cela faisait dix ans. A quoi ressemblait-il ? A un squelette ambulant, comme ses camarades. Devait-il vraiment croire à une possible libération ? Ne s'agissait-il pas d'un rêve ? Mais comment aurait-il pu rêver au fond de l'enfer ?

Il avait l'impression d'avancer tel un funambule, en équilibre instable sur un fil. Il restait allongé le plus possible pour tenter de reprendre des forces mais il se sentait plus faible qu'un enfant. Il évoquait Violette et sa famille pour se donner du courage. Il avait survécu aux phalanges de Franco, il devait revenir de Mauthausen. Pour témoigner.

Le 5 mai, des unités de la 11e Division blindée américaine pénétrèrent dans le camp.

Diego et ses amis lurent dans les regards incrédules et choqués des Américains à quel point ils étaient diminués. Un militaire sortit son Kodak, prit plusieurs photos. Diego tendit la main.

— Fais voir, dit-il en anglais.

Un étourdissement le saisit. Il entendit l'Américain lui répondre, de très loin, puis plus rien. Il s'effondra.

Témoigner. De l'horreur. De la barbarie nazie. C'était vital pour Diego Vargas. Le seul moyen de retrouver sa dignité d'homme.

L'Américain qui l'avait sauvé lui avait donné son appareil photo. Un présent merveilleux pour celui qui ne pesait plus qu'une quarantaine de kilos et revenait de l'enfer.

D'abord, on les avait réalimentés progressivement, habillés, entourés. Chaque regard incrédule posé sur eux était une preuve supplémentaire du traitement infâme qui leur avait été infligé. Les premiers jours, Diego avait eu le sentiment de flotter dans un monde irréel. Il dormait beaucoup, pour se réveiller en sursaut, victime d'horribles cauchemars. Des camarades mouraient encore, trop affaiblis pour résister.

« On ne leur fera pas ce plaisir ! » s'étaient promis Diego et Federico.

Le 5 mai, les rescapés espagnols avaient brandi une banderole au fronton du portail d'entrée du camp.

Los Españoles antifascistas saludan a las fuerzas libertadoras.

« Les Espagnols antifascistes saluent les forces libératrices. » Tout était dit. Il fallait qu'on les reconnaisse, eux, les républicains espagnols, assassinés, martyrisés parce qu'ils s'étaient opposés à Franco.

Le retour serait encore long. Une quarantaine leur avait été imposée afin d'éliminer tout risque de contagion. On les nourrissait à intervalles réguliers, on soignait leurs plaies, leurs escarres.

Diego, cependant, refusait de se considérer comme vieux ou usé. Il recouvrerait ses forces.

Parce qu'il devait témoigner.

Juin 1945

Le soleil dorait le rivage, conférait une douceur bienvenue au Bassin.

Assise sur le sable chaud, les mains entourant ses

genoux, Violette observait le ballet des mouettes. A ses côtés, Paul, à demi allongé, demeurait silencieux.

Son retour de stalag, fin avril, avait été célébré dans la joie. Ils ne mesuraient pas, alors, à quel point les six années écoulées l'avaient transformé.

Il avait souffert de la faim, de la privation de liberté, de l'obligation d'effectuer des travaux – ceux de la ferme – pour lesquels il n'avait aucune disposition et, surtout, il n'acceptait pas le fait d'avoir perdu six années. Le brillant élève de la rue d'Ulm n'avait pas envie de reprendre ses études. Il n'avait pas envie de grand-chose, en fait, même si les siens s'évertuaient à lui remonter le moral.

Violette croyait comprendre ce qu'il éprouvait. Lorsqu'elle était revenue à Arcachon, après son évasion du « train fantôme », elle s'était sentie un peu hors du temps. Elle avait conscience d'avoir échappé à la mort, et payait aussi le contrecoup de deux mois d'emprisonnement. Elle avait retrouvé ses grands-parents vieillis, traumatisés par son arrestation. S'ils avaient été interrogés, on ne les avait pas inquiétés par la suite. Ils demeuraient cependant marqués, François plus encore que Charlotte, la plus combative.

Fin juillet 44, Violette avait été transférée des cachots du Bouscat au fort du Hâ puis, mi-août, contrainte de grimper dans un wagon à bestiaux en compagnie de plusieurs centaines d'hommes et de femmes.

Ils partaient vers l'Allemagne, dans une promiscuité dégradante, sous la canicule qui chauffait le train à blanc. Ils avaient pour seul espoir que la guerre se termine avant l'arrivée de ce maudit train. Les Alliés avaient débarqué en Normandie, on évoquait un débar-

450

quement imminent en Provence. Ils allaient être sauvés !

Les odeurs corporelles, l'entassement, la faim et plus encore la soif étaient insupportables. Leur train se traînait, entre mitraillages et ponts disparus. Le 18 août, leurs geôliers leur avaient fait abandonner le convoi et les avaient contraints à effectuer une longue marche, sous une chaleur écrasante. Hommes et femmes épuisés avaient dû traverser le Rhône puis reprendre la direction du nord sous les coups et les invectives, encadrés par des Feldgendarmes et des SS.

Les membres du convoi, pitoyables, harassés, avaient reçu une aide bienvenue de la part des habitants de Châteauneuf-du-Pape. Ceux-ci, malgré les ordres stricts de l'escorte, leur avaient donné du pain, de l'eau et des fruits. Une offrande providentielle, qui leur avait permis de poursuivre leur chemin jusqu'à Sorgues. Déjà, plusieurs hommes avaient réussi à s'échapper grâce à la complicité de cheminots. A Sorgues, rassemblés sur la place de la Gare, les prisonniers avaient de nouveau reçu l'aide des habitants. Profitant d'un relâchement de la surveillance – les SS pourchassaient les fuyards –, Violette et deux autres femmes avaient joué leur va-tout et s'étaient cachées dans des jardins voisins. On les avait aussitôt prises en charge, habillées en hommes et entraînées vers le maquis.

De retour à Arcachon après un périple long de plusieurs semaines, Violette avait repris peu à peu goût à la vie. Le fait de ne plus croiser les uniformes honnis, de se sentir libre, enfin, l'y avait aidée. Sa ville redevenait telle qu'elle l'avait toujours connue.

Mais elle ne s'était sentie vraiment apaisée que

lorsqu'ils avaient pu se rendre à la Maison du Cap. La demeure avait souffert de quatre ans d'occupation. Les bouteilles de la cave avaient disparu, les murs portaient les traces de balles, tirées les soirs de beuverie. Des meubles avaient été brûlés, d'autres entassés dans le cellier. Heureusement, le piano de Marthe avait été épargné car l'officier était mélomane. Même si elle avait perdu un peu de poids, Céleste était toujours Céleste, et Violette avait reconnu avec bonheur le parfum de son eau de Cologne.

« La guerre est finie ! » s'était réjouie la vieille dame.

Non, ce n'était pas terminé, avait pensé Violette. Sa mère bravait toujours le danger aux commandes de son appareil et Diego... Seigneur ! Diego était-il encore en vie ? Sans compter les centaines de milliers de personnes qui combattaient toujours pour la liberté.

Non, la guerre n'était pas finie.

Elle se tourna vers son cousin.

— Que comptes-tu faire, à présent ?

Il y avait quelque chose qu'il ne lui avait pas dit, pensa-t-elle. A moins, tout simplement, qu'il ait de la peine, lui aussi, à reprendre contact avec la réalité.

Paul fit la moue. Il paraissait plus que ses vingt-six ans.

— Travailler, naturellement. Pas dans la branche que j'avais choisie initialement. Ça ne devrait pas être trop difficile ! Il paraît qu'on embauche dans beaucoup de secteurs.

— Dans lesquels exactement ? Tu n'es pas un manuel.

Il étendit ses mains, devant lui, laissa échapper un rire amer.

— Il a bien fallu que je travaille de mes mains ces dernières années ! Non, je pensais plutôt à la vente. Représentant de commerce, tiens, pourquoi pas ? J'ai envie de bouger.

— Que veux-tu vendre ?

— Des livres ! fit-il d'un air gourmand. Au stalag, je dévorais tout ce qui me tombait sous la main. J'ai d'ailleurs relu Thomas Mann en allemand. Un exercice que je te recommande...

— Je te rappelle que je n'ai pas appris l'allemand.

— Quelle importance ? C'est l'anglais qui est devenu indispensable.

Brusquement, elle ne put supporter cette conversation qui n'en était pas vraiment une. Elle se mit à lui parler de Diego.

— J'ai aimé un homme, un républicain espagnol qui a été arrêté l'année dernière à Bordeaux. Je ne sais pas ce qu'il est devenu.

Il releva la tête. Ses yeux brillaient.

— Tu l'aimes toujours ? Alors bats-toi pour le retrouver. Tu sais que les déportés transitent par l'hôtel Lutetia, à Paris. Tu dois aller là-bas te renseigner.

Paul insista.

— Tout dépend de toi, ma vieille.

Elle hocha la tête, sans parvenir à lui expliquer qu'elle avait peur. L'aimait-il toujours ? Etait-il sauf ? Pourquoi n'était-il pas venu la rejoindre ?

« Bats-toi ! » venait de lui lancer Paul.

Elle n'avait déjà que trop perdu de temps.

70

Juillet 1945

Il y avait deux mois que les Américains avaient libéré Mauthausen et, cependant, Diego piétinait. La quarantaine, le retour en avion au Bourget, les premiers interrogatoires par les services de la DST, les examens médicaux et les radios pulmonaires, puis enfin le trajet en autobus à l'hôtel Lutetia, ex-haut lieu de l'Abwehr, le service de renseignement militaire de l'Allemagne.

Une atmosphère incroyable régnait dans l'hôtel de la Rive gauche. Dames de la Croix-Rouge, boy-scouts, infirmiers, médecins, services de l'Etat se démenaient pour accueillir les rescapés le mieux possible. Mais la foule brandissant les photos de leurs proches et posant des questions pressantes aux rescapés créait une grande confusion et une sorte de harcèlement pour des personnes encore tellement faibles. Diego avait passé deux nuits dans la chambre qu'on lui avait attribuée, pris des bains interminables sans se sentir vraiment décrassé et mangé des fruits dont il avait perdu jusqu'au souvenir. Quel bonheur, avait-il pensé, de plonger dans la baignoire, de s'allonger dans de vrais draps, blancs et propres, de sentir le jus de la pêche couler le long de sa gorge... La vie, enfin !

Il n'avait pas envie de s'attarder, cependant. Après l'enfer traversé, il voulait retrouver l'action, vite, pour ne pas sombrer dans le spleen qui menaçait les anciens déportés. Certains hurlaient dans leur sommeil, d'autres ne pouvaient plus dormir qu'à même le sol. Lui était resté marqué par ce jour d'avril 45 où de la viande avait été échangée au marché noir du camp. Il avait vite compris qu'il s'agissait de chair humaine prélevée sur les corps des mourants et était allé vomir derrière une baraque. Les monstres engendrent d'autres monstres, avait-il songé, révolté.

A qui aurait-il pu raconter ce genre de souvenir ? Ceux qui n'avaient pas été déportés ne pouvaient pas comprendre. Désormais, Diego se sentait doublement exilé.

Le troisième jour, nanti d'un pécule de sept mille cinq cents francs, de tickets de métro et d'un bon de vêtements, il quitta sans regret l'hôtel Lutetia. S'il n'était pas vraiment costaud, il avait tout de même repris une bonne douzaine de kilos au cours des deux mois écoulés. Il avait assez végété, il était grand temps d'agir.

Sur les conseils d'Henri Cartier-Bresson, Diego avait proposé plusieurs photos aux journaux.

Il avait choisi un cliché représentant un déporté serrant la main d'un immense soldat américain, ainsi que celle d'un gamin en culotte courte, rue Mouffetard, qui portait avec précaution un bidon de lait. Diego avait récupéré son cher Kodak chez l'ami à qui il l'avait confié, au début de la guerre. Cela paraissait si loin ! Il réapprivoisait Paris, réapprivoisait la vie. Il vivait vite, mû par une sorte d'urgence, comme si l'on pouvait venir l'arrêter à nouveau, lui briser les ailes.

Il refusait de penser afin de ne pas s'effondrer. Il avait longtemps repoussé loin le souvenir de Violette, durant sa captivité. Il n'y avait pas de place pour la jeune femme dans l'enfer de Mauthausen.

Cependant, depuis son retour, il s'interrogeait à son sujet. Qu'était-elle devenue ? L'avait-elle oublié ?

Il savait qu'il devait la rejoindre, tout en redoutant le moment où tous les deux se retrouveraient face à face.

Chacune de leurs rencontres, en effet, s'était déroulée dans un contexte de guerre. Depuis février 44, Diego avait été arrêté, brutalisé, et avait vécu au camp de Mauthausen la pire expérience de sa vie. Pour survivre, précisément, il avait mis ses souvenirs sous le boisseau, s'était concentré sur l'instant présent.

Désormais, il se demandait s'il était encore capable d'aimer.

Que pourrait-il apporter à Violette ? Il était revenu en piteux état, avait tout perdu. Ne valait-il pas mieux disparaître de sa vie, lui laisser croire qu'il n'avait pas survécu ? Il n'était pas certain de parvenir à la rendre heureuse.

Ses tergiversations prouvaient seulement qu'il ne se sentait pas prêt. Aussi la proposition de son rédacteur en chef tomba-t-elle à pic, en août, juste après les bombardements d'Hiroshima et de Nagasaki.

— Toi qui es un baroudeur et n'as pas d'attaches, tu devrais aller au Japon.

Pas d'attaches... Il y avait, au bord du Bassin, une jeune femme qui devait attendre son retour. Mais c'était trop tôt. Ou déjà trop tard.

Il accepta de partir. Sans se laisser le temps de réfléchir.

Septembre 1945

Charlotte avait toujours affirmé préférer le mois de septembre pour sa douceur et sa lumière. Il y avait dans l'air comme une incitation à profiter de l'instant présent.

Violette appréciait elle aussi ce mois privilégié, tout en se disant qu'elle devait recommencer à travailler. Il y avait encore tant à faire à la Maison du Cap ! L'extérieur avait été repeint, le toit réparé, le jardin réaménagé, tout comme les marches descendant jusqu'au rivage, mais l'intérieur portait encore les stigmates de l'Occupation. Violette devait s'y atteler, à présent qu'elle savait.

Elle s'était rendue à deux reprises à Paris en compagnie de Paul, son « presque frère », et après de longues recherches, avait fini par apprendre que Diego Vargas figurait parmi les rescapés des camps.

Elle avait obtenu la date de son retour, celle de son passage à l'hôtel Lutetia... pour ensuite perdre sa trace.

Pourquoi n'était-il pas venu la retrouver ?

Parce qu'il n'avait pas envie de la revoir.

Nombre de ses compatriotes avaient vécu des situations bien pires, avait tenté de se dire Violette, même si le cœur n'y était pas.

Il n'était pas question pour elle de gémir ou de se

plaindre. Surtout pas, alors que sa mère venait enfin de réapparaître dans leur vie.

Dorothée n'avait pas vraiment changé, si l'on exceptait le fait qu'elle avait désormais des cheveux gris, coupés court. Elle avait atterri sur la base de Cazaux, avait rejoint la Maison du Cap en taxi puis en bateau.

Charlotte et elle avaient échangé une longue étreinte, et Violette avait pensé que, malgré leurs différends, la mère et la fille s'aimaient et se respectaient profondément.

Elle-même avait plus de peine à considérer Dorothée comme sa mère. Elles avaient si peu de souvenirs en commun ! Mais l'aviatrice ne s'en souciait guère. Vive, volubile, elle leur avait raconté « sa » guerre, aux commandes de ses appareils successifs.

Elle avait eu beaucoup de chance, affirmait-elle, et c'était certainement vrai. Elle ne restait pas longtemps : on l'attendait à Londres.

« Toujours le même feu follet », avait soupiré François.

Avant de repartir, Dorothée avait emmené sa fille jusqu'à la Pointe.

Elles avaient longuement devisé, évoquant le passé et les années de guerre, mais Violette ne lui avait pas parlé de Diego et Dorothée n'avait pas mentionné son projet de devenir convoyeuse de l'air au sein de l'équipe de bénévoles constituée par Aliette Bréguet, Guite de Guyancourt et Simone Danloux.

Elles n'étaient pas amies. Juste une mère et sa fille qui tentaient de se retrouver, sans se faire trop d'illusions. Un amour réel, intangible, les unissait.

— Violette…

La voix de sa grand-mère la fit sursauter. Elle se retourna, l'accueillit avec un grand sourire.

— Céleste a préparé des crêpes. Elle prévoit un vent fort pour cette nuit. Tu connais Céleste et son « genou baromètre »...

— Celui-ci a souvent raison.

Violette se leva, offrit son bras à Charlotte.

— Allons goûter les crêpes de Céleste. Je suis heureuse d'être revenue ici, grand-mère. C'est ma vraie maison.

Charlotte acquiesça.

— Ce sont mes racines. Cependant, tu as ta vie à mener, ma chérie. Rester sur la presqu'île ne te mènera pas loin.

— J'y pense, au contraire ! Tu as dit toi-même que les vacanciers revenaient nombreux. Ils auront besoin un jour ou l'autre d'une infirmière.

— En attendant, tu te morfondras ici, entre Céleste et Tippy ?

— Et toi.

— Non, Violette, bien que j'aime la Maison du Cap, il vaut mieux que nous retournions vivre au Pyla, François et moi. Sa santé est fragile, et nous nous faisons vieux. Nous serons mieux soignés de l'autre côté de l'eau. De plus, je tiens à ne pas m'éloigner de ma mère. Elle a quatre-vingt-quinze ans.

— Je reste ici, s'obstina Violette. Je m'y sens chez moi.

Elle leva les yeux vers le belvédère, qui permettait d'embrasser une partie du Bassin et les passes.

Charlotte lui tapota la main.

— Tu vas l'attendre combien de temps ?

— Le temps qu'il ait envie de revenir vers moi.

Tu sais, Diego, c'est pour moi comme une certitude. L'homme que j'aime. Il n'y en aura pas d'autre, jamais.

— La passion peut être destructrice, murmura Charlotte.

Elle se souvenait de ces jours et de ces nuits passés à attendre William... Elle aurait tant voulu protéger Violette !

— Il reviendra, reprit la jeune femme avec force. Il a survécu à l'exil, à la Gestapo, aux camps. Il me reviendra.

Charlotte lui tapota la main, pour dire qu'elle comprenait.

Elle ne partageait pas, cependant, l'optimisme de sa petite-fille.

Cet homme, Diego Vargas, était revenu de l'enfer. Avait-il seulement envie de bâtir une famille ?

71

1947

La journée de juin promettait d'être superbe. Un léger zéphyr faisait onduler la crête des vaguelettes soulevées au passage du vapeur. Les sens en alerte, Charlotte guettait l'instant où elle humerait le parfum des pins.

Elle se tourna vers Margot, installée à la proue pour ne rien perdre du paysage.

— Tu es bien, maman ? Tu n'as pas froid ?

La vieille dame désigna de l'extrémité de sa canne la couverture posée sur ses genoux.

— J'ai l'impression d'être une vieille infirme mais, oui, on peut dire que tout va bien.

Charlotte esquissa un sourire. A quatre-vingt-dix-sept ans, Margot n'avait rien abdiqué de sa combativité. Durant la guerre, elle avait parfois perdu pied, au point d'oublier que sa sœur aînée Marie était morte ou de s'inquiéter à propos de ses biens, mais le retour de la paix lui avait permis de retrouver ses esprits. Elle s'intéressait de nouveau à l'actualité, écoutant la TSF, lisant son journal à l'aide d'une grosse loupe, et avait su indiquer à ses filles l'endroit exact où elle avait enterré en 40 son argenterie et ses lingots d'or.

Quel personnage ! pensa Charlotte, attendrie.

Margot avait insisté pour se rendre à la Maison du Cap, ce qui ne lui était pas arrivé depuis des années.

« Je fais ma tournée d'adieux… comme Sarah Bernhardt en son temps ! » avait-elle plaisanté, et Charlotte avait songé à la grande actrice qu'elle avait photographiée à Andernos en 1915.

Comme le temps avait passé vite ! Margot avait encore fière allure dans sa robe ample, de couleur bleu roi, réchauffée pour la traversée d'un châle fleuri en dentelle de laine. Une capeline de paille bise la protégeait du soleil déjà chaud.

Pour débarquer, elle refusa d'un sourire l'aide du capitaine et s'appuya sur sa canne ainsi que sur le bras de Charlotte.

Elle s'avança, souveraine, sur la jetée de Bélisaire. Dire qu'en 1871, rares étaient ceux qui habitaient sur la presqu'île ! songea-t-elle en s'efforçant de chasser la mélancolie insidieuse qui menaçait. A son âge, elle n'attendait plus grand-chose de la vie. Il lui restait, cependant, une tâche à accomplir, et elle ne devait plus tarder.

Elle tourna la tête vers sa fille.

— Tu as bien emporté le paquet, n'est-ce pas ?

Charlotte réprima un soupir.

— Oui, maman. C'est François qui le porte.

Même si la vieille dame l'attendrissait, Charlotte ne parvenait pas toujours à dissimuler son agacement. François se montrait plus patient.

Violette les attendait.

— Grand-mère, tu montes dans la voiture de Jules avec Ma, suggéra-t-elle. Grand-père et moi vous rejoignons à pied.

Jules « faisait le taxi », toujours prêt à rendre service. Il fit monter Margot à l'avant, tandis que Charlotte s'installait à l'arrière avec le fameux paquet.

— Quelle mouche a donc piqué Ma ? s'enquit Violette, donnant le bras à son grand-père.

Le médecin esquissa un sourire.

— Ma foi, je n'en sais trop rien. Tu connais Ma… il fallait qu'elle vienne séance tenante. Dis-moi plutôt, tu ne t'ennuies pas trop ?

Violette secoua la tête.

— Franchement, non. Je crois que j'ai toujours su être faite pour vivre ici, dans cette maison.

— Tu vas avoir vingt-sept ans, reprit son grand-père. Il serait peut-être temps…

Gêné, il n'acheva pas sa phrase. La jeune femme le fit pour lui.

— De songer à me marier ? A fonder une famille ? Cela ne m'intéresse pas si ce n'est pas avec Diego Vargas. Et ne me réponds pas qu'il ne reviendra pas, je suis décidée à l'attendre coûte que coûte.

— Digne petite-fille de Charlotte ! soupira le médecin.

Mais il l'avait dit avec beaucoup de tendresse, et d'émotion. Violette lui pressa le bras.

— Tu l'aimes toujours, n'est-ce pas ?

François sourit.

— Comment pourrais-je ne pas l'aimer ? Ta grand-mère est une femme exceptionnelle, une artiste doublée d'une grande dame.

Nicolas, le fils d'Anatole, qui avait repris l'activité

familiale d'ostréiculture, leur adressait de grands signes depuis sa pinasse. Le sourire de François s'accentua.

— La presqu'île revit. Comme avant...

Non ! pensa Violette. Plus comme avant.

Tant de choses avaient changé... A commencer par la modernisation du Cap. La route construite à la fin des années 20 avait permis de désenclaver la côte Noroît, désormais les commerçants ambulants, boulanger, boucher, passaient une ou deux fois par semaine, la vie évoluait.

François et Violette arrivèrent devant la Maison du Cap alors que Margot venait de s'installer dans le grand fauteuil en osier, face au Bassin.

— Violette, je me suis lancée dans cette expédition pour toi, annonça-t-elle. François, s'il vous plaît...

Son gendre posa sur ses genoux le paquet soigneusement emballé de papier kraft.

— Sais-tu de quoi il s'agit ? demanda la vieille dame. De mon portrait signé Manet. J'ai tenu à le conserver parce qu'il ne pourra que prendre de la valeur et aussi parce qu'il a toujours constitué pour moi une sorte de... talisman. Et je désire te l'offrir, Violette.

Les doigts noueux s'efforcèrent de déchirer le papier kraft.

— Laisse-moi faire, maman, intervint Charlotte.

Violette ne souffla mot. Elle se rappelait cette nuit de janvier 44, à Sonate, durant laquelle elle avait remarqué la ressemblance entre Margot et elle, et cette crainte diffuse qui l'avait envahie. Margot n'avait pas été heureuse, et Marie avait souvent raconté à la petite Violette que leur grand-mère,

Rose, avait lancé le jour du baptême de la petite fille à Léonie : « Ne fais pas trop ta fière, la Noiraude. Tu n'es pas faite pour le bonheur, tout comme ta dernière fille. »

Cette anecdote l'avait marquée et, par la suite, face au suicide de son père, à l'absence de sa mère, puis au silence obstiné de Diego, elle s'était demandé si elle aussi n'avait pas été frappée par cette malédiction familiale. Violette avait beau se répéter que c'était totalement stupide, rien n'y faisait, elle gardait au fond d'elle-même une angoisse indéfinissable.

Sottises !

Débarrassé du papier, le portrait de Margot apparut, accrochant aussitôt la lumière de l'été. Chemise blanche au col relevé, jupe rouge, pieds nus, le regard chargé de défi, Margot la rebelle était belle et passionnée.

— Ce qu'on devient, tout de même... bougonna la vieille dame.

Elle tendit le tableau à son arrière-petite-fille.

— Je pense qu'il ne déparera pas trop dans cette Maison du Cap que tu aimes tant. Après tout, elle a été bâtie pour moi !

Il y avait une pointe d'orgueil dans sa voix, mais aussi quelque chose d'indéfinissable. Mélancolie, regrets face à la fuite du temps ? Margot ne se dévoilait pas mais, à cet instant, Charlotte perçut une sourde nostalgie chez sa mère, et celle-ci lui parut plus proche.

Violette saisit le tableau avec précaution.

— Merci, Ma, dit-elle, sincère. Je suis très touchée.

« Chiche ! » semblait lui dire la Margot de vingt ans.

Face à elle, Violette pressentait que tout était possible. Même ses rêves les plus fous.

La famille déjeuna sous la treille. Céleste avait préparé « Tentation », son gâteau au chocolat qui, selon François, vous donnait un aperçu du paradis.

Margot y fit honneur, tout en racontant quelques anecdotes du passé. Elle cita James à trois reprises, parlant de sa préférence pour ce côté du Bassin et de ses rêves d'architecte. Charlotte, sidérée, se disait qu'elle avait dû attendre toutes ces années pour en apprendre un peu plus sur son père.

Après le café, ils installèrent Margot sur la galerie, face à Arcachon.

— Je vais faire une petite sieste, déclara-t-elle d'une voix lasse.

Violette posa sa couverture sur ses genoux, Charlotte l'enveloppa de son châle.

— Es-tu bien, maman ? s'enquit-elle.

— Comme on peut l'être à mon âge ! répliqua Margot.

Les trois femmes s'activèrent dans la grande cuisine tandis que François fumait son cigare un peu à l'écart.

Bien caché, un torcol au plumage marron lançait son refrain plaintif à intervalles réguliers. Charlotte lui avait toujours préféré le chant des bruants des roseaux, et l'oiseau qu'elle affectionnait le plus était la gorgebleue à miroir blanc. Songeuse, elle s'accouda à la balustrade de la galerie.

La journée avait été belle, et elle serait volontiers restée dormir sur la presqu'île, mais Margot insisterait certainement pour rentrer à Sonate. Il fallait d'ailleurs penser au retour.

Elle jeta un coup d'œil à sa mère. Margot se tenait

un peu affaissée sur son fauteuil, et son châle avait glissé.

— Maman… fit Charlotte, se rapprochant.

Elle éprouva alors un sentiment de crainte. Son œil de photographe avait déjà remarqué la pâleur du visage de Margot, la fixité de son regard. Elle se pencha, posa la main sur son cou, là où elle aurait dû sentir la vie palpiter.

Elle se redressa, poussa un petit cri étranglé avant d'appeler François.

Quelques minutes plus tard, ils se tenaient tous autour de Margot, et paraissaient perdus.

— C'est fini, souffla Charlotte. Elle n'a pas vraiment souffert. Enfin… je l'espère.

Son visage était défait. François entoura ses épaules d'un bras protecteur.

C'était cette image qu'elle souhaitait garder de ses grands-parents, pensa soudain Violette. Celle d'un couple uni, malgré tout.

— Son organisme était usé, précisa-t-il. Avec son caractère, c'est mieux pour elle d'être partie aussi rapidement. Elle n'aurait pas supporté la déchéance.

Je vais demander aux religieuses de nous envoyer quelqu'un pour la toilette mortuaire.

— Laisse-moi encore un peu de temps, pria Charlotte.

Elle était visiblement sous le choc. Désormais, sa mère n'avait plus besoin de faire la sourde oreille pour ne pas répondre à ses questions, elle ne pouvait plus les entendre. Il n'y avait plus personne avant Charlotte, elle était passée en première ligne.

A la place de Margot.

Elle se pencha, effleura doucement les cheveux blancs.

— Nous ne nous sommes jamais vraiment comprises, toi et moi, souffla-t-elle.

Entre elles deux, il y avait toujours eu James, la liaison hors mariage et ce que la fille de Léonie avait ressenti comme un abandon. Margot avait été une irrégulière, Charlotte une enfant illégitime. Elles en avaient souffert, plus qu'elles n'auraient voulu le reconnaître.

— Maman, chuchota Charlotte, la voix tremblante.

Elle se redressa, lui caressa la joue.

Une dernière fois, pensa-t-elle.

Margot n'aimait pas les effusions. Elle s'en défiait, même.

Charlotte se détourna.

— Tu peux appeler les sœurs, dit-elle à François.

Il se présenta à la porte de la villa Séréna en juillet 47. Charlotte le reconnut tout de suite, bien qu'il ait changé.

Il portait un béret sombre, et était tout vêtu de noir.

— J'ai vu deux photos de vous dans *France-Soir*, déclara-t-elle après avoir répondu à son salut. De la belle ouvrage.

Diego esquissa un sourire.

— Merci, madame. Violette est là ?

Charlotte secoua la tête.

— Elle habite sur la presqu'île. Vous avez juste le temps d'attraper le dernier vapeur au Moulleau. Venez, reprit-elle, je vous emmène.

Elle avait acheté l'année précédente une Juvaquatre

qu'elle conduisait avec une insouciance joyeuse. Diego s'assit sur le siège, regardant fixement vers le Bassin.

Charlotte démarra sèchement, et fila vers l'embarcadère du Moulleau.

— Je ne vous secoue pas trop ? s'inquiéta-t-elle brusquement.

Il sourit.

— Je rentre d'Indochine. Là-bas, les pistes sont… plutôt sommaires.

Charlotte freina brutalement.

— Vous y êtes. Nous nous reverrons ?

Le regard bleu acier de la vieille dame le sondait. « Vous avez intérêt à rendre Violette heureuse ! » signifiait ce regard.

— J'espère, fit Diego, s'inclinant légèrement. Merci, madame.

Elle le suivit des yeux jusqu'à ce que le bateau s'éloigne. Elle remonta alors dans sa voiture et reprit la direction de la villa Séréna. François l'attendait.

Violette avait terminé sa tournée de piqûres et rentrait à la Maison du Cap. Elle entendit la sirène du *Courrier-du-Cap* et fit un détour par la jetée Bélisaire. Elle attendait des médicaments pour l'un de ses patients.

Elle posa sa bicyclette contre le tronc d'un pin et observa les voyageurs qui descendaient du vapeur.

Il y avait peu de monde ce soir-là. Cependant, une silhouette masculine retint son attention. L'homme portait un béret et avait la démarche de celui qui revient de loin. Son havresac semblait être assez lourd. Soudain, le cœur de Violette manqua un battement. On dirait bien… se dit-elle, sans oser aller jusqu'au bout de sa pensée. Elle fit deux pas en avant, s'immobilisa en essayant de se raisonner. Il s'agissait d'une vague ressemblance, rien de plus. Il se rapprochait.

— Bonsoir, Violette, dit-il d'une voix un peu hésitante.

Elle s'élança vers lui, noua les bras autour de son cou.

— Tu m'as manqué, *querida,* chuchota-t-il.

Et elle sut que c'était vrai.

Epilogue

Septembre 2000

Les derniers visiteurs repartaient par la navette en direction d'Arcachon. La visite exceptionnelle de la Maison du Cap dans le cadre des Journées du Patrimoine avait remporté un certain succès. On était venu contempler le lieu intemporel où avaient vécu l'écrivain William Stevens, devenu une figure incontournable de l'antiroman, la femme pilote Dorothée Galway-Galley, au palmarès impressionnant, et le photographe de guerre Diego Vargas, lauréat de la prestigieuse Médaille d'or Robert Capa. Violette avait joué elle-même le guide, introduisant les visiteurs dans le bureau de Diego, là où elle avait fait encadrer ses clichés préférés, parus dans *Life, Der Spiegel, Paris Match* et *L'Express.*

A la fin de la journée, lasse, elle s'était assise sur la galerie et avait contemplé le Bassin, couleur d'opale sous les derniers rayons du soleil.

A quatre-vingts ans, même si elle avait eu beaucoup de peine à surmonter la mort de Diego, survenue en Irak huit ans auparavant, elle ne souffrait pas vraiment de la solitude. Ses souvenirs lui tenaient chaud au cœur.

Et puis, il y avait Laurène, sa petite-fille, la fille de son fils Sebastian. Pianiste virtuose, Laurène se produisait sur les plus grandes scènes du monde et revenait régulièrement se ressourcer à la Maison du Cap. Lorsqu'elle jouait Rachmaninov, les fenêtres grandes ouvertes, la musique portait loin sur le Bassin.

« Une belle maison d'artistes », avait commenté l'un des visiteurs durant l'après-midi. Violette, émue, avait acquiescé en souriant.

Elle avait su, alors, qu'elle devait écrire l'histoire de la demeure familiale.

Depuis Léonie, sa bisaïeule résinière, jusqu'à Laurène, sa petite-fille.

Il le fallait.

Pour que la mémoire de Léonie et de ses descendantes perdure.

Pour ne pas oublier James.

Remerciements

J'ai eu envie d'écrire *La Maison du Cap* en souvenir de merveilleuses vacances passées au bord du Bassin d'Arcachon et je dis un grand, grand merci à Clarisse Enaudeau, Carole Collin et à toute l'équipe des Presses de la Cité pour avoir soutenu immédiatement mon projet.

Merci aussi, de tout cœur, à l'équipe de la bibliothèque d'Arcachon et à Fabienne Fabrer, responsable du Service des Archives de la ville, qui ont eu l'extrême gentillesse de m'aider dans mes recherches et de me prêter des documents importants.

Merci également au musée de l'Hydravion de Biscarrosse, et à M. et Mme Michel Saint Marc, chez qui nous nous rendons régulièrement, au Pyla.

Que tous trouvent ici l'expression de ma profonde gratitude.

POCKET N° 11806

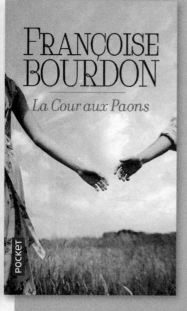

Le quotidien d'une petite ville du Nord au début du XXᵉ siècle.

Françoise BOURDON
LA COUR AUX PAONS

1899, dans le bocage boulonnais. Flore a grandi là avec son père, dans la ferme fortifiée où ils élèvent des chevaux. Viscéralement attachée à eux, ainsi qu'à sa terre, son pays, elle compte bien préserver cet héritage sacré. Mais comment trouver un mari quand on n'est pas très jolie et un peu boiteuse ? À quelques lieues de là, dans la cité de Desvres, vit Esther, qui travaille dans l'estaminet familial et dont la beauté attire tous les regards. Entre ces deux jeunes femmes si différentes, un charreton ambitieux sera l'artisan du destin...

Retrouvez toute l'actualité de Pocket sur :
www.pocket.fr

POCKET N° 12491

Au XIXe, la saga de deux grandes familles ardennaises, rivales mais solidaires dans le dur milieu de l'industrie ardoisière.

Françoise BOURDON
LE MAÎTRE ARDOISIER

Si aride que soit cette terre ardennaise, la vie s'y est implantée grâce à de vivaces industries. L'orgueil de ce pays, c'est cette pierre indispensable appelée ardoise. Depuis les années 1860, près de Charleville, les ardoisières d'Eugène Warlet font vivre tout un bourg. Pour lui succéder il y a son fils Bertrand, homme aux manières brutales. Les « écaillons » ne l'acceptent pas et lui préfèrent sa sœur Benjamine, une vraie « fille de l'ardoise », elle. Alors, malgré l'hostilité familiale, Benjamine va devoir se battre pour l'entreprise Warlet...

Retrouvez toute l'actualité de Pocket sur :
www.pocket.fr

Faites de nouvelles rencontres sur pocket.fr

- Toute l'actualité des auteurs : rencontres, dédicaces, conférences...
- Les dernières parutions
- Des 1ers chapitres à télécharger
- Des jeux-concours sur les différentes collections du catalogue pour gagner des livres et des places de cinéma

pocket
Un livre, une rencontre.

Composition et mise en pages
Nord Compo à Villeneuve-d'Ascq

Imprimé à Barcelone par:
BLACK PRINT
en février 2019

POCKET – 12, avenue d'Italie – 75627 Paris Cedex 13

Dépôt légal : mai 2017
S27409/07